U0541622

霁光人文丛书

金元诗学理论研究

文师华 著

商务印书馆
The Commercial Press
2018年·北京

图书在版编目(CIP)数据

金元诗学理论研究 / 文师华著. —北京：商务印书馆, 2018
(霁光人文丛书)
ISBN 978 – 7 – 100 – 15314 – 0

Ⅰ. ①金… Ⅱ. ①文… Ⅲ. ①古典诗歌—诗歌理论—理论研究—中国—辽宋金元时代 Ⅳ. ①I207.22

中国版本图书馆 CIP 数据核字(2017)第 223601 号

权利保留，侵权必究。

金元诗学理论研究
文师华 著

商 务 印 书 馆 出 版
(北京王府井大街36号　邮政编码100710)
商 务 印 书 馆 发 行
山东鸿君杰文化发展有限公司印刷
ISBN 978 - 7 - 100 - 15314 - 0

2018 年 1 月第 1 版　　开本 710×1000　1/16
2018 年 1 月第 1 次印刷　　印张 20
定价：60.00 元

《霁光人文丛书》编辑委员会

主　任：黄细嘉

副主任：黄志繁

委　员：王德保　张芳霖　江马益　习细平

出版前言

2015年,国家提出高等教育的"双一流"战略。为了对接这一伟大的战略部署,南昌大学实施了"三个一"工程,即建设一批"一流学科"、"一流平台"和"一流团队"。南昌大学人文学科也有幸被列入"一流学科"建设行列,获得了一定的经费资助。出版高水平的学术论著是人文学科学术发展的重要内容。为了提升人文学院的学术水准,经过教授委员会讨论,学院选取了16本质量比较高的学术论著,命名为"霁光人文丛书",统一由商务印书馆出版发行。

谷霁光先生是我国著名的历史学家,他虽是湖南人,但却长期在江西工作,对江西的学术产生了深刻的影响,至今学术界提起江西史学研究,必提谷老。他亲手创办的历史系,也成为目前南昌大学人文学院的三个系之一。2017年5月,南昌大学人文学院在学校支持下,举办了"纪念谷霁光先生诞辰110周年暨传统中国军事、经济与社会"学术研讨会,目的在于继承谷老精神,弘扬人文学术。因此,我们把这套丛书命名为"霁光人文丛书",一方面是为了承续谷老所倡导的刻苦、专一和精深的优良学术传统,另一方面,也希望借助"霁光"这个名字,隐喻南昌大学人文学科的美好愿景。

丛书编委会
2017年8月1日

目　录

自序 …………………………………………………………………… 1

上编　金代诗学理论

引言 …………………………………………………………………… 3

第一章　赵秉文、李纯甫的诗学观 ………………………………… 9

第一节　赵秉文的诗学观 ………………………………………… 9

一、诗歌传统论:提倡风雅 ………………………………… 10

二、诗歌原理论:"诚"是文学的根本 ……………………… 12

三、诗歌创作论:在"师古"的基础上"自成一家" ………… 13

四、诗歌风格论:强调"文如其人" ………………………… 14

第二节　李纯甫的诗学观 ………………………………………… 16

一、诗歌原理论:诗为"心声","唯意所适" ………………… 17

二、诗歌创作论:力主创新,自成一家 ……………………… 18

附:王郁、赵衍的诗学观 ……………………………… 19

第二章　王若虚、刘祁的诗学观 …………………………………… 22

第一节　王若虚的诗学观 ………………………………………… 22

一、诗歌原理论:贵"天全""自得",倡"以意为主" ………… 23

二、诗歌创作论:巧拙相济,词达理顺 ……………………… 27

三、诗歌欣赏论:戒忌迂拘末理,注重玩索诗味 …………… 30

四、诗歌批评论:扬苏抑黄 …………………………………… 33

第二节　刘祁与《归潜志》 ……………………………………… 39
　　　　一、诗歌批评论:批评尖新诗风,推尊唐人风致 …………… 39
　　　　二、诗歌原理论:以情论诗,不鄙俚俗 ……………………… 41

第三章　元好问的诗学理论 …………………………………………… 43
　　第一节　诗歌传统论:高扬汉魏、晋、唐的风雅传统 ……………… 45
　　第二节　诗歌原理论:以"诚"为本 ………………………………… 53
　　第三节　诗歌创作论:学至于无学 ………………………………… 57
　　第四节　诗歌批评论:崇尚壮美、天然、古雅的诗境,贬抑柔弱、巧饰、
　　　　　　险怪的诗风 ………………………………………………… 64

下编　元代诗学理论

引言 …………………………………………………………………………… 75
　　一、元代前期诗学 …………………………………………………… 76
　　二、元代后期诗学 …………………………………………………… 83

第一章　方回对江西诗法的总结 ……………………………………… 89
　　第一节　风格论:以"格高"为第一 ………………………………… 90
　　第二节　技巧论:响字、活句、拗字、变体之法 …………………… 95
　　　　一、"响字"之说 ……………………………………………… 96
　　　　二、"活句"之说 ……………………………………………… 98
　　　　三、"拗字"之说 ……………………………………………… 100
　　　　四、"变体"之说 ……………………………………………… 102
　　第三节　批评论:"一祖三宗"说 …………………………………… 104

第二章　元代前期其他流派的诗学观 ……………………………… 112
　　第一节　李冶等北方诸家的诗学观 ………………………………… 112
　　　　一、李冶:强调诗文当有骨格 ……………………………… 112

二、刘秉忠：主张作诗当以自然为宗 ………………………………… 113
　　三、王恽：诗文"以自得有用为主"的观点 …………………………… 115
　　四、胡祗遹：以自适、自然为诗文创作的宗旨 ……………………… 116

第二节　王义山等理学家的诗学观 ……………………………………… 121
　　一、王义山：以简淡为归，反对工丽新巧 …………………………… 121
　　二、胡炳文：主张诗须有补于"修齐治平" …………………………… 123
　　三、陈栎：论诗既主理，又兼顾艺术特征 …………………………… 124
　　四、郝经："述王道"，以求有补于世的诗学思想 …………………… 126

第三节　杨公远等以清虚雅淡为尚的诗学观 …………………………… 129
　　一、杨公远：效法孟郊、贾岛，喜爱"江湖"诗法 …………………… 129
　　二、释英：论诗本于禅悟，提倡"空趣" ……………………………… 132
　　三、黄庚：主张率意为诗，不计工拙 ………………………………… 134

第四节　戴表元、袁桷等人崇唐复古的诗学观 ………………………… 136
　　一、戴表元：对宋末诗风的反思 ……………………………………… 136
　　二、袁桷：提倡魏晋、盛唐之诗，风雅比兴之义 …………………… 140
　　三、程钜夫：提倡务实的诗风 ………………………………………… 143

第五节　赵文等人强调写性情之真的诗学主张 ………………………… 145
　　一、赵文：强调"人有性情，则人人有诗" …………………………… 145
　　二、刘埙：推崇"杜、黄音响，陶、柳风味" ………………………… 147
　　三、吴澄：主张"诗以道情性之真，自然而然之为贵" ……………… 149
　　四、刘将孙："诗本出于情性"说与以禅喻诗说 ……………………… 152

第三章　元代中后期师古派与师心派的诗学观 ……………………… 155

第一节　虞集等师古派的诗学观 ………………………………………… 155
　　一、虞集：论诗以雅正为归 …………………………………………… 155
　　二、欧阳玄：论诗主雅正浑厚之风 …………………………………… 157
　　三、吴莱：提倡学习古乐府，主张"倚其声以造辞" ………………… 159
　　四、傅若金：主张"志于古"，以雅正为归 …………………………… 161
　　五、戴良：身处元末，犹高唱雅正之音 ……………………………… 162

第二节　刘诜等师心派的诗学观 ……………………………………… 163
　　一、刘诜：学诗文要广泛师承，自立门户 ……………………… 163
　　二、黄溍：认为"诗生于心"、"本于人情" ……………………… 165
　　三、吴师道：重视一己的个性和实历 …………………………… 166
　　四、王沂：论诗以自然为宗,重视人情、土风对诗歌风格的影响 … 167
　　五、陈绎曾：提出情生于境，强调"情真、事真" ……………… 168
　　六、杨维桢：论诗以情性为主,兼及格调 ……………………… 170
　　七、张翥：认为诗本于"性情之天、声音之天" ………………… 173
　　八、王礼：主张代有其诗,诗当抒写"真情实景" ……………… 173
　　九、罗大已：论诗主自得而倡神情 ……………………………… 175

第四章　元人对唐诗与诗法的探究 ……………………………… 177
第一节　元人对唐诗的研究 …………………………………… 177
　　一、元代诗坛"宗唐"的理论倾向 ………………………………… 177
　　二、辛文房《唐才子传》…………………………………………… 184
　　三、杨士弘《唐音》………………………………………………… 187
第二节　元人对诗法的探讨 …………………………………… 190
　　一、杨载《诗法家数》……………………………………………… 190
　　二、范梈《木天禁语》《诗学禁脔》……………………………… 195
　　三、揭傒斯《诗法正宗》《诗宗正法眼藏》……………………… 199
　　四、傅若金《诗法正论》…………………………………………… 203

结束语 ……………………………………………………………… 206

补编　金元唐诗论评选

答李天英书　［金］赵秉文 ……………………………………… 213
　附录
　　题田不伐书后（节录）　［金］赵秉文 ………………………… 216

西岩集序　[金]李纯甫 …… 216
归潜志(选录)　[金]刘　祁 …… 217

高思诚咏白堂记　[金]王若虚 …… 218
附录
滹南诗话(选录)　[金]王若虚 …… 219
文辨(选录)　[金]王若虚 …… 220
王子端云"近来陡觉无佳思,纵有诗成似乐天",其小乐天甚矣,
　予亦尝和为四绝　[金]王若虚 …… 221
逸老堂诗话(选录)　[明]俞　弁 …… 221

杨叔能小亨集引　[金]元好问 …… 222
附录
论诗三十首(选录)　[金]元好问 …… 224
杜诗学引　[金]元好问 …… 226
陶然集诗序(节录)　[金]元好问 …… 227
佟怀东诗选序(节录)　[清]钱谦益 …… 228

重刊李长吉诗集序　[金]赵　衍 …… 229
附录
李长吉诗集序(节录)　[宋]薛季宣 …… 230
长歌哀李长吉(节录)　[元]郝　经 …… 231
李贺醉吟图　[元]刘　因 …… 231
刻长吉诗序　[元]刘将孙 …… 231
唐诗品(选录)　[明]徐献忠 …… 232
题李长吉集　[明]胡应麟 …… 232
诗源辩体(选录)　[明]许学夷 …… 233

一 王雅序(节录) [元]郝 经 …… 234
　附录
　　与撒彦举论诗书 [元]郝 经 …… 236
　　唐音原序 [元]虞 集 …… 237
　　皇元风雅序(节录) [元]戴 良 …… 238

送罗寿可诗序 [元]方 回 …… 239
　附录
　　程斗山吟稿序 [元]方 回 …… 240
　　送俞唯道序(节录) [元]方 回 …… 241
　　读张功父南湖集并序(节录) [元]方 回 …… 241
　　唐长孺艺圃小集序(节录) [元]方 回 …… 242
　　恢大山西山小稿序 [元]方 回 …… 242

瀛奎律髓序 [元]方 回 …… 244
　附录
　　瀛奎律髓评语(选录) [元]方 回 …… 246
　　诗源辩体(选录) [明]许学夷 …… 247
　　瀛奎律髓序(节录) [清]吴之振 …… 248
　　瀛奎律髓刊误序 [清]纪 昀 …… 249
　　四库全书总目·瀛奎律髓(节录) [清]纪 昀等 …… 250

张仲实诗序 [元]戴表元 …… 251
　附录
　　陈晦父诗序(节录) [元]戴表元 …… 252
　　洪潜甫诗序 [元]戴表元 …… 253
　　书番阳生诗(节录) [元]袁 桷 …… 254
　　赵氏诗录序 [元]杨维桢 …… 254

唐诗鼓吹原序 [元]赵孟頫 ····· 255
附录
注唐诗鼓吹诗集序 [元]姚 燧 ····· 256
注唐诗鼓吹序 [元]武乙昌 ····· 257
源辩体(选录) [明]许学夷 ····· 258
唐诗鼓吹注解序 [清]钱谦益 ····· 258
四库全书总目·唐诗鼓吹(节录) [清]纪 昀等 ····· 259
评点唐诗鼓吹序 [清]吴汝纶 ····· 260

书汤西楼诗后 [元]袁 桷 ····· 261
附录
潜溪诗眼(选录) [宋]范 温 ····· 263
蔡宽夫诗话(选录) [宋]蔡居厚 ····· 263
彦周诗话(选录) [宋]许 顗 ····· 263
后村诗话(选录) [宋]刘克庄 ····· 264
书郑潜庵李商隐诗选 [元]袁 桷 ····· 264
注李义山诗集序(节录) [清]钱谦益 ····· 264
二冯评点才调集(选录) [清]冯 班 ····· 265

皮昭德诗序 [元]吴 澄 ····· 266
附录
诗府骊珠序 [元]吴 澄 ····· 268
隐居通议(选录) [元]刘 埙 ····· 268
诗法正论(选录) [元]傅若金 ····· 269
刘遂志诗序(节录) [元]周霆震 ····· 269

与揭曼硕学士 [元]刘 诜 ····· 270
附录
黄公海诗序(节录) [元]刘将孙 ····· 272

午溪集序(节录) [元]黄　溍 …………………………………… 272
　　李仲虞诗序 [元]杨维桢 …………………………………… 273

诗法家数引言 [元]杨　载 …………………………………… 274
　附录
　　木天禁语(选录) [元]范　梈 …………………………………… 276
　　诗学禁脔(选录) [元]范　梈 …………………………………… 277
　　诗法正宗(选录) [元]揭傒斯 …………………………………… 277
　　诗宗正法眼藏(选录) [元]揭傒斯 …………………………………… 278
　　诗法正论(选录) [元]傅若金 …………………………………… 278

唐音序 [元]杨士弘 …………………………………… 280
　附录
　　唐音各集小序(选录) [元]杨士弘 …………………………………… 282
　　题批点唐音前 [明]顾　璘 …………………………………… 283
　　诗源辩体(选录) [明]许学夷 …………………………………… 283
　　四库全书总目·唐音(节录) [清]纪　昀等 …………………………………… 284

唐才子传卷首引言 [元]辛文房 …………………………………… 285
　附录
　　唐才子传(选录) [元]辛文房 …………………………………… 287
　　书唐才子传后 [明]杨士奇 …………………………………… 288
　　四库全书总目·唐才子传 [清]纪　昀等 …………………………………… 288
　　善本书室藏书记(选录) [清]丁　丙 …………………………………… 289

乐府类编后序 [元]吴　莱 …………………………………… 290
　附录
　　唐音类选序(节录) [明]黄　佐 …………………………………… 292

唐音类选后序(节录) [明]潘光统 …………………………… 293
唐诗纪序(节录) [明]李维桢 ……………………………… 293
唐音癸签(选录) [明]胡震亨 ……………………………… 294

参考文献 ………………………………………………………… 295
　一、总集 ………………………………………………………… 295
　二、别集 ………………………………………………………… 296
　三、诗话笔记 …………………………………………………… 297
　四、史志书目 …………………………………………………… 298
　五、研究著作 …………………………………………………… 299
　附:金元诗学研究论文目录(选录) …………………………… 299

自　　序

选择《金元诗学理论研究》作为我的博士论文，应该说是出于一种缘分。

早在1982年，我在北京师范大学中文系读大学三年级，聆听启功教授主讲的"元代诗文研究"选修课。启功教授说："汉魏诗是淌出来的，唐诗是唱出来的，宋诗是想出来的，元明清诗是仿出来的。"他的话简洁、幽默、准确，给我留下深刻的印象，使我萌生了对中国古代诗歌的浓厚兴趣。1983年，我从北京师范大学毕业，分配到江西大学（即现在的南昌大学前身）中文系任教，负责"宋元文学史"的教学研究工作。1996年，我有幸到北京大学中文系当访问学者，在孙钦善教授指导下，从事《全宋诗》的整理工作，学到了很多文献学方面的知识。

1997年9月，我考入上海师范大学中文系攻读中国古代文学博士学位，师从曹旭教授。读博期间，幸逢德高望重的陈伯海教授正主持两项社会科学研究课题：一是多卷本《中国诗学史》，二是《历代唐诗评论选》。陈教授把这两项课题中的"金代、元代部分"都交给我承担，以示关心和磨砺。我不揣浅陋，谨遵师命。在撰写"金元诗学史"和选编"金元唐诗评论选"的基础上，形成了《金元诗学理论研究》这篇博士论文。在论文撰写过程中，陈伯海师、曹旭师给我提供了大量的资料；在论文的构架、材料的解读、观点的梳理与归纳等诸多方面，两位恩师均给我以耐心、细致的指导。真可谓"夫子循循然善诱也"。

2000年5月，我终于写完了博士论文，并按时参加了论文答辩。答辩委员会由复旦大学的王水照教授、上海社会科学院的陈伯海教授、华东师范大学的邓乔彬教授和洪本健教授、南昌大学的孙力平教授五位专家组成，王水照教授担任答辩委员会主席。在答辩中，专家们对我的论文做了这样的评价：

金元诗学是古代诗学研究中的薄弱环节,该生知难而进,从大量的诗学材料入手,运用历史与逻辑相统一的方法,对金元两代各家各派诗论作了合理的归纳与阐释,清晰地梳理出金元诗学理论的发展脉络,有些章节发前人所未发,皆有助于金元诗学理论研究的深入发掘。论文材料翔实,论证充分,阐释精到,既有宏观阐发,又有微观考察,显示出作者厚实的文献功底与开阔的学术视野,富有启迪意义。

　　如果说,1982 年聆听启功教授"元代诗文研究"选修课,是我与金元诗学结缘的开始,那么,2000 年在陈伯海师、曹旭师的关心指导下,完成《金元诗学理论研究》这篇博士论文的写作和答辩,则是我与金元诗学结缘的进一步发展,这中间凝聚了许多名师对我的关心、爱护和培养,在此一并致以深深的谢意。

　　获得博士学位后,我又回到我的故乡江西南昌大学中文系任教。2001 年,韩国新星出版社社长吴炯奎先生致力于把中国学者的学术著作引入韩国,他向我伸出了热情之手,慨然捐助出版我的博士论文。这样,我的博士论文终于能够先在韩国问世出版。有些到韩国讲学的友人说在韩国的许多书店里见到过拙著,但拙著在国内一直没有联系出版。多年来,有些友人来信索取拙著,无奈韩国新星出版社只给了我 7 本样书,我没有办法答应索书者的要求。现在,南昌大学人文学院组织编撰出版《霁光人文丛书》,拙著忝列其中,在国内获得出版的良机。

　　拙著《金元诗学理论研究》在保留原有全部内容的基础上,增加了"补编:金元时代唐诗论评选录",这部分内容编纂于 1999 年,均是极可靠的资料,有助于读者了解金元两代对唐诗评价和接受的状况。

　　在拙著付梓之际,谨向各位恩师、同道表示真诚的感谢!

文　师　华
二〇一六年秋于南昌大学中文系

上编

金代诗学理论

引　言

北宋开国150年后,松花江东的女真族乘势崛起,拥号称尊,灭辽侵宋。靖康(1126)之后,金入主中原,雄踞中国北方达120年(1115—1234)之久,这就是历史上所谓的"金源"时代。

金代上接北宋,与南宋同处于一个历史时期,在空间上与南宋并峙。《金史·文艺传序》云:"金用武得国,无以异于辽,而一代制作能自树立唐、宋之间,有非辽世所及,以文而不以武也。"金代自熙宗(1135—1149),读书讲学,尊崇儒家;世宗(1161—1189)嗜读史籍,雅好儒风之后,文教称盛,凌辽比宋。据《全金诗》所录,金代文学家总计达358人。从文学渊源看,金代文学主要受北宋文人特别是苏轼的影响。翁方纲《书元遗山集后》诗称:"程学盛南苏学北。"虞集《庐陵刘桂隐存稿序》云:"中州隔绝,困于戎马,风声习气,多有得于苏氏之遗,其为文亦曼衍而浩博矣。"苏轼的宽容精神和"随物赋形"(《自评文》)的创作观均被金代的文学家、批评家所接受。

金诗的发展,在很大程度上得益于辽、宋,但不久便走向成熟,形成了自己的特色。与宋诗相比,金诗显得更为质拙,诗中的文化积淀也不如宋诗。宋诗重视理趣,以文为诗,用典较多;金诗没有这种倾向,而是充溢着更多的清劲刚健之美和浓郁的朴野之气,给诗歌发展注入了新的活力。北方民族游牧骑射生活、剽悍尚武的民族精神及其对儒雅风流的汉文化的吸收,是形成金诗风貌的决定性因素。

关于金代诗风的变迁过程,元好问在《闲闲公墓铭》中做了这样的概括:

> 国初因辽宋之旧,以词赋经义取士,预此选者,选曹以为贵科,荣路所

在，人争走之。传注则金陵之余波，声律则刘郑之末光，固已占高爵而钓厚禄，至于经为通儒，文为名家，良未暇也。及翰林蔡公正甫，出于大学大丞相之世业，接见宇文济阳、吴深州之风流，唐、宋文派，乃得正传。然后诸儒得而和之。盖自宋以后百年，辽以来三百年，若党承旨世杰、王内翰子端、周三司德卿、杨礼部之美、王延州从之、李右司之纯、雷御史希颜，不可不谓之豪杰之士。①

纵观金诗的发展过程，金初诗坛（从太祖到海陵朝），可称"借才异代"②时期，主要诗人是由宋入金的士大夫，如宇文虚中、吴激、张斛、蔡松年、高士谈、施宜生等，还有一些是由辽入金的汉族文士，如韩昉、左企弓、虞仲文等。这些诗人大都有很高的地位，在朝野上下有广泛的影响。宇文虚中被尊为"国师"，蔡松年官至宰相，吴激、施宜生等担任过翰林学士等要职，韩昉更是熙宗的老师……他们都作过成熟的汉文诗词，诗中充满忧怀故国的情思，诗风明丽凄清，在金诗发展中起到了奠基作用。大定、明昌时期，由于世宗重视文治，章宗提倡辞艺之美，一时文风兴盛，诗歌创作出现了多元化的态势。蔡珪、刘迎等人开创了气骨苍劲的"国朝文派"诗风；党怀英、王庭筠、赵秉文、赵沨等人则以超轶绝尘为审美理想，致力于清雅诗境的创造；周昂、王寂等人更突出地展现出气骨苍劲的风貌；与此同时，在章宗诗风的引导下，浮艳尖新的风气也很有势力。刘祁《归潜志》卷八记载：

> 明昌、承安间，作诗者尚尖新，故张蘙仲扬由布衣有名，召用。其诗大抵皆浮艳语，如"矮窗小户寒不到，一炉香火四围书"。又"西风了却黄花事，不管安仁两鬓秋"。人号"张了却"。

"贞祐南渡"以后，金朝国势衰微，蒙古大举南逼，而诗坛并不寂寞，形成了两个诗歌流派：一派以赵秉文、王若虚为代表，一派以李纯甫、雷渊（希颜）为代

---

① 《遗山先生文集》卷十七。
② 清庄仲方：《金文雅序》。

表。他们都致力于扭转明昌、承安年间尚尖新、多艳靡、拘声律的风气,把诗歌创作引向质朴健康的轨道。刘祁说:"南渡后,文风一变,文多学奇古,诗多学风雅,由赵闲闲(秉文)、李屏山(纯甫)倡之。"①可见,赵、李二人在诗风转变中起到了领袖群贤的作用。

在金末丧乱时期,元好问以雄浑苍劲之笔,写国破家亡之痛,把金诗推向了雄奇壮丽的高峰。

在金代诗风变迁发展的过程中,对诗学理论的探讨也十分自由活跃,且颇多创获。

赵秉文致力于为金代文学寻找出路,"沉潜乎六经,从容乎百家"②,力倡《诗经》以来的风雅传统,强调"诚"是文学的根本,文学当"以意为主,辞以达意而已"③。对于诗文创作,他特别强调模仿,在"师心"与"师古"之间,他更强调"师古",主张以"多师"为途径,达到"自成一家"④的目的。在论及诗人的才性与其风格的内在联系时,他得出了"文如其人"的认识,并由此肯定了诗歌史上风格的丰富性、多样性。在《答李天英书》中,他对宋代以前的著名诗人,从风格上进行分类,以"冲淡""峭峻""幽忧不平""浑浩""豪""理"等名词作为评论诗人风格的根据,指出诗歌风格的丰富性是由诗人个性的多样化所决定的。

李纯甫与赵秉文同时主盟文坛,但二人的诗学观并不相同。李纯甫《西岩集序》认为诗歌是"心声"的率真流露,写诗应"唯意所适",力主创新。他的诗歌创作观似乎深受黄庭坚"我不为牛后人"⑤之说的影响,强调诗文写作"欲自成一家","当别转一路,勿随人脚跟"⑥,与主张"师古"、崇尚风雅的赵秉文分庭抗礼。在对唐诗的态度上,赵秉文认为应从韦应物、王维、柳宗元、白居易、李白、李贺、孟郊、贾岛、杜甫、韩愈等众多的诗人身上广泛汲取营养,而李纯甫却强调只学李贺奇怪诗风;尽管两人均强调"自成一家",但所指出的学诗的途径有广、狭之分,表现出不同的诗学倾向。

---

①⑥ 刘祁:《归潜志》卷八。
② 元好问:《闲闲公墓铭》。
③ 《竹溪先生文集引》。
④ 《答李天英书》。
⑤ 《赠高子勉》。

李纯甫所奖掖吸引的文士中,雷渊、李经、王郁、王士衡、赵元、赵衍等人与李纯甫具有同样的"尚奇"倾向。从诗学史的角度看,值得重视的是王郁、赵衍二人。王郁论诗以《三百篇》、汉魏、唐代为指归,鄙薄唐以后诗"尖慢浮杂,无复古体"①,明显地体现了金代后期师古的风尚。其批评与创作的态度大致折中于赵秉文、李纯甫二家。但他写诗主要取法唐代"三李"(李白、李贺、李商隐),为人以才气自负,"颇骜岸不通彻","不以毁誉易心"②,诗风和性格均接近李纯甫。赵衍今存《重刊李长吉诗集序》一文,载于所刊李贺诗前。序中引吕鲲之说,概括了李贺诗歌师心、逐奇的艺术特点。序的末尾说:"此书行,学贺者多矣。"可见,李贺诗集的刊行,反映了当时燕中人作诗效法李贺的风尚,从而构成了元代诗学中"师心"一流的前驱。

王若虚与赵秉文、李纯甫同时代,但不为当时流行的"师古"风尚所左右,他"文以欧苏为正脉,诗学白乐天"③。在诗文批评上也独持己见,自立门户。他的诗学思想,主要体现在《滹南诗话》《文辨》及论诗诗中。王若虚论诗的基本原理是由贵"天全"、贵"自得"和"以意为主、字句为役"两方面构成的。他的"天全""自得"说上承苏轼,下开明代性灵派。他特别推崇白居易,认为白氏诗篇之所以不朽,就在于"情致曲尽"④,出乎天全。"以意为主"⑤的理论,是王氏在师承其舅周昂的诗学命题的基础上形成的,所谓"意"是一篇诗文的主脑。王氏认为,古人作诗,"意到即用"⑥,"意"起主导作用,至于用字择韵,不过是随之而来的余事,不必斤斤计较。王氏精于诗文语意结构分析,主张写作诗文要"巧拙相济"⑦,文质并存;描写意象要切合身份;语意要贯穿,要含而不露;写景状物要"妙在形似之外而不遗形似"⑧。王氏的诗歌欣赏观点也异常平实,他最戒忌的是迂拘末理,曲解诗意;同时他还力主欣赏时要注意玩索诗歌的意味,看诗的意味是否深永,如果意味浅薄,即使是奇语好语,也不足贵。王氏的批评范围相当广泛,从战国、汉代、南北朝到唐、宋,上下1500多年。但是,从诗学史的角度看,

---

①② 刘祁:《归潜志》卷三。
③ 元好问:《内翰王公墓表》。
④⑤⑦ 《滹南诗话》卷一。
⑥ 同上书,卷三。
⑧ 同上书,卷二。

扬苏(轼)抑黄(庭坚)是王氏批评论的重点所在。他反对黄庭坚宗杜之说,认为黄诗有奇无妙,破碎乏味。他对黄庭坚的批评,大都堪称中肯,但也有不当之处。王氏似乎不太能体会诗中的形象思维和"移情"手法,同时也偶尔喜欢恣意吹求,将作品中的词句看呆了,这是他论诗的一大缺点。

金末丧乱之际,刘祁隐居乡间,撰写《归潜志》。此书对于诗论的主要贡献在于,它真实客观地记述了赵秉文与李纯甫、王若虚与雷希颜等诸多大家之间的诗学论争,可补专集之不传,正史之缺漏。书中批评了明昌、承安年间的浮艳尖新的诗风,肯定了赵秉文倡导的师古风尚和李纯甫一派的"奇峭"风格,并推尊"唐人风致"①,所举唐代作家也以李白、李贺为多,且深致仰慕之意,而无一语涉及王维、韦应物一派。刘祁还坚持以情论诗,不鄙俚俗,认为诗"本发其喜怒哀乐之情,如使人读之无所感动,非诗也"②,对当时出自民间的歌谣给予高度评价,这一观点对明代李梦阳"真诗乃在民间"③之说有直接的影响。

元好问诗作是金代诗歌的顶峰,他也是最著名的文学批评家。其诗规模李、杜,力复唐音,"奇崛而绝雕刿,巧缛而谢绮丽"④。其诗学理论的代表作,当首推历代传诵的《论诗三十首》。以绝句论诗,其佳处在于把作者的理论主张、审美观点寓含在诗的意象化方式之中,言简意赅,形象直观,这种诗论形式自杜甫《戏为六绝句》开其端绪,至元好问开始扩大,对明清诗人有广泛影响。

郭绍虞《元好问论诗三十首小笺》云:"元氏论诗宗旨,重在诚与雅二字。"在对古代诗歌的接受方面,元好问俨然以"诗中疏凿手"自任,要别裁伪体,发扬正体。他以《诗三百》为风雅"正体"的源头,高扬汉魏、晋、唐的风雅传统,并标举了古诗四种境界,即曹(植)、刘(桢)之慷慨,阮籍之沉郁,陶潜之真淳,《敕勒歌》之豪放浑朴。

在论述诗的本源时,元好问强调"以诚为本",这一观点集中体现在《杨叔能小亨集引》中。所谓"诚",包括"真"与"正"两个层面,是指创作主体发自内心的纯正高尚的真情实感。对于诗的创作过程,元好问也做了一番剖析:"由心而

---

① 《归潜志》卷一。
② 同上书,卷十三。
③ 《诗集自序》。
④ 《金史·文艺传》。

诚,由诚而言,由言而诗",可见,"诚"是诗的真正本源。创作主体有了情动于中的"诚",才使诗产生"同声相应,同气相求"的普遍感染力,即使是"小夫贱妇、孤臣孽子"的感讽吟咏,也能起到"厚人伦、美教化"的作用。反之,如果"不诚",言无所主,心口不一,就不可能具有"动天地、感鬼神"的力量。这就是元好问"以诚为本"的诗歌本源论。元好问推崇唐诗,认为"唐诗所以绝出于三百篇之后者,知本焉尔矣",学者当"以唐人为指归"。

元好问在总结前代诗学理论时,还提出了"学至于无学"的精辟见解。其《杜诗学引》称:"子美之妙,释氏所谓学至于无学者耳。"他认为杜甫最善于学古人,"九经百氏,古人之精华"都融汇在他的诗中,可以说"无一字无来处",也可以说"不从古人中来"。"学至于无学"一语的精神与杜甫"读书破万卷,下笔如有神"比较接近。"读书破万卷"是"学","如有神"是"无学"。在"学"的阶段,必须通过广泛阅读和刻苦模仿,掌握写诗的技巧。"无学"则是一种出神入化的境界,"不烦绳削而自合","不离文字"又"不在文字"。[①]"学至于无学"是诗歌创作的正确途径。

元好问的诗歌批评论,主要见于《论诗三十首》及《中州集》中的诗人小传,前者着眼于评论古代诗人,后者着眼于评论金代诗人,两者所评对象不同,但所持的批评标准是一致的,即崇尚壮美、天然、古雅的诗境,贬抑柔弱、巧饰、险怪的诗风。北方民族淳朴刚健的民族精神和儒家温柔敦厚的诗教,是形成元好问批评观念的重要原因。

[①] 《陶然集诗引》。

第一章　赵秉文、李纯甫的诗学观

第一节　赵秉文的诗学观

赵秉文(1159—1232),字周臣,磁州滏阳(今河北磁县)人。金世宗大定二十五年(1185)进士。章宗明昌六年(1195),入为应奉翰林文字,同知制诰。宣宗贞祐四年(1216),拜翰林侍读讲学。兴定元年(1217),拜礼部尚书,兼侍读学士,同修国史,知集贤院。晚年退职归田,因家有闲闲堂而自号闲闲老人。哀宗天兴元年(1232),因病去世,年七十四。赵秉文"自幼至老,未尝一日废书"。著有《易丛说》10卷,《中庸说》1卷,《扬子发微》1卷,《太玄笺赞》6卷,《文中子类说》1卷,《南华略释》1卷,《列子补注》1卷,删集《论语》《孟子解》各10卷,《资暇录》15卷,不过这些著作现已湮没不闻。他所著诗文号《闲闲老人滏水文集》(以下简称《滏水文集》)共30卷,今传本仅20卷。事见《金史》卷一百一十。

赵秉文是金代"贞祐南渡"之后的诗界领袖之一。其诗歌创作篇什较多,现存于《滏水文集》的诗作有600余首。《中州集》收录其诗63首。关于他的诗文特色,元好问在《闲闲公墓铭》中做过这样的概括:

大概公之文,出于义理之学,故长于辨折,极所欲言而止,不以绳墨自拘。七言长诗,笔势放纵,不拘一律。律诗壮丽,小诗精绝,多以近体为之。至五言大诗,则沉郁顿挫学阮嗣宗,真淳简淡学陶渊明,以他文较之,或不近也。①

这一评价恰如其分。

赵秉文的诗学思想,可分为传统论、原理论、创作论和风格论四个方面。

一、诗歌传统论:提倡风雅

一代有一代的文学,金代文学之所以能自立于唐、宋之间,的确有赖文学传统的经营与发扬。元好问说:

> 国初文士,如宇文太学、蔡丞相、吴深州之等,不可不谓之豪杰之士,然皆宋儒,难以国朝文派论之。故断自正甫为正传之宗,党竹溪次之,礼部闲闲公又次之。自萧户部真卿倡此论,天下迄今无异议云。②

在初期,金"借才异代",像宇文虚中、蔡松年、吴激等,都是一时俊彦,但他们都来自宋朝,诗文作品带有浓重的宋代文学的特色,很少有金代文学的气息。有鉴于此,一些豪杰之士便联袂而起,在文苑上惨淡经营。他们有着共同的自觉,即皈依风雅传统。所谓"风雅",是一个整合的概念,指称一种由性情、才力、学养的流溢而形成的浩然充沛的风神韵度。③"风雅"作为一种文学传统,是指自《诗经》以来,诸多"发乎情性,止乎礼义"、典雅中正、乐而不淫、哀而不伤的文学作品。阮元《金元最序》称:"大定以后,其文章雄健,直继北宋诸贤。"正是从"风雅"的角度而说的。其中,蔡正甫最早倡导韩愈、欧阳修、苏轼诸家的风雅传统。郝经说他:"前胶续弦复一韩,高古劲欲摩欧、苏……不肯蹈袭抵自作,建瓴一派雄燕都。"④元好问引萧真卿的评语,称他为风雅文学的"正传之宗"⑤。其后,党怀英以北方淳朴豪迈的姿态,出入于风雅传统,他

---

① 《遗山先生文集》卷十七。
②⑤ 《中州集》卷一《蔡太常珪小传》。
③ 成复旺主编:《中国美学范畴辞典》,第162页。
④ 《陵川集》卷九《书蔡正甫集后》。

"文似欧公,不为尖新奇险之语;诗似陶、谢,奄有魏晋"①。所以,郝经推他为金文之宗,云:"中间承旨掌丝纶,一变至道尤沉雄。岿然度越追李唐,诚尽简质辞雍容……混然更比坡仙纯,突兀又一文章公。自此始为金国文,昆仑发源大河东。"②意思是说,党怀英的文章超越苏轼,直追唐代,文辞简质,气韵沉雄,有大河奔腾之势。紧跟着党怀英的是赵秉文,他进一步使风雅文学传统发扬光大,肩负起继往开来的使命。元好问从这一特定的角度对他们做了高度的评价:

> 盖自宋以后百年,辽以来三百年,若党承旨世杰、王内翰子端、周三司德卿、杨礼部之美、王延州从之、李右同之纯、雷御史希颜,不可不谓豪杰之士!若夫不溺于时俗,不汩于利禄,慨然以道德仁义、性命祸福之学自任,沉潜乎六经,从容乎百家;幼而壮,壮而老,怡然涣然之死而后已者,惟我闲闲公一人!③

元好问这则评价有些溢美,难逃谀墓之嫌。与其他作家相比,赵秉文的人格修养未必高出群伦,尤其是明昌六年(1195)牵连王庭筠下狱一事,更为士林所讥。《金史》卷一百一十载:

> 明昌六年,(秉文)入为应奉翰林文字,同知制诰,上书论宰相胥持国当罢,宗室守贞可大用。章宗召问,言颇差异,于是命知大兴府事内族膏等鞫之。秉文初不肯言。诘其仆,历数交游者,秉文乃曰:"初欲上言。尝与修撰王庭筠、御史周昂、省令史潘豹、郑赞道、高坦等私议。"庭筠等皆下狱,决罚有差。有司论秉文上书狂妄,法当追解,上不欲以言罪人,遂特免焉。当时为之语曰:"古有朱云,今有秉文。朱文攀槛,秉文攀人。"士大夫莫不耻之。

---

① 《滏水文集》卷十一《中大夫翰林学士承旨文献党公神道碑》。
② 《陵川集》卷九《读党承旨碑》。
③ 《闲闲公墓铭》。

造成王庭筠入狱的冤案,赵秉文本是直接的责任者。他为了洗清自己,出卖师友,自己得到了"宽大处理",却使荐举他入朝的王庭筠陷入囹圄。他上书论宗室守贞可大用,也带有很强的功利目的。

但是,元好问说他"沉潜乎六经,从容乎百家",确是很中肯的,指出了赵秉文思想与创作中的儒学色彩和对风雅文学传统的重视。赵秉文的文似欧阳修,诗似陶渊明、谢灵运,正是这一观念的具体实践。刘祁云:"南渡(1214)后,文风一变:文多学奇古,诗多学风雅。由赵闲闲、李屏山倡之。"① 赵秉文率先学风雅,不仅是为了达到"健笔凌风骚"②的理想境界,更是为金代文学寻找出路。

二、诗歌原理论:"诚"是文学的根本

"诚"作为一般的概念,是指真实无妄、诚信不欺,与"真"有同义。不过,与"真"相比,"诚"的含义要狭些。"真"包括主观情感的真实性和客观事物的真实性两个方面,"诚"偏重于主观情感的真实性。在文学艺术中,"诚"主要是指思想情感内容的真实无伪。"修辞立其诚"③是先秦儒家美学所提出的一个重要命题,意思是说,修饰文辞务必以真实纯正的道德情感内容为根本。④

在赵秉文看来,"诚"是文学的根本,而文学则是"情动于中而形于言"的呈现。他说:

> 文以意为主,辞以达意而已。古之人不尚虚饰,因事遣词,形吾心之所欲言耳。间有心之所不能言者,而能形之于文,斯亦文之至乎。譬之水不动则平,及其石激渊洄,纷然而龙翔,宛然而凤蹙,千变万化,不可殚穷,此天下之至文也。亡宋百余年间,惟欧阳公之文,不为尖新艰险之语,而有从容闲

---
① 《归潜志》卷八。
② 《滏水文集》卷三《游玉泉山》。
③ 《周易·乾卦·文言》。
④ 参考成复旺主编:《中国美学范畴辞典》,中国人民大学出版社1995年,第194、197页。

雅之态。丰而不余一言,约而不失一辞,使人读之者,亹亹不厌,盖非务奇之为尚。而其势不得不然之为尚也。①

在文学创作上,赵秉文主张"文以意为主,辞以达意",亦即内容重于形式。他强调诗文应是"吾心"的自然流露,不尚虚饰,因事遣词,随物赋形。尽管文章的形式千变万化,但它的本质是真诚,它的表现是词达理顺而已。他称赞欧阳修的文章平易、简约、晓畅,"不为尖新艰险之语,而有从容闲雅之态。丰而不余一言,约而不失一辞"。后来王若虚所说的:"以文章正理论之,亦惟适其宜而已!"②与赵秉文的"主意"重"诚"之说同出一辙,王若虚的观点可能受到了他的影响。

三、诗歌创作论:在"师古"的基础上"自成一家"

对于诗歌创作,赵秉文诗论的一个突出特点是强调广泛模仿古人。在"师心"与"师古"之间,他更注重"师古"。他说:

"故为文当师六经、左丘明、庄周、太史公、贾谊、刘向、扬雄、韩愈,为诗当师《三百篇》《离骚》《文选》《古诗十九首》,下及李、杜,学书当师三代金石、钟、王、欧、虞、颜、柳,尽得诸人所长,然后卓然自成一家,非有意于专师古人,亦非有意于专摈古人也。""六经,吾师也。""名理之文也,吾师之。"③

无论写诗,还是作文,他都主张由模仿古代大家入手,从他所梳理出来的脉络看,他并不是盲目地照搬,而是偏重对风雅文学菁华的汲取;他所说的模仿,也不是拘泥于陈规旧法,而是入乎其内,又出乎其外,其最终目的是"卓然自成一家"。所以说,"模仿"只是一种手段,"创作"才是目的,就继往开来这点来说,强调模

---

① 《滏水文集》卷十五《竹溪先生文集引》。
② 《滹南先生文集》卷三十六《文辨》。
③ 《滏水文集》卷十九《答李天英书》。

仿的观点正展现了积极的意义。他曾说：

> 太白、杜陵、东坡,词人之文也,吾师其词,不师其意;渊明、乐天,高士之诗也,吾师其意,不师其词。①

他认为在模仿之中,要分清形式与内容上的模仿对象,把"师其词"与"师其意"很好地配合起来,才能逼近风雅,才不至于出现"规规然如晋宋词人蹈袭同一律"②的现象。在他的文集里,拟诗、和诗一类的诗题触目即得,尤其是和渊明诗多达35首,可见,他的创作实践与理论见解是一致的。

在《答李天英书》中,他批评诗人李天英师心而不师古的观点,说：

> 足下立言,措意不蹈袭前人一语,此最诗人妙处。然亦从古人中入,譬如弹琴不师谱,称物不师衡,工匠不师绳墨,独曰师心,虽终身无成可也。

李天英作诗不是从古人中入,而是独师心,一味求变,追求奇异诡怪的诗风。在赵秉文看来,即使有所成就,也"不过长吉、卢仝,合而为一"③罢了,还不能达到"以故为新,以俗为雅"④的创作境地。言词之中,隐约表露出对于李纯甫"别转一路,勿随人脚跟"⑤之说的不满。

四、诗歌风格论:强调"文如其人"

赵秉文在《答李天英书》中还阐明了诗人的才性与其风格的内在联系,得出了"文如其人"的结论。他说：

> 尝谓古人之诗,各得其一偏,又多其性之似者。若陶渊明、谢灵运、韦

---

① ② ③ ④ 《滏水文集》卷十九《答李天英书》。
⑤ 《归潜志》卷八。

苏州、王维、柳子厚、白乐天得其冲淡,江淹、鲍明远、李白、李贺得其峭峻,孟东野、贾浪仙又得其幽忧不平之气。若老杜可谓兼之矣。然杜陵知诗之为诗,未知不诗之为诗。而韩愈又以古人之浑浩,溢而为诗,然后古今之变尽矣。太白词胜于理,乐天理胜于词。东坡又以太白之豪、乐天之理合而为一。

这段文字像一篇浓缩的诗歌风格史论。对于宋代以前的著名诗人,赵秉文从风格上进行了分类,他以"冲淡""峭峻""幽忧不平之气""浑浩""豪""理"这些名词作为评论诗人风格的依据,指出诗人风格类于其才性,"古之诗人,各得其一偏,又多其性之似者",诗歌风格的丰富性正是由诗人个性的多样化所决定的。

在指导后学诗人时,赵秉文同样提倡风格多样,强调不拘一格。刘祁说:"赵闲闲教后进为诗文,则曰:'文章不可执一体,有时奇古,有时平淡,何拘?'"又说:"赵于诗最细,贵含蓄工夫;于文颇粗,止论气象大概。"①可见,赵秉文在提倡"文章不可执一体"的同时,对平淡含蓄的诗风更加推崇,与李纯甫标举奇险的做法大异其趣。

总之,赵秉文是一位风雅文学传统的维护者,他的诗学思想和诗歌创作函容了前人的菁华,主盟文坛三十年,岿然而为一代宗主。郝经在《闲闲画像》一文中评曰:

金源一代一坡仙,
金銮玉堂三十年。
泰山北斗斯文权,
道有师法学有渊。②

郝经把赵秉文比作宋代的苏东坡,又称颂他是"泰山""北斗",由此可以看出他在金代诗文创作和诗学批评史上的重要性。

---

① 《归潜志》卷八。
② 《陵川集》卷九。

第二节　李纯甫的诗学观

李纯甫(1177—1223?)[①]，字之纯，号屏山居士，弘州襄阴(今河北阳原)人。章宗承安二年(1197)进士，后荐入翰林。南渡初，丞相术虎高琪擅权，纯甫审其必败，以母亲年老为理由，辞官归隐。宣宗兴定三年(1219)，高琪事败被诛，纯甫复入翰林，连知贡举。哀宗正大八年(1231)，因取人逾新格，出倅坊州(今陕西黄陵县)，未赴，改京兆府判官。卒于汴，年四十七。

李纯甫从小就很自负，学无所不通，"谓功名可俯拾，作《矮柏赋》，以诸葛孔明、王景略自期"。"又喜谈兵，慨然有经世心。章宗南征，两上疏策其胜负，上奇之，给送军中，后多如所料。"南渡后，术虎高琪擅权，李纯甫虽然官位卑微，但敢于上万言书，援引宋代史实为证，辞意甚切，却遭当权者贬抑。由此他更加狂放不羁，不屑仕进。"中年，度其道不行，益纵酒自放，无仕进意。得官未尝成考，旋即归隐。居闲，与禅僧、士子游，以文酒为事，啸歌祖裼，出礼法外，或饮数月不醒。人有酒见招，不择贵贱，必往，往辄醉。虽沉醉，亦未尝废著书。至于谈笑怒骂，灿然皆成文理。"事见《金史》卷一百二十六、刘祁《归潜志》卷一。

金室南渡，李纯甫与赵秉文同时主盟文坛，分领风骚。他天生爱惜才士，乐于奖掖后进。刘祁说他："天资喜士，后进有一善，极口称推，一时名士，皆由公显于世。又与之拍肩尔汝，忘年齿相欢。教育、抚摸、恩若亲戚。故士大夫归附，号为'当世龙门'。尝自作《屏山居士传》，末云：'雅喜推借后进。'如周嗣明、张伯玉、李经、王权、雷渊、余先子(姓名刘从益)、宋九嘉，皆以兄呼。"[②]"然屏山在世，一时才子皆趋向之。"[③]于此可知他在士林中的威望。

据《金史》卷一百二十六载，李纯甫晚年喜爱佛教，探其奥义，并把自己的文章分类编排成册，将论性理及有关佛老文字编为《内稿》，其余应酬文字，如碑、志、诗、赋，编为《外稿》。又有注解《楞严经》《金刚经》《老子》《庄子》，另著《中

[①] 据周惠泉：《金代文学家李纯甫生卒年考辨》，《社会科学战线》，1994年第3期。
[②] 《归潜志》卷一。
[③] 同上书，卷八。

庸集解》《鸣道集解》等,共数十万言。他的作品大都亡佚,今《中州集》及《全金诗》录其诗29首,《金文最》及《金文雅》录其碑文、赞序共3篇。

关于李纯甫的诗论材料所存极少,现在能见到的主要材料只有李纯甫为金代中叶诗人刘汲《西岩集》所作之序,以及刘祁《归潜志》所载的零散言论。李纯甫的诗学观点,主要包括以下两个方面。

一、诗歌原理论:诗为"心声","唯意所适"

李纯甫《西岩集序》云:

> 人心不同如面,其心之声发而为言。言中理谓之文,文而有节谓之诗,然则诗者,文之变也,岂有定体哉?故三百篇,什无定章,章无定句,句无定字,字无定音。大小长短,险易轻重,惟意所适,虽役夫室妾悲愤感激之语,与圣贤相杂而无愧,亦各言其志也已矣。何后世议论之不公耶?齐梁以降,病以声律,类俳优然。沈宋而下,裁其句读,又俚俗之甚者。自谓灵均以来,此秘未睹,此可笑者一也。李义山喜用僻事,下奇字,晚唐人多效之,号西昆体,殊无典雅浑厚之气,反置杜少陵为村夫子,此可笑者二也。黄鲁直天资峭拔,摆出翰墨畦径,以俗为雅,以故为新,不犯正位,如参禅着末后句为具眼。江西诸君子,翕然推重,别为一派,高者雕镌尖刻,下者模影剽窜。公言:"韩退之以文为诗,如教坊雷大使舞。"又云:"学退之不至,即一白乐天耳。"此可笑者三也。嗟乎!此说既行,天下宁复有诗耶![①]

这篇序文较为系统地表达了李纯甫的诗学原理方面的一些观点:他认为诗歌是"心声"的率真流露,主张文学贵真。他还以《诗三百》的"什无定章,章无定句,句无定字,字无定音"为根据,强调"文无定体","唯意所适"。由此出发,他认为那些社会下层的"役夫室妾悲愤感激之语",只要发自内心,亦可沁人心脾,"与圣贤相杂而无愧"。这一主张冲破了"温柔敦厚"的诗教藩篱,肯定了来自社会

---

① 《中州集》卷二。

底层的诗歌及其所抒发的悲愤不平之气。

接着,他对齐、梁以降出现的追求作品外形与声律之美的艳丽诗风深表不满,指摘它们是"类俳优然"! 至于沈、宋以下的诗人,不求风雅,只顾刻意于句读上,他更加鄙视,认为这是"俗俚之甚者"。

宋初的西昆体诗人一味模仿李商隐僻事奇字,毫无典雅浑厚的气象,却攻击杜甫为"村夫子",对此,他付以轻蔑的一笑。他仰慕黄庭坚的"天资峭拔",更欣赏黄氏在诗歌创作上善于"以俗为雅,以故为新"的本领。但他对于江西诗派雕镌尖刻,模影剽窃的风气,则颇有微词。这正如元好问所说的:"论诗宁下涪翁拜,未作江西社里人。"①

上述观点表明,李纯甫主张诗歌艺术的创新,是以"诗为心声"为逻辑起点的。他反对那种无关乎诗人之"意"的形式雕饰,单纯的声律追求与模拟剽窃的行为,认为形式的创新乃是诗人"各言其志"的自然结果。在"以意为主"的命题上,他与王若虚等人并没有什么分歧。

二、诗歌创作论:力主创新,自成一家

李纯甫的诗歌创作观,似乎深受黄庭坚的影响。黄庭坚曾说:"听他下虎口着,我不为牛后人。"②表现出另辟蹊径的创新意识。李纯甫从这里得到启示,也说:"当别转一路,勿随人脚跟!"这话可视为创新的宣言。刘祁《归潜志》卷八载:

> 李屏山教后学为文,欲自成一家。每曰:"当别转一路,勿随人脚跟!"故多喜奇怪。然其文亦不出庄、左、柳、苏;诗不出卢仝、李贺。晚甚爱杨万里诗,曰:"活泼剌底,人难及也!"赵闲闲教后进为诗文,则曰:"文章不可执一体,有时奇古,有时平淡,何拘?"李尝与余论赵曰:"才甚高,气象甚雄,然不免有失枝堕节处,盖学东坡而不成者。"赵亦语余曰:"之纯文字止一

---

① 《论诗三十首》二十八。
② 《赠高子勉》。

体,诗只一句去也。"又赵诗多犯古人语,一篇或有数句,此亦文章病。屏山尝序其《闲闲集》云:"公诗往往有李太白、白乐天语,某辄能识之。"又云:"公谓男子不食人唾后,当与之纯、天英作真文字。"亦阴讥云。

"别转一路,勿随人脚跟"与"不食人唾后",所强调的就是创新。李纯甫"文"取左、庄、柳、苏,所以具有雄豪的气象;"诗"取卢仝、李贺,所以具有奇诡的风格。他既然别转一路,不步人脚跟,那么只有机杼自出一途了。于是,"奇险"便成了他诗歌创作的追求,一时名士,如李经、雷渊、宋九嘉等人,尽趋其门,蔚为壮观,从而形成了以"尚奇"为创作倾向的诗歌流派。他们与尚平易、主集成、出入古人语的赵秉文分庭抗礼,使金代诗坛显示出多姿多彩的景象。

附:王郁、赵衍的诗学观

李纯甫所奖掖的文士中,王郁、赵衍两人的诗学观点也值得重视。

(一)王郁(1204—1236),字飞伯,大兴(今属北京)人。少有文名,游京师,为赵秉文、雷渊所称赏。天兴元年(1232),汴京被围,王郁上书言事,不报,后突围出,遇害。临终,怀中出书曰:"是吾平生著述,可传付中州士大夫,曰王郁死矣。"事见《金史》卷一百二十六。

王郁不务科举时文,以古学称。刘祁称他"为文闳肆奇古,动辄数千百言,法柳柳州。歌诗飘逸,有太白气象"[1]。王郁论诗也有自己的见解。《归潜志》卷三叙其论诗的旨意,曰:

> 其论诗,以为世人皆知作诗,而未尝有知学诗者,故其诗皆不足观。诗学当自三百篇始,其次《离骚》,汉魏六朝,唐人,近皆置之不论,盖以尖慢浮杂,无复古体。

他论诗以《三百篇》、汉魏、晋代为归,鄙薄唐以后的诗"尖慢浮杂,无复古体",体现了金代后期师古的风尚。其批评与创作的态度大致折中于赵秉文、李纯甫二

---

[1] 《归潜志》卷三。

家。又据《归潜志》卷三记载,他为人以才气自负,"颇骜岸不通彻","不以毁誉易心",可见他性格豪放尚气,又接近李纯甫,但不像李纯甫那样狂怪。

(二)赵衍(生卒年不详),号西岩,碣石(今属河北)人。王恽《西岩赵君文集序》称:"西岩赵君系出辽勋臣开府公后,遭世多故,家业中衰。西岩崛起畎亩,从龙山吕先生学。"龙山吕先生,即吕鲲,雁门人。曾为耶律楚材之子耶律铸的《双溪醉隐集》作序。《元史》卷一百八十《耶律希亮传》载,蒙古取燕中后,耶律铸(双溪)曾问学于吕、赵,后又携子希亮赴燕受儒业,"师事北平赵衍"。元好问《双溪集序》也称:"近时燕中两诗人各擅名一时。"①

赵衍今存《重刊李长吉诗集序》一文,载于所刊李贺诗前。序曰:

> 龙山先生为文章,法六经,尚奇语,诗极精深,体备诸家,尤长于贺。浑源刘京叔为《龙山小集序》云:"《古漆井》《苦夜长》等诗,雷翰林希颜、麻征君知几诸公称之,以为全类李长吉。"乱后隐居海上,教授郡侯诸子。卑士先与余读贺诗,虽历历上口,于义理未晓,又从而开省之,然恨不能尽其传。及龙山入燕,吾友孙伯成从之学,余继起海上,朝夕侍侧,垂十五年,诗之道颇得闻之。尝云:五言之兴,始于汉而盛于魏;杂体之变,渐于晋而极于唐。穷天地之大,竭万物之富,幽之为鬼神,明之为日月,通天下之情,尽天下之变,悉归于吟咏之微。逮李长吉一出,会古今奇语而臣妾之,如"千岁石床啼鬼工""雄鸡一声天下白"之句,诗家比之"载鬼一车""日中见斗";"洞庭明月一千里,凉风雁啼天在水",过《楚辞》远甚。又云:贺之乐府,观其情状,若乾坤开阖,万汇溅溅,神其变也,款骇人耶。韩吏部一言为天下法,悉力称贺。杜牧又诗之雄也,极所推让,前叙已详矣。人虽欲为贺,莫敢企之者,盖知之犹难,行之愈难也。至有博洽书传,而贺集不过一目,为可惜也。

> 双溪中书君诗鸣于世,得贺最深,尝与龙山论诗及贺,出所藏旧本,乃司马温公物也,然亦不无少异。龙山因之校定,且曰:喜贺者尚少,况其作者耶?意欲刊行,以广其传,冀有知之者。会病不起,余与伯成绪其志而为之。

---

① 《遗山先生文集》卷三十六。

此书行,学贺者多矣,未必不发自吾龙山也。丙辰秋日碣石赵衍题。[①]

李贺诗好以神仙世界及鬼物等为描写对象,怪怪奇奇,想象丰富诙诡,意象重迭密集,色彩斑斓绚丽,情调哀艳凄恻,常不顾事物之间的客观逻辑,而任随一己的主观情感为转移,故前人谓其诗远去笔墨畦径间。宋严羽目之为"鬼仙之才",称其诗为"李长吉体"[②]。

金代"贞祐南渡"后,师古之风渐长,于是燕蓟一带师法"江西诗派"的人转而师法李贺,以奇古、气势为重,龙山吕鲲是力倡此风的诗人。赵序称:"龙山先生为文章,法六经,尚奇语,诗极精深,体备诸家,尤长于贺。""《古漆井》《苦夜长》等诗,雷翰林希颜、麻征君知几诸公称之,以为全类李长吉。"赵序还引吕鲲之说,将诗分为两类:五言与杂体。五言盛于魏,杂体极于唐,其标志就是李贺。他强调诗歌当"穷天地之大,竭万物之富,幽之为鬼神,明之为日月,通天下之情,尽天下之变,悉归于吟咏之微",认为"李长吉一出,会古今奇语而臣妾之",可谓较准确地把握了李贺诗师心、逐奇的艺术特征。

赵序末尾说:"此书行,学贺者多矣。"可见当时燕中人作诗效法李贺的风尚。金末与龙山吕鲲同时的诗人,如雷渊、麻知幾、王郁等,或师李贺,或师李白、韩愈,他们均体现了当时普遍存在的扬弃宋诗而取法唐人的倾向,从而构成元代诗学中"师心"一流的前驱。

---

① 《四部丛刊》本影金《李贺歌诗编》。
② 《沧浪诗话》。

第二章　王若虚、刘祁的诗学观

第一节　王若虚的诗学观

王若虚(1174—1243),字从之,号慵夫,又号滹南遗老。藁城(今属河北)人。金章宗承安二年(1197)经义进士。曾任管城令、门山令、国史院编修官、左司谏等职,官至翰林直学士。金亡不仕,便微服北归镇阳,闲居十余年而终。事见《金史》卷一百二十六。

王若虚以善议论著称。《中州集》卷六小传载:

> (王若虚)少日师其舅周德卿及刘正甫,得其论议为多。博学强记,诵古诗至万余首,他文称是。善持论,李屏山杯酒间谈辩锋起,时人莫能抗,从之能以三数语窒之,使嗫不得语。其为名流所推服类此。……自从之没,经学史学文章人物,公论遂绝。

王若虚对此也颇自负,晚年以所著付弟子王鹗,自称:"吾平生颇好议论。"[①]他所著文编称为《慵夫集》,今已亡佚。现仅有《滹南遗老集》46卷行于世。此集包括《五经辨惑》2卷、《论语辨惑》5卷、《孟子辨惑》1卷、《史记辨惑》11卷、《诸史辨惑》2卷、《新唐书辨》3卷、《君事实辨》2卷、《臣事实辨》3卷、《议论辨惑》1

[①]　王鹗:《滹南遗老集序》。

卷、《著述辨惑》1卷、《杂辨》1卷、《谬误杂辨》1卷、《文辨》4卷、《诗话》3卷、《杂文及诗》5卷,续附1卷,而所存诗仅41首,他对论辩批评的重视于此可见。

王若虚辨惑论文的范围非常广泛,举凡经、史、子、集都在论述之列。他能以冷静、客观的态度分析问题,所以言之凿凿,常常发人之所未发。《四库全书总目》卷一百六十六称他:"颇足破宋人之拘挛。"又曰:"统观全集,偏驳之处诚有,然金元之间学有根柢者,实无人出若虚右。"

王若虚与赵秉文、李纯甫同时代。金"贞祐南渡"后,在赵、李的倡导下,"文多学奇古,诗多学风雅"。王若虚独不为流行的师古风尚所左右,他"文以欧、苏为正脉,诗学白乐天"[①],在诗文批评上也独持己见,自立门户。

王若虚的诗学思想,主要体现在他的诗论名著《滹南诗话》以及《文辨》、论诗诗中,其他一些序跋、书信,也有其诗学思想的精彩片断。王若虚年少时从其舅周昂学诗,周昂的诗论对他影响至深,因此可以说,王若虚的诗学思想与周昂有明显的传承关系。以下拟从原理论、创作论、欣赏论、批评论四个方面探讨王若虚的诗学观点。

一、诗歌原理论:贵"天全""自得",倡"以意为主"

王若虚论诗的基本原理,是由贵"天全"、贵"自得"和"以意为主,字句为役"两个方面构成的。

"天全"是指自然、质朴、不加雕琢的艺术美。"自得"的意思是自有所得,指创作者或鉴赏者自己所得的审美体验,而非模袭他人,与"师古""泥古"相对。

天全或天然、自然,实为一个源远流长的文学观。葛洪《抱朴子·辞义》云:"至真贵乎天然。"皎然《诗式》卷一云:"取由我衷,我得若神表,至如天真挺拔之句,与造化争衡。"又云:"不欲委曲伤乎天真。"司空图《诗品·自然》:"俯拾即是,不取诸邻,俱道适往,着手成春。"不过,首先把"天全"一词用到文艺批评方面的是苏轼。苏轼《李行中秀才醉眠亭》:"君且归休我欲眠,人言此语出天然。"《试笔》:"醉笔得天全。"《书韩幹牧马图》:"鞭箠刻烙伤天全,不如此图近自然。"

[①] 元好问:《内翰王公墓表》。

王若虚天全、自得说直接受苏轼的影响。其《滹南诗话》卷一载：

> 谢灵运梦见惠连而得"池塘生春草"之句，以为神助。《石林诗话》云："世多不解此语为工，盖欲以奇求之耳。此语之工，正在无所用意，猝然与景相遇，借以成章，故非常情所能到。"……予谓天生好语，不待主张，苟为不然，虽百说何益？

他借用叶梦得《石林诗话》中的评语，称谢灵运"池塘生春草"是"猝然与景相遇，借以成章"的天然佳句，符合他的"天全""自得"的诗学原理。同卷又云："雕琢太甚，则伤其全；经营过深，则失其本。"这两句进一步从反面说明，过分雕琢和经营，会损伤天全之美，会丧失诗的本色。

王若虚特别推崇白居易，认为白氏的诗歌作品出乎天然："乐天之诗，情致曲尽，入人肝脾，随物赋形，所在充满，殆与元气相侔。至长韵大篇，动辄数百千言，而顺适惬当，句句如一，无争张牵强之态。"[①]"公诗虽涉浅易，是大才，殆与元气相侔。"[②]《论诗四绝句》之三又云："妙理宜人入肺肝，麻姑搔痒岂胜便。世间笔墨成何事，此老胸中具一天。"[③]在王若虚看来，白居易的诗篇之所以不朽，就在于"情致曲尽""妙理宜人"，"殆与元气相侔"，而"无争张牵强之态"。这既是天全，也是自得。

"自得"一句，曾见于苏轼《书黄子思诗集叙》一文中："苏、李之天成，曹、刘之自得。"[④]无名氏《漫斋语录》云："诗吟涵得到自有得处，如化工生物，千花万草，不名一物一态。若摸勒前人而无自得，只如世间剪裁诸花，见一件样，只做得一件也。"[⑤]"如化工生物，千花万草，不名一物一态"，是对"天成""自得"的形象化表述。范温《诗眼》所谓"信手拈来，头头是道者"[⑥]，蔡启《蔡宽夫诗话》谓杜

---

① 《滹南诗话》卷一。
② 同上书，卷三。
③ 《滹南遗老集》卷四十五。
④ 《苏轼文集》卷六十七。
⑤ 魏庆之：《诗人玉屑》卷十引。
⑥ 胡仔：《苕溪渔隐丛话·前集》卷二十三引。

诗"暂止飞鸟将数子,频来语燕定新巢",为"天然自在"①,都可以视为"天成""自得"的同义语。

王若虚本人论诗时两次用了"自得"。《滹南诗话》卷三:"古之诗人,虽趣尚不同,体制不一,要皆出于自得。至其词达理顺,皆足以名家,何尝有以句法绳人者!"又云:"昔之作者,初不校此(按:指夺胎换骨之说);同者不以为嫌,异者不以为夸,随其所自得,而尽其所当然而已。"王若虚又有诗云:

> 文章自得方为贵,
> 衣钵相传岂是真。
> 已觉祖师低一着,
> 纷纷嗣法更何人?②

在这里,他称颂古代诗人"出于自得"的创作精神,强调"文章自得方为贵";而所谓"同者不以为嫌,异者不以为夸",则类似赵秉文《答李天英书》中所说的:"非有意于专师古人也,亦非有意于专摈古人。"师古而不泥古,古法为我所用。

由天全、本色、自得引申出来的是"哀乐之真发乎情性"。王若虚引用郑厚评诗语,云:"乐天如柳阴春莺,东野如草根秋虫,皆造化中一妙。何哉?哀乐之真,发乎情性。此诗之正理也。"③他以春莺、秋虫为喻,说明白居易和孟郊的诗,都达到造化妙境,关键在于有真挚的感情。

"以意为主",又可称为主意说,是王若虚诗歌原理论的又一重要内容。西晋陆机《文赋》在论述意与物、文与意的关系时,说:"每自属文……恒患意不称物,文不逮意。"可见,"意"是一篇诗文的主脑。南朝范晔《狱中与诸甥侄书》强调,作文"当以意为主,以文传意"④。唐代白居易《与元九书》中为诗下了一个定义,曰:"诗者,根情,苗言,华声,实义。"表面上看,"意"(义)只是诗的果实,其实广义的"意"已包括了"情"在内。齐己《风骚旨格》提出,诗有三格,"一曰

---

① 《诗人玉屑》卷六引。
② 元好问:《中州集》卷六《王内翰若虚小传》附录诗。
③ 《滹南诗话》卷一。
④ 郁沅、张明高编:《魏晋南北朝文论选》,人民文学出版社1999年,第256页。

上格用意,二曰中格用气,三曰下格用事"。以"用意"为上品。苏轼主张"文以达意"①,刘攽《中山诗话》:"诗以意为主,文词次之。"这些均可视为王若虚立论的先河。

王若虚的"以意为主"的理论,是在师承其舅周昂的诗学命题的基础上形成的。他说:

> 吾舅(周昂)尝论诗云:"文章以意为之主,字语为之役。主强而役弱,则无使不从。世人往往骄其所役,至跋扈难制,甚者反役其主。"可谓深中其病矣。②

这段诗论明确提出了"文章以意为之主,字语为之役"的主张,批评了诗文创作中存在的"骄其所役,至跋扈难制,甚者反役其主"的倾向。《滹南诗话》卷二又云:

> 东坡《和陶》诗,或谓其终不近,或以为实过之,是皆非所当论也。渠亦因彼之意,以见吾意云尔,曷尝心竞而较其胜劣邪?故但观其眼目旨趣之何如,则可矣!

> 东坡《薄薄酒》二篇,皆安分知足之语,而山谷称其愤世嫉邪,过矣!或言山谷所拟胜东坡,此皮肤之见也。彼虽力加奇险,要出第二,何足多贵哉!且东坡后篇自破前说,此乃眼目,而山谷两篇,只是东坡前篇意,吾未见其胜之也。

这两则标出"眼目旨趣",其实仍是一个"意"字,意是主,也是眼目。"因彼之意,以见吾意",说明东坡和陶诗的价值在于能见己意,并非玩弄文字,作人仆从。后一条除呼应同一主张外,还揭示出"意"可以有两层以上,甚至后一篇推翻前一篇的命意而成为主旨(眼目)所在,这是黄庭坚拟作时没有明察的。

---

① 《答谢民师书》。
② 《滹南诗话》卷一。

在《滹南诗话》卷三中，王若虚批评宋人讲"落韵"、讲"进退格"的观点。他说：

> 李师中《送唐介》诗，杂压寒删二韵，《冷斋夜话》谓其落韵，而《缃素杂记》云"此用郑谷等进退格"，《艺苑雌黄》则疑而两存之。予谓皆不然。谓之落韵者，固失之太拘，而以为有格者，亦私立名字，而不足据，古人何尝有此哉？意到即用，初不必校，古律皆然，胡乃妄为云云也。

所谓"进退格"，是律诗用韵的一种格式，即采用两个相近的韵部来押韵，隔句递换用韵，一进一退，亦称"进退韵"。如宋王迈《臞轩集》卷十四有《贺许宰伯诩再考》诗，注进退韵，用韵由豪至歌，即首联用豪，次联用歌，三联又用豪，四联又用歌。其他与此相仿。王若虚认为，宋人提出的"落韵""进退格"的说法，都不足为据。古人作诗，"意到即用"，"意"起主导作用，至于用字择韵，不过是随之而来的余事，不必斤斤计较。

二、诗歌创作论：巧拙相济，词达理顺

王若虚精于诗文语意结构的分析，所以，对于诗歌创作技巧，也有很多高见。

其一，文质、巧拙相济。这是王若虚平素所倾心的一种折中论。他引乃舅周昂的话说："以巧为巧，其巧不足；巧拙相济，则使人不厌。唯甚巧者，乃能就拙为巧。所谓游戏者，一文一质，道之中也。"[①]不求甚文，不求甚巧，而主张"巧拙相济"，文质并存。王若虚还引用周昂的观点，说："凡文章巧于外，而拙于内者，可以惊四筵，而不可适独坐；可以取口称，而不可得首肯。"[②]此条指出写诗作文，不可只追求外表的华丽精巧。凡是外表精巧、内质贫乏的诗文，虽然能得到人们口头的称赞，但不能使人由衷佩服。

其二，要切合身份。《滹南诗话》卷二云：

---

① 《滹南诗话》卷一。
② 《滹南遗老集》卷三十七《评文章巧于外而拙于内》。

> 东坡《章质夫惠酒不至》诗,有"白衣送酒舞渊明"之句。《碧溪诗话》云:或疑"舞"字太过,及观庾信《答王褒饷酒》云"未能扶毕卓,犹足舞王戎",乃知有所本。予谓疑者,但谓渊明身上不宜用耳,何论其所本哉!

这段诗论的主旨有二:一是诗中用古人为譬喻或描绘意象,必须切合古人的身份,不可为求奇而违背事实;二是论诗不必追溯何所本。"字字有来历"并不是王若虚所能苟同的。他批评江西诗派"夺胎换骨"法毫无价值,意义也正与此相同。《滹南诗话》卷二评黄庭坚诗,说:"山谷词云:'新妇矶边眉黛愁,女儿浦口眼波秋。'自谓以山色水光替却玉肌花貌,真得渔父家风。东坡谓其'太澜浪',可谓善谑。盖渔父身上,自不宜及此事也。"这条是说咏及某一行业的人物,诗中命意必须切合其身份。"眉黛""眼波"对渔人来说,确实大有差距,等于让山野之妇打扮成满身绮罗、满头珠翠的贵族妇女一样。

其三,语意要贯穿。《滹南诗话》卷三评黄庭坚《食瓜有感》诗云:"'田中谁问不纳履,坐上适来何处蝇。'是固皆瓜事,然其语意,岂可相合也?"黄诗前一句说,在田中光着脚的瓜农没有谁去关心、过问,后一句意思是坐着吃瓜时,不知从哪儿飞来了许多苍蝇,两句之间,跳跃的跨度太大,似不相连。同卷又云:"鲁直于诗,或得一句而终无好对,或得一联而卒不能成篇,或独有得而未知可以赠谁,何尝见古之作者如是哉?"在王若虚看来,黄庭坚的诗用典虽巧,但意思往往是勉强凑合在一起,前后不连贯。而"独有得而未知可以赠谁"一语,已有影射"无病呻吟"之意。在王若虚心目中,黄庭坚只是一名诗匠。王若虚对苏轼诗中存在的语意不连贯的现象同样予以批评,《滹南诗话》卷二:"东坡酷爱《归去来辞》,既次其韵,又衍为长短句,又裂为集字诗,破碎甚矣。陶文信美,亦何必尔!是亦未免近俗也。"他认为苏轼根据陶渊明《归去来兮辞》改写成的诗、词,只是在玩弄文字技巧,语意破碎,"未免近俗"。

其四,要含而不露。王若虚虽重视明朗清晰的风格,但仍然念念不忘诗贵含蓄的大原则。他说:"前人有'红尘三尺险,中有是非波'之句,此以意言耳,萧闲词云:'市朝冰炭里,涌波澜';又云:'千丈堆冰炭。'便露痕迹。"[1]按照诗贵含蓄

---

[1] 《滹南诗话》卷三。

的原则,"是非波"已嫌太露,"堆冰炭"不是佳句。不过王若虚自己的诗,也不尽能达到含蓄不露的地步。

其五,妙在形似外而不遗形似。《滹南诗话》卷二:

> 东坡云:"论画以形似,见与儿童邻;赋诗必此诗,定非知诗人。"夫所贵于画者,为其似耳;画而不似,则如勿画。命题而赋诗,不必此诗,果为何语?然则坡之论非欤?曰:论妙于形似之外,而非遗其形似;不窘于题,而要不失其题。如是而已耳。世之人不本其实,无得于心,而借此论以为高。画山水者,未能正作一木一石,而托云烟杳霭,谓之气象。赋诗者茫昧僻远,按题而索之,不知所谓,乃曰格律贵尔。一有不然,则必相嗤点,以为浅易而寻常,不求是而求奇,真伪未知,而先论高下,亦自欺而已矣,岂坡公之本意也哉?

这段话不厌其详,目的似乎在于辨正世人对东坡论诗的误解。其实,东坡是主张诗境高妙,超乎现实;王若虚则主张在现实中求超远,在形似之上求神妙,与苏轼的观点不尽相同。"妙在形似之外,而非遗其形似"是诗歌创作特别是山水诗应该遵循和运用的方法。

其六,写真胜于泛用。《滹南诗话》卷三:"乐天《望瞿塘》诗云:'欲识愁多少,高于滟滪堆。'萧闲《送高子文》词云:'归兴高于滟滪堆。'雷溪漫注,盖不知此出处耳。然乐天因望瞿塘,故即其所见而言。泛用之,则不切矣。"同用一语,恰切与否,往往以真实不真实而定。泛用语意或意象,在诗文等艺术创作中,是一大弊病。白居易《望瞿塘》诗借眼前所见之景喻心中抽象之愁,景真情真,自然妥帖;萧闲词泛用"滟滪堆"之景比喻"归兴"之高,句法并无毛病,但意象浮泛而不真切,所以不如白诗。王若虚拈举此例,颇能发人深省。

其七,对遣词用字的讲究。这类例子较多,兹举三条以作代表。

> 老杜《北征》诗云:"见耶背面啼。"吾舅周君谓"耶"当为"即"字之误,见说甚当。前人诗中抑或用"耶娘"字,而此诗之体,不应尔也。①

---

① 《滹南诗话》卷一。

此条不是批评杜甫,而是校勘杜诗;但言词之中,已显示炼字与风格必须配合这一层含义。王若虚并不反对用俗字俗语,但在他看来,《北征》诗命意庄重,自然不应该杂用俗字。又如:

> 退之诗云:"岂不旦夕念,为尔惜居诸。"居诸,语辞耳,遂以为日月之名,既已无谓,而乐天复云:"废兴相催逼,日月互居诸。""恩光未报答,日月空居诸。"老杜又有"童卝联居诸"之句,何也?①

这里所举的三位诗人,都是王若虚平日所推崇的,但是他本着论诗不论人的原则,丝毫不留情面。按,以"居诸"代日月,犹如以"而立"代三十岁一样,已是约定俗成,但用在诗句里,更是莫大的包袱。其中白诗尤为繁琐不堪。《滹南诗话》卷二又评山谷词云:

> "杯行到手莫留残,不道月明人散。"尝疑"莫"字不安,昨见王德卿所收东坡书此词墨迹,乃是"更"字也。

王若虚认为,"莫"字当为"更"字之误,用"莫"字上下便不相洽,从抒情写意的角度说,"更"字能传达出悠长的离情别绪。剖析遣词用字的妥当与否,正是王若虚论诗的一大特长。

三、诗歌欣赏论:戒忌迂拘末理,注重玩索诗味

王若虚的诗歌欣赏观点也异常平实,他最戒忌的是迂拘末理,曲解诗意。《滹南诗话》卷一云:

> 柳公权"殿阁生微凉"之句,东坡罪其有美而无箴,乃为续成之,其意固佳,然责人亦已甚矣。吕希哲曰:"公权之诗,已含规讽。"盖谓文宗居广厦

---

① 《滹南诗话》卷一。

之下,而不知路有暍死也。洪驹父、严有翼皆以为然。……予谓其实无之,而亦不必有也。规讽虽臣之美事,然燕闲无事,从容谈笑之暇,容得顺适于一时,何必尽以此而绳之哉!

王若虚认为,苏轼批评柳公权诗句"有美而无箴",未免"责人"太甚;吕希哲说"公权之诗,已含规讽",也不合事实。他认为柳诗所写的只是君臣"燕闲无事,从容谈笑"的情景,未必存规讽之意。后人也不必强求它有规讽之意,若从有无规讽之意的角度解说此诗,就难免穿凿附会。同卷又载:

杜诗称李白云:"天子呼来不上船",吴虎臣《漫录》以为范传正《太白墓碑》云:"明皇泛白莲池,召公作引,时公已被酒于翰苑中,乃命高将军扶以登舟。"杜诗盖用此事。而夏彦刚谓蜀人以襟领为船,不知何所据?《苕溪丛话》亦两存之。予谓襟领之说,定是谬妄,正使有据,亦岂词人通用之语。此特以"船"字生疑,故尔委曲。然范氏所记,白被酒于翰苑,而少陵之称,乃市上酒家,则又不同矣。大抵一时之事,不可尽考。不知太白凡几醉,明皇凡几召,而千载之后,必于传记求其证邪?且此等不知,亦何害也。

这段话的意思是说,诗人所咏之事,不一定要求与史实一模一样,读者如果一味地曲折求实,就会给人以迂拙之感;诗歌欣赏应从诗歌本身入手,玩索其中的意蕴和艺术魅力,不能以考据的方法去读诗。《滹南诗话》卷一又载:

崔护诗云:"去年今日此门中。"又云:"人面只今何处去。"沈存中曰:"唐人工诗,大率如此,虽两'今'字不恤也。"刘禹锡诗云:"雪里高山头白早。"又云:"于公必有高门庆。"自注云:"高山本高,于门使之高,二义殊。"三山老人曰:"唐人忌重叠用字。"如此二说,何其相反欤?予谓此皆不足论也。

一般说来,唐人的律诗、绝句是忌讳重叠用字,但也有少量的诗篇不以词害意,重叠用字,这本是浅显易懂的现象,而沈存中却说唐人工诗,大都重叠用字,三山老人却认为"唐人忌重叠用字",此二人都犯了迂拘末理的毛病,所以王若虚认为"此皆不足论也",表现出鄙视的态度。

王若虚还指出诗中的象征手法,读书时不可拘泥于形迹。所谓"象征",是指用具体的物象暗示抽象的情感。《滹南诗话》卷一载:

> 乐天诗云:"楚王疑忠臣,江南放屈平。晋朝轻高士,林下弃刘伶。一人常独醉,一人常独醒。醒者多苦志,醉者多欢情。欢情信独善,苦志竟何成!"夫屈子所谓"独醒"者,特以为孤洁不同俗之喻耳,非真言饮酒也,词人往往作实事用,岂不误哉?

这一则指出屈原诗中用"独醒"者象征自己"孤洁不同俗"的高尚品格,"独醉""独醒"并非指真正的饮酒之人,这种解说,无疑有助于提高读者对诗文中的典故或意象的解悟能力。

王若虚在戒忌迂拘末理的同时,还力主欣赏时要注意玩索诗歌的意味,看诗的意味是否深永,如果意味浅薄,即使是奇语好语,也不足贵。《滹南诗话》卷三云:

> 山谷《牧牛图》诗,自谓平生极至语,是固佳矣,然亦有何意味?黄诗大率如此。谓之奇峭,而畏人说破,元无一事。

按,黄庭坚《题竹石牧牛》诗云:

> 野次小峥嵘,幽篁相倚绿;
> 阿童三尺箠,御此老觳觫。
> 石吾甚爱之,勿遣牛砺角!
> 牛砺角尚可,牛斗残我竹!

此诗大约作于元祐三年(1088),时主持变法的宋神宗与王安石去世才三年,旧党执政,司马光为相才八个月即死。新旧两党的对立并未消失,而旧党内部,也有分歧争执。苏轼、黄庭坚都是旧党,此诗以竹、石自喻,以砺角、牛斗比喻政治斗争。王若虚认为,黄庭坚诗中这类比喻貌似"奇峭",但意思单调浅薄,"说破元无一事"。《滹南诗话》卷三又云:"予谓黄诗语徒雕刻,而殊无意味,盖不及少游之作。"这一条是评说秦观、黄庭坚二人所作书扇诗的高下。秦观诗中"饮罢呼儿课楚辞",显得亲切自然;黄庭坚却作"小虫催女献功裘",既"隔"且枯,相去甚远。王若虚担心世人慑于黄氏盛名而不敢评议,所以一再强调意味的重要。同卷又云:"王仲至《召试馆中》诗有'日斜奏罢《长杨赋》'之句,荆公改为'奏赋《长杨》罢',云如此语乃健。是矣,然意无乃复窒乎?"王仲至的诗句,经王荆公一改,语言固然显得拗健清刚了,但弄得诗意不甚通顺,韵味也为之大减。原作的闲雅悠然之趣,几乎荡然无存,可谓得不偿失。

但是,王若虚在讨论诗歌欣赏问题的时候,也不免犯了过求"合理"的毛病,甚至连诗中的移情作用也断然予以否定,可谓过犹不及。如《滹南诗话》卷三说:"王子端《丛台》绝句云:'猛拍阑干问废兴,野花啼鸟不应人。'若应人可是怪事!"王若虚似乎忘了杜甫"感时花溅泪,恨别鸟惊心"(《春望》)之类的名句了。花鸟有情,诗人何尝不能在想象中说它们会"应人"呢?

四、诗歌批评论:扬苏抑黄

王若虚的批评范围相当广泛,从战国、汉代、南北朝到唐、宋,上下1500多年。被论列的文学家有宋玉、扬雄、司马迁、刘伶、陶潜、张融、庾信、杜甫、孟郊、白居易、韩愈、皮日休、柳宗元、欧阳修、司马光、宋祁、苏轼、黄庭坚、陈师道、陈与义等。

但是,从诗学史的角度看,扬苏抑黄是王若虚批评论的重心所在。扬苏抑黄的根据大抵是苏诗豪放杰出,唯意所适,而黄诗讲究句律绳墨,有奇而无妙。

王若虚对宋诗的态度是既有肯定,又有否定。《滹南诗话》卷三云:

> 宋人之诗,虽大体衰于前古,要亦有以自立,不必尽居其后也;遂鄙薄而不道,不已甚乎?少陵以文章为小技,程氏以诗为闲言语,然则凡辞达理顺、无可瑕疵者,皆在所取可也。

《滹南遗老集》卷三十七《文辨》却说：

> 扬雄之经，宋祁之史，江西诸子之诗，皆斯文之蠹也。散文至宋人，始是真文字，诗则反是矣！

王若虚一方面认为宋人诗"亦有以自立"，也就是独具风格，有它自己的文学价值；"不必尽居其后"，是说未必绝对逊于古人的诗。另一方面，他又认为诗至宋人不再是"真文字"。不过，这后一种看法本是为贬抑江西诗派而发，所以难免夸张。至于称许宋人散文，主要在于合乎"辞达理顺"的旨趣。

王若虚反对江西诗派，而以黄庭坚为主要的抨击对象，扬苏抑黄的观点，在《滹南诗话》中随处可见。如《滹南诗话》卷二云：

> 东坡，文中龙也，理妙万物，气吞九州，纵横奔放，若游戏然，莫可测其端倪。鲁直区区持斤斧准绳之说，随其后而与之争，至谓"未知句法"，东坡而未知句法，世岂复有诗文？……鲁直欲为东坡之迈往而不能，于是高谈句律，旁出样度，务以自立而相抗，然不免居其下也，彼其劳亦甚哉！向使无坡压之，其措意未必至是。

他明确指出黄不如苏，又指出山谷的作法，实为求与东坡相异而发，而这一刺激对他本人的文学业绩未必有利。《滹南遗老集》卷三十二《杂辨》说："鲁直之于辞章翰墨……品藻标置，见于言论之间，夸而好名，亦其短处。东坡盖无此病。"此条指出黄庭坚的短处是："于辞章翰墨"，"夸而好名"。

王若虚对黄庭坚的批评，大约可分为以下四个方面：

一曰反对黄庭坚宗杜之说。《滹南诗话》卷一引其舅周昂之言：

> 鲁直雄豪奇险，善为新样，固有过人者。然于少陵初无关涉，前辈以为得法者，皆未能深见耳。

在卷三中，王若虚又用巧妙的譬喻驳斥山谷"得法于少陵"的自许：

> 山谷自谓得法于少陵,而不许于东坡。以予观之,少陵,《典谟》也;东坡,《孟子》也;山谷,则扬雄《法言》而已。

杜甫才力过人,诗兼众体。他的律诗格律谨严,炼字精细,善用典故,平易中见艰苦;夔州以后创造的拗体律诗,由"至工而入于不工"[①],不烦绳削,神出鬼没,骨格峻峭,气势顿挫。这些特点都得到黄庭坚的推崇。黄诗的拗峭句法和瘦硬风格得益于杜甫,当是毋庸置疑的事实。王若虚引周昂之语反对黄庭坚宗杜之说,立论偏颇,缺乏说服力。不过,他把苏轼置于杜甫之下、黄庭坚之上,这是公允的评价。卷三又云:

> 朱少章论江西诗律,以为用昆体功夫,而造老杜浑全之地。予谓用昆体功夫,必不能造老杜之浑全;而至老杜之地者,亦无事乎昆体功夫,盖二者不能相兼耳。

所谓"昆体功夫",是指宋初以杨亿等人为代表的"西昆派"诗人,他们以李商隐为宗,写诗讲究用典,对偶工切,辞章艳丽,为显示博学,多用僻典,成为诗谜,与杜甫"顿挫悲壮"的风格大相径庭。王若虚对朱少章"用昆体功夫而造老杜浑全之地"的观点批评得合理而有力,令人信服。

二曰黄诗有奇无妙。《滹南诗话》卷二云:

> 山谷之诗,有奇而无妙,有斩绝而无横放,铺张学问以为富,点化陈腐以为新,而浑然天成,如肝肺中流出者,不足也。

可以说,充分揭示了黄诗及江西诗人的长短得失。王若虚对黄山谷"夺胎换骨""点铁成金"的方法,也予以斥责:"鲁直论诗,有夺胎换骨、点铁成金之喻,世以为名言,以予观之,特剽窃之黠者耳。鲁直好胜,而耻其出于前人,故为此强辞,

---

[①] 方回:《桐江集》卷二《程斗山吟稿序》。

而私立名字。"①"夺胎换骨"见于惠洪《冷斋夜话》："不易其意而造其语,谓之换骨法;窥入其意而形容之,谓之夺胎法。""点铁成金"见于黄庭坚《答洪驹父书》："古之能为文章者,真能陶冶万物,虽取古人之陈言入于翰墨,如灵丹一粒,点铁成金也。"这两则诗法的要旨是,"夺胎换骨"侧重于诗意诗境的因旧生新;"点铁成金"主要指语言上的继承点化。诗人创作免不了要继承参酌前人,事实上历来就有脱胎、点化的手法,黄庭坚从理论上进行概括,予以播扬,尔后遂成为江西派诗家的不二法门。在王若虚看来,用"夺胎换骨""点铁成金"的方法写诗,必然是刻意求奇求新,甚至以模仿代替创造,必然有失于"天全""自得",因而,他讥刺黄庭坚是"剽窃之黠者"。

三曰黄诗破碎乏味。《滹南诗话》卷三:

> 鲁直于诗,或得一句而终无好对,得一联而卒不能成篇,或偶有得而未知可以赠谁。

认为黄诗匠意太深,灵性不足,语意破碎,难成佳篇。卷三又云:"予谓黄诗徒雕刻而殊无意味,盖不及少游之作。"秦少游写诗的功夫或许不及黄庭坚,但自有一种风韵,为黄诗难以达到。卷二云:

> 山谷最不爱集句,目为百家衣,且曰正堪一笑。予谓词人滑稽,未足深诮也。山谷知恶此等,则药名之作、建除之体、八音、列宿之类,犹不可一笑耶?

以药名嵌于诗句中,叫"药名诗",王融所创。山谷有《荆州即事药名诗》八首。"建除体"创于鲍照。严羽《沧浪诗话》:"鲍明远有'建除诗',每句冠以建除平定等字。"山谷有建除诗三首。"八音诗"为南朝陈代沈炯所创,以八音名(匏、土、革、木、石、金、丝、竹)分别冠于各句之首。山谷有八音诗三篇。"列宿诗"山谷所创,仅一首,题为《二十八宿歌赠别无咎》,以二十八宿名嵌于句内。山谷药

---

① 《滹南诗话》卷三。

名诗、建除诗、八音诗、列宿诗,俱见《山谷外集》卷十。① 王若虚采用以子之矛攻子之盾的方法,指出黄山谷把不足为诗的题材,强以为诗,即使有更高的才能,也不免乏味可笑。

四曰对黄诗用字遣句的批评。兹举三例,如:

> 山谷诗云:"语言少味无阿堵,冰雪相看有此君。"夫"阿堵"者,谓阿底耳。顾恺之云:"传神写照,正在阿堵中。"……今去"物"字,犹"此君"去"君"字,乃歇后之语,安知其为钱乎?②

"阿堵",相当于现代汉语中的"这个""那个"。《晋书·王衍传》:"衍口未尝言钱,妇令婢以钱绕床下,衍晨起,不得出,呼婢曰:'举却阿堵物。'""举却阿堵物"即"拿掉这个东西","阿堵物"指钱。黄庭坚以"阿堵"指钱,令人费解。王若虚引此例句,意在批评黄诗用字过于求奇。又如:

> 《冷斋夜话》云:前辈作花诗,多用美女比其状,如曰:"若教解语应倾国,任是无情也动人。"尘俗哉!山谷作《酴醿》诗曰:"露湿何郎试汤饼,日烘荀令炷炉香。"乃用美丈夫比之,特为出类……此固甚纰缪者,而惠洪乃节节叹赏,以为愈奇。不求当而求新,吾恐他日复有以白晳武夫比之者矣,此花无乃太粗鄙乎?③

花的特征是芳香艳丽,以女性比之,符合逻辑。黄诗"乃用丈夫比之",虽然新奇,但违背常理,实属比喻不当。再如:

> (山谷)《清明》诗云:"人乞祭余骄妾妇,士甘焚死不封侯。"士甘焚死,用介推事也。齐人乞祭余,岂寒食事哉?若泛言所见,则安知其必骄妾妇,

---

① 参考霍松林校点:《滹南诗话》卷中注释。
② 《滹南诗话》卷二。
③ 《滹南诗话》卷三。

盖姑以取对,而不知其疏也,此类甚多。①

"人乞祭余骄妾妇",出自《孟子·齐人有一妻一妾》章,与"清明"无关。黄山谷为求对句,勉强用此典,的确不合事理。

总的说,王若虚批评的着眼点不外逻辑、情理、用典、语气的连贯及表现的效果等,大致都堪称中肯。当然,也有批评不当之处。如《滹南诗话》卷二:

> 山谷《题阳关图》云:"渭城柳色关何事,自是行人作许悲。"夫人有意而物无情,固是矣。然《夜发分宁》云:"我只自如常日醉,满川风月对人愁。"此复何理也?

卷三云:

> 山谷《题惠崇画图》云:"欲放扁舟归去,主人云是丹青。"使主人不告,当遂不知。王子端《丛台》绝句云:"猛拍阑干问兴废,野花啼鸟不应人。"若应人可是怪事。

王若虚似乎不太能体会诗中的形象思维和"移情"手法,同时也偶尔喜欢恣意吹求,将作品中的词句看呆了,这是他论诗时的一大缺点。

王若虚在江西派诗风盛行诗坛的时期,力排众议,指陈黄庭坚诗歌的缺点,锋芒所向是针对当时李纯甫一派"尚奇"的诗风与诗学主张。他讥讽李纯甫说:"之纯虽才高,好作险句怪语,无意味。"②金哀宗正大年间,王若虚在史院领史事,与雷希颜同修《宣宗实录》,二人由于所尚文体不同而发生争议。"雷尚奇峭造语",王则"好平淡纪实",认为"实录止文其当时事,贵不失真"。于是,"雷所作,王多改革"。彼此之间的矛盾随之尖锐化,公开化。"雷大愤不平,语人曰:'请将吾二人所作,令天下文士定其是非!'王亦不屑,尝曰:'希颜作文,好用恶

---

① 《滹南诗话》卷三。
② 刘祁:《归潜志》卷八。

硬文字,何以为奇!'"①可见,王若虚是坚决反对诗文创作中的尚奇倾向的。他在诗歌批评中,一贯重视对文法、逻辑、语意的辨析,这种批评倾向已略含明代"格调论"的色彩。他的《滹南诗话》在古代诗论史上占有较重要的地位。

第二节 刘祁与《归潜志》

刘祁(1203—1250),字京叔,号神川遁士,浑源(今属山西)人。少随父刘从益游宦于南京(今开封),举进士不第。金末丧乱,辗转归故里。有感于"昔所与交游,皆一代伟人,今虽物故,其言论谈笑,想之犹在目。且其所闻所见可以劝戒规鉴者,不可使湮没无传"②,于是作《归潜志》。元太宗十年(1238),复起应试,魁南京,选充山西东路考试官,后入征南行省辟置幕府。有《神川遁士集》,已佚。事见《金史》卷一百二十六、王恽《浑源刘氏世德碑》。

《归潜志》14 卷,是刘祁在金末丧乱之际隐居乡间时所作。除末卷为诗文外,余者或为金末诸人小传,或记哀宗亡国始末,或载杂闻遗事。《四库全书总目》卷一百四十一评曰:"谈金源遗事者,此志与元好问《壬辰杂编》为最,《金史》亦并称之。《壬辰杂编》已佚,则此志尤足珍贵矣。"

《归潜志》对于诗论的主要贡献,在于它真实客观地记述了金源诗坛诸大家的论诗要指,及其各奉宗主、彼此对立乃至激烈争论的情况。如宗欧苏、尚平易、主集成的赵秉文与宗山谷、喜奇峭、主一体的李纯甫之间的诗学论争,以及尊东坡、好平淡、力主"贵不失真"的王若虚与法退之、宗鲁直、"崇尚奇峭造语"的雷希颜之间的正面冲突,书中都有详细记载,可以补传集之不传,正史之缺漏。

《归潜志》在记录诗坛遗事的同时,也体现了刘祁自己的诗学观点:

一、诗歌批评论:批评尖新诗风,推尊唐人风致

明昌、承安年间,在金章宗典丽富艳诗风的影响下,诗坛上出现了浮艳尖新

---

① 刘祁:《归潜志》卷八。
② 《归潜志序》。

的风气。章宗本人是一位才情富丽的诗人,《归潜志》卷一载:

> 章宗天资聪悟,诗词多有可称者。《宫中绝句》云:"五云金碧拱朝霞,楼阁峥嵘帝子家。三十六宫帘尽卷,东风无处不杨花。"真帝王诗也。

此诗写得圆熟精致、雍容典丽,显出一派帝王气象。《归潜志》对士人中出现的尖新诗风也如实地做了记录,如:

刘勋,"平生诗甚多,大概尖新,长于属对"。(卷三)
王良臣,"长于律诗,尖新,工对属"。(卷四)
王革,"诗笔尖新,风流人也"。(卷五)
王予可,"善歌诗,有求之者,索韵立成,字亦怪异……往往有奇丽语"(卷六)。
在这几条材料中,刘祁客观地列出了"尖新"诗风的代表人物。在卷八中,刘祁进一步表达了对"尖新"诗风的批评,他说:

> 明昌、承安间,作诗者尚尖新,故张蠢仲扬,由布衣有名召用。其诗大抵皆浮艳语,如"矮窗小户寒不到,一炉香火四围书",又"西风了却黄花事,不管安仁两鬓秋",人号"张了却"。

在批评"尖新"诗风的同时,刘祁在《归潜志》中还对赵秉文、李纯甫倡导的师古风尚给予了充分的肯定:

> 南渡后文风一变,文多学奇古,诗多学风雅,由赵闲闲、李屏山倡之。屏山幼无师傅,为文下笔,便喜左氏、庄周,故能一扫辽、宋余习。……赵闲闲晚年诗多法唐人李、杜诸公,然未尝语于人。(卷八)

在南渡诗坛上,刘祁与赵秉文、李纯甫周围的诗人也有广泛的交往,对他们的诗歌创作倾向做了简明扼要的评议。现摘录数条如下:

完颜璹,"其佳句……甚有唐人风致"。(卷一)
张毂,"酒酣兴发,引纸落笔,往往有天仙语……人以为不减李长吉"。

麻知幾,"为文精密巧健,诗尤奇峭,妙处似唐人"。

辛愿,"喜作诗,五言尤工,人以为得少陵句法"。

李汾,"工于诗,专学唐人,其妙处不减太白、崔颢……乐府歌行尤奇峭可喜"。

李夷,"为文尚奇涩,喜唐人,作诗尤劲壮,多奇语,然不为乡里所知。"(以上卷二)

王郁,"为文闳肆奇古,动辄数千百言,法柳柳州。歌诗飘逸,有太白气象"。

术虎邃,"甚有唐人风致"。

乌林答爽,"其才清丽俊拔似李贺,惜乎,不见其大成也"。(以上卷三)

从以上所列的评语中,可以看出刘祁的批评倾向:第一是好奇,并肯定"奇峭"诗风;第二是标榜"唐人风致",所举唐代作家也以李白、李贺为多,且深致仰慕之意,而无一语涉及王维、韦应物一派。这两点都比较接近李纯甫,而远于赵秉文。当然,在赵、李之间,刘祁并没有明显的贬此褒彼之意。他曾说:"赵于诗最细,贵含蓄工夫;于文颇粗,止论气象大概。李于文甚细,说关键宾主抑扬;于诗颇粗,止论词气才巧。故余于赵则取其作诗法,于李则取其为文法。"①对赵、李二人的长短优劣做了冷静观的比较分析,持论较为公平。

二、诗歌原理论:以情论诗,不鄙俚俗

《归潜志》一书以纪事为宗,所以有关作家批评论者居多。而关于诗歌原理论只有一条,却十分精当:

> 夫诗者,本发其喜怒哀乐之情,如使人读之无所感动,非诗也。予观后世诗人之诗皆穷极辞藻,牵引学问,诚美矣,然读之不能动人,则亦何贵哉?故尝与亡友王飞伯言:"唐以前诗在诗,至宋则多在长短句,今之诗在俗间俚曲也,如所谓《源土令》之类。"飞伯曰:"何以知云?"予曰:"古人歌诗,皆发其心所欲言,使人诵之至有泣下者。今人之诗,惟泥题目、事实、句法,将

---

① 《归潜志》卷八。

以新巧取声名,虽得人口称,而动人心者绝少,不若俗谣俚曲之见其真情而反能荡人血气也。"飞伯以为然。(卷十三)

诗的本质是抒写情志,情感是诗的催生剂。汉代《毛诗序》已有"情动于中而形于言"的说法。刘祁强调"夫诗者,本发其喜怒哀乐之情",同样抓住了诗的本质特征。他认为诗若无情便不能感人,不能感人便算不上好诗。由此他批评后世诗人以辞藻为诗、以学问为诗的不良倾向。他还认为:"唐以前诗在诗,至宋则多在长短句。"联系上文,这句话的意思是,唐人以情为诗,故所作的诗才算得上好诗,宋人多把感情寄托在词上,其诗便不足称了。最值得重视的是,刘祁提出了"今之诗在俗间俚曲也"这一新的见解,本此立论,他否定当时所有文人之诗,指出"不若俗谣俚曲之见其真情而反能荡人血气也",对当时出自民间的歌谣做出了高度评价。这一观点对明代李梦阳"真诗乃在民间"[①]之说有直接影响。金、元时期,民间通俗歌曲流行,对传统诗歌创作形成巨大的冲击,使有志于诗歌创新的文人们刮目相看。刘祁首先对此做出评论,显示出过人的识见。

---

① 《诗集自序》。

第三章　元好问的诗学理论

　　元好问(1190—1257),字裕之,号遗山,太原秀容(今山西忻州)人。他是北魏鲜卑拓跋氏的后裔,魏孝文帝拓跋宏由平城迁都洛阳,始改姓元氏。元好问七岁能诗,被太原名士王汤臣称为"神童"。十一岁时,随其叔父元格到冀州,受教于诗人路铎。十四岁时,又随元格到陵川,拜著名学者郝天挺为师,在其门下学习六年,肆意经传,贯串百家,打下了非常广博的学问基础。宣宗兴定元年(1217),元好问撰写著名的《论诗三十首》,并总结前人有关文章法度的论著《锦机》一编(已佚)。这时,他的诗作也开始广泛传播,礼部尚书赵秉文见其《箕山》《琴台》等诗,击节称赏,"以为少陵以来无此作也。以书招之,于是名震京师,目为元才子"[①]。兴定五年(1221),举进士登第,但未就选,往来箕山、颍水之间,吟咏不绝,诗名益盛。从哀宗正大三年(1226)到八年(1231),元好问先后出任镇平、内乡、南阳三县令。正大八年,奉诏赴京,仕为尚书省掾,不久任左司都事。天兴元年(1232),蒙古大军围攻汴京。天兴三年(1234),哀宗自缢于蔡州,金朝灭亡。从此,元好问便开始了遗民生活。他把最后二十余年时间用来收集、整理、编纂金源一代历史资料,编成了金诗总集《中州集》和史学著作《壬辰杂编》。《中州集》成为后世了解和研究金代文学的重要依据;《壬辰杂编》则为元人纂修《金史》提供了宝贵材料。蒙古宪宗七年(1257)九月,元好问病逝于获鹿寓舍,享年68岁。归葬于忻县系舟山下。事见《金史》卷一百二十六。

　　元好问具有多方面的文学才能,其诗规模李、杜,力复唐音,"奇崛而绝雕

[①] 郝经:《陵川集·遗山先生墓志铭》。

列,巧缛而谢绮丽"①;其词"清雄顿挫""闲婉浏亮",有刚柔相济和豪婉兼备的特点;其文自然流畅,格老气苍,堪接欧、苏正轨。《金史》卷一百二十六称,兵乱之后,"故老皆尽,好问蔚为一代宗工,四方碑板铭志,尽趣其门"。而元好问最受世人瞩目的文学成就则在于诗歌方面。他本人也以"诗人"自诩,曾嘱咐门人:"某身死之日,不愿有碑志也;墓头树三尺石,书曰'诗人元遗山之墓',足矣。"②

元好问的著作很多,有诗文40卷、《杜诗学》1卷、《东坡诗雅》3卷、《锦机》1卷、《诗文自警》1卷等,皆已亡佚。存传至今的,计有《中州集》10卷、《中州乐府》1卷、《遗山先生文集》40卷。

元好问诗学理论的代表作,当首推历代传诵的《论诗三十首》。以绝句论诗,其佳处在于把作者的理论主张、审美观点寓含于诗的意象化方式中,言简意赅,形象直观。因而,这种诗论形式自杜甫《戏为六绝句》开其端绪后,作者代不乏人。唐代有杜牧的《读韩杜集》、李商隐的《漫成五章》。至宋代更是蔚然成风,著名的如吴可、龚相等人的《学诗诗》,戴复古的《论诗十绝》等。在金代,王若虚也有论苏轼、黄庭坚、白居易的绝句八首。但这些论诗之作规模都比较小,其影响不能与元好问相比。

论诗绝句在发展过程中形成了两条线索:一以诗学理论为主,一以作家评论为主。杜甫《戏为六绝句》开论诗绝句的端绪,包含了这两方面的内容。其后,如吴可、戴复古等人的论诗绝句,侧重于诗学理论;而以作家评论为主的论诗绝句,则始于元好问《论诗三十首》这一大型组诗。清代王士禛、袁枚等人的大型组诗,都是在元好问组诗的基础上进一步发扬光大的。

元好问《论诗三十首》相当完整地评述了汉魏以来,下迄宋代,一千多年间的作家作品、诗派诗风,俨然是一部简明的诗论史,它以作家论为主,但艺术创作原理也时有涉及。诗人在组诗前面的题下自注云:"丁丑岁,三乡作。"时为金宣宗兴定元年(1217),元好问28岁,避乱于三乡镇。在同一年,他又有《锦机》之选,《锦机引》称:

---

① 《金史》卷一百二十六。
② 魏初:《书元遗山墓石后》。

文章天下之难事，其法度杂见于百家之书，学者不遍考之，则无以知古人之渊源。予初学属文，敏之兄为予言如此。兴定丁丑间，居汴南，始集前人议论为一编，以便观览。①

《论诗三十首》正是元好问在遍考历代作者论文之余写下的心得，其目的在"知古人之渊源"，求文章之"法度"。而其最末一首云：

> 撼树蚍蜉自觉狂，
> 书生技痒爱论量。
> 老来留得诗千首，
> 却被何人较短长。

其语气宛然老者口吻。"诗千首"又可佐证此诗确系老年所作，元好问存诗1380余首，"诗千首"是其概数。大概元好问晚年对《论诗三十首》绝句做了最后更定。如此说来，《论诗三十首》不但是唐宋以来论诗绝句中最系统、最全面的，而且集中反映了元好问的诗学见解，特别值得重视。此外，元好问文集中还有某些"序"、"引"、题跋、碑铭、论诗诗以及《中州集》中的作家小传等，也是有价值的诗学资料。

元好问对诗歌传统、诗歌原理、诗歌创作、诗歌批评等均有系统论述。

第一节　诗歌传统论：高扬汉魏、晋、唐的风雅传统

从金代文学的传统来看，元好问是蔡珪、党怀英、赵秉文、王若虚这一脉络下来的继承人和集大成者。《论诗三十首》开篇写道：

---

① 《遗山文集》卷三十六。

> 汉谣魏什久纷纭,
> 正体无人与细论。
> 谁是诗中疏凿手,
> 暂教泾渭各清浑。

元好问俨然以"诗中疏凿手"自任,要别裁伪体,发扬正体,使之泾渭分明。所谓"正体",是指以《诗三百》为源头的风雅之脉,也就是诸多"发乎情性,止乎礼义"、典雅中正、乐而不淫、哀而不伤的文学作品。翁方纲《石洲诗话》释之曰:"'正体'云者,其发源长矣。由汉、魏以上推其源,实从《三百篇》得之。"[①]元好问在《陶然集诗引》《新轩乐府引》等文中,还一再讲《诗三百》的典范意义,表明他是以《诗三百》为"正体"之源的。

在《论诗三十首》中,元好问对汉魏、晋、唐的诗歌以颂扬为主,意在指出师古的典范。如其二云:

> 曹刘坐啸虎生风,
> 四海无人角两雄。
> 可惜并州刘越石,
> 不教横槊建安中。

其三云:

> 邺下风流在晋多,
> 壮怀犹见缺壶歌。
> 风云若恨张华少,
> 温李新声奈尔何!

这两首称颂建安风骨,标举曹植、刘桢为代表。钟嵘《诗品》评曹植诗:"其源出

---

① 转引自郭绍虞:《元好问论诗三十首小笺》,第58页。

于国风,骨气奇高,词采华茂,情兼雅怨,体被文质。"评刘桢诗:"其源出于古诗,仗气爱奇。动多振绝,真骨凌霜,高风跨俗。"建安时代是我国古代文人五言诗的创始时期,其诗歌"志深而笔长,故梗概而多气"①。所以,唐以后诗坛倡导师古必以此为基准,如陈子昂提倡"汉魏风骨",李白称"蓬莱文章建安骨",杜甫称"汉魏近风骚"。元好问这两首诗很明显地继承了陈子昂等向建安诗人学习的观点。此外,他对晋诗也有所肯定,认为即使是被认为"儿女情多,风云气少"②的张华,其诗也比温庭筠、李商隐的新声略好一些。除建安风骨外,元好问对阮籍和陶渊明二人也加以称颂,《论诗三十首》其四云:

> 一语天然万古新,
> 豪华落尽见真淳。
> 南窗白日羲皇上,
> 未害渊明是晋人。

其五云:

> 纵横诗笔见高情,
> 何物能浇块垒平。
> 老阮不狂谁会得?
> 出门一笑大江横。

对阮籍,元好问强调其块垒不平之气;对陶渊明,则指出其"天然"与"真淳"。此外,元好问还特地标出北朝《敕勒歌》一首,《论诗三十首》其七曰:

> 慷慨歌谣绝不传,
> 穹庐一曲本天然。

---

① 《文心雕龙·时序》。
② 钟嵘:《诗品》。

中州万古英雄气,
也到阴山敕勒川。

《敕勒歌》以豪放浑朴见称,元好问是北方人,又仕于金,所以他倡导北方雄肆诗风。至此,元好问标举了古诗四种风格或境界,即曹、刘之慷慨,阮籍之沉郁,陶潜之真淳,《敕勒歌》之豪放浑朴,这四种风格是元好问"疏凿"出来的"正体"。

元好问对唐诗也很难推崇,云:"唐诗所以绝出三百篇之后者,知本焉尔矣"[1],认为唐诗直接继承了《诗三百》的正脉。又云:"幸矣,学者之得唐人为指归也。"[2]他在《逃空丝竹集引》一文中称赞李汾的七言律诗"清壮顿挫,能动摇人心,高处往往不减唐人"[3]。可见他对唐诗的尊崇态度。他曾编《唐诗鼓吹》,并写有七律《又读唐诗鼓吹》:

杰句雄篇萃若林,细看一一尽精深。
才高不似人间语,吟苦定劳天外心。
白璧连城无少玷,朱弦三叹有遗音。
不经诗老遗山手,谁解披沙拣得金?[4]

他认为唐诗博大精深,杰句雄篇荟萃成诗艺之林,并自称是唐诗的知音和选编能手。

在唐代诗人中,元好问最推崇初唐的陈子昂和盛中唐的杜甫,对白居易略有称赞,对李商隐则有褒有贬。《论诗三十首》之八云:

沈宋横驰翰墨场,
风流初不废齐梁。
论功若准平吴例,

---

[1][2] 《遗山文集》卷三十六《杨叔能小亨集引》。
[3] 《遗山文集》卷三十六。
[4] 《遗山诗集》补载。

> 合著黄金铸子昂。

初唐之诗,尚染齐、梁之习,真正扭转初唐诗风的是陈子昂。元好问认为陈子昂的功绩值得用黄金铸像为之树碑立传,如同范蠡于平吴后归隐,而越王勾践命金匠铸其像置于座侧那样受到尊崇。他推崇陈子昂,正是对"风雅"传统的提倡。翁方纲评此诗云:"此于论唐接六代之风会,最有关系,与东坡'五代文章付劫灰'一首并读之。于初唐独推陈射洪,识力直接杜、韩矣。"[①]极力称赞元好问的才识。元好问对杜甫极为崇敬,有诗赞曰:"诗到夔州老更工,只今人仰少陵翁。"[②]他曾著《杜诗学》一书,开启了以杜诗为专门之学的先例,足见他对杜诗有精深研究。唐代诗人元稹也极崇杜甫,认为杜诗佳处在于"铺陈终始,排比声韵"[③]。元好问却不以为然,他于《论诗三十首》其十论杜甫云:

> 排比铺张特一途,
> 藩篱如此亦区区。
> 少陵自有连城璧,
> 争奈微之识碔砆。

其十一又云:

> 眼处心生句自神,
> 暗中摸索总非真。
> 画图临出秦川景,
> 亲到长安有几人?

在元好问看来,"排比铺张"并非杜诗高处而恰是"碔砆"(似玉之石),杜诗的长

---

① 《石洲诗话》卷七。
② 《遗山诗集》补载《兑斋曹之谦寄语》。
③ 元稹:《唐故工部员外郎杜君墓系铭序》。

处乃在于"眼处心生句自神",有实历,有真情,才有好诗。元好问对白居易的诗也有所称许,《感兴四首》之二写道:

> 诗印高提教外禅,
> 几人针芥得心传。
> 并州未是风流域,
> 五百年中一乐天。

认为白居易是五百年中屈指可数的大诗人。对李商隐的诗,元好问也做了恰如其分的评价。《论诗三十首》之十二云:

> 望帝春心托杜鹃,
> 佳人锦瑟怨华年。
> 诗家总爱西昆好,
> 独恨无人作郑笺。

第二十八首又云:

> 古雅难将子美亲,
> 精纯全失义山真。

翁方纲解释说:"遗山论诗既知义山之精真,而又薄温、李为新声者,盖义山之精微,自能上追杜法,而其以绮丽为体者,则斥为新声,但以其声言之,此亦所谓言各有当尔。"①翁氏的解释极为恰当。元好问一方面肯定李商隐诗寓意深微,婉转典丽,另一方面又惋惜其诗过于晦涩,难以解读。

对于宋诗,元好问持更为冷峻的分析、批评态度。郭绍虞先生说:"考元好

---

① 见《石洲诗话》,转引自郭绍虞:《元好问论诗三十首小笺》,人民文学出版社1978年。

问论诗,固尊唐而贬宋,然其论量宋诗,下语至严,而不作一笔抹煞论。"①元好问最赞赏苏轼,也佩服黄庭坚本人的诗歌成就。其《又解嘲二首》之二写道:

> 诗卷亲来酒盏疏,
> 朝吟竹隐暮南湖。
> 袖中新句知多少,
> 坡谷前头敢道无?②

表达出对苏、黄诗歌的赞佩之情。翁方纲《斋中与友人论诗》云:"苏学盛于北,景行遗山师。"③《读元遗山诗》云:"遗山接眉山,浩乎海波翻。效忠苏门后,此意岂易言。"④道出了元好问与苏轼诗风之间的关系。元好问有《新轩乐府引》一文,对苏轼的词极为推崇:"自东坡一出,情性之外,不知有文字,真有'一洗万古凡马空'气象。"⑤元好问敬重黄庭坚的创新精神,但鄙视江西诗派的末流:"论诗宁下涪翁拜,未作江西社里人。"⑥对于苏、黄诗歌中过于求新求奇之处,元好问不是回护,而是直言批评:

> 金入洪炉不厌频,
> 精真那计受纤尘。
> 苏门果有忠臣在,
> 肯放坡诗百态新。⑦

此诗对苏轼"百态新"表示不满。又云:

> 奇外无奇更出奇,

---

① 《元好问论诗三十首小笺》第74页。
② 《遗山诗集》卷十三。
③④ 转引自郭绍虞:《元好问论诗三十首小笺》,第79页。
⑤ 《遗山文集》卷三十六。
⑥ 《论诗三十首》之二十八。
⑦ 同上书,二十六。

>一波才动万波随。
>只知诗到苏黄尽,
>沧海横流却是谁?①

此诗旨在指责苏、黄"破坏唐体以成宋调"的诗歌创作倾向。宗廷辅《古今论诗绝句》叙此诗主旨称:"自苏、黄更出新意,一洗唐调,后遂随风而靡,生硬放佚,靡恶不臻,变本加厉,咎在作俑,先生慨之,故责之如此。"②这段话准确地概括了元好问指责苏、黄的缘由和旨意。

从以上所述可知,元好问所阐扬的诗歌传统,是汉魏、晋、唐以来的风雅传统。其《东坡诗雅引》云:

>五言以来,六朝之谢、陶,唐之陈子昂、韦应物、柳子厚最为近风雅;自余多以杂体为之。诗之亡久矣! 杂体愈备,则去风雅愈远,其理然也。近世苏子瞻绝爱陶、柳二家,极其诗之所至,诚亦陶、柳之亚。然评者尚以其能似陶、柳,而不能不为风俗所移为可恨耳! 夫诗至于子瞻,而且有不能近古之恨,后人无所望矣。③

元好问认为苏轼诗之佳者只是"似陶、柳",即似古,而其不足则在不能近古,离古之"风雅""正体"尚有距离。其《别李周卿三首》之二写道:

>风雅久不作,日觉元气死。
>诗中柱天手,功自断鳌始。
>古诗十九首,建安六七子。
>中间陶与谢,下逮韦柳止。
>诗人玉为骨,往往堕尘滓。
>衣冠语俳优,正可作婢使。

---

① 《论诗三十首》之二十二。
② 转引自郭绍虞:《元好问诗三十首小笺》,第73、74页。
③ 《遗山文集》卷三十六。

望君清庙瑟,一洗筝笛耳。①

可见,元好问是以"风雅"为诗文正脉的。他对"风雅"传统的论述,比赵秉文等人更加全面、充分。

第二节　诗歌原理论:以"诚"为本

郭绍虞先生说:"元氏论诗宗旨,重在诚与雅二字。"②元好问认为,诗的本源在于一个"诚"字。所谓"诚",就是真实无妄、诚信不欺,它包括"真"和"正"两个层面,从诗歌创作的角度讲,"诚"就是诗人主观上合乎人伦道德的真实情感。只有"以诚为本",才能写出真正感人的诗歌作品。这一观点集中表现在《杨叔能小亨集引》中,他说:

> 尝试妄论之,诗与文特言语之别称耳:有所记述之谓文,吟咏情性之谓诗,其为言语则一也。唐诗所以绝出于三百篇之后者,知本焉尔矣。何谓"本"?"诚"是也。古圣贤道德言语布在方册者多矣。……故由心而成(诚),由诚而言,由言而诗也,三者相为一。情动于中而形于言,言发乎迩而见乎远,同声相应,同气相求。虽小夫贱妇、孤臣孽子之感讽,皆可以厚人伦、美教化,无他道也。故曰:"不诚无物。"夫惟不诚,故言无所主,心口别为二物,物我邈其千里,漠然而往,悠然而来。人之听之,若春风之过焉耳。其欲动天地,感神鬼,难矣!其是之谓"本"。③

元好问认为,诗与文的区别在于它们的功能不同,文是用来记述事物的,诗是用来吟咏性情的。因而,"诚"便成为诗的真正本源。所谓"诚",不是指野逸放纵、无拘无束的真实情感,而是指创作主体发自内心的合乎人伦道德的真实情感,这种情感

---

① 《遗山诗集》卷二。
② 《元好问论诗三十首小笺》,第62页。
③ 《遗山文集》卷三十六。

符合一定的道德规范,具有平和雅正的特点,因而可以说是真、善、美的统一。对于诗的创作过程,元好问也做了一番剖析:由"心"而诚(即情动于中)到由"诚"而言(借语言文字来表现,即形于言),再到由"言"而诗(吟咏性情,即诗的完成)。可见,"诚"是创作的原动力。由于有了"情动于中"的"诚",才使诗有了"同声相应,同气相求"的普遍感染力。只要是以"诚"为创作的基础,即使是"小夫贱妇、孤臣孽子"的感讽吟咏,也可以起到"厚人伦、美教化"的审美教化作用。反之,如果"不诚",言无所主,心口不一,就不可能具有"动天地,感鬼神"的力量。这就是元好问"以诚为本"的诗歌原理论。由此出发,元好问论诗,特别重视"性情",赞赏"性情之外,不知有文字"[①]的境界及由此而产生的"动摇人心"的艺术感染力。

在《双溪集序》《新轩乐府引》《论诗三十首》《自题中州集后五首》等诗文作品中,同样贯穿了"以诚为本"的论诗宗旨。《双溪集序》云:"诗与文同源而别派,文固难,诗为尤难。李长吉母以贺苦于诗,谓'呕出肝肺乃已耳'。又论诗者云:'乾坤有清气,散入诗人脾。千人万人中,一人两人知。'其可谓尤难矣。"[②]《自题中州集后五首》之三:"万古骚人呕肺肝,乾坤清气得来难。"[③]这里强调了好的诗篇当是诗人至诚之心、乾坤清气的自然流露。在诗歌创作中,要把至诚之心、乾坤清气通过语言表达出来,是件非常困难的事。《新轩乐府引》云:

> 自东坡一出,情性之外,不知有文字,真有"一洗万古凡马空"气象。……《诗三百》所载小夫贱妇、幽忧无聊赖之语,特猝为外物感触,满心而发,肆口而成者尔。……自今观之,东坡圣处,非有意于文字之为工,不得不然之为工也。坡以来,山谷、晁无咎、陈去非、辛幼安诸公俱以歌词取称,吟咏情性,留连光景,清壮顿挫,能起人妙思。亦有语意拙直,不自缘饰,因病成妍者,皆自坡发之。[④]

在元好问看来,词与诗在创作原理上是一致的,即都须"以诚为本"。《诗经》中所载"小夫贱妇、幽忧无聊赖之语",都是"为外物感触,满心而发,肆口而成"的,

---

① 《杨叔能小亨集引》。
②④ 《遗山文集》卷三十六。
③ 《遗山诗集》卷十三。

是真实性情的自然流露。东坡词的过人之处,就在于他心有郁积,不吐不快,信笔写来,不自缘饰,因而给人以"情性之外,不知有文字"的艺术美感。东坡的词正是对《诗经》中"吟咏情性"这一传统的发扬。

元好问论诗重一"诚"字,对充满至真、至诚之心的陶诗推崇备至。《论诗三十首》之四云:

> 一语天然万古新,
> 豪华落尽见真淳。
> 南窗白日羲皇上,
> 未害渊明是晋人。

《采菊图二首》之一云:

> 信口成篇底用才,
> 渊明此意亦悠哉。
> 枉教诗景分留在,
> 百绕斜川觅不来。①

《继愚轩和党承旨雪诗》赞曰:

> 君看陶集中,
> 饮酒与归田。
> 此翁岂作诗,
> 真写胸中天。
> 天然对雕饰,
> 真赝殊相悬。②

---

① 《遗山诗集》卷十三。
② 《遗山诗集》卷二。

元好问认为,陶渊明写诗是"信口成篇","直写胸中天",陶诗的风格是豪华落尽,真淳朴实,充满天然之美,陶诗作为"以诚为本"的楷模,是当之无愧的。对阮籍的《咏怀》诗,元好问也以"诚"为标准,予以充分肯定:

纵横诗笔见高情,
何物能浇块垒平?
老阮不狂谁会得,
出门一笑大江横。

此诗赞扬阮籍《咏怀》流露诗人的"高情",阮籍借诗以浇胸中块垒,却以真情为指归。郭绍虞评曰:"其掩抑隐避之处,在见其真情之流露,亦所谓怨之愈深,其辞愈婉者邪?"[①]阮籍的《咏怀》诗,真正达到"诚"与"雅"的统一。

元好问在强调"诚"的同时,对文学史上出现的不诚之人,不诚之诗,也做了深刻的揭露。《论诗三十首》之六云:

心画心声总失真,
文章宁复见为文。
高情千古闲居赋,
争信安仁拜路尘。

扬雄《法言》说:"言,心声也;书,心画也。"言,即语言;书,指文字,二者都是人们用来表达思想感情的媒介物,从一般意义上讲,"言"与"心"、"书"与"心"应是统一的。但是,元好问却举潘岳为例,指出他的文品与人品之间乖张异途。潘岳在貌似"千古高情"的《闲居赋》中,表现出一副道貌岸然、不慕荣利的姿态,谁能想到,现实生活中的潘岳竟是一个谄媚权贵、望尘而拜的庸俗之人呢?潘岳的"心画""心声"未能道出其真实的心态,文品与人品差距甚远,这正是元好问所鄙薄的。《论诗三十首》之九云:

---

① 《元好问论诗三十首小笺》,第62页。

> 斗靡夸多费览观,
> 陆文犹恨冗于潘。
> 心声只要传心了,
> 布谷澜翻可是难。

此诗旨在批评诗歌创作上存在的铺排炫耀、斗靡夸多的现象。"陆"指陆机,"潘"指潘岳。"布谷澜翻",出自苏轼诗句"口角澜翻如布谷"。元好问认为,诗歌创作的目的在于"传心",文辞当力求含蓄凝练。如果一味地恃才骋词,铺排炫耀,不仅有碍于"传心",而且有碍于"览观"。宗廷辅《古今论诗绝句》云:"先生固不满于晋人者,此则借论潘、陆,以箴宋人也。夫诗以言志,志尽则言竭,自苏、黄创为长篇次韵,于是牵于韵脚,不得不借端生议,勾连比附,而辞费矣。"①这段话点明元好问"借论潘、陆,以箴宋人",有助于我们对元好问的批评用意作深一层的理解。

第三节　诗歌创作论:学至于无学

元好问细辨泾渭,指出了师古的正途;以诚为本,道出了师古的精神;其论诗歌创作的具体方法,则在"学至于无学"。《杜诗学引》称:

> 窃尝谓子美之妙,释氏所谓学至于无学者耳。今观其诗,如元气淋漓,随物赋形,如三江五湖,合而为海,浩浩瀚瀚,无有涯矣;如祥光庆云,千变万化,不可名状。固学者之所以动心而骇目。及读之熟,求之深,含咀之久,则九经百氏,古今精华,所以膏润其笔端者,犹可仿佛其余韵也。……故谓杜诗为无一字无来处,亦可也;谓不从古人中来,亦可也。前人论子美用故事,有著盐水中之喻,固善矣?②

---

① 转引自郭绍虞:《元好问论三十首小笺》,第64页。
② 《遗山文集》卷三十六。

元好问认为杜甫最善于学古人,"九经百氏、古人之精华"都融会在他的诗中,其妙处就在于"学至于无学",可以说"无一字无来处",也可以说"不从古人中来"。"学至于无学"一语的精神与杜甫"读书破万卷,下笔如有神"比较接近。"读书破万卷"是"学","如有神"是"无学"。在"学"的阶段,必须以诗为专门之学,通过广泛阅读和刻苦模仿,掌握写诗的技巧。"无学"则是一种出神入化的境界,"不烦绳削而自合","不离文字"又"不在文字"。①

元好问一向重视对诗歌格律的钻研和锤炼。他曾自称:"我诗初不工,研磨出艰辛。"②在《锦机引》中,他说:

> 文章天下之难事,其法度杂见于百家之书,学者不遍考之,则无以知古人之渊源。……山谷与黄直方书云:"欲作楚辞,须熟读楚辞。"观古人用意曲折处,然后下笔,喻如世之巧女,文绣妙一世,诚欲织锦,必得锦机,乃能成锦,因以锦机名之。

元好问强调写诗作文必须先遍考古人"法度",他沿袭黄庭坚《与王立之帖》一文所论,把法度比作"锦机",认为世之巧女,尽管文绣妙一世,"诚欲织锦,必得锦机,乃能成锦"。所以他对历来的诗评、诗品、诗说、诗式等著作非常重视,他在《答聪上人书》中自述道:

> 仆自贞祐甲戌南渡河时,犬焉之齿,二十有五,遂登杨、赵之门。……而学古诗,一言半辞,传在人口,遂以为专门之业,今四十年矣,见之之多,积之之久,挥毫落笔,自铸伟词以惊动海内,则未能。至于量体裁、审音节、权利病、证真赝,考古今诗人之变,有戆直而无姑息,虽古人复生,未敢多让。③

在这封信中,元好问不以创作自许,而恰恰以"量体裁、审音节、权利病、证真赝"

---

① 《遗山文集》卷三十七《陶然集诗引》。
② 同上书,卷二《答王辅之》。
③ 同上书,卷三十九。

的诗学功夫自称,足见他对诗体格律之学的重视。

在《与张仲杰郎中论文》一诗中,元好问强调作诗须下苦功夫:

> 文章出苦心,谁以苦心为。正有苦心人,举世几人知。工文与工诗,大似国手棋。……文须字字作,亦要字字读。咀嚼有余味,百过良未足。功夫到方圆,言语通眷属。①

在《鸠水集引》中,元好问又强调写诗作文亦须有师承,说:

> 文章虽出于真积之力,然非父兄渊源,师友讲习,国家教养,能卓然自立者鲜矣。②

从学诗的角度讲,除个人勤奋之外,听父兄、师友讲解作诗的方法,是十分必要的。

元好问追求建安的风骨、唐人的蕴藉,希望以古人的精华来膏润他的诗笔,使自己卓然成家。为了实现这一理想,他强调推敲、剪裁、炼字这些细节,并认为它们都是创作过程中不能忽略的。他在《陶然集诗引》中写道:

> 大概以脱弃凡近,澡雪尘翳,驱驾声势,破碎阵敌,囚锁怪变,轩豁幽秘,笼络今古,移夺造化为工。钝滞僻涩,浅露浮躁,狂纵淫靡,诡诞琐碎,陈腐为病。"毫发无遗恨""老去渐于诗律细""佳句法如何""新诗改罢自长吟""语不惊人死不休",杜少陵语也。"好句似仙堪换骨,陈言如贼莫经心",薛许昌语也。"乾坤有清气,散入诗人脾;千人万人中,一人两人知",贯休师语也。"看似寻常最奇崛,成如容易却艰难",半山翁语也。"诗律伤严近寡恩",唐子西语也。子西又云:"吾于他文不至蹇涩,惟作诗极艰苦,悲吟累

---

① 《遗山诗集》卷二。
② 《遗山文集》卷三六。

日,仅自成篇。初读时,未见可羞处,姑置之。后数日取读,便觉瑕衅百出。辄复悲吟累日,反复改定,比之前作,稍有加焉。后数日,复取读,疵病复出。凡如此数四,乃敢示人,然终不能工。"李贺母谓:"贺必呕出心乃已!"非过论也。①

这段文字阐释了古今诗人作诗过程中的苦心孤诣:开始时,他必须懂得驾驭文字的诀窍,要有"澡雪尘翳、驱驾声势"的功夫;其次,他必须有"笼络今古"、推陈出新的能耐;然后才能达到"移夺造化"的境界。在这个过程中,他推敲、剪裁、炼字,在"文须字字作""功夫到方圆"的匠心经营之下,化腐朽为神奇。杜甫、唐子西诸人的创作经验,是足以说明问题的佳例。反之,钝滞浅露,狂纵诡诞,一意模仿,言不由衷,落人窠臼,而要有创新的表现,是不可能的事。元好问不但称赞杜甫"老去渐于诗律细"的严谨创作态度,而且肯定了李贺"必欲呕出心乃已"的刻苦求工的精神。他在《自题中州集后五首》之四写道:"文章得失寸心知,千古朱弦属子期。"②写诗作文的甘苦,只有作者本人才最清楚,最有体会。

元好问虽然重视诗歌的格律和锤炼之功,但也并没有斤斤于此,而是更上一层,强调诗歌创作的终极目的是达到"不烦绳削而自合"的"无学"境界。《陶然集诗引》云:

虽然方外之学,有"为道日损"之说,又有"学至于无学"之说,诗家亦有之。子美夔州以后,乐天香山以后,东坡海南以后,皆不烦绳削而自合,非技进于道者能之乎?诗家所以异于方外者,渠辈谈道不在文字,不离文字。诗家圣处不离文字,不在文字。唐贤所谓情性之外,不知有文字云耳。③

这段文字已把诗歌创作问题上升到哲学的高度,与他"论文贵天然"④的旨趣同

---

① ③ 《遗山文集》卷三十七。
② 《遗山诗集》卷十三。
④ 《遗山诗集》卷二《继愚轩和党承旨雪诗四首》之三。

出一辙。杜甫、白居易、苏轼等人诗艺的妙处,就在于出语自然,深得语言文字三昧,不烦绳削而自合。他们不离文字,所以能够以文字为媒介来表达他们的情性;另一方面,又由于他们不在文字,所以他们的诗艺能有"含不尽之意见于言外"(欧阳修语)的神韵。诗歌创作,只有达到皎然《诗式·重意》所说的"但见情性,不睹文字",才是创作上的化境。

很显然,元好问已深深体会到了诗思与语言文字的深层关系,换句话说,在诗的最高境界上,诗思如禅思。写诗犹如参禅,必须由学到悟。优秀的诗篇往往"殆天机所到,非学能至"①。《答俊书记学诗》云:

> 诗为禅客添花锦,
> 禅是诗家切玉刀。
> 心地待渠明白了,
> 百篇吾不惜眉毛。②

此首是说,诗这种艺术形式有助于禅意的表达,可以为禅客锦上添花;而禅又有助于诗人解开作诗之谜,诗与禅相辅相成。元好问还认为,诗人作诗,关键要找到"关捩""悟门"。

> 郭达灵光见太初,
> 眼中无复野狐书。
> 诗家关捩知多少?
> 一钥拈来便有余。③

> 诗笔看君有悟门,
> 春风过水略无痕。
> 庵门未便遮藏得,

---

① 《中州集》卷三《赵秉文小传》。
② 《遗山诗集》卷十四。
③ 同上书,卷十三《感兴四首》之三。

>　　拙里元来大巧存。①

诗人一旦找到了"关捩""悟门",就会感到眼前豁然开朗,灵光闪耀,万象毕来,信笔而成,给人以"拙里元来大巧存"的艺术美感。但是,这"关捩""悟门"的真义究竟是什么呢?元好问也感到只可意会,而难以用明白的语言表达。《论诗三首》之三云:

>　　晕碧裁红点缀匀,
>　　一回拈出一回新。
>　　鸳鸯绣了从教看,
>　　莫把金针度与人。②

"晕碧裁红",比喻重视诗歌的体制格律之学;"一回拈出一回新",是说写出的诗已逐渐达到了"无学"的境地。这其中的奥妙何在呢?很难用逻辑推理的文字加以说明,只能靠读者去领悟了。

元好问虽然没有阐明诗歌创作中"悟"的真义,但他认识到"悟"的前提应是放眼江山风物,接触实际生活。《论诗三首》之一写道:

>　　坎井鸣蛙自一天,
>　　江山放眼更超然。
>　　情知春草池塘句,
>　　不到柴烟类火边。③

强调诗人须扩大视野,放眼江山,培养超然的情怀。《论诗三十首》之十一云:

>　　眼处心生句自神,

---

① 《遗山诗集》卷十四《周卿才拙庵》。
②③ 同上书,卷十四。

>暗中摸索总非真。
>画图临出秦川景,
>亲到长安有几人!

此诗以杜甫为例,强调"悟"不能脱离实际生活,主体与客体接触,心物交感,眼处心生,才有好诗。与此相对,元好问反对从故纸堆里寻找灵感,也反对一味地在诗歌形式上煞费苦心的做法。《论诗三首》之二云:

>诗肠搜苦白头生,
>故纸尘昏枉乞灵。
>不信骊珠不难得,
>试看金翅擘沧溟。①

认为从故纸堆里乞讨灵感是徒劳无益的,靠搜索枯肠的苦吟,不可能创造"金翅擘海"的壮美境界。《自题二首》之一写道:

>共笑诗人太瘦生,
>谁从惨淡得经营?
>千秋万古回文锦,
>只许苏娘读得成。②

"回文锦"指回文诗,即字句回旋往返,都能成义可诵的诗词。刘勰《文心雕龙·明诗》说回文诗为道原所创,已失传。今所传者,以南朝宋苏伯玉妻《盘中诗》为最古,这种诗基本上是文字游戏。元好问拈出回文诗为例,讽刺那些只知在文字形式上惨淡经营、费尽心机的迂腐诗人。

在诗歌创作方面,元好问一方面重视诗歌的格律锻炼之学,以"量体裁、审

---

① 《遗山诗集》卷十四。
② 《遗山诗集》卷十二。

音节"自许；一方面以强调诗歌创作有"关捩""悟门"，要"不离文字"又"不在文字"，看来似乎矛盾，其实是统一的。二者合而论之，便是他提倡的"学至于无学"的创作观点。

第四节 诗歌批评论：崇尚壮美、天然、古雅的诗境，贬抑柔弱、巧饰、险怪的诗风

元好问的诗歌批评论，主要见于《论诗三十首》及《中州集》中的诗人小传，其他诗文作品中也偶尔涉及。

《论诗三十首》写于作者青壮年时期，着眼于评论古代诗人，它所讨论的范围，上自曹魏，下迄宋金，历时一千多年。被论列的诗人，计有曹植、刘琨、张华、陶渊明、阮籍、潘岳、陆机、谢灵运、管宁、华歆、沈约、庾信、沈佺期、宋之问、陈子昂、元稹、李白、杜甫、李商隐、温庭筠、卢仝、元结、孟郊、韩愈、陆龟蒙、柳宗元、李贺、苏轼、黄庭坚、秦观、刘禹锡、欧阳修、王安石、梅尧臣、陈师道等 35 人。《中州集》编于晚年，收集选录有金一代 217 人诗作，着眼于评论金代诗人。《论诗三十首》与《中州集》所评对象不同，但所持的批评标准是一以贯之的，即崇尚壮美、天然、古雅的诗境，贬抑柔弱、巧饰、险怪的诗风。略微不同的是，《论诗三十首》鄙视语言文字与格律，观点有些偏激；而《中州集》却自觉地重视语言文字与格律，展现出兼容并包的批评态度，应该说《中州集》是元好问晚年对自己诗学观的修正与补充。

丹纳《艺术哲学》把种族、环境、时代三大因素作为决定艺术品的根本原因，并提醒人们留意于"自然界的结构留在民族精神上的印记"[1]。元好问祖系出自北魏鲜卑拓跋氏，又出仕金朝，北方民族淳朴刚健的民族精神，不仅滋润着他的诗歌创作，而且影响到他的诗学批评思想。因而，他对壮美和天然两种诗境，有一种先天的钟爱。

---

[1] 丹纳著，傅雷译：《艺术哲学》，人民文学出版社 1963 年，第 255 页。

《论诗三十首》之二
　　曹刘坐啸虎生风，
　　四海无人角两雄。
　　可惜并州刘越石，
　　不教横槊建安中。

《论诗三十首》之四
　　一语天然万古新，
　　豪华落尽见真淳。
　　南窗白日羲皇上，
　　未害渊明是晋人。

《论诗三十首》之七
　　慷慨歌谣绝不传，
　　穹庐一曲本天然。
　　中州万古英雄气，
　　也到阴山敕勒川。

《论诗三十首》之十五
　　笔底银河落九天，
　　何曾憔悴饭山前？
　　世间东抹西涂手，
　　杜著书生待鲁连。

《自题中州集后五首》之一
　　邺下曹刘气尽豪，
　　江东诸谢韵尤高。
　　若从华实评诗品，
　　未便吴侬得锦袍。

从这些诗可以看出,像曹植、刘桢的慷慨多气,陶渊明的自然真淳,《敕勒歌》的朴野豪迈,李太白的飘逸洒脱,江东诸谢的风采高韵,这些风格都符合元好问崇尚壮美、天然的审美旨趣,因而得到称许。

元好问崇尚壮美、天然的评诗标准,也体现在对金代诗人的评价之中。《李屏山挽章》:"牧之宏放见文笔,白也风流余酒尊。……中州豪杰今谁望,拟唤巫阳起醉魂。"①把李屏山(纯甫)比作杜牧、李白,称颂他是"中州豪杰"。《中州集》卷十评李汾的诗,曰:"平生以诗为专门之学……虽辞旨危苦,而耿耿自信者故在,郁郁不平者不能掩,清壮磊落,有幽并豪侠歌谣慷慨之气。"又作诗赞曰:"千丈气豪天也妒,七言诗好世空传。"②元好问对高永诗的评价是:"其诗豪宕谲怪,不为法度所窘,有冰柱雪车风调。"③评马舜卿诗曰:"年少时过襄垣,题诗酒家壁,辞气纵横,时辈少有及者。"④这些都说明,元好问对当世具有壮美风格的诗是由衷赞佩的。对具有自然清新之美的诗歌,元好问同样给予高度评价。《送诗人李正甫》云:"我尝读君诗,天趣触眼新。"⑤《寄英禅师师时住龙门宝应寺》:"前时得君诗,失喜忘朝餐。""清凉诗最圆,往往似方乾。""爱君梅花篇,入手如弹丸。爱君山堂句,深静如幽兰。诗僧第一代,无愧百年间。"⑥《王黄华墨竹》:"雪溪仙人诗骨清,画笔尚余诗典刑。……至人技进不名技,游戏亦复通真灵。"⑦《中州集》卷十评元德明,曰:"作诗不事雕饰,清美圆熟,无山林枯槁之气。"

元好问自幼师从路铎、郝天挺等儒学大师,肆意经传,贯串百家。儒家的温柔敦厚对他的诗歌创作和批评观念也有相当大的影响,因而,古雅也成了他评诗的标准之一。《论诗三十首》之五评阮籍诗云:

纵横诗笔见高情,
何物能浇块垒平?

---

① 《遗山诗集》卷八。
② 同上书,卷九《过诗人李长源故居》。
③④ 《中州集》卷九。
⑤ 《遗山诗集》卷一。
⑥ 同上书,卷二。
⑦ 同上书,卷五。

> 老阮不狂谁会得,
> 出门一笑大江横。

郭绍虞评曰:"盖元好问以诚为诗之本,以雅为诗之品。知本则品自高。"①阮籍虽然佯狂,但他的诗中却表现出块垒不平之气和高雅脱俗的情调,是"诚"与"雅"相统一的典范,因而受到元好问的推许。《论诗三十首》之二十写道:

> 谢客风容映古今,
> 发源谁似柳州深?
> 朱弦一拂遗音在,
> 却是当年寂寞心。

这里称赞江东诸谢的风容高韵和柳宗元的淡远雅致。在元好问的心目中,杜甫的诗也是古雅的典范:

> 古雅难将子美亲,
> 精纯全失义山真。
> 论诗宁下涪翁拜,
> 未作江西社里人。②

此诗以"古雅"二字概括杜诗的精髓,以"精纯"二字概括李商隐诗的特征,认为江西诗派既未亲近杜诗的"古雅"之气,又失去了李商隐诗的"精纯"之美。

在评论金代诗歌创作时,元好问期盼着有古雅的诗歌作品出现。《别李周卿三首》之二云:

---

① 《元好问论诗三十首小笺》,第62页。
② 《论诗三十首》之二十八。

>　　风雅久不作,
>　　日觉元气死。……
>　　望君清庙瑟,
>　　一洗筝笛耳。①

《继愚轩和党承旨雪诗》云:

>　　大雅久不作,
>　　闻韶信忘肉。
>　　求音扣寂寞,
>　　一叹动邻屋。②

在《中州集》中,元好问对接近古雅风格的诗人作品都予以肯定。兹举数例如下:

郝俣,"有集行于世,如云:'劳生虽可厌,清景亦自适。'殊有古意"。(卷二)

边元鼎,"诗文有高意,时辈少及"。(卷二)

刘仲尹,"诗乐府俱有蕴藉,有《龙山集》"。(卷三)

路铎,"文最奇,尤长于诗,精致温润,自成一家"。(卷四)

秦略,"少举进士不中,即以诗为业,诗尚雕刻,而不欲见斧凿痕,故颇有自得之趣"。(卷七)

王万钟,"有逸才……古诗尤萧散,有自得之趣"。(卷七)

王元粹,"年十八九,作诗便有高趣"。(卷七)

张本,"四十岁后学诗,诗殊有古意"。(卷七)

王利宾,"朴直纯素,作诗有古意"。(卷八)

张行中,"诗殊有古意也"。(卷九)

辛愿,"杜诗韩笔,未尝一日去其手。作文有纲目不乱,诗律深严,而有自得之趣"。(卷十)

---

①② 《遗山诗集》卷二。

姚孝锡,"古诗尤有高趣"。(卷十)

元好问在评这些诗人时,运用了"古意""高意""高趣""自得之趣""蕴藉""温润"等词汇,这些诗人的风格都可以纳入古雅的范围,由此可知元好问对古雅风格的重视。

与崇尚壮美、天然、古雅的诗境相对的是,元好问对古今诗歌创作中存在的柔弱、巧饰、险怪的诗风提出了尖锐的批评,这种观点主要见于《论诗三十首》中,第十八首:

> 东野穷愁死不休,
> 高天厚地一诗囚。
> 江山万古潮阳笔,
> 合在元龙百尺楼。

第二十四首:

> 有情芍药含春泪,
> 无力蔷薇卧晚枝。
> 拈出退之《山石》句,
> 始知渠是女郎诗。

这两首诗认为孟郊诗专吟穷愁之态,缺乏迈往之气,秦观的诗温婉柔媚,似"女郎诗",他们的诗作都不能与韩愈相比,韩诗充满刚健遒劲之美。元好问以孟郊、秦观的诗为例,旨在批评柔弱的诗格。又如第二十一首:

> 窘步相仍死不前,
> 唱酬无复见前贤。
> 纵横正有凌云笔,
> 俯仰随人亦可怜。

第二十九首：

> 池塘春草谢家春，
> 万古千秋五字新。
> 传语闭门陈正字，
> 可怜无补费精神。

前一首讽刺诗歌创作中的唱酬、次韵现象，认为次韵之作"窘步相仍""俯仰随人"，缺乏真情，也缺乏自然之美。后一首讽刺陈师道闭门作诗、雕章凿句，白费力气。金代诗坛上也出现过巧饰诗风，对此，元好问也深表不满。《继愚轩和党承旨雪诗》写道：

> 颇怪今时人，雕镌穷岁年。
> 君看陶集中，饮酒与归田。
> 此翁岂作诗，真写胸中天。
> 天然对雕饰，真赝殊相悬。
> 乃知时世妆，粉绿徒争怜。①

《赠祖唐臣》又云：

> 诗道坏复坏，
> 知言能几人？
> 陵夷随世变，
> 巧伪失天真。②

在元好问看来，当时存在的雕饰、巧伪诗风，似世俗妇女争相涂脂抹粉，失去了天

---

① 《遗山诗集》卷二。
② 《遗山诗集》卷七。

然之美,是对"诗道"的破坏。

对险怪诗风,元好问也给予有力的斥责。《论诗三十首》之十三云:

> 万古文章有坦途,
> 纵横谁似玉川卢!
> 真书不入今人眼,
> 儿辈从教鬼画符。

此处以"真书"比古雅诗风,而把卢仝的险怪诗作比成像"鬼画符"一样的狂草书体,认为卢仝的诗背离了坦途大道。郭绍虞先生论曰:"知其于卢仝'马异鬼怪'一派,故应深恶痛疾矣。查慎行《初白庵诗评》谓'扫尽鬼怪一派',甚是。"①所谓"马异",是说卢仝的诗纵横驰骋,有如奇异的骏马。第十六首云:

> 切切秋虫万古情,
> 灯前山鬼泪纵横。
> 鉴湖春好无人赋,
> 岸夹桃花锦浪生。

前两句指责李贺诗风幽冷怪异,后两句赞美李白诗中明丽高华的境界,字里行间流露出对李贺诗风的不满。元好问敬佩苏轼,但对苏轼诗中存在的"俳谐怒骂"的缺点,也毫不留情地予以批评:"曲学虚荒小说欺,俳谐怒骂岂诗宜? 今人合笑古人拙,除却雅言都不知。"②黄庭坚《答洪驹父书》中认为,苏轼诗文短处在好骂。元好问也认为苏轼在诗中"俳谐怒骂",未免显得狂怪,背离了风雅的传统。在《中州集》中,元好问评王琢诗曰:"诗好押强韵,务以驰骋为工"(卷七),对王琢故作奇怪的创作习性,进行了委婉的批评。

值得注意的是,《中州集》中对精于诗歌律度的诗人给予了充分的肯定,

---

① 《元好问论诗三十首小笺》,第69页。
② 《论诗三十首》之二十三。

例如：

冯子翼，"诗有笔力"。（卷二）

郦权，"作诗有笔力"。（卷四）

师拓，"作诗有气象，而工于炼句"。（卷四）

陈规，"博学能文，诗亦有律度"。（卷五）

冯延登，"诗文皆有律度"。（卷五）

赵元，"自少日博通书传，作诗有规矩。……既病发，无所营为，万虑一归于诗，故诗益工。若其五言平淡处，他人未易造也"。（卷五）

刘勋，"南渡后，专于诗学，往往为人所传"。（卷七）

张澄，"诗文皆有律度"。（卷八）

刁白，"作诗极致力，乐府尤有风调"。（卷八）

张槭，"为人有蕴藉，善谈论，文赋诗笔，截然有律度，时人甚爱重之"。（卷九）

对诗歌律度的肯定，表明元好问在中晚年已认识到格律与古雅诗风之间的内在联系，同时也说明他的诗论范畴扩大了，批评态度也更加客观了。

下编

元代诗学理论

引　言

　　元代是蒙古族的上层贵族集团掌握国家权力的时代。元朝统治中国的时间,如果自蒙古灭金(1234)算起,到顺帝至正二十八年(1368)明兵攻下大都为止,计有134年;如果自忽必烈至元八年(1271)改国号为"大元"算起,则为97年;如果自至元十三年(1276)元军占领临安,宋室投降算起,只有92年。元代文学史的起讫时间,一般定为从蒙古灭金(1234)到统一的元朝灭亡(1368)。

　　元代文学有两个基本特点:一是自宋代开始,明显的俗文学和雅文学的分裂局面继续发展;二是雅文学,即传统的诗文领域内出现了新变现象,诗歌中盛行"宗唐得古"的风气,散文则重视经世致用。

　　元代的文坛,新兴的杂剧、散曲成为一代文学的代表,至于其文学批评,则上不能与唐、宋比肩,下无法与明、清齐步。但是,从文学批评发展的过程看,元代诗文理论前承两宋,后开明代,具有承前启后的作用。

　　曾永义《元代文学批评资料汇编》一书的绪论说,元代文学批评资料,除专书之外,笔者所搜集的零篇散论,有批评者128家,资料1400余条,总计38万言。[①] 可见,元代文学批评资料的数量也很可观。

　　在元代诗文创作与诗文批评发展的文化背景中,理学是一个重要的因素。理学始于宋代,它以正统儒学为本,并吸收了佛学和道教中的若干学说,因此不妨说是正统儒学的变种。朱熹是理学的集大成者,其学说有"朱学"之称。但终宋之世,理学始终没有被封建政府正式立为法定的官学。到了元代,程朱理学才

---

① 曾永义:《元代文学批评资料汇编》,台湾成文出版社1979年,第1页。

定为一尊,正式成为官学。元朝统治者从接受儒学到独尊理学,从根本上说是为了统治的需要。忽必烈未即帝位时,就承认三纲五常是"人道之端,孰大于此。失此则无以立于世矣"①。仁宗曾举起拳头对臣下说:"所重乎儒者,为其握持纲常,如此其固也。"②从仁宗初年开始,正式举行科举,"明经""疑经"和"经义"考试都规定用朱熹注。虞集《道园学古录·跋济宁李璋所刻九经四书》说:"朱氏诸书,定为国是,学者尊信,无敢疑二。"程朱理学于是成为元代官方学术,并对文学产生直接或间接的影响。

散文领域受理学影响最大。由于程、朱著作被定为科举试士程式,相应地也就强调经术为先,词章次之。这就决定了元代散文的基本特点,即讲求经世致用。元人论文,多以理、气为主,如郝经《答友人论文法书》云:"夫理,文之本也。"③戴良《密庵文集序》云:"文主于气。"④理、气二字,乃道学家之常言。理指天道运行的现象,也指人类性命的原理;气指天地间流行的气体以及人所禀赋于自然的性情。

在诗歌领域,元人在创作上一反宋诗因受理学影响而形成的"以文为诗""言理而不言情"的倾向,广泛学习唐诗,重视抒情,讲究词采之美,这种现象无疑是与程朱理学的文学观点背道而驰的。但在诗歌理论上,元人又不违反正统儒学重视教化、崇尚典雅的观点,到了元末杨维桢提出"人各有情性,则人有各诗"⑤,强调诗人的个性,才使元代诗论真正出现了新鲜气息。

元代诗学,以仁宗延祐元年(1314)恢复科举为界,可分为前后两个时期。

一、元代前期诗学

元代前期,南北文风的差异仍然很大。北方诗坛与金文化关系密切,诗文批评总体上继承了金代的复古风气,但也形成了新的特点,即重视诗文的内容。如

---

① 《元史》卷一百五十八《窦默传》。
② 《元史》卷一百七十五《李孟传》。
③ 《陵川集》卷二十三。
④ 《九灵山房集》卷二十九。
⑤ 《东维子文集》卷七《李仲虞诗序》。

李冶提出诗文当有骨格,认为"古人因事为文,不拘声病,而专以意为主",所以"骨格"高;今人则过分重视声律,"专以浮声、切响论文",所以"律度益严",骨格益弱。① 可见,李冶所说的"骨格"高,侧重于强调诗文的立意,以因事为文、不拘声律为格高,与方回所提倡的"格高"之论具有不同的内涵。刘秉忠主张作诗当以自然为宗,他在《禅颂十首》等诗中提出,为人处世,写诗作文,都应顺乎自然,不加雕饰。王恽论诗论文,提出了"以自得有用为主,浮艳陈烂是去"②的观点。"自得"是就创作主体而言,要务去陈言,自出其意,自造其语;"有用"是就创作客体而言,提倡诗文对社会的补益作用。胡祗遹论诗以心性为本,重视一己的体认,崇尚自适、自然。他认为学习古人要"诵其言以求其心,解悟其理"③,要有自身的人生体验;诗文创作要"沉潜体认,深造自得"④,要"从自己心肺中流出"⑤。其《论诗六章》集中体现了反对步趋古人,以自适、自然为创作宗旨的诗论主张。综观李冶、刘秉忠、王恽、胡祗遹四人的诗学观点,李冶偏重于纪实言理,以事功教化为目的,刘秉忠、王恽、胡祗遹三人偏重于抒发个人情志,带有自适自娱的倾向。

元代前期,由南宋入元的文人相当活跃,他们的诗歌创作乃至诗学理论都不同于北方。一方面表现为对南宋诗学的继承,如方回总结江西派的诗学,王义山、胡炳文、陈栎、郝经等发挥理学家的观点,杨公远、释英、黄庚等仍沿着"四灵""江湖"一派,论诗以"清虚雅淡"为尚。但另一方面,尤为值得注意的是对宋金诗学的流弊进行反思:一种是对主意诗学的过重文字法度表示不满,提倡复古,并显示出明确的宗唐倾向,以戴表元、袁桷为先驱;另一种则是对模仿、追随苏、黄诗风的做法提出异议,强调个人才性意趣的抒发,重视写性情之真,从江西派中分化出来的赵文、刘埙、吴澄、刘将孙即其典型。后两种倾向,即师古与师心,构成了延祐以后元代诗学的基本潮流。

方回是宋代江西诗派的"殿军",论诗专主江西。他明确标举江西诗派作家

---

① 引文见《敬斋古今黈》卷八。
② 《遗安郭先生文集引》。
③ 《语录·有德者必有言》。
④ 《语录·今文之弊》。
⑤ 《语录·文笔末事》。

一致注重的"格"作为主要标准,强调以"格高"为第一。这一观点是针对当时"四灵""江湖"派诗歌格调低卑的情形而发的,目的在于扭转衰颓的诗风。所谓"格高",是指苍劲瘦硬而且不俗的诗歌风格。方回以"格"之高下为评诗的标准,对江西诗派的"一祖三宗"(即杜甫、黄庭坚、陈师道、陈与义)最为推崇,对杜甫夔州以后的诗尤其膜拜,称之"一节高一节,愈老愈剥落"①;而对"四灵""江湖"派的祖师姚合、许浑,则斥之"格卑语陋"②。在方回看来,诗文只求偶俪妩媚、婉畅丰腴,堆砌风云月露的形态,就是格卑之作;若能超越此境,由工而至不工,剥落浮华,才为高格。流俗之诗止于工丽、肥腴,所以格卑;杜甫七言律诗,"不丽不工,瘦硬枯劲"③,乃见高妙。对"江湖"派中一些攀附大官、以诗为干谒之具的诗人,方回更是严加痛斥,不遗余力,认为他们的诗更俗,更卑下不可取。

在技巧论方面,方回特别注重"响字""活句""拗字"和"变体"等法则。"响字"(声音响亮宏大的字)是指诗中的提醒字、关键字,又称"诗眼"。方回在《瀛奎律髓》中,对所选各诗都详细圈点,把诗眼一一圈出,给学诗者提供入门的途径。"响字"之说,实即诗文声律论,意在强调利用文字声音的阴阳清浊,以抑扬顿挫的节奏,造成诗文的声调之美。所谓"活法",指的是以虚字入诗,而所谓"虚字",似指名词、代词之外的其他词汇,包括动词、形容词、副词等。方回认为:"诗家不专用实句、实字,而或以虚为句,句之中以虚字为工,天下之至难也。"④所谓"拗字",是作律诗时改变某些字的平仄格律,或因拗而转谐,或反谐以取势,从而使作品骨格峻峭,语句浑成,气势顿挫。拗句有单拗、双拗与吴体三种区别。方回认为,老杜最擅长拗体,江西派诗人深得老杜旨趣。所谓"变体",是指作律诗时妥善处理情句和景句、实字和虚字,以及色彩的浓和淡、辞意的重和轻等对立而统一的各对矛盾,使作品的结构富有变化。在《瀛奎律髓·变体类》中,方回对所选诸诗都一一评注,并认为变体之善者不仅不偏,反而更有力。总之,"响字""活句""拗字""变体"之法,对于创作具有苍劲瘦硬风格的律诗,确实是重要的艺术手段,方回把它们作为江西派诗法的重点进行深入的研究和

---

① 《瀛奎律髓》卷十杜甫《春远》注。
② 《桐江集》卷三《送俞唯道序》。
③ 《桐江续集》卷八《读张功父南湖集》。
④ 《瀛奎律髓》卷四十三黄山谷《十二月十九日夜发鄂渚晓泊汉阳亲旧携酒追送聊为短句》注。

总结,改变了该派原先以"夺胎换骨""点铁成金"的主张为核心的做法,这对江西派诗律学体系是一个改造与提高。

方回不但系统地总结了江西派的诗学理论,而且在吕本中《江西诗社宗派图》的基础上,通彻源流地重新整理了这一诗歌流派的组织体系,提出了著名的"一祖三宗"说。"一祖"指杜甫,"三宗"即黄庭坚、陈师道和陈与义。《瀛奎律髓》卷二十六评陈简斋《清明》诗云:"呜呼!古今诗人当以老杜、山谷、后山、简斋为一祖三宗,余可预配飨者有数焉。""一祖三宗"之说,首见于此。

王义山、胡炳文、陈栎、郝经等人主要发挥了宋代理学家的观点,但每个人的见解又不尽相同。

王义山论诗,在风格上提倡"淡泊""简淳",在创作方法上强调弃绝工巧,一本自然。他在《西湖倡和诗序》中引用前人的诗句说:"吟到无诗方是诗。"又说:"诗至于无,妙矣!天地间皆诗也。"意思是说,当诗人陶醉在大自然中,进入与天地同游、以物观物而物我两忘的状态时,就会感到诗情无处不在。王义山这种提倡简淡、自然的诗学观,与宋代邵雍的诗论主张是一脉相承的。邵雍在《伊川击壤集自序》中提出"自乐"说,把诗歌看作性灵的自然流露,并说:"乐时与万物之自得也","以物观物","情累都忘"。邵雍、王义山二人对诗的看法几乎是一致的。严格地说,他们所述的不是诗的境界,而是人生处世的境界。

胡炳文论诗,本着理学家的立场,主张诗须有补于"修齐治平",反对追求文辞工巧的现象。他在《明复斋记》《程草庭学稿序》等文中认为,诗是儒学的一个部分,诗应该有益于人的身心健康,有利于使人树立"修身、齐家、治国、平天下"的远大理想;诗的最高境界是"中和"之美;诗还具有"兴观群怨""事父事君""移风易俗""动天地感鬼神"的社会功能。因此,诗应当成为"君、父、师"手中的教化工具。这种观点,完全否定了诗歌自身的美学价值,是当时理学家诗文理论中最偏颇的代表。

陈栎论诗比王义山、胡炳文宽松,他虽以理学为宗,但又兼顾诗的艺术特征。在《定宇集》卷七《答问》一则中,他指出"理"与"物"、"淡"与"丽"都是需要的,不可执其一端而否定另一端。他所说的"理",大致是指诗文的立意,"物"指比兴所借用的物象,"淡"与"丽"则是指语言文字的风格。他说:"理与物应,可以相有,而不可以相无。"但比较而言,又应当"以淡与理为主,物与丽为宾",也就是以达意、质朴为作诗之本。这种诗学观比较完善可取。

郝经是最正统的儒生,诗学观念也带有浓重的儒家传统色彩。他在被南宋囚禁于仪征期间,曾选汉至五代221人诗250篇,取其"抑扬刺美,反复讽咏,期于大一统,明王道,补缉前贤之所未及者",名之曰《一王雅》。从"述王道"、以求有补于世事的宗旨出发,他批评当时文坛存在的"事虚文而弃实用"的弊端,称颂《六经》之文为"实理""实辞""实情""实政""实法""实音"[①],强调写作诗文必须有实际的内容,不可徒为"虚文"。郝经所说的"实"自然也包括了"情",他在《论八首·情》中肯定了"情"是从人的自然本性中生发出来的,具有"本然之实"的特征,并进而对"情"作了一定的限制,提出"可喜而喜,可怒而怒,可哀而哀,可乐而乐","好恶皆当其可而发","得时中之道",就是说"情"既要真实,又要符合一定的道德规范。这种见解与元好问所提倡的"以诚为本"的观点是一脉相承的。

元代初期,科举被取消,汉族士人仕进无门,于是结社吟诗,他们的处境与南宋末年的江湖诗人相似,诗风和诗学批评倾向也受到江湖诗派的影响,崇尚清虚、雅淡。其代表人物有杨公远、释英、黄庚等。

杨公远在《诗人十事》等诗中,推崇孟郊、贾岛,认为诗家的本质是"管领闲风月",描绘松菊梅竹、风云雨雪等自然景物,诗的语言应由精巧入于自然。

释英是诗僧,论诗本于禅悟,提倡"空趣"。其《山中作》云:"禅心诗思共依依。"《夜坐读珦禅师潜山诗集》云:"诗从心悟得,字字含宫商。"认为"禅心"与"诗思"相通,关键在于"妙悟"。其《书朱性夫吟卷后》云:"句法清圆旨趣空。"《答画者问诗》云:

要识诗真趣,
如君画一同。
机超罔象外,
妙在不言中。

[①] 《文弊解》。

他所说的"旨趣空""真趣",指的是诗的意境,其特点是"超罔象外,妙在不言中",即具有象外之象、言外之意。释英的诗学观无疑受到了司空图和严羽的影响。

黄庚在《月屋漫稿自序》中,通过自己的学诗经历,提出了率意为诗、不计工拙的主张。从这一观点出发,他推崇陶渊明、林逋的自然质朴诗风,反对孟郊和贾岛苦思、推敲的作诗方法。其《梅菊》云:"晋宋后来爱花者,岂无靖节与逋仙。"《题梅花诗卷后》云:"除却逋仙更有谁。"《诗穷》云:"何苦辛勤学郊岛,呕心博得一生穷。"黄庚所提出的率意为诗的主张与晚明袁宏道"不拘格套,独抒性灵"[①]的观点有些相似,值得注意。

元代初期,围绕着对宋金诗学流弊的反思,出现了两种诗学倾向:一是戴表元、袁桷等人主张崇唐复古;二是赵文、刘埙、吴澄、刘将孙等人强调写性情之真。

戴表元是元初东南地区有影响的文章大家,论诗侧重于对宋代诗坛的反省。针对"四灵""江湖"派所存在的格局小、题材狭窄的弊病,他主张诗当"缘于人情时务","不得已而发"[②],强调诗与文章具有同等的功用和地位;针对"江西派"末流刻划过甚、门户之见过深的恶习,他提出诗之妙不可言传,学诗之法应在遍师古人的基础上追求"无迹之迹"[③],这种观点接近于元好问的"学至于无学"之说。宋亡后,诗人们作诗多抒发家国之痛、身世之感,面对这一新的倾向,戴表元在《陈无逸诗序》等文中提出了忧患出诗人的见解,这一见解是对欧阳修"诗穷而后工"[④]观点的继承。

袁桷曾师事戴表元,其文学思想也受戴氏的影响。他在《乐侍郎诗集序》中批评了理学的不良影响,认为"理学兴诗始废";在《书梅圣俞诗后》中指摘"江西诗派"求拗求奇而失去了音节之美与浑厚之气;在《书郑潜庵李商隐诗选》中斥责"四灵""江湖"派耽于风云月露、徒作晚唐悲切之语;在《书纥石烈通甫诗后》中对鄙陋浅俗的诗风也进行了针砭。在对晚宋诗风进行尖锐批评的同时,他把眼光转向了理学未兴以前的魏晋和盛唐诗歌,提倡风雅比兴之义。在《题闵思

---

① 《序小修诗》。
② 《张仲实文编序》。
③ 《许长卿诗序》。
④ 《梅圣俞诗集序》。

齐诗卷》《题刘明叟诗卷》等文中,他指出"言为心声",作诗当本于性情,合于自然,使"体制"与"音节"完美地结合,这种观点对明代复古派的"格调"说具有开导之功。

程钜夫的诗学观,主要提倡"尊所闻,行所知","抒性情之真,写礼义之正,陶天地之和"①的务实风气;此外,他主张师法古人应深切地体会古人创作时的"心情笑貌,依微俯仰"②,做到"情其情,味其味"③。他提倡务实,但也主张尚情尚变,他的诗学观在一定程度上体现了南北诗风的融合。

赵文论诗,注重率真之情,认为"人有情性,则人人有诗"④;他还认为诗中所抒发的性情不受时空的限制,可以传播久远,其《黄南卿齐州集序》云:"五方嗜欲不同,言语亦异,惟性情越宇宙如一。"他还注意到了诗情与声韵的关系,提出:"诗也者,以言之文合声之韵而为之者也。"⑤就是说诗是由优美的文辞与和谐的声韵组合而成的,诗是美文的极致。赵文还继承了《礼记·乐记》中"声音之道,与政通矣"的美学观点,在《吴山房乐府序》中论述了"声音"与"世道"的关系,认为:"《玉树后庭花》盛,陈亡;《花间》丽辞盛,唐亡;《清真》盛,宋亡。"这一观点饱含对南宋亡国的怅叹。

刘埙论诗,推崇"杜、黄音响,陶、柳风味"⑥。他认为,杜甫、黄庭坚的诗极见格律锻炼之工,所以强调:"学诗不以杜黄为宗,岂所谓识其大者?"⑦又认为杜诗"终欠风韵"⑧,黄诗"雅多而风少"⑨,所以在提倡"杜黄音响"的同时,又强调"陶柳风味",意在以陶渊明、柳宗元那种平易畅达而富于情韵的艺术风格来弥补杜、黄诗之不足。从这一观点出发,刘埙提倡平淡诗风,其《诗说》云:"诗贵平谈,做到此地位自知耳。"

吴澄是元代南方的大儒,其文学批评明显地受到陆九渊"心学"的影响,在

---

① 《王楚山诗序》。
② 《严元德诗序》。
③ 《卢疏斋江东稿引》。
④ 《萧汉杰青原樵唱序》。
⑤ 《来清堂诗序》。
⑥ 《雪崖吟稿序》。
⑦ 《禁题绝句序》。
⑧ 《蔡絛诗评》。
⑨ 《刘五渊评论》。

自然、社会、个体三者的关系中,重视作者一己的内心体认。论诗强调情性,主张"诗以道情性之真,自然而然之为贵"①,同时也强调诗要"发乎情,止乎礼"②。在论及诗歌创作时,他反对模拟因袭,主张自立门户。认为诗歌创作应随"天时物态,世事人情"的"千变万化"③而自然成诗,语言"陈腐"或"强学俊逸语"④均是诗的弊病。在《周栖筠诗集序》中,他提出作诗方法当如蜂之酿蜜、蚕之吐丝,贵能融合变化。

刘将孙论诗,以自适性情为创作目的,提出"诗本出于情性"的观点,并说:"人间好语,无非悠然自得于幽闲之表。"⑤他还深悉诗、禅本质上融通的道理,主张以参禅学仙之法,领会诗法的秘诀。在《如禅集序》中,他指出诗不仅要辞达,而且当求其意外之味,言外之境,这便与释家谈禅有相通之处。同时,他也点明了诗与禅的不同之处:禅家参禅的方式,如竖指头、棒喝之类,多故弄玄虚,令人难测;诗人写诗,由象得境,见景触情,明白易显。他还指出,禅家参禅"或面壁九年,雪立齐腰",学作诗也应有这样的工夫,可见他对禅家的"渐修"之法和诗家的锤炼之功也是肯定的。

二、元代后期诗学

元初罢科举,到仁宗延祐元年(1314)才开始恢复。次年会试,杨载、欧阳玄、黄溍、马祖常等均于此年中进士。这标志着新的一代由元朝所培育的文人已经成熟,登上了文坛,因此,历来论元代文学者大都认为这是元代文学的一个新的开端。

延祐恢复科举后的新的文风表现为雅正、尚古、尚辞章,诗学上形成了愈来愈盛的师古乃至复古的倾向。代表人物有虞集、欧阳玄、吴莱、傅若金、戴良等。

虞集推崇程朱理学,以治经名世,又长期居于馆阁,故论诗也带有浓烈的正

---

① 《陈景和诗序》。
② 《萧养蒙诗序》。
③ 《何敏则诗序》。
④ 《题朱望诗后》。
⑤ 《本此诗序》。

统色彩,强调以雅正为指归。他所说的"雅正"之诗,是指士大夫之间"更唱迭和,以鸣太平之盛"①的盛世之音,其特点是性情平正,辞气冲和,意味深长。在《郑氏毛诗序》中,虞集还指出了诗歌对读者所产生的"变化其气质,涵养其德性"②的作用。

欧阳玄的诗学观与虞集相仿,主雅正浑厚之风。其《风雅类编序》云:"风雅之道,先王治天下一要务也。"把风雅之道提到"治天下""考风俗""观世道"③的高度。他认为,元初五十年"士大夫诗多未脱时文故习",到延祐复科之后,"诗皆趋于雅正"④,对延祐以来浑厚雅正的诗风给予高度评价。

吴莱诗文创作均以复古为尚,论诗尤重"古之声",他提倡学习古乐府,主张"倚其声以造辞"⑤,即学习古乐府的雅正之声以造作新辞,体现了传统儒家以声论诗的观点。

傅若金论诗,推崇三代之情性,风雅之正声。其《诗法正论》认为后世作者的情性不如古人纯正,诗歌创作自然也"不逮古人"⑥。其《赠魏仲章论诗序》云:"诗之道,本诸人情,止乎礼义。"如果"本失其正,辞虽工何益哉?"⑦表现出以雅正为归的诗学思想。

戴良身处元末,犹高唱雅正之音。其《皇元风雅序》认为元诗上承唐诗而"能得风雅之正声","一扫宋人之积弊";他盛赞元朝地域辽阔,国力强盛,"学士大夫乘其雄浑之气以为诗","以鸣太平盛治"⑧。可见,他的诗学观与虞集是一脉相承的。

在复古倾向加深的同时,反对复古,主张师心、尚今、尚我的议论也一直没有间断,代表人物有刘诜、黄溍、吴师道、王沂、陈绎曾、杨维桢、张翥、王礼、罗大已等。这样,师古或师心、尚今,便成了元代中后期诗学的基本潮流。

---

① 《道园学古录》卷三十一《飞龙亭诗集序》。
② 同上书,卷三十一。
③ 《圭斋文集》卷七。
④ 同上书,卷八《李宏谟诗序》。
⑤ 《渊颖集》卷七《与黄明远第三书论乐府杂说》。
⑥ 王大鹏等编:《中国历代诗话选》(二),岳麓书社1985年,第1091页。
⑦ 《傅与砺诗文集》卷五。
⑧ 《九灵山房集》卷二十九。

刘诜对当时复古而至于拟袭的流弊持批评态度,其《与揭曼硕学士》一文认为,李白的长短句(即古风)、杜甫的律诗,固然是学诗的"正途",但如果"学而至于袭,袭而至于举世若同一声"①,反而令人生厌。他指出学习诗文,应广泛师承,如古人那样"各有途辙","各务于己出","卒各立门户"②,表现出师古而又变古创新的诗学思想。

黄溍论诗,提倡"有托以见其志",写"身之所历""耳目之所接"③,强调诗"本于人情"④,"诗生于心,成于言"⑤,认为"山讴水谣、童儿女妇之所倡答"⑥正合于作诗的本旨。他的这一见解近似明代李梦阳"真诗乃在民间"⑦之说。

吴师道论诗,重视一己的个性和实历。其《吴礼部诗话》云:"作诗之妙,实与景遇,则语意自别。古人模写之真,往往后人耳目所未历,故未知其妙耳。"⑧阐明了诗人的经历与境遇对诗歌语意风格的影响。

王沂论诗以自然为宗,重视人情、土风对诗歌风格的影响。他在《周刚善文稿序》中指出,古人作品无论其艺术风格表现为"大""幽""华"或"质",皆本于自然,"而造其妙者,在于无意而为之者"⑨。其《隐轩诗序》云:"言出而为诗,原于人情之真;声发而为歌,本于土风之素。"⑩强调人的主观情感和客观的地理环境是影响诗歌风格的两大因素。他还进而提出,古今异代,一代有一代之文,人我异体,一己有一己之好恶。表现出师心、尚今的态度。

陈绎曾在为袁易写的《静春堂诗集后序》中提出了"情生于境"的观点,并把"境"细分为"居"与"遇"。所谓"居"是指长期不变的固定的地理环境,这与王沂所称的"土风"相近;所谓"遇"则指短期的社会环境变化,往往表现为突起的政治变化以及个人在此变化中的遭遇。陈绎曾从"居"与"遇"两方面论述诗歌风格形成的原因,把诗人创作与地理环境、社会环境

---

①② 《桂隐文集》卷三。
③ 《金华黄先生文集》卷十八《云蓬集序》。
④ 《午溪集序》,载于陈镒:《午溪集》卷首。
⑤⑥ 《金华黄先生文集》卷三《题山房集序》。
⑦ 《空同集》卷五十《诗集自序》。
⑧ 见丁福保辑:《历代诗话续编》,中华书局 1983 年。
⑨ 《伊滨集》卷十三。
⑩ 同上书,卷十六。

密切联系起来,与以往关于情境的泛泛之论相比,显然深入了一层。本于此,他对古今诗歌创作的评价,自然立足于"变",肯定"楚骚以降,家殊人异"的必然性。

杨维桢是元代中后期的诗坛怪杰,论诗以情性为主。其《李仲虞诗序》云:"诗者,人之情性也。人各有情性,则人有各诗也。"①他所说的"情性"是指个人先天的禀赋气质,而非儒家诗教中的带有伦理色彩的情志。他认为这种真正属于个人的"情性",才是决定诗歌风格的主要因素。在《剡韶诗序》中,他直接点明了"诗不可以学为",诗的风格皆"依情而出"②,自然也因情而异。杨维桢论诗,虽主情性,但也兼及格调。在《赵氏诗录序》中,他把诗品比作人品,人品有面目、骨骼、情性、神气,诗品也是这样。又说,欣赏诗歌,一定要先识其面目、骨骼,而后能得其情性、神气。诗的面目、骨骼,其实就是诗的格调。杨维桢的这种观点,对明代前、后七子的"格调"说有开导之功。

张翥在为陈镒写的《午溪集序》中提出:诗本于"性情之天,声音之天"③,不假雕琢工巧;并指出学诗之法在于广泛师承,融合古今,学而有变,且自成一种"风度"。

王礼论诗,反对一味复古,主张代有其诗。他把元初以来朝野之诗编为《长留天地间集》和《沧海遗珠集》,并作序云:"文章与时升降"④,诗者"各鸣其所遇"⑤,所以代各有诗,古今相承,古诗因然可贵,今诗也不可鄙视。在论及诗歌的本质特征时,王礼认为诗当发乎性情,抒写"真情实景"。其《魏德基诗序》云:"当歌而歌,当怨而怨。"⑥《魏松壑吟稿集序》云:"故诗无情性,不得名诗。"⑦《吴伯渊吟稿序》云,(诗)"本乎性情,寓乎景物,其妙在于有所感发";"诗在山巅水涯、人情物态"⑧。《赠杨维中序》云:"诗自真情实景便异凡俗。"⑨明显地表现出师心、尚今的诗学倾向。

---

①② 《东维子文集》卷七。
③ 陈镒:《午溪集》卷首。
④ 《麟原后集》卷二《长留天地间集序》。
⑤ 同上书,卷四《沧海遗珠集序》。
⑥ 同上书,卷一。
⑦⑧ 《麟原前集》卷五。
⑨ 同上书,卷四。

罗大巳论诗亦主自得而倡神情，观点与王礼相近。值得注意的是，他在为郭钰写的《静思集序》中，提出了"中人之性情"（即一般人的性情）问题。他说："中人之性情不能不有所偏，随其所偏，徇其所至，则溢而为声音，发而为言笑，亦各有自得之妙。"①就是说，一般人的性情偏激，发而为诗，也各有"自得之妙"。这一观点对晚明的"性灵"说有一定的启发。

元代诗学理论中还有一个很突出的现象，即"宗唐抑宋"。综观元人"宗唐"的理论，大致可以分为以下五个方面：

其一，唐诗风雅论。代表人物有郝经、虞集、戴良等，他们主要从政治教化的角度评论唐诗，推尊唐诗，构成了元代诗学批评的主音。

其二，江西诗派唐诗观之余响。主要是指方回的唐诗观。方回以"格高"为标准，评判唐、宋诗人，称颂"盛唐律诗体浑大，格高语壮"②，并把格高律严的杜诗定为"江西诗派"的祖师，从而确立了"江西诗派"的正统地位。

其三，宗唐复古论。主要有戴表元、袁桷、杨维桢等人，他们于古体宗汉魏、两晋，于近体宗唐，侧重于从性情、格调的角度推崇唐诗。此外，袁桷推重李商隐的诗，可看作宗唐复古潮流中的一个支流别派。

其四，唐宋因革论。以吴澄、刘埙、傅若金、周霆震等为代表，他们立足于阐述唐、宋诗之间的继承与革新关系。

其五，学唐创新论。出现于延祐元年（1314）恢复科举之后，代表人物有刘诜、刘将孙、黄溍、杨维桢等。他们重视诗人的"天资""情性"，反对摹拟，重视创新。

在举世"宗唐"的风气下，元代还出现了两部研究唐诗的重要著作，即辛文房《唐才子传》、杨士弘《唐音》。《唐才子传》旨在为诗人立传、为其诗歌创作的艺术成就立评，并表现出"因时为变"、因人而异的诗学观念。《唐音》是第一部从源流正变着眼编录唐诗的选本，其选诗的主旨是："审其音律之正变，而择其精粹，分为始音、正音、遗响。"③其观念和体例对明代高棅《唐诗品汇》诸选本有直接影响。

---

① 郭钰：《静思集》卷首。
② 《瀛奎律髓》卷十五陈子昂《晚次乐乡县》批。
③ 《唐音自序》。

出于对"唐音"的追摹,关于诗法的探讨也一时蔚然成风。唐宋以来的诗学著作主要有两大类:一类是盛行于唐代的诗格,另一类是兴起于宋代的诗话。到元代,复归于唐。出现了许多关于诗格、诗法之类的著作。如杨载《诗法家数》《诗学正源》,范梈《木天禁语》《诗学禁脔》《诗格》,揭傒斯《诗法正宗》《诗宗正法眼藏》,傅若金《诗法正论》《诗文正法》,等等。这些诗学著作的共同特点是:以唐人为榜样,以诗格、诗法为中心,探讨古体、律体诗歌的具体作法及其风格类型。

总之,众多的观点,众多的诗学著作,汇成了整个元代诗坛"宗唐"的洪流。

第一章　方回对江西诗法的总结

方回(1227—1307),字万里,号虚谷,又号紫阳居士,歙县(今属安徽)人。南宋理宗景定三年(1262)别省登第,累官至严州知府。宋亡降元,授建德路总管,不久即罢去,徜徉于杭、歙间而终老。方回是宋末元初的著名诗人、诗论家,"晚而归元,终以不用,乃益肆意于诗"①。《四库全书总目》卷一百六十六称方回:"学问议论,一尊朱子,崇正辟邪,不遗余力,居然醇儒之言。"方回平生著述颇丰,其《虚谷集》已佚,今存《续古今考》《文选颜鲍谢诗评》《桐江集》《桐江续集》《瀛奎律髓》等。

方回是宋代江西诗派的"殿军",论诗专主江西。其诗论分别见诸《瀛奎律髓》《桐江集》《桐江续集》及《文选颜鲍谢诗评》四书,其中尤以《瀛奎律髓》一书,议论最精,内容亦富,影响最大。《瀛奎律髓序》曰:

> 瀛者何?十八学士登瀛洲也。奎者何?五星聚奎也。律者何?五、七言之近体也。髓者何?非得皮得骨之谓也。斯登也,斯聚也,而后八代、五季之文弊革也。文之精者为诗,诗之精者为律。所选,诗格也。所注,诗话也。学者求之,髓由是可得也。

此书是一部诗歌总集,四十九卷。录唐、宋诗人385家,五、七言律诗3014首(其中重出22首,实为2992首)。按类分编,计分登览、朝省、怀古、风土、升平、宦情、风怀、宴集、老寿、春日、夏日、秋日、冬日、晨朝、暮夜、节序、晴雨、茶、酒、梅

---

① 顾嗣立:《元诗选·甲集》,中华书局1987年,第188页。

花、雪、月、闲适、送别、拗字、变体、着题、陵庙、旅况、边塞、宫阙、忠愤、山岩、川泉、庭宇、论诗、技艺、远外、消遣、兄弟、子息、寄赠、迁谪、疾病、感旧、侠少、释梵、仙逸、伤悼等四十九类,类各一卷,每类中再分五言、七言,每体中大率按时代先后排,是一部规模宏大、体制整齐的唐宋律诗选本。书中每卷另有小序,说明该类诗的特点。各个诗人皆有小传,诗中多有评注圈点;其评语数量多,涉及面广,总合起来相当于一部诗话。此书选诗侧重于宋代,入选221家,1765首,比重超过唐代,江西诗派的重要作家入选的作品较多,这反映了编者崇尚江西诗派的立场。

南宋后期,崇尚晚唐的"四灵派"兴起,"江湖派"风行,早已显露出自身流弊的"江西诗派"相形之下日趋衰微。重振"江西"旗鼓,纠正其缺失,维护、发扬其创作主张和美学准则,以改革"四灵派""江湖派"所造成的颓俗卑弱的诗风,是方回编选《瀛奎律髓》的根本宗旨。将选诗和评诗结合起来,使诗选与诗话融为一体,则是《瀛奎律髓》的一个显著的特色。所收诗篇,有原集已佚而赖此以存者;其评语中有珍贵的传记资料。

方回对中国诗学的贡献在于,他汲取、运用了"江西派"诗学理论,同时对它进行了较为全面的整理与总结,并做了必要的修正、补充,使它得到进一步的发展。以下,我们拟从风格论、技巧论、批评论三个方面,探讨方回诗学理论的具体内涵。

第一节 风格论:以"格高"为第一

方回论诗,明确标举"江西派"作家一致注重的"格"作为主要标准,强调以"格高"为第一。其《刘元辉诗摘评》云:

> 回尝言作诗先要格律高。学前贤诗,不可但模形状,意会神合可也。[①]

---

① 《桐江集》卷三。

又《学艺圃小集序》云：

> 诗以格高为第一。三百五篇，圣人所定，不敢以格目之。然风雅颂体三，比兴赋体三，一体自是一格，观者当自得之于心。自骚人以来，至汉苏、李，魏曹、刘，亦无格卑者，而予乃创为格高卑之论。何也？曰：此为近世之诗人言之也。予于晋独推陶彭泽一人格高，足方嵇、阮。唐惟陈子昂、杜子美、元次山、韩退之、柳子厚、刘梦得、韦应物，宋惟欧、梅、黄、陈、苏长翁、张文潜，而又于其中以四人为格之尤高者：鲁直、无己，上配渊明、子美为四也。[①]

这里所说的"近世之诗人"是指"四灵""江湖"派诗人。南宋后期，江西诗派由风靡一世到渐趋末流，创作风格上产生了粗疏枯涩的弊病。永嘉"四灵"（即赵灵秀、徐灵晖、翁灵舒、徐灵渊）想以晚唐刻苦求工的诗风矫正江西诗派粗疏枯涩之弊，他们作诗宗晚唐姚合、许浑，写景琐细，境界狭小，虽刻意雕琢，终不免细碎。宋末又有江湖诗派，为"江西""四灵"二派的合流，此派远崇许浑，诗作内容猥杂细碎，格调尤为卑靡。《瀛奎律髓》卷二十戴石屏《寄寻梅》注云：

> 盖江湖游士多以星命相卜，挟中朝尺书，奔走闽台郡县糊口耳。庆元、嘉定以来，乃有诗人为谒客者，龙州刘过改之之徒不一人，石屏亦其一也。相率成风，至不务举子业，干求一二要路之书为介，谓之阔匾，副以诗篇，动获数千缗，以至万缗。如壶山宋谦父自逊，一谒贾似道，获楮币二十万缗以造华居是也。

以诗为游谒之具，雅道衰微，竟至于此。方回提倡"格高"之论，是针对当时"四灵""江湖"诗格调低卑的情形而发的，目的在于扭转衰颓的诗风。

方回一生所持诗论，以骨干苍劲、意趣老淡为宗，而对于偶俪妩媚、婉畅丰腴、工之极、丽之极的诗风，则十分厌弃。《瀛奎律髓》卷十三陈简斋《十月》注

[①] 《桐江集》卷三。

云:"简斋诗独是格高,可及子美。"卷十五陈子昂《晚次乐乡县》注云:"盛唐律诗体浑大,格高语壮。晚唐下细工夫,作小结裹,所以异也。学者详之。"卷二十一曾茶山《上元日大雪》注云:

  诗先看格高而意又到、语又工为上,意到、语工而格不高次之,无格无意又无语下矣。

对于"四灵""江湖"派,方回严加痛斥,不遗余力。《桐江集》卷二《后近诗跋》云:

  近世之诗,莫盛于庆历、元祐,南渡犹有乾、淳。永嘉水心叶氏,忽取晚唐体,五言以姚合为宗,七言以许浑为宗,江湖间而无人能为古选体,而盛唐之风遂衰,聚奎之迹亦晚矣。

卷二《跋遂初尤先生尚书诗》云:

  宋中兴以来,言治必曰乾、淳,言诗必曰尤、杨、范、陆。诚斋时出奇峭,放翁善为悲壮,然无一语不天成;公与石湖,冠冕佩玉,度骚媲雅,盖皆胸中贮万卷书,今古流动,是惟无出,出则自然。近世乃有刻削以为新,组织以为丽,怒骂以为豪,谲觚以为怪,苦涩以为清,尘腐以为熟者,是不可与言诗也哉!

卷三《跋冯庸居恪诗》云:

  予独悲夫近日之诗,组织浮华,祖李玉溪;偶比浅近,尚许鄞州。诗果如是而已乎?

卷三《送胡植芸北行序》云:

近世诗学许浑、姚合,虽不读书之人,皆能为五七言,无风云月露,冰雪烟霞,花柳松竹,莺燕鸥鹭,琴棋书画,鼓笛舟车,酒徒剑客,渔翁樵叟,僧寺道观,歌楼舞榭,则不能成诗。而务谀大官,互称道号,以诗为干谒乞宽之资。败军之将,亡国之相,尊美之如太公望、郭汾阳。刊梓流行,丑状莫掩。呜呼,江湖之弊,一至于此。

卷三《送俞喻道序》云:"姚合、许浑,格卑语陋,恢拓不前。"《瀛奎律髓》卷十姚合《游春》注云:

姚少监合……与贾岛同时而稍后,……而格卑于岛,细巧则或过之。……予谓诗家有大判断,有小结裹,姚之诗专在小结裹,故四灵学之,五言八句皆得其趣,七言律及古体,则衰落不振。又所用料不过花竹鹤僧,琴药茶酒,于此几物,一步不可离,而气象小矣。

卷十一姚合《闲居晚夏》注云:

姚合学贾岛为诗,虽贾之终穷,不及姚之终达,然姚之诗小巧而近乎弱,不能如贾之瘦劲高古也。

卷十四许浑《晓发鄞江北渡寄崔韩二先辈》注云:

许用晦丁卯……诗出于元白之后,体格太卑,对偶太切。陈后山《次韵东坡》有云:"后世无高学,举俗爱许浑。"以此之故,予心甚不喜丁卯诗。

卷十三戴式之《岁暮呈真翰林》注云:

石屏此诗,前六句尽佳。尾句不称,乃止于诉穷乞怜而已。求尺书,干钱物,谒客声气,江湖间人,皆学此等衰意思,所以令人厌之。

贾岛、姚合均为"四灵"诗人重点师法的对象,许浑是"江湖"诗派的鼻祖。但是,由于江西诗派偷学了贾岛近体诗中炼字、炼句、变体等艺术技巧,方回便推崇贾岛而贬抑姚合、许浑。他认为姚合诗"专在小结裹","小巧而近乎弱,不能如贾之瘦劲高古也";他斥责许浑诗"体格太卑,对偶太切",明确表示不喜爱许浑的诗。持论不免偏颇,表现出鲜明的门派意识,难怪纪昀指摘此书存在"党同伐异之弊"①。

何谓"格高"？格是指规矩、法度。其在人曰人格,包括人品、风度;其在诗文则称为风格,意思是诗文充分地表现作者的才性,而蔚然成一种风采。魏庆之《诗人玉屑》引《李希声诗话》云:"古人作诗,正以风调高古为主,虽意远语疏,皆为佳作。后人有切近的当,气格凡下者,终使人可憎。"方回所说的"格高",是指苍劲瘦硬而且不俗的诗歌风格。《瀛奎律髓》卷四十七吕居仁《寄壁公道友》注云:"江西诗,晚唐家甚恶之。然粗则有之,无一点俗也。晚唐家吟不着,卑而又俗,浅而又陋,无江西之骨之律。"江湖诗人以诗文为干谒乞贷之资,方回直斥为格卑。至于评许浑诗,曰:"其诗出于元、白之后,体格太卑,对偶太切。……近世晚进,争由此入,所以卑之又卑也。"②

方回以"格"之高下为评诗的标准,对"江西诗派"的"一祖三宗"最为推崇,引为楷模。云:"善学老杜而才格特高,则当属之山谷、后山、简斋。"③对老杜夔州以后的诗,尤其膜拜。《瀛奎律髓》卷十杜甫《春远》注云:"太抵老杜集,成都时诗胜似关、辅时,夔州时诗胜似成都时,而湖南时诗,又胜似夔州时,一节高一节,愈老愈剥落也。"而对"四灵""江湖"派的祖师姚合、许浑,方回评之曰:"格卑语陋。"④评刘后村则曰:"对偶巧而气格卑。"⑤而对戴式之等人诉穷乞怜的衰意思、小气象,更加鄙弃。

在方回看来,诗文只求工丽、丰腴,堆砌风云月露的形态,就是格卑之作;若能超越此境,由工而至不工,剥落浮华,才为高格。一般说来,追求工丽容易,而

---

① 《瀛奎律髓刊误序》。
② 《瀛奎律髓》卷十四许浑《晓发鄞江北渡寄崔韩二先辈》注。
③ 同上书,卷二十四梅圣俞《送徐君章秘丞知梁山军》注。
④ 《桐江集》卷三《送俞唯道序》。
⑤ 《瀛奎律髓》卷二十七刘后村《老将》注。

超越工丽却难。流俗之诗止于工丽,所以格卑;杜甫七言律诗,"不丽不工,瘦硬枯劲"①,乃见高妙。

江湖派的诗歌,过于组丽浮华,偶比浅近,体格卑下,方回想通过提倡"情""淡""瘦劲",以达到挽救俗世颓风的目的。《桐江集》卷二《评吴尚贤诗》云:"老杜、陈简斋诗,两句景,即两句情,两句丽,即两句淡。……简斋又有一句景、一句情者,妙不可言。……此公作诗,全不于情上、淡上着意。……晚唐近人,四句皆景者,予所不取。"又卷二《吴尚贤渔矶续语序》云:"诗所以言情性,理胜物,淡胜丽。予弱冠以来五十年,学不逮此。"又卷二《评吴尚贤诗》云:"诗未问工不工,且要对属亲切,轻轻重重得其平,又复情多而景少,淡工而丽少。"《桐江续集》卷十一《题魏公辅诗卷》云:"年少学诗歌,悲欢忌太过。未能全劲瘦,已觉近平和。嫩蘖随时摘,微瑕极力磨。成名待三十,存稿不须多。"卷十二《题郭熙雪晴松石平远图为张季野作是日同读杜诗》云:"书贵瘦硬少陵语,岂止评书端为诗。"在此,他推崇杜甫、陈与义诗中情景结合、浓淡相间的写法,认为写诗应在"情上、淡上着意",做到"情多而景少,淡工而丽少",诗的风格应当以"瘦硬"为主。此外,方回对于"元轻、白俗"也颇多非议。《桐江集》卷三《跋方君玉庚辰诗》云:"东坡谓郊寒岛瘦,元轻白俗。予谓诗不厌寒,不厌瘦,惟轻与俗则决不可。"《桐江续集》卷十四《次前韵述将归》云:"作诗宁作郊岛之寒瘦,终不屑元轻而白俗。"由此可知,方回论诗,宁取瘦硬而不取轻俗。语言浅露是"俗",过求工丽也"俗",至于攀附大官,以诗为干谒之具,则更俗,更卑下不可取。所以,方回"格高"之论,实指苍劲瘦硬而且不俗的诗歌风格。

第二节 技巧论:响字、活句、拗字、变体之法

在江西诗派所提出的一系列作诗法则中,许多人尊奉"夺胎换骨""点铁成金"之说。方回却特别注重"响字""活句""拗字"和"变体"等法则,提出了很多精当的见解。

---

① 《桐江续集》卷八《读张功父南湖集》。

一、"响字"之说

《桐江集》卷一《滕元秀诗集序》云：

> 诗贵活、贵响，不然则死语、哑语也。……夫诗贵活，其说出吕居仁；贵响，其说出潘邠老。近世为诗者，七言律宗许浑，五言律宗姚合，自谓足以符水心、四灵之好，而斗钉粉绘，率皆死语、哑语。

"响字"之说，见《瀛奎律髓》卷四十二李虚己《次韵和汝南秀才游净土见寄》注云：

> 潘邠老以句中眼为响字，吕居仁又有字字响、句句响之说，朱文公又以二人晚年诗不皆响责备焉。学者当先去其哑可也。亦在乎抑扬顿挫之间，以意为脉，以格为骨，以字为眼，则尽之。

依照潘邠老的见解，"响字"（声音响亮宏大的字）是句中的"眼目"。"句中眼"又称诗眼，指诗中的提醒字、关键字，也就是音节的扼要处。犹如画龙点睛，眼神灼亮，那么龙的精神灵动飞扬；诗眼活泼，全篇也就生动有色。所以，《瀛奎律髓》卷十王半山《宿雨》注云："未有名为好诗而句中无眼者。"

方回在《瀛奎律髓》中，对所选各诗都详细圈点，把诗眼一一圈出，给学诗者提供入门的途径。《桐江集》卷三《跋俞则大诗》云："诗之门户，权之而铢两差，量之而分寸舛，则轻重或偏，而长短不偶。一首中必当有一联佳，一联中必当有一句胜，一句中必当有一字为眼。"可见方回对"诗眼"是非常重视的。

不过，"诗眼"之说，并非方回首创。宋代释惠洪《冷斋夜话》云：

> 造语之工，至于荆公、山谷、东坡，尽古今之变。荆公"江月转空为白昼，岭云分暝作黄昏"。又曰："一水护田将绿绕，两山排闼送青来。"东坡《海棠》诗曰："只恐夜深花睡去，高烧银烛照红妆。"又曰："我携此石归，袖

中有东海。"山谷曰:"此皆谓之句中眼。"学者不知此妙,韵终不胜。①

胡仔《苕溪渔隐丛话》后集卷三十四也载,汪彦章自吴兴移守临川,曾茶山作诗迎之曰:"白玉堂中曾草诏,水晶宫里近题诗。先以示韩子苍。子苍为改两字,曰:白玉堂深曾草诏,水晶宫冷近题诗。迥然与前不侔,盖句中有眼也。"可见"诗眼"之说,是宋代江西诗派作家常提及的话题。严羽也继承了"诗眼"之说,认为诗之"用工有三:曰起结,曰句法,曰字眼"②。

古人炼字,一般说来,五言诗多以第三字为眼,七言诗多以第五字为眼。潘邠老既以"响字"为诗眼,那么他所强调的炼字处,五言也在第三字,七言也在第五字。吕本中《童蒙诗训》曰:

> 潘邠老云:七言诗第五字要响,如"返照入江翻石壁,归云拥树失山村"。"翻"字、"失"字是响字也。五言诗第三字要响,如"圆荷浮小叶,细麦落轻花"。"浮"字、"落"字是响字也。所谓响者,致力处也。予窃以为字字当活,活则字字自响。③

方回继承了吕本中的观点,而且认为字不必工而必响。如《瀛奎律髓》卷四十二李虚己《次韵和汝南秀才游净土见寄》注云:

> 虚己官至工侍。初与曾致尧倡和,致尧谓:"子之辞工矣,而其音犹哑。"虚己惘然,退而精思,得沈休文浮声、切响之说,遂再缀数篇示曾。曾乃骇然叹曰:"得之矣。"予谓此数语,诗家大机括也。工而哑,不如不必工而响。

沈休文即沈约,其《宋书谢灵运传论》曰:"若前有浮声,则后须切响。一简之内,音韵尽殊,两句之中,轻重悉异,妙达此旨,始可言文。"沈约所说的"浮声"大概

---

① ③ 魏庆之:《诗人玉屑》卷六。
② 《沧浪诗话·诗辨》。

是指平声,"切响"是指上去入三声,即后世所谓仄声。[①] 可见,所谓"响字"之说,实即诗文声律论,意在强调利用文字声音的阴阳清浊,以抑扬顿挫的节奏,造成诗文的声调之美。

二、"活法"之说

在方回之前,吕本中有所谓"活法"之论,见刘克庄《江西诗派小序》,其言曰:

> 紫微公作《夏均父集序》云:"学诗当识活法。"所谓活法者,规矩备具,而能出于规矩之外,变化不测,而亦不背于规矩也。是道也,盖有定法而无定法,无定法而有定法,知是者则可以与语活法矣。谢玄晖有言:"好诗流转圆美如弹丸。"此真活法也。

"诗贵活"之说出自吕本中。潘邠老认为诗贵响字,吕本中则认为字字当活,活则字字自响。《瀛奎律髓》卷二十三陈简斋《山中》注云:"自黄、陈绍老杜之后,惟去非与吕居仁亦登老杜之坛。居仁主活法,而去非格调高胜。"又同卷吕居仁《孟明田舍》注云:"简斋诗高峭,吕紫微诗圆活。"卷二十吕居仁《江梅》注云:"居仁诗专主乎活。……茶山倡和求印可,而居仁教以诗法,故茶山以传陆放翁。其说曰:'最忌参死句。'今人看居仁诗,多不领会。盖专以工求,则不得其门而入也。以活求,则此梅诗亦可参矣。"这三则批注,都以"活法"称赞吕本中。而《瀛奎律髓》卷四十四曾茶山《次韵王元勃问予齿脱》注中,方回也以"活法"论诗,认为茶山此诗,若"贮胸无奇书,落笔无活法,则不能耳"。

什么叫"活法"呢?所谓"活法",指的是以虚字入诗。而所谓"虚字",似指名词、代词之外的其他词汇,包括动词、形容词、副词等。台湾学者朱荣智引孙克宽先生的话说:

[①] 参考王运熙:《魏晋南北朝文学批评史》,上海古籍出版社1989年,第471页。

何谓活法？即以虚字入诗。苏、黄固多如此，陈简斋、陆放翁等亦然，往往借一两个虚字传出全句的神态来。放翁《黄州诗》："一帆寒日又黄州。"于"一帆寒日"之下，加一"又"字，联接黄州的实语，便觉跌宕生姿。又像黄诗《徐孺子草堂》："白屋可能无孺子，黄堂只是欠陈蕃。""可能""只是"，皆是副词，而作诗的主旨自见。陈简斋《除夜诗》："比量旧岁聊堪喜，流转殊方又可惊！""聊堪""又可"，皆虚字。放翁《夜泊水村诗》："老子犹堪绝大漠，诸君何至泣新亭。""犹堪""何至"，皆副词。凡律诗对仗，挽入虚字，读之皆觉得跌宕往复，这是苏、黄以后矫正西昆饾饤板滞的诗法。[①]

关于虚字入诗的观点，《瀛奎律髓》卷四十三黄山谷《十二月十九日夜发鄂渚晓泊汉阳亲旧载酒追送聊为短句》注云：

试通前诗（指《戏题巫山县用杜子美韵》）论之："直知难共语，不是故相违。"即老杜诗"直知骑马滑，故作泛舟回"也。凡为诗，非五字、七字皆实之为难，全不必实而虚字有力之为难。"红入桃花嫩，青归柳叶新"，以"入"字、"归"字为眼；"冻泉依细石，晴雪落长松"，以"依"字、"落"字为眼；"榉柳枝枝弱，枇杷树树香"，以"弱"字、"香"字为眼。凡唐人皆如此，贾岛尤精，所谓"敲门""推门"，争精微于一字之间是也。然诗法但止于是乎？惟晚唐诗家不悟。盖有八句皆景，每句中下一工字，以为至矣，而诗全无味。所以诗家不专用实句、实字，而或以虚为句，句之中以虚字为工，天下之至难也。后山曰："欲行天下独，信有俗间疑"，"欲行""信有"四字是工处；"剩欲论奇字，终能讳秘方"，"剩欲""终能"四字是工处。简斋曰："使知临难日，犹有不欺臣"，"使知""犹有"四字是工处；他皆仿此。……后学者当知之。

这段诗论列举大量例句，阐明"凡为诗，非五字、七字皆实之为难，全不必实而虚字有力之为难"的见解，认为"诗家不专用实句、实字，而或以虚为句，句之中以虚字为工，天下之至难也"。论说极为精当。

[①] 朱荣智：《元代文学批评之研究》第四章，台湾联经出版事业公司1982年，第157页。

三、"拗字"之说

《瀛奎律髓》卷二十五《拗字类序》曰：

> 拗字诗在老杜集七言律诗中谓之"吴体"。老杜七言律一百五十九首，而此体凡十九出。不止句中拗一字，往往神出鬼没。虽拗字甚多，而骨格愈峻峭。今"江湖"学诗者，喜许浑诗"水声东去市朝变，山势北来宫殿高""湘潭云尽暮山出，巴蜀雪消春水来"。以为丁卯句法，殊不知始于老杜，如"负盐出井此溪女，打鼓发船何郡郎""宠光蕙叶与多碧，点注桃花舒小红"之类是也。如赵嘏"残星几点雁横塞，长笛一声人倚楼"亦是也。唐诗多类此，独老杜"吴体"之所谓拗，则才小者不能为之矣！五言律亦有拗者，止为语句要浑成，气势要顿挫，则换易一两字平仄，无害也，但不如七言"吴体"全拗尔。

所谓"拗字"，是指作律诗时改变某些字的平仄格律，或因拗而转谐，或反谐以取势，从而使作品骨格峻峭，语句浑成，气势顿挫。杜甫七律常有此体，黄山谷尤喜用之。不过，运用拗字也有一定的法度，其平仄不可随意换易。"拗字"的方法是，在本应下平字的地方，以仄字易之。诗人对于拗句，又常用救法。如杜甫"负盐出井此溪女，打鼓发船何郡郎"、许浑"湘潭云尽暮山出，巴蜀雪消春水来"等句，上句第五字本应作平，而以仄字易之，这就叫"拗句"。如果上句第五字已用仄声字，那么下句第五字改用平声，以使声音和谐流畅，这就叫"救法"。

拗句有单拗、双拗与吴体三种区别。单拗，是指在句中将平仄二字互换，以顿挫气势；双拗，是在两句之中，对换平仄以协调声律；吴体，是指大拗而施以大救，其诀在对每对句第五字用平声谐转。[①]

[①] 张梦机：《近体诗发凡》第六章"论拗句与救法"。转引自朱荣智：《元代文学批评之研究》第四章，第159页。

"吴体"这一名称,首见于杜甫《愁诗》,题下原注云:"强戏为吴体。"其后皮日休、陆龟蒙更以此体迭为唱和,诗见《全唐诗》二家集中,共8首。吴体的来源,有人认为是南朝梁吴均体,也有人认为是吴中的歌谣。桂馥《札璞》卷六云:"均文体清拔有古气,好事者或敩之,谓之吴均体。"于是,他认为杜甫所称吴体是吴均体,"清拔"言不拘声病。而仇注在杜甫《愁诗》注中引黄生的观点,认为吴体是当时俚俗体,似较可信。案,杜甫《夜宴左氏庄》云:"诗罢闻吴咏,扁舟意不忘。"李白有《夜泊黄山闻殷十四吴吟》诗。吴咏、吴吟,都指吴地的歌声。杜甫早年曾游吴越,陆龟蒙也是吴地人,借闾阎之声,解声律之缚,自在情理之中。许印芳《诗谱详说》云:"当时吴中歌谣有此格调,时流效之也。"[①]可以为证。

《瀛奎律髓》卷二十五"拗字类",共选诗28首。诗虽不多,但首首析论,如杜工部《巳上人茅斋诗》:

巳公茅屋下,
可以赋新诗。
枕簟入林僻,
茶瓜留客迟。
江莲摇白羽,
天棘蔓青丝。
空忝许询辈,
难酬支遁辞。

方回注云:"'入'字当平而仄,'留'字当仄而平。'许''支'二字亦然。间或出此,诗更峭健。又'入'字、'留'字,乃诗句之眼,与'摇'字、'蔓'字同,如必不可依平仄,是拗用之尤佳耳。……"拗字的妙用,于此可见。又如杜工部《题省中院壁诗》:

掖垣竹埤梧十寻,
洞门对雪常阴阴。

[①] 参考朱荣智:《元代文学批评之研究》第四章,第160页。

>　　落花游丝白日静，
>　　鸣鸠乳燕青春深。
>　　腐儒衰晚谬通籍，
>　　退食迟回违寸心。
>　　衮职曾无一字补，
>　　许身愧比双南金。

方回注云："此篇八句俱拗，而律吕铿锵，试以微吟，或以长歌，其实文从字顺也。以下'吴体'皆然。'落花游丝白日静，鸣鸠乳燕青春深'，此等句法惟老杜多，亦惟山谷、后山多，而简斋亦然。乃知'江西诗派'非江西，实皆学老杜。"认为老杜最擅长拗体，江西诸家也深得老杜旨趣。

四、"变体"之说

《瀛奎律髓》卷二十六《变体类序》云：

>　　周伯弼《诗体》，分四实四虚、前后虚实之异。夫诗止此四体耶？然有大手笔焉，变化不同。用一句说景，用一句说情。或先后，或不测。此一联既然矣，则彼一联如何处置？今选于左，并取夫用字虚实轻重。外若不等，而意脉体格实佳，与凡变例之一二书之。

所谓"变体"，是指作律诗时妥善处理情句和景句，实字和虚字，以及色彩的浓和淡，辞意的重和轻等对立而又统一的各对矛盾，使作品的体制富于变化。周伯弼选《三体唐诗》，讨论五、七言律诗及七言绝句的格律，有所谓"四实""四虚""虚实相半"等格律。范晞文《对床夜话》卷二云："周伯弼选唐人家法，以四实为第一格，四虚次之，虚实相半又次之。其说'四实'，谓中四句皆景物而实也。于华丽典重之中有雍容宽厚之态，此其妙也。"[①]周伯弼此书，意在挽救江湖

[①] 丁福辑：《历代诗话续编》，第420页。

末流"油腔滑调之弊"①,而所述诗格如下:七言绝句分七格:一曰实接,一曰虚接,一曰用事,一曰前对,一曰后对,一曰拗体,一曰侧体。七言律诗分六格:一曰四实,一曰四虚。一曰前虚后实,一曰前实后虚,一曰结句,一曰咏物。五言律诗分七格:前四格与七言同,后三格,一曰一意,一曰起句,一曰结句。这些诗格都属常例,不足尽诗之变,方回此"变体"一类,正能补周伯弼所列诗格之不足。

在"变体类"中,方回对所选诸诗都一一评注。如杜甫《屏迹》:"桑麻深雨露,燕雀半生成。"方回评曰:"'雨露'二字双重,'生成'二字双轻,然'雨'自对'露','生'自对'成',此轻重各对之法也。"又如贾浪仙《忆江上吴处士》:"此地聚会夕,当时雷雨寒。"方回评曰:"以'雷雨'对'聚会',两轻两重自相对也,不惟不偏枯,乃更有力。"又如贾浪仙《病起》:"身事岂能遂,兰花又已开。病令新作少,雨阻故人来。"中二联,方回评曰:"昧者必谓'身事'不可对'兰花'二字,然细味之,乃殊有味。以十字一串贯意,而一情一景,自然明白。下联更用'雨'字对'病'字,甚为不切,而意极切,真是好诗,变体之妙者也。"这些评注,都非常恰当。

方回虽然列出"变体类",并认为变体之善者不仅不偏,反而更有力。但他又说:"但谓之变体,则不可常尔。"②可见他并没有以变体替代正体。

应该指出的是,"响字""活句""拗字""变体"之法,对于创作具有苍劲瘦硬风格的律诗确实是重要的艺术手段,它们是"江西派"诗法体系中较有价值的精华。而所谓"夺胎换骨""点铁成金",主要强调在创作时规摹古人诗意、点窜古人诗句、搬弄典故、使用古语,实际上是以借鉴代创造,容易造成摹拟剽窃的恶习。南宋魏泰《临汉隐居诗话》、金代王若虚《滹南诗话》都曾对此提出过尖锐的批评。方回虽不否定"夺胎换骨""点铁成金"之说,有时在诗评中还加以运用,但突出"响字""活句""拗字""变体"之法,把它们作为"江西派"诗法的重点进行深入的研究和总结,改变了该派原先以"夺胎换骨""点铁成金"的主张为核心的做法,这对"江西派"诗律学体系是一个改造与提高。

---

① 《四库全书总目》卷一百八十七《三体唐诗提要》。
② 《瀛奎律髓》卷二十六贾浪仙《忆江上吴处士》注。

第三节 批评论:"一祖三宗"说

方回不但系统地总结了江西诗派的诗学理论,而且通彻源流地重新整理这个诗歌流派的组织体系,提出了著名的"一祖三宗"说。"一祖三宗"指杜甫、黄庭坚(山谷)、陈师道(后山)、陈与义(简斋)四位诗人。《瀛奎律髓》卷二十六评陈简斋《清明》诗云:"呜呼!古今诗人当以老杜、山谷、后山、简斋为一祖三宗,余可预配飨者有数焉。""一祖三宗"之说,首见于此。该书卷一评晁君成《甘露寺》又云:"山谷法老杜,后山弃其旧而学焉,遂名黄、陈,号江西派,非自为一家也,老杜实初祖也。"卷十六评陈简斋《道中寒食二首》云:

> 予平生持所见,以老杜为祖,老杜同时诸人皆可伯仲。宋以后,山谷一也,后山二也,简斋为三,吕居仁为四,曾茶山为五,其他与茶山伯仲亦有之,此诗之正派也。余皆旁支别流,得斯文之一体者也。

卷一评陈简斋《与大光同登封州小阁》云:

> 老杜诗为唐诗之冠。黄、陈诗为宋诗之冠。黄、陈学老杜者也。嗣黄、陈而恢张悲壮者,陈简斋也;流动圆活者,吕居仁也;清劲洁雅者,曾茶山也。七言律,他人皆不敢望此六公矣。若五言律诗,则唐人之工者无数。宋人当以梅圣俞为第一,平淡而丰腴。舍是,则又有陈后山耳。此余选诗之条例,所谓正法眼藏也。

所谓"江西诗派",创始于吕本中的《江西诗社宗派图》。胡仔《苕溪渔隐丛话》曰:

> 吕居仁近时以诗得名,自言传衣江西。尝作宗派图,自豫章以降,列陈师道、潘大临、谢逸、洪刍、饶节、僧祖可、徐俯、洪朋、林敏修、洪炎、汪革、李錞、韩驹、李彭、晁冲之、江端本、杨符、谢薖、夏倪、林敏功、潘大观、何觊、王

直方、僧善权、高荷,合二十五人,以为法嗣,谓其源流皆出豫章也。

据《宋史·艺文志》载,吕本中编有《江西宗派诗集》115卷,曾纮亦编《江西续宗派诗》2卷,以相鼓舞,于是江西诗风愈盛。然而,《江西诗社宗派图》所列25人,并非全部是江西籍诗人,如陈师道、韩驹都不是江西人。关于这一点,杨万里《江西宗派序》云:"江西宗派诗者,诗江西也,人非皆江西也。人非皆江西,而诗曰江西者何?系之也。系之者何?以味不以形也。"①从创作风格看,此派诗人虽然不是都出自江西,也不是尽出自黄庭坚之门,但他们在诗歌创作中琢炼字句,务去陈言,讲究诗法,好奇尚硬,却酷似黄庭坚。

以下我们选录《瀛奎律髓》等书中对"一祖三宗"及吕本中、曾茶山诗歌的部分评注,以见方回对江西派的推崇之意。

《瀛奎律髓》选唐代诗人168家,独杜甫作品选录最多,计五言律诗159首,七言律诗63首,占全书所选唐诗的五分之一强,而且方回所选杜诗,几乎每首都有批注,评其诗法,可见其推尊之意。例如,卷一李群玉《登蒲涧寺后二岩》注:

> 诗忌太工,工而无味,如近人四六及小学答对,则不可兼。必拘此式,又为昆体。善为诗者,备众体,亦不可无此也,如老杜能变化,为善之善者。

卷四宋之问《早发始兴江口至虚氏村作》注:

> 山谷教人作诗,必学老杜,今所选,亦以老杜为主,不知老杜亦何所自乎?盖出于其祖审言,同时诸友陈子昂、宋之问、沈佺期也。……此四人者,老杜之诗所自出也。特老杜才高气劲,又能致广大而尽精微耳。

卷十杜甫《春日江村》注:

> 老杜诗所以妙者,全在阖辟顿挫耳,平易之中有艰苦。若但学其平易,

---

① 陶秋英选编:《宋金元文论选》,人民文学出版社1984年,第285页。

而不从艰苦求之,则轻率下笔,不过如元、白之宽耳。学者当思之。

卷十杜甫《春远》注:

大抵老杜集,成都时诗胜似关辅时,夔州时诗胜似成都时,而湖南时诗又胜似夔州时,一节高一节,愈老愈剥落也。

卷十六苏东坡《庚辰岁人日作》注:

前辈论诗文,谓子美夔州后诗、东坡岭外文,老笔愈胜少作,而中年亦未若晚年也。

卷二十三姚合《题李频新居》注:

或曰:"老杜如何可学?"曰:"自贾岛幽微入,而参以岑参之壮,王维之洁,沈佺期、宋之问之整。"

卷二十五《拗字类序》:

拗字诗在老杜集七言律中谓之吴体。老杜七言律一百五十九首,而此体凡十九出,不止句中拗一字,往往神出鬼没,虽拗字甚多而骨格愈峻峭。

卷四十七杜工部《涪城县香积寺官阁》注:

老杜七言律,晚唐人无之。凡学诗,五言律可晚唐;只如七言律,不可不老杜也。

又《桐江集》卷二《程斗山吟稿序》云:

山谷论老杜诗,必断自夔州以后。试取其庚子乙巳门六年之诗观之,秦陇剑门,行旅跋涉,浣花草堂,居处啸咏,所以然之故,如绣如画。又取其丙午至辛亥年诗观之,则绣与画之迹俱泯。赤甲、白盐之间,以至巴峡、洞湘潭,莫不顿挫悲壮,剥浮落华。今之诗人,未尝深考及此。善为诗者,由至工而入于不工,工则粗,不工则细;工则生,不工则熟。

卷三《跋曹之才诗词三摘》云:

老杜诗,世无敢优劣,惟山谷独谓夔州后诗不烦绳削。盖暮年加进于妙年,而老作更深于少作也。

卷三《送俞唯道序》云:

大概律诗当专师老杜、黄、陈、简斋,稍宽则梅圣俞,又宽则张文潜,此皆诗之正派也。

《桐江续集》卷八《读张功父南湖集并序》云:

诗至于老杜而集大成。……老杜七言律诗……不丽不工,瘦硬枯劲,一斡万钧,惟山谷、后山、简斋得此活法。

从以上所引诗论可知,方回认为杜诗虽出自其祖杜审言及陈子昂、宋之问、沈佺期,但他"才高气劲,又能致广大而尽精微";"老杜能变化,为善之善者";"老杜诗所以妙者,全在阖辟顿挫耳,平易之中有艰苦"。老杜七言拗体诗"往往神出鬼没,虽拗字甚多而骨格愈峻峭";"诗至于老杜而集大成",其七言律诗"不丽不工,瘦硬枯劲,一斡万钧,惟山谷、后山、简斋得此活法"。老杜夔州以后诗"不烦绳削","顿挫悲壮,剥浮落华","由至工而入于不工","一节高一节,愈老愈剥落"。因而,"凡学诗,五言律可晚唐;只如七言律,不可不老杜也"。至于学老杜的途径,方回认为:"自贾岛幽微入,而参以岑参之壮,王维之洁,沈佺期、宋之问之整。"这一观点受到清代冯班、纪昀等人的严厉批评。冯班认为:"学杜而自贾岛入,便自坏矣,又安能入耶?"纪昀斥之曰:"全是欺人之语,学杜从贾岛入,所谓北行而适越。王荆公谓学杜当从李义山入,却是有把捉、有阅历语。"①冯班、纪昀对方回的批评是有道理的,因为老杜是唐诗集大成者,其诗"无所不有,任从可处入"(冯班语)。

黄庭坚,字鲁直,自号山谷道人,又自号部翁。他与张耒、晁补之、秦观并称"苏门四学士";江西君子以黄庭坚配苏轼,而并称"苏、黄"。山谷诗雄浑奇变,足继老杜;拗硬盘空,追蹑韩愈;精纯奇巧,又得李义山昆体功夫。融三家之长,而自创新格。在声律上,他追求拗折,"宁律不谐,不使句弱;用字不工,不使语俗"②。在字句上,他主张去陈搜奇,"专以补缀奇字为诗"③;在辞意上,他又提倡"夺胎换骨"④法,而工于熔铸,故能蔚然成一大宗。

《瀛奎律髓》选宋代诗人216家,五、七言律诗1744首,而黄庭坚五、七言律诗被选入者有35首,其中五律13首,七律22首。方回既以黄庭坚为"三宗"之首,而且认为"山谷诗为宋三百年第一人"⑤。所以入选诗作虽然不多,但评价颇高,兹举《瀛奎律髓》中有关黄诗的评注四条如下:

卷一黄山谷《登快阁》注:"吕居仁谓山谷妙年诗已气骨成就,是也。"

卷二十一黄山谷《春雪呈张仲谋》注:"苏、黄名出同时,……坡诗天才高妙,谷诗学力精严;坡律宽而活,谷律刻而切。"

卷二十六陈简斋《清明》注:"古今诗人当以老杜、山谷、后山、简斋四家为一祖三宗,余可预配飨者有数焉。"

卷四十三黄山谷《戏题巫山县用杜子美韵》注:"学老杜诗当学山谷诗,又当知山谷所以处迁谪而浩然于去来者,非但学诗而已。"

方回认为山谷诗上接老杜,为宋以后之冠。

陈师道,字履常,一字无己,号后山。"一祖三宗"之论虽创自方回《瀛奎律

---

① 李庆甲:《瀛奎律髓汇评》卷二十三姚合《题李频新居》注。
② 《题意可诗后》。
③ 张戒:《岁寒堂诗话》卷上。
④ 释惠洪:《冷斋夜话》卷一。
⑤ 《桐江续集》卷三《元辉诗摘评》。

髓》,但黄、陈齐名,早就见于刘克庄《江西诗派小序》,其言曰:

> 后山树立甚高,其议论不以一字假借人,然自言其诗师预章公。或曰:黄、陈齐名,何师之有?余曰:射较一镞,弈角一着,惟诗亦然。后山地位去豫章不远,故能师之。若同时秦、晁诸人,则不能为此言矣。此惟深于诗者知之。文师南丰,诗师豫章,二师皆极天下之本色,故后山诗文高妙一世。①

方回"一祖三宗"之说于杜甫之外,对陈后山誉词最多。其《瀛奎律髓》选后山诗五律84首,七律29首,在宋代诗人中,所选篇数仅次于陆游、梅圣俞二家。现选录《瀛奎律髓》所载评论后山之语数则,以见其推尊之意。

卷十陈后山《春怀示邻曲》注:"淡中藏美丽,虚处着工夫,力能排天斡地,此后山诗也。"

卷十七陈后山《寄无斁》注:"自老杜后,始有后山,律诗往往精于山谷也。山谷弘大而古诗尤高,后山严密而律诗尤高。"

卷二十三陈后山《放怀》注:"选众诗而以后山居其中,犹野鹤之在鸡群也。"

卷四十二陈后山《寄外舅郭大夫概》注:"后山学老杜,此逼其真者。枯淡瘦劲,情味深幽。"

卷四十四陈后山《和黄预病起》注:"后山诗句句有关锁,字有眼,意有脉,当细观之。"

从以上引文可看出,在方回看来,陈后山的诗风格"淡中藏美丽,虚处着工夫","枯淡瘦劲,情味深幽",与一般的诗人相比,后山"犹野鹤之在鸡群"。与黄山谷相比,"后山律诗往往精于山谷","山谷弘大而古诗尤高,后山严密而律诗尤高"。至于陈氏《后山诗话》所谓:"宁拙毋巧,宁朴毋华,宁粗毋弱,宁僻毋俗,诗文皆然。"②论调与山谷相同,《山谷文集》卷二十六《题意可诗后》即有"宁律不谐,不使句弱;用字不工,不使语俗"的高论。

陈与义,字去非,自号简斋居士。陈与义不在吕本中所撰《江西诗宗派图》

---

① 陶秋英编选:《宋金元文论选》,第397页。
② 何文焕:《历代诗话》,中华书局1981年,第311页。

之列,但方回赏爱他的诗,把他与黄、陈(后山)相配,而列为"三宗"之一。陈与义的诗,见于《瀛奎律髓》的共有48首,计五律11首,七律37首。方回对他的评论,颇多赞美之词,认为直逼老杜,属于诗的正派。例如:

卷一《登岳阳楼》注:"简斋……近逼山谷,远诣老杜。"

卷一《与大光同登封州小阁》注:"老杜诗为唐诗之冠。黄、陈诗为宋诗之冠。黄、陈学老杜者也。嗣黄、陈而恢张悲壮者,陈简斋也。"

卷十三《十月》注:"简斋诗独是格高,可及子美。"

卷二十三《山中》注:"居仁主活法,而去非格调高胜,举一世莫之能及。"

卷二十四《送熊博士赴瑞安令》注:"简斋诗气势浑雄,规模广大。老杜之后,有黄、陈,又有简斋,又其次则吕居仁之活动,曾吉甫之清峭,凡五人焉。"

按,陈与义在宋朝南渡前后已负诗名。《四库全书总目》卷一百五十六《简斋集提要》云:

> 初,与义尝作墨梅诗,见知于徽宗,其后又以"客子光阴诗卷里,杏花消息雨声中"句,为高宗所赏,遂驯至执政,在南渡诗人之中最为显达。然皆非其杰构,至于湖南流落之余,汴京板荡以后,感时抚事,慷慨激越,寄迹遥深,乃往往突过古人。故刘克庄《后村诗话》谓其造次不忘忧爱,以简严扫繁缛,以雄浑代尖巧,第其品格,当在诸家之上。其表侄张嵲为作墓志云:"公诗体物寓兴,清邃超特,纤余闳肆,高举横厉。"亦可谓善于形容。

但是,吕本中《江西诗社宗派图》不列其名,究其原因,大概简斋诗论与吕本中之间存在差异。吕本中自言传衣江西,学本山谷,而祖祧老杜。陈简斋则称:

> 诗至老杜极矣。东坡苏公、山谷黄公,奋乎数世之下,复出力振之,而诗之正统不坠。然东坡赋才也大,故解纵绳墨之外,而用之不穷;山谷措意也深,故游泳玩味之余,而索之益远。大抵同出老杜,而自成一家,如李广、程不识之治军,龙伯高、杜季良之行己,不可一概语也。近世诗家知尊杜矣,至学苏者乃指黄为强,而附黄者亦谓苏为肆。要必识苏、黄之所不为,然后可以涉老杜之涯涘。①

---

① 晦斋《简斋诗集引》,转引自莫砺锋:《江西诗派研究》,齐鲁书社1986年,第17页。

陈简斋认为，苏、黄诗"大抵同出老杜，而自成一家"，以杜为宗，而平分苏、黄，这一见解与吕本中所论稍有不同。

方回非常欣赏陈简斋的诗，认为简斋诗"近逼山谷，远诣老杜"，"气势浑雄，规模广大"，"格调高胜，举一世莫之能及"，列为"三宗"之一，当之无愧。

"一祖三宗"之外，方回对吕本中、曾茶山论述亦多。我们先看《瀛奎律髓》中对吕本中的评述：

卷四吕居仁《海陵杂兴》注："居仁本中……其诗宗江西而主于自然，号弹丸法。"

卷十七吕居仁《柳州开元寺夏雨》注："吕居仁在江西派中，最为流动而不滞者，故其诗多活。"

卷二十三吕居仁《孟明田舍》注："简斋诗高峭，吕紫微诗圆活。"

再看《瀛奎律髓》对曾茶山的评注：

卷十六曾茶山《长至日述怀兼寄十七兄》注："读茶山诗，如冠冕佩玉，有司马立朝之意。用'江西'格，参老杜法，而未尝粗做大卖。陆放翁出其门，而其诗自在中唐、晚唐之间，不主'江西'，间或用一、二格。富也，豪也，对偶也，哀感也，皆茶山之所无。而茶山要为独高，未可及也。"

卷十六曾茶山《岁尽》注："茶山诗学山谷，往往逼真。"

卷十八曾茶山《谢人送氁源绝品云九重所赐也》注："诗格清峭。"

吕本中是江西诗派的中坚，论诗倡"活法"之说，方回论诗，也有"活法"之说，且称赞吕本中诗"多活""圆活"的特点，可见他对吕本中的推崇。至于曾茶山，曾经向吕本中学习诗法，其说曰："最忌参死句"①，直接吕本中"活法"之论，以传陆游；陆游虽不专主江西诗，但也深受其影响。曾茶山的诗，方回评以"清峭""格高"，那么，他的成就自然足以与吕本中比肩。

---

① 《瀛奎律髓》卷二十吕居仁《江梅》注。

第二章　元代前期其他流派的诗学观

第一节　李冶等北方诸家的诗学观

一、李冶:强调诗文当有骨格

李冶(1192—1279),字仁卿,号敬斋,栾城(今属河北)人。金末登进士第。金亡,应忽必烈召至潜邸,不久归隐于元氏(今属河北)封龙山,聚徒讲学,年八十终。有《敬斋文集》40卷,已佚;《敬斋古今黈》40卷,今存四库馆臣自《永乐大典》中辑出8卷。其书以考订旧闻为主,间有涉及文学批评者。李冶与元好问同辈,但他以前金遗逸为元所用,且年寿最长。入元后又生活了四十六年之久,所以一般把他列为元代诗人。

李冶强调为诗为文当有骨格。其《敬斋古今黈》卷八云:

> 古人因事为文,不拘声病,而专以意为主,虽其音韵不谐,不恤也。后人则专以浮声、切响论文,文之骨格,安得不弱。

又云:

> 《王德用神道碑》,欧公所撰,康、邦、烦、人、卫、议,皆同押。又《晏元献

碑》氏、裔、洛、学、诏、后，皆同押。欧公去今才百余年，其文律宽简，犹有古人风气。今世作文，稍涉此等，便有讥议。乃知律度益严，而其骨格益以弱也。

李冶认为，"古人因事为文，不拘声病，而专以意为主"，所以"骨格高"；今人则过分重视声律，"专以浮声、切响论文"，所以"律度益严"，骨格益弱。应说明的是，李冶所强调的"骨格高"与方回所提倡的"格高"之论具有不同的内涵。方回所说的"格高"，指苍劲瘦硬而且不俗的诗歌风格。李冶则不然，他强调诗文的立意，以因事为文、不拘声律为格高。他反对锻炼求工，主张"文律宽简"，以存古人风气。

二、刘秉忠：主张作诗当以自然为宗

刘秉忠（1216—1274），字仲晦，先入全真道，后出家为僧，法名子聪，号藏春散人，邢州（今河北邢台）人。乃马真后元年（1242），由禅僧海云荐入忽必烈幕府，屡陈对策，颇受重用。中统元年（1260），忽必烈称帝，刘秉忠受命制订各项制度，官至太保，参领中书省事，同知枢密院事。有《藏春集》。

刘秉忠身为僧人，又从政，也不废文。"既贵，斋居蔬食，澹然不异平昔。"[①]《元史》卷一百五十七本传称他"每以吟咏自适，其诗萧散闲淡，类其为人"。他曾作《禅颂十首》，其九云：

> 春风展叶桥头柳，
> 腊月开花水畔梅。
> 万事随缘真省力，
> 何须心头冷如灰。

诗的意思是说，为人处世，写诗作文，都应顺乎自然，如春风吹开柳叶，似寒冬水

[①] 顾嗣立：《元诗选·乙集》，第373页。

畔梅花,不加雕饰,生机盎然。

刘秉忠的诗论观点集中体现在《为大觉中言诗四首》中,诗云:

其一

水平忽有惊人浪,
盖是因风击起来。
造语若能知此意,
不须特地骋奇才。

其二

七情六义一心中,
言语还因感外通。
李杜苏黄无二律,
后生徒苦立家风。

其三

清雄骚雅因题赋,
古律篇章逐变生。
一字莫教无下落,
有情还似不能情。

其四

四时迭运方成岁,
万物交参始是文。
须信乾坤常肃静,
龙吟虎啸自风云。①

---

① 《藏春集》卷四。

第一、二首重在强调作诗当以自然为宗。刘秉忠认为诗是人的"七情六义"的自然流露,诗人情感与诗歌语言的关系,好比"风"与"浪"的关系,风击浪起,自然成文,李、杜、苏、黄等大诗人的不同风格,说到底也是由不同的才情决定的,所以,诗歌创作当以自然为宗,"不须特地骋奇才"。第三、四首意在说明,诗歌创作在以自然为宗的前提下,又要有适度的约束,应当做到"有情还似不能情",有如"四时迭运","万物交参",既有变化,又有一定的法式。刘秉忠《自然》一诗还写道:"但得直往无凝滞,不自然时也自然。"所谓"自然"又有"不凝滞",不执于一端的意思。

总之,刘秉忠由道入释,受佛道思想影响较深。所以,作诗、论诗都本于自然,推重自然。

三、王恽:诗文"以自得有用为主"的观点

王恽(1227—1304),字仲谋,号秋涧,卫州汲县(今属河南)人。元世祖中统、至元年间历仕翰林修撰、监察御史、河南、河北提刑按察副使,福建闽海按察使、翰林院学士等职。卒后,赠学士承旨,追封太原郡公,谥文定。有《秋涧集》100卷,其中包括《玉堂嘉话》8卷。

王恽诗作"才气横溢,欲驰骋唐宋大家间"[1],他论文论诗以"自得、有用"为宗旨。《遗安郭先生文集引》云:

> 文章虽推衍《六经》,宗述诸子,特言语之工而有理者尔。然必需道义培植其根本,问学贮蓄,其穰茹有渊源精尚,其辞体为之不辍,务至于圆熟,以自得有用为主,浮艳陈烂是去,方能造乎中和醇正之域,而无剽切捞攘灭裂荒唐之弊,故为之甚难,名家者亦不多见。[2]

王恽在《玉堂嘉话》卷二中又引其师王磐之语说:"文章以自得、不蹈袭前人

---

[1] 顾嗣立:《元诗选》,第444页。
[2] 《秋涧集》卷四十三。

一言为贵。曰取其意而不取其辞,恐终是蹑人足迹。"①可见,所谓"自得"是就创作主体而言,要务去陈言,自出其意,自造其语;"有用"则是就创作客体而言,提倡诗文对社会的实际作用。

关于"自得",王恽提出"意先辞后"之说,其《文辞先后》一文云:

> 文之作其来不一:有意先而就辞者,有辞先而就意者。意先而就辞者易,辞先而就意者难。意先辞后,辞顺而理足;辞先意后,语离而理乖。此必然理也,学者最当知之。②

这段文论近似于王若虚《滹南诗话》所引其舅周昂的观点,"文章以意为主,字语为之役"。诗文创作既然以意为先、辞为后,自然能自出其意,自造其语,而不会去模拟剽窃古人作品的言辞了。

金末师古之风颇盛,模仿之弊也随之滋生,所以元初的文论家都比较重视个人情性的抒发,重视"自得"。此外,针对金代后期尚奇求怪之风,以及社会上流行的"金以儒亡"③的批评,文论家又都提倡"实",主张写作诗文当有补于世事。王恽"自得有用"之论,正是这一风尚的反映。

四、胡祗遹:以自适、自然为诗文创作的宗旨

胡祗遹(1227—1295),字绍闻,号紫山,磁州武安(今属河北)人。至元初年授应奉翰林文字,兼太常博士。因忤阿合马,出为太原路治中。历任山东东西道、江南浙西道提刑按察使。胡祗遹长于吏材,所到之处,兴办学校,亲为讲论;为诗文自抒胸臆,无所依傍,无所雕饰,在元人中别树一帜。著有《紫山大全集》。事见《元史》卷一百七十。

胡祗遹论学,以儒者自居,时时发明宋儒理学之说,如其《原心》一文称:

---

① 《秋涧集》卷九十四。
② 同上书,卷四十四。
③ 《元史》卷一百六十三《张德辉传》。

"世之人以气血为心性,一随气血,气血所欲者惟恐不得,既得则惟恐去矣。"①《四库全书总目》卷一百六十六对他的评价是:"大抵学问出于宋儒,以笃实为宗,而务求明体达用,不屑为空虚之谈。"但在元代三教合流的哲学思潮影响下,胡祗遹的思想也较为复杂。他著《论释道》,既阐明"吾儒务实循理",又说:"释氏言空寂,老庄言无为自然,二家之学,吾儒皆有之,但吾儒兼动静有无而言,不失于一偏。"②同时又批判俗儒的固执拘泥:"俗儒束名教,促缩如寒龟。奚知乐道趣,强勉轩须眉。"③胡祗遹为学重视心,重视一己的体认。他说:"我心即天心,人天本无二。"④"古人不可留,遗言在糟粕,诵言欲求心,遐想亦绵邈。"⑤

胡祗遹论诗也以心性为本,崇尚自适、自然。其《语录·为学之本》云:

> 言语、威仪、文章、政事,皆心性之发、见于外者。故穷理守约、养气尽心为为学之本。故曰:"和顺积中而英华发外。"亦有不务实学、矫伪饰诈,而能语言、威仪者,故一一较之,终不醇全,道听途说之态,必不能掩。⑥

《论性》一文云:

> 人之文章事业,大小工拙之不同,莫不系乎德性、气禀之厚薄。气禀清明,德性纯正,不遭时则已,万一遭时,吐为文章,发为事业,焕烂盛大,必有大过人者;苟气禀德性偏驳,发乎外者,必不相掩,虽学问该博,言语无愧,求其行事,则心与舌违。故先儒之言曰:"身外无道,性外无物。"⑦

这两则文论强调"穷理守约、养气尽心"是"为学之本",文章的"大小工拙"与人的"德性""气禀"密切相关。胡祗遹还从"义理性情"的角度评说唐诗,云:

---

① ② ⑦ 《紫山大全集》卷二十。
③ 同上书,卷一《古意》。
④ 同上书,卷二《无题》。
⑤ 同上书,卷一《读书有感》。
⑥ 同上书,卷二十六。

> 诗学至唐为盛,多者数千篇,少者不下数百,名世者几百家。观其命意措辞,则人人殊,亦各言其志也。裁之以义理性情,则浅深高下,自有等级。故东坡有"郊寒岛瘦,元轻白俗"之评。王荆公,工于诗者也。《百家诗选》,后贤以谓后五卷非前五卷之比,精粗固有间矣。①

他一方面承认唐代众多诗人的作品"各言其志",各有特色;另一方面他认为"裁之以义理性情,则浅深高下,自有等级"。

胡祗遹还强调:

> 欲学古人之言艺,当先学古人之德性、心术。无是心而学是艺,愈劳苦而愈不近似。然则何以识其心哉?因言语、文章、行事之著于外者,知其心之必若是也。故曰:"有德者必有言,言者心之声也。"②

又云:

> 苟能诵其言以求其心、解悟其理,笃信而力行之,则用力少而收功多,可一日千里矣。③

他在《读楚辞杂言》中写道:

> 无前贤之心思,不能读前贤之辞章。予少时读楚辞,则昏睡不能终篇。盖无屈原爱君忧国、幽深郁结、清苦茕独、终天无穷难明之悲思,痛甚则声哀,情苦则辞深;非若得意欢畅之言,津津然洋溢于外也。今岁方悟若读楚辞,当句句缓读,求言外意,如问病人、吊孝子、恤其情而哀其苦,庶几得原文言意。④

---
① 《紫山大全集》卷八《高吏部诗序》。
② 同上书,卷二十六《语录·有德者必有言》。
③ 同上书,《语录·求心悟理以为文》。
④ 同上书,卷二十。

这些见解,都是他从自己读书为文的经验中总结出来的,他认为,"欲学古人之言艺,当先学古人之德性、心术",如果能"诵其言以求其心、解悟其理","则用力少而收功多"。而且只有当自己的情绪思致、人生体验等与古人有相近处时,才能真切地体会古人作品的妙处。所以,学习古人,要"求其心""悟其理",要有自身的人生体验。

在论及诗文创作时,胡祗遹主张要"沉潜体认,深造自得",要"从自己心肺中流出"。他说:"记问辩博、缀作铺张之学易;沉潜体认、深造自得之学难。今人下笔数千言,尽非己意,不过剽窃掇拾,解红为赤,注白为素而已。"①又指出:"文笔儒者之末事,今之学者尚不能精,况心学乎?下笔辄千万言,不自知荒秽陈俗者,若无一字从自己心肺中流出,真道听途说耳。"②

胡祗遹还写了《迩来复斋洹斋二学士屡以五言相唱酬不鄙愚庸每成即亦垂示赏叹诵咏赘作六章》(简称《论诗六章》),集中体现了反对步趋古人,以自适、自然为创作宗旨的诗论主张。《论诗六章》其一云:

> 致力师前言,每堕词语陈。
> 冥心效前意,兴寄不得新。
> 辞理舍前哲,孰洗胸中尘?
> 寥寥入深心,作气时自振。
> 博学以广才,一引思百伸。
> 敛彼言外意,养我笔底春。
> 要当青出蓝,终耻随效颦。
> 英哉杜少陵,作语期惊人。

其二云:

> 太白固豪放,不受义理拘。
> 诵诗想其人,飞龙叫天衢。……

---

① 《紫山大全集》卷二十六《语录·今文之弊》。
② 同上书,《语录·文笔末事》。

其四云：

> 发兴如涌泉，愈汲味愈清。
> 安用啜糟粕，虚无剽窃名。
> 百物来扣心，肆口即成声。
> 了不见牵合，精粗聊称情。
> 采菊东篱下，何时值渊明。

其五云：

> 开口论时政，位卑罪言高。
> 开口谈古今，是非九牛毛。
> 开口说物理，理微足讥嘲。
> 开口议文章，听者厌呶呶。
> 百虑无营为，冥心味诗骚。
> 木落恐草稀，云清金气豪。
> 得句时自娱，长吟行乐郊。

其六云：

> 大哉风雅颂，用之亦非轻。
> 至情为物激，哀乐即成声。
> 民心见向背，国政知瑕贞。……①

第一首称赞杜甫"博学以广才""作语期惊人"的创新精神；第二首推崇李白"不受义理拘"的豪放之气；第四首赞美陶渊明"百物来扣心，肆口即成声"的自然平淡诗风；第五首是说议论政事容易得祸，谈古今是非不为人重，品评文章更无人

---

① 《紫山大全集》卷三。

欣赏,不如"冥心味诗骚","得句时自娱";第六首肯定《诗经》中风、雅、颂的观国政得失、见民心向背的社会作用。总的看,这几首诗虽然也谈到了诗歌的风雅之义、教化作用,但所论的重心在于不拘于古人,不拘于义理,当感情为外物所激发时,兴如涌泉,肆口成诗。胡祗遹在《跋遗山墨迹》中云:"诗文字画,不学前人,则无规矩准绳;规矩于前人陈迹,则正若屋上架屋。"又论作字云:"大抵我辈自有胸中之妙,古人笔法自当遍参,直至自成一家乃有真态。"①论作画云:"士大夫之画如写草字,元气淋漓,求浑全而遗细密;画工则不然,守规导矩,拳拳如三日新妇,专事细密,而无浑全之气。"②可见胡祗遹的艺术观是统一的,对诗、书、画,都主张自抒胸中之妙,自成一家之真。

第二节　王义山等理学家的诗学观

一、王义山:以简淡为归,反对工丽新巧

王义山(1214—1289),字元高,丰城(今属江西)人。宋理宗景定年间进士,知新喻县。入元后,提举江西学事,后退居东湖,名其读书之室曰稼村,有《稼村类稿》。

王义山崇尚宋儒理学。在元初诗人中,他年岁较长,其诗文也大都作于宋末。《四库全书总目》卷一百六十六称他"诗文皆沿宋季单弱之习,绝少警策"。

王义山论诗以简淡为指归,反对工丽新巧。其《跋杨中斋诗词集》云:"把酒读君诗,一字一精神。句里带梅香,不浼半点尘。家本住孤山,和靖与卜邻。吾闻诗之天,不在巧与新。纤秾寄淡泊,清峭寓简淳。"③他又批评宋末"四灵""江

---

① 《跋元李诗轴》。
② 《跋贺真画》。
③ 《稼村类稿》卷三。

湖"派所倡导的晚唐诗风,指出:"学诗莫学晚唐诗,学得晚唐非盛时。"①他在风格上提倡"淡泊""简淳",在创作方法上强调弃绝工巧,一本自然。其《题胡静得编祖黄溪诗集序》云:"余闻黄溪诗似康节,今人言诗必曰工于诗。呜呼!诗至于工,病矣。康节不求工于诗,而行云流水,诗之天也。"②在《西湖倡和诗序》中,王义山还提出了"诗至于无"的观点,他说:

  余尝记羲之兰亭游,偕行者四十六人。……献之以下十六人无诗,岂真无诗哉?跋其后者有"吟到无诗方是诗"之句。呜呼!诗至于无,其天矣乎?"上天之载,无声无臭",至矣!……呜呼!诗至于无,妙矣!天地间皆诗也。何以有无拘哉?东坡铭九成台,谓《韶》虽亡而有不亡者存。盖常与日月、寒暑、风雨、晦冥并行乎天地间。尝试登韶石之上,望苍梧之渺莽,九疑之联绵,览江山之吐吞,草木之俯仰,鸟兽鸣号,众族之呼吸,往来唱和,非有度数而均节自成者,无声之韶也。……天机自动,天籁自鸣,凡其手之舞之,足之蹈之,皆诗也。③

所谓"诗至于无",意思是说,当诗人陶醉在大自然中,进入与天地同游、以物观物而物我两忘的状态时,就会感到诗情无处不在,"天地间皆诗也","天机自动,天籁自鸣,凡其手之舞之,足之蹈之,皆诗也"。作诗能达到这样的境界,那么,所作的诗必然是一派天然,充满妙趣。

  王义山这种提倡简淡、自然的诗学观,与宋代邵雍的诗论主张是一脉相承的。邵雍在《伊川击壤集自序》中提出"自乐"说,把诗歌看作性灵的自然流露,并说:"乐时与万物之自得也","以物观物","情累都忘"。他还自称其所作"不限声律,不沿爱恶,不立固必,不希名誉,如鉴之应形,如钟之应声"。他提倡无意为之的创作态度,既没有一定的创作目的,在艺术上也不讲究声律、体制、格调,诗歌的写作无非是"因闲观时,因静照物"④的自然抒发,譬如镜子映照万物,乃是本体清明皎洁的缘故。邵雍、王义山二人对诗的看法几乎是一致的。严格

---

① 《稼村类稿》卷一《读晚唐诗有感》。
②③ 同上书,卷四。
④ 引文均见陶秋英:《宋金元文论选》,第117页。

地说,他们所述的不是诗的境界,而是人生处世的境界。

二、胡炳文:主张诗须有补于"修齐治平"

胡炳文(1250—1333),字仲虎,婺源(今属江西)人。少从父孝善先生斗元传朱子之学,潜心钻研,作《四书通》《易本义通释》诸书。吴文正公尝荐诸朝,不就。辟信州道一书院山长,再调兰溪学正,未赴。武宗至大年间,建明经书院讲学。面山而居,碧峰耸秀,因自号曰云峰。顺帝元统初年卒,年八十四,谥文通先生。有文集20卷,频遭兵火,所存者60余篇。

胡炳文论诗,本着理学家的立场,主张诗须有补于"修齐治平",反对追求文辞工巧的现象。其《明复斋记》云:

> 古今之学三:曰吾儒之学,曰训诂之学,曰词章之学。汉专门尚训诂,注尽圣贤千言万语,于身心无纤毫益。唐科举词章,则枝叶愈繁,本根愈失,而去道愈远矣。①

《程草庭学稿序》写道:

> 姑即《鲁论》一书推之,学乎切磋琢磨之诗,则贫乐富礼之理得矣;学乎倩盼素绚之诗,则绘事后素之理得矣;学乎唐棣之诗,则近思之理得矣;学乎白圭之诗,则谨言之理得矣。以之兴观群怨而至于事父事君,而至于移风易俗,而至于动天地感鬼神,皆学诗之能事也。虞廷上以教胄子,下以化苗顽,皆取诸诗。是诗学者,君父师所以为教者欤? 异哉! 后世之学诗者,工句法,求字面,较声韵之逆顺,商偶对之巧拙,大抵章句学而已矣。绘画烟霞,雕琢泉石,琐琐乎为虫鱼草木写真。所谓诗者,殆与琴棋书画等为一艺,岂复有吟风弄月、"吾与点也"意思? 孔门学诗,端岂若是哉! 掉头撚髭,曰将效高古于曹刘也,笔于其手,纵迫曹刘,何补于格致诚正? 雕肝琢肾,曰将效

---

① 《云峰集》卷二。

俊逸于谢鲍也,举于其口,纵迫谢鲍,何补于修齐治平?借使老语迫唐,高辞媲选,以政则不能达,以使则不能对,其犹正墙面而立也欤?孔门学诗端,岂若是哉?勤苦其心思,巧好其言语,平时矻矻读书,止资于诗,而性分内事,邈不相干。孔门学诗端,岂若是哉?呜呼!孔门学诗致中和也,理性情也;后世学诗艺焉而已矣。白乐天、刘禹锡,下至李益、崔颢,皆负诗名于唐者。长恨一歌,亵语诲淫,岂可兴可观者!看花二绝,召闹取谤,岂可群可怨者![①]

从这两则诗论中可以看出,胡炳文论诗,远承先秦儒家的诗学批评观点,认为诗是儒家学说的一个部分,诗应该有益于人的身心健康,有利于使人树立"修身、齐家、治国、平天下"的远大理想。诗的最高境界是"中和"之美。诗还具有"兴观群怨""事父事君""移风易俗""动天地感鬼神"的社会功能。因此诗应当成为"君、父、师"手中的教化工具。从重视诗的教化功能出发,他批评白居易的《长恨歌》、刘禹锡的《看花》二绝句都有损于名教,与孔子"兴、观、群、怨","事父""事君"之旨不合。他批评后世学诗者追求句法、字面、声韵、对偶之美的做法,认为求工于形式之美,"大抵章句学而已矣"。在胡炳文看来,《三百篇》而下,只有朱熹的《感兴诗》最足称道,足以"明道统,斥异端,正人心,黜末学"[②]。

胡氏的观点,完全否定了诗歌自身的美学价值,是当时理学家诗文理论中最偏颇的代表。

三、陈栎:论诗既主理,又兼顾艺术特征

陈栎(1252—1334),字寿翁,休宁(今属安徽)人。为学尚朱熹,宋亡后隐居著书。元仁宗延祐初年乡试中选,竟不复赴礼部,教授于家,以讲学终,人称定宇先生。有《定宇集》。

陈栎论文比王义山、胡炳文宽松。他虽以理学为宗,但不废文辞。其《太极

---

① 《云峰集》卷三。
② 同上书,《感兴诗通序》。

图说序》云:"盖文章、道理实非二致,欲学者由韩、柳、欧、苏词章之文,进而粹之以周、程、张、朱理学之文也。以道理深其渊源,以词章壮其气骨,文于是无弊矣。"他认为文章、道理应该统一,学习作文应由韩、柳、欧、苏的词章之文,进一步上升到周、程、张、朱的理学之文,以"道理"增加文章的深度,以词章增强文章的气骨。

陈栎论诗也是既主理,又兼顾艺术特征。《定宇集》卷七《答问》一则云:

> 问:虚谷云:诗所以言性情,理胜物,淡胜丽。"杨柳依依,雨雪霏霏",谢安石谓不如"訏谟定命,远猷辰告"。予谓"关关雎鸠,在河之洲",无下文可乎?"上天之载,无声无臭",不读全篇可乎?似欠分晓。
>
> 答曰:理胜物,淡胜丽六字最好。不特诗如此,文亦当如此。淡与丽应,理与物应,可以相有,而不可以相无。论其分数滋味,则当以淡与理为主,物与丽为宾。谢安石之说,记得是《世说》所载,固足以救风云月露、流丽绮靡之弊。方公于予谓之下欠标拔分明。"关雎"二句无下文可乎,是谓有物之丽,不可无理之淡也;"天载"二句不读全篇可乎,是有理之淡,不可无物之丽。

"杨柳依依"二句,出自《诗经·小雅·采薇》,写法上运用比兴手法,以柳代春,以雪代冬,借景抒怀,感时伤世,富于形象性和感染力,是千古传诵的名句。"訏谟定命"二句,出自《诗经·大雅·抑》,意思是说,确定了建国的方针政策,并把长远的打算告诉群臣,写法上采用了赋的手法,偏重叙事说理。"关关雎鸠"二句,出自《诗经·国风·关雎》,是借物起兴的典范例证。"上天之载"二句,出自《诗经·大雅·文王》,意思是说,上天的意志难以猜测,无声无息真渺茫,写法上偏重抒情说理。在这一则诗论中,陈栎表述了与方回相同的观点,认为"理"与"物"、"淡"与"丽"都是需要的,不可执其一端而否定另一端。从文中所举"关雎"二句与"天载"二句的例证中看,"理"大致是指诗文的立意,"物"指比兴所借用的物象,"淡"与"丽"则是指语言文字的风格。陈栎认为二者不可偏废,如"关关雎鸠,在河之洲"是"兴",是"物","窈窕淑女,君子好逑"是诗的情志,是"理"。如果仅有前二句,则徒有"物之丽",而诗意无法理解;仅有后二句,则缺乏形象性和感染力,了无诗的韵味,所以说"理与物应,可以相有,而不可以相无"。但比较而言,又应当"以淡与理为主,物与丽为宾",也就是以达意、质朴为作诗之本。陈栎这种诗学观点是比较完善可取的。

四、郝经:"述王道",以求有补于世的诗学思想

郝经(1223—1275),字伯常,泽州陵川(今山西晋城)人,世儒之家出身。祖父郝天挺,是著名诗人元好问的老师,金亡后,迁居河北顺天。郝经受到元将张柔、贾辅的礼遇,得读二家藏书。元好问曾对他说:"子状类乃祖,才气非常,勉之。"遂与论作诗作文之法。元世祖忽必烈以皇太弟开藩,征经入见,郝经上经国安民之策,受到世祖赏识,留在王府。世祖即位后,授郝经为翰林侍读学士。中统元年(1260)四月,郝经佩金虎符,充国信使,出使南宋议和。时南宋贾似道擅政,贾似道害怕郝经戳穿他在鄂州曾向忽必烈乞和,因而换得元兵撤退,却又向南宋皇帝谎报战功的谎言,于是把郝经拘留在真州(今江苏仪征),长达十六年之久。至元十一年,伯颜南伐,宋人送郝经归元。至燕京病卒,年五十三,谥文忠。事见《元史》卷一百五十七。

郝经在南宋被拘十六年,志节不变,坚毅不屈,元人把他比作苏武。郝经属于最正统的儒生,他一生都在用重道义的人格标准塑造自己。他在为自己写的《志箴》中说:"不学无用学,不读非圣书。不为忧患移,不为利欲拘。不务边幅事,不作章句儒。达必先天下之忧,穷必全一己之愚。"这完全是一个"政治家"的自我意识和自我规定。[①]

郝经的诗学观念也带有浓厚的儒家传统色彩。他在被拘仪征期间,因禁无事,曾选汉至五代221人诗250篇,取其"抑扬刺美,反复讽咏,期于大一统,明王道,补缉前贤之所未有者",名之曰《一王雅》。其序曰:

《六经》具述王道,而《诗》《书》《春秋》皆本乎史,王者之迹备乎《诗》。……战国而下逮乎汉魏,国史仍存,其见于词章者如《离骚》之经传,

---

[①] 参考么书仪:《元代文人心态》,文化艺术出版社1993年,第153页。

词赋之绪余,至于郊庙乐章、民谣歌曲,莫不浑厚高古,有三代之遗音,而当世之政不备,王者之事不完,不能纂续正变大小风雅之后。汉魏而下,曹、刘、陶、谢之诗,豪赡丽缛,壮峻冲澹,状物态,寓兴感,激音节,固亦不减前世骚人词客,而述政治者亦鲜。齐梁之间,日趋浮伪,又恶知所谓王道者哉?……李唐一代诗文最盛,而杜少陵、李太白、韩吏部、柳柳州、白太傅等为之冠,如子美诸怀古及《北征》《潼关》《石濠》《洗兵马》等篇,发秦州,入成都,下巴峡,客湖湘,《八哀》九首,伤时咏物等作;太白之《古风》篇什,子厚之《平淮雅》,退之之《圣德诗》,乐天之讽谏集,皆有风人之托物、二雅之正言,中声盛烈,止乎礼义,抉去污剥,备述王道,驰骛于月露风云花鸟之外,直与三百五篇相上下,惜乎著当世之事而及前代者略也。①

郝经选诗的宗旨十分明确,即要"述王道",有补于世事。本于此,他认为汉魏辞赋、郊庙乐章、民谣歌曲在述政治、述王事方面犹有不足,"不能纂续正变大小风雅之后"。而在唐代尤推重杜甫的《北征》《石壕》及白居易的讽喻诗等,认为他们的诗"有风人之托物,二雅之正言"。很明显,此书所选完全侧重于政治教化。六年后,他又有《原古录》之选,序称:"原古所以正今也。于是断自先秦,以及于今,六经之本真,子史之几衡,诸家之要删,众贤之杰作,原于道德,传于义理,合于典则,可以为法于后世者,则并录之。"②所选诗文,除有关政事外,特别强调道德义理。

从"述王道",以求有补于世事的宗旨出发,郝经批评当时文坛存在的"事虚文而弃实用"③的弊端,强调诗文要"实"。他说:

> 天人之道,以实为用,有实则有文,未有文而无其实者也。《易》之文,实理也;《书》之文,实辞也;《诗》之文,实情也;《春秋》之文,实政也;《礼》文实法,而《乐》文实音也。故六经无虚文,三代无文人。④

---
① 《陵川集》卷二十八。
② 同上书,卷二十九。
③④ 同上书,卷二十《文弊解》。

郝经称颂《六经》之文为"实理""实辞"(辞令言语)、"实情""实政""实法""实音",其内容包括义理、情感、政事等,而统归之于"实"。由此强调作诗为文必当有实际的内容,而不可徒为"虚文"。

郝经所说的"实"自然也包括了"情"。其《论八首·情》曰:

> 情也者,性之所发,本然之实理也。……故情之生也,发于本然之实,而去夫人为之伪。恻隐羞恶,是非辞让,其理则根于性;为仁为义,为礼为智,其端则著于心;喜怒哀乐好恶,其发见则具于情,可喜而喜,可怒而怒,可哀而哀,可乐而乐。至于好恶皆当其可而发,则动而不括,无非其实,得时中之道。……后世虚空诞妄之学行,务乎上而不务乎下(指形而上之道与形而下之器),务乎伪而不务乎实,谈天说道,见性识心,斩然而绝念,块然而无为,而不及情,其所谓性与心者则安在哉?可谓不情之学也。①

郝经首先肯定了"情"是从人的自然本性中生发出来的,具有"本然之实"的特征,取实而去伪。其次,他对"性""心""情"做了区分,认为"恻隐羞恶,是非辞让"根源于"性","为仁为义,为礼为智"发端于"心",而"喜怒哀乐好恶"则是"情"的具体表现。可见,郝经所说的"性""心",就是宋儒所提倡的"心性"学说,带有浓厚的人伦道德色彩,而"情"则为人的自然情感。在此基础上,郝经又对"情"做了一定的限制,提出"可喜而喜,可怒而怒,可哀而哀,可乐而乐","好恶皆当其可而发","得时中之道",就是说"情"既要真实,又要符合一定的道德规范,这种见解与元好问所提倡的"以诚为本"的观点是一脉相承的。第三,郝经批评道学家们"务乎上而不务乎下",只知高谈"心性"而贬抑情感。他称此为"虚空诞妄之学""不情之学"。

在评论历代诗歌时,郝经最推崇《诗三百》的风雅传统。他在《与撖彦举论诗书》中说:"诗,文之至精者也。所以歌咏性情,以为风雅。故擸写襟素,托物寓怀,有言外之意,意外之味,味外之韵。"又说:"诗之所以为诗,所以歌咏性情

---

① 《陵川集》卷十七。

者,只见三百篇尔。"他以三代风雅之作为歌咏性情的依归,于是便批评秦汉的骚赋"怨蔪烦冤,从谀侈靡",不得性情之正;宋代苏轼、黄庭坚以下仅以"辞胜","尽有作为之工,而无复性情",以至于"昧乎风雅之原"①。所以,郝经虽然也称道言外意、意外味、味外韵,但其含义与司空图、严羽等所言有所不同。郝经所说的言外意,主要是指有补于世教,能使人感叹激发的真切的性情。

第三节　杨公远等以清虚雅淡为尚的诗学观

一、杨公远:效法孟郊、贾岛,喜爱"江湖"诗法

杨公远(1228—?),字叔明,歙县(今属安徽)人。入元不仕,有诗《野趣有声画》二卷。其《隐居杂兴十首》之一云:

碧云深处著吾庐,
远却喧嚣尽自如。
呵砚磨冰朝炼句,
拥炉烧叶夜观书。

之二云:

身世悠悠付等闲,
卢仝破屋恰三间。
暂时结伴窗前月,
耐久论交户外山。

---

① 《陵川集》卷二十四。

之五云：

> 百岁光阴须借酒，
> 一生志趣莫过诗。
> 世情因向贫中识，
> 画思方知老后宜。

之六云：

> 一味幽闲了此生，
> 那曾怀刺谒公卿。
> 无官可署名虽晦，
> 有句堪吟思自清。

于此可知他结庐深山，远离喧嚣，身世悠闲，酷爱写诗；诗风清新淡雅，很少有兴亡愤激之语。《四库全书总目》卷一百六十六称："其诗不出宋末江湖之格，盖一时风尚使然，一丘一壑，亦有佳致。"

杨公远论诗，也流露出与江湖派相同的好尚。其《借虚谷太博狂吟十诗韵书怀并呈太博十首》之六写道：

> 书剑谋生总不成，
> 效渠东野以诗鸣。
> 未知唐宋源流异。
> 却喜江湖句法轻。

明确表示写诗效法孟郊，喜爱江湖诗人轻灵的诗句。集中体现他的诗学观点的是组诗《诗人十事》。其一云：

> 松下云根迁菊径，

梅边竹外著茅茨。
天教管领闲风月,
得句无非妙色丝。(诗家)

其三云:

草木森罗归队伍,
溪山缭绕作城池。
运筹决胜应无敌,
郊岛从旁作鼓旗。(诗将)

其四云:

吴刚运斧惟修月,
轮扁挥斤妙斫轮。
好句何须劳斧凿,
无痕无迹自天真。(诗匠)

其八云:

一方素壁龙蛇走,
几首新诗冰雪清。
语好惊人看不足,
教侬技痒动吟情。(诗壁)

其九云:

生来性癖耽佳句,
吟得诗成似有神。

> 险语岂惟惊鬼胆,
> 直须字字要惊人。(诗癖)

他推崇孟郊、贾岛,认为诗家的本领是"管领闲风月",描绘松菊梅竹、风云雨雪等自然景物,诗的语言应由精巧入于自然,如轮扁斫轮,龙蛇奔走,既无痕无迹,又字字惊人。

二、释英:论诗本于禅悟,提倡"空趣"

释英(生卒年不详),俗姓厉氏,字存实,钱塘(今属浙江)人,有《白云集》。《四库全书总目》卷一百六十六称其诗"多闲适之作,而罕睹兴亡之感","才地稍弱,未脱宋末江湖之派"。

释英为诗僧,赵孟頫序其诗称:"诗不离禅,禅不离诗,二者廓通而无阂。"所以说,释英论诗大都本于禅悟,以平淡虚明为贵。其《夜坐读珦禅师潜山诗集》云:"诗从心悟得,字字合宫商。"①《山中作》云:"世事无因到翠微,禅心诗思共依依。"②《呈径山高禅师》云:"参禅非易事,况复是吟诗。妙处如何说,悟来方得知。"③认为"禅心"与"诗思"相通,关键在于"悟"。他在《言诗寄致祐上人》中写道:

> 作诗有体制,作诗包六艺。名世能几人?言诗岂容易。渊明天趣高,工部法度备。谪仙势飘逸,许浑语工致。郊岛事寒瘦,元白极伟丽。……禅月悬中天,古风扇末世。专门各宗尚,家法非一致。参幻习唐声,雕刻苦神思。竭来入禅门,忽得言外意。长吟复短吟,聊以寄我志。匪求时人知,眩鬻幻名利。始信文字妙,妙不在文字。食蜜忘中边,无味乃真味。④

他在此列举了李白、杜甫、孟郊、贾岛、许浑等,对盛唐、晚唐诗同等对待,提出"专门各宗尚,家法非一致",既看到各家门派的差异,又不强作褒贬,而主张通

---
① 《白云集》卷一。
② 同上书,卷二。
③④ 同上书,卷三。

过参悟、苦思,以求其"言外意"。

林昉为释英诗作序云:

> 诗有参,禅亦有参;禅有悟,诗亦有悟。存实英上人所作《白云集》,脱然已入空趣,其参与悟者欤?唐人夜半之钟,非诗人得句,即高僧悟道,诗、禅之悟,宁有二哉?

林昉拈出"空趣"二字,可谓深得释英论诗之旨。释英《赠净慈沅禅师》云:

> 诗体得活法,
> 禅心如死灰。
> 看云寒坐石,
> 踏雪夜寻梅。①

又《书朱性夫吟卷后》云:

> 新编寄我白云中,
> 句法清圆旨趣空。
> 底事略无烟火气,
> 吟时和露立松风。②

《答画者问诗》云:

> 要识诗真趣,如君画一同。
> 机超罔象外,妙在不言中。
> 珠蚌照沧海,玉蟾行碧空。

---

① 《白云集》卷一。
② 同上书,卷二。

> 安能起摩诘,握手话高风。①

他所说的"旨趣空""真趣",指的是诗的意境,其特点是"超冈象外,妙在不言中",即具有象外之象,言外之意,给人以"珠蚌照沧海,玉蟾行碧空"一般的虚空明净之美。释英的诗学观无疑受到了司空图和严羽的影响。

三、黄庚:主张率意为诗,不计工拙

黄庚(生卒年不详),字星甫,天台(今属浙江)人。尝客山阴,越中诗社征诗,以《枕易》诗得第一,名盛于词场。有诗集《月屋漫稿》。《四库全书总目》卷一百六十六称其诗:"沿江湖末派,体格不免稍卑,而触处延赏,亦时逢警语。"他的诗轻灵淡雅,时有佳句,如《春日西园晚步》:"花香能醉蝶,柳色欲迷莺。"《书所寓》:"菊残如倦客,梅瘦似诗人。"《雪》:"江山不夜月千里,天地无私玉万家。"等等。其《月屋漫稿自序》云:

> 仆自龆龀时读父书,承师训,惟知习举子业,何暇为推敲之诗,作闲散之文哉?自科目不行,始得脱屣场屋,放浪湖海,凡平生豪放之气,尽发而为诗文。且历考古人沿袭之流弊,脱然若醯鸡之出瓮天,坎蛙之蹄涔而游江湖也。遂得率意为之,惟吟咏情性,讲明礼仪,辞达而已,工拙何暇计也?

元初废除科举,士人们一方面充满仕进无门的苦闷,另一方面又体会到身心上的自由解放,他们不再拘束于场屋,可以随意地写闲散的诗文,把"平生豪放之气,尽发而为诗文"。黄庚这段诗论,通过自己的学诗经历,提出率意为诗、不计工拙的主张。

从这一观点出发,他推崇陶渊明、林逋的自然质朴诗风,反对孟郊、贾岛苦思、推敲的作诗方法。其《梅菊》云:

> 菊清独占风霜国,

---

① 《白云集》卷三。

梅白偏宜雪月天。
晋宋后来爱花者，
岂无靖节与逋仙。

《题梅花诗卷后》云：

月香水影句清奇，
除却逋仙更有谁。
吟骨春风吹不落，
此翁已后绝无诗。

《诗穷》云：

风愁月恨属诗翁，
终日推敲句未工。
何苦辛勤学郊岛，
呕心博得一生穷。

《论诗》云：

三百余篇岂苦思，
个中妙处少人知。
籁鸣机动何容力，
才涉推敲不是诗。

他认为写诗应如天籁自鸣，不能像孟郊、贾岛那样苦思冥想，辛勤推敲。这种主张与晚明袁宏道"不拘格套，独抒性灵"①的观点有些相似，值得注意。

---

① 《序小修诗》。

第四节　戴表元、袁桷等人崇唐复古的诗学观

一、戴表元：对宋末诗风的反思

戴表元(1244—1310),字帅初,一字曾伯,奉化(今属浙江)人,宋末咸淳年间进士,任建康府教授,后辞职。入元后,久不仕,大德八年(1304)始出为信州路教授,不久,又以疾辞。有《剡源集》。事见《元史》卷一百九十。

元代初期,南方的文人大多由宋入元,他们一方面承袭了宋末的文风,另一方面对宋末的文风进行反省、检讨,于是作家主观和社会客观两方面都产生了一种求新求变的倾向。

戴表元是元初东南地区有影响的文章大家。《元史》卷一百九十云："表元悯宋季文章气萎薾而辞骫骳,骳弊已甚,慨然以振起斯文为己任。"宋濂作《剡源集序》,历数宋季文章之弊:一为四六俳偕之应用文,二为穿凿经义、隐括声律之科场文,三为空言明道、喋喋不休的语录文,四为徒骋宏博、不可以句的伪古文。而称戴表元之文"新而不刊,清而不露,如青峦出云,姿态横逸"[①]。《四库全书总目》卷一百六十六称戴表元诗文"清深雅洁,化朽腐为神奇"。其文集共30卷,其中诗仅4卷,其余为文,文中有13卷属于诗文序跋,大多是论诗之语。可见,他在文学创作方面以散文为主,而在文学批评方面则以诗论为主。

戴表元的诗论侧重于对宋代诗坛的反省,针对"四灵""江湖"派所存在的格局小、题材狭窄的弊病,他主张诗当"缘于人情时务";针对江西派末流刻划过甚、门户之见过深的恶习,他提出诗之妙不可言传,当求"无迹之迹",主张径师唐人。宋亡后,诗人们作诗多抒发家国之痛、身世之感,面对这一新的倾向,他提出了忧患乃出诗人的见解。现按原理论、风格论、创作论将戴表元的诗学观点分述如下：

[①]　《剡源集》卷首。

(一) 原理论:诗当"缘于人情时务"。

南宋后期,诗坛呈衰落之势。戴表元《方使君诗序》云:"当是时,诸贤高谈性命,其次不过驰骛于竿牍俳谐场屋破碎之文,以随时悦俗,无有肯以诗为事者。"①南宋末年,醉心科举者无暇为诗,"高谈性命"的道学家不屑为诗,针对这种现象,戴表元提出诗当"缘于人情时务",以强调诗歌的作用与地位。其《张仲实文编序》云:

> 诗者文之事。余尝怪世之能诗家,常谦谦自托于不敢言文;而号工文者,亦让诗不为,曰道固不得兼也。嘻噫!是何异于言医者,曰:"吾曾为小儿医、妇人医,而不通乎他。"……(张仲实诗)皆缘于人情时务,若迫之而答,不得已而发。此其趣量又有进于文者耶?②

在此处,他提出"诗者文之事",即诗歌是文的一部分,其地位功用同于文章,不应加以轻视。也正因为此,诗歌作品就不应当象"江湖"派那样局限于僧、竹、茶、酒,而应当"缘于人情时务","不得已而发",出自肺腑,内容充实生动,无虚矫空洞之弊。这一见解抓住了诗歌抒写情志的本质特征。

(二) 风格论:忧患出诗人

宋末元初,谢翱、郑思肖、周密等诗人目睹国家倾覆、生灵涂炭,自己也饱受颠沛流离之苦,于是诗风发生了巨大变化,情感惨痛悲愤,格调清苦深沉。戴表元充分肯定了这一变化,其《周公谨弁阳诗序》云:

> 人尝言作诗惟宜老与穷,彼老也,穷也,事之尝其心者多矣,故其诗工。……(公谨)晚年展转荆棘霜露之间,感慨激发,抑郁悲壮,每一篇出,令人百忧生焉。又乌乌然称其为累臣羁客也。③

---

① 《剡源集》卷八。
②③ 同上书,卷九。

《陈无逸诗序》云：

> （公等）数人诗皆清严有法度，窃怪之，盖科举学废，人人得纵意无所累，然未应顿悟至此，……公平生雅善为诗，中经忧患，寄托益广。①

《吴僧崇古师诗序》又云：

> 人之能以翰墨辞艺行名于当时者，未尝不成于艰穷，而败于逸乐。……其得之也勤，其发之也精。使有一毫昏惫眩惑之气干之，则百骸九窍，将皆不为吾用，而何清言之有乎？今夫世俗，膏粱声色，富贵豪华，豢养之物，固昏惫眩惑之所由出也。②

欧阳修提出"诗穷而后工"之说，屡为后人称道。戴表元身遭忧患，所以感慨尤深。在这三段诗论中，他认为"作诗惟宜老与穷"，翰墨辞艺"未尝不成于艰辛，而败于逸乐"，在艰辛之中创作的诗，才有忧患之情，才会"感慨激发，抑郁悲壮"，"令人百忧生焉"，才会"清严而有法度"，而堪称"清言"。戴表元所说的"清言"，与元初士人甘于贫困、追怀故国的遗民情绪密切相关。

（三）创作论：诗之妙不可言传，当求"无迹之迹"。

宋元之际，方回等人好谈法度、规矩，戴表元却不以为然。其《李时可诗序》曰：

> 余自五岁受诗家庭，于是四十有三年矣。于诗之时事、忧乐、险易、老稚、疾徐之变，不可谓不知其概，然而不能言也。今夫人食之于可口，居之于佚，服之于燠，而游之于适，谁不知美之？问其美之所以然，则不得而言之。③

---

①②③ 《剡源集》卷九。

戴表元继承了唐司空图"味外之旨"①的观点,以食之可口比喻诗之美:人知食之可于口,而说不出其所以可口的原因;同样,人知诗之美,也不能谈出其美的原因。所以,诗之美不在其法度、规矩,而在其作为"诗"这一艺术整体。那么,什么是"诗"呢?他说:"惟夫诗则一由性情以生,悲喜忧乐忽焉触之,而材力不能与焉。"②诗是性情悲喜忧乐的自然表现,不是倚仗学识才气所能完成的,所以,美则自美,不必言,也不能言。他在《许长卿诗序》中写道:

> 酸咸甘苦之食,各不胜其味也,而善庖者调之,能使之无味;温凉平烈之于药,各不胜其性也,而善医者制之,能使之无性;风云月露,虫鱼草木,以至人情世故之托于诸物,各不胜其为迹也,而善诗者用之,能使之无迹。是三者所为,其事不同,而同于为之之妙。何者?无味之味,食始珍;无性之性,药始匀;无迹之迹,诗始神也。③

酸咸甘苦等各种调味,正可用来譬喻诗中的风云月露、虫鱼草木以及可用来表达人情世故的事典。善庖者可调合酸咸甘苦,使之失去各自原来的味道,既非酸,又非甜,而成为一种全新的美味,这就是"无味之味"。善诗者也能熟练地驾驭辞藻、事典以及比兴铺陈等各种艺术手法,使之综合成一种全新的艺术境界,这就是"无迹之迹",就是"神"。所以,欲寻诗歌之美,自然不能简单地在清辞丽藻、对仗用事之中去探求。

既然如此,那么学诗的途径又当如何呢?戴表元在《李时可诗序》中提出:"为诗必拟古,自近古名能诗人,陶、谢以来之作规模略尽,故下笔辄无今人近语。"这是强调要遍师古人。又云:"(学射之法)日射而已矣,夫学诗亦犹是也。"④认为学诗之法,有如学射,射者日射不已,精益求精,所以能技艺精湛,百发百中,学诗也是如此。这是强调多作多练。他在《刘仲宽诗序》中说:"子欲学诗乎,则先学游,游成,诗自异于时。"这是强调广泛阅历。这三点,虽然都是老生常谈,但在当时却有一定的针对性。

---

① 《与李生论诗书》。
②③ 《剡源集》卷九《珣上人删诗序》。
④ 同上书,卷九。

总之，戴表元提出的"无迹之迹"，是对当时过分追求形式、奢谈诗法诗风的纠正，所以他所说的主要是一种不拘泥于形式、自抒胸臆的创作方法。这种观点远承司空图而又接近于元好问所提出的"学至于无学"，无学即无迹，在遍学古人之后而能自成其格、自得其法。

二、袁桷：提倡魏晋、盛唐之诗，风雅比兴之义

袁桷(1267—1327)，字伯修，号清容居士，鄞县（今浙江宁波）人。早年举茂材异等科，为丽泽书院山长。元成宗大德初年，荐为翰林修撰。至治元年(1321)，迁侍讲学士。有《清容居士集》。事见《元史》卷一百七十二。

袁桷曾师事戴表元，其文学思想也受戴氏的影响，所论大都针对晚宋诗文之弊而发。其《乐待郎诗集序》云：

> 方南北分裂，两帝所尚唯眉山苏氏学。至理学兴而诗始废，大率皆以模写宛曲为非道。夫明于理者犹足以发先王之底蕴，其不明理，则错冗猥俚，散焉不能成章。而诿曰："吾惟理是言。"诗实病焉。①

这一则重在批评理学的不良影响，认为"理学兴而诗始废"。《书梅圣俞诗后》云：

> 昆体之变，至公（梅尧臣）而大成。变于江西，律吕失而浑厚乖，驯至后宋，弊有不胜言者。②

这一则指摘江西诗派求拗求奇而失去了音节之美与浑厚之气。《书郑潜庵李商隐诗选》云：

---

① 《清容居士集》卷二十一。
② 同上书，卷四十六。

> 私以为近世诗学顿废,风云月露者几于晚唐之悲切,言理析指者,邻于禅林之旷达。诗虽小道,若商隐者未可以遽废而议也。①

这一则批评"四灵""江湖"派耽于风云月露,徒作晚唐悲切之语。《书纥石烈通甫诗后》云:

> 言诗者以《三百篇》为宗主,论固善矣,然而鄙浅直致,几如俗语之有韵者。或病之,则曰:"是性情之真,奚以工为?"千士一律,迄莫敢议其非是。②

这一则重在批评鄙陋浅俗的现象。

袁桷在对晚宋诗风进行尖锐批评的同时,还把眼光转向了理学未兴以前的魏晋和盛唐诗歌。其《书番阳生诗》云:"诗盛于唐,终唐盛衰,其律体尤为最精,各得所长,而音节流畅,情致深浅,不越乎律吕,后之言诗者不能也。"③《跋子昂赠李公茂诗》云:"松雪翁诗法,高踵魏晋,为律诗则专守唐法,故造次酬答,必守典则。"④他推尊唐诗"不越乎律吕",称赞赵孟頫作诗师魏晋盛唐,"必守典则",二者都强调了古人诗歌的音节、法度。其《跋吴子高诗》又称:"诗本性情能知之矣,本于法度,知之不能详矣。"⑤他认为诗本于性情,人都能明白,而诗本于法度,则当时人多昧而不解,所以他论诗十分重视法度。

袁桷所说的"法度"是指什么呢?其《跋吴子高诗》写道:

> 风、雅、颂体有三焉,释雅、颂复有异焉,夫子之别明矣。黄初而降,能知风之为风,若雅、颂则杂然不知其要领;至于盛唐,犹守其遗法而不变,而雅、颂之作,得之者十无二三焉。故夫绮心者流丽而莫返,抗志者豪宕而莫拘,卒至夭其天年,而世之年盛意满者犹不悟,何也?杨、刘弊绝,欧、梅兴焉,于六义经纬得之而有遗者也。江西大行,诗之法度,益不能以振。陵夷渡南,

---

① 《清容居士集》卷四十八。
②③④⑤ 同上书,卷四十九。

糜烂而不可救,入于浮屠、老氏证道之言,弊孰能以救哉?①

袁桷以风、雅、颂三体为诗之法度,认为后世"绮心者流丽而莫返,抗志者豪宕而莫拘",都违背了平和中正的风雅传统,北宋欧阳修、梅尧臣的诗,"于六义经纬得之而有遗者",到江西诗派大行于天下时,诗之法度(即风雅传统)更不能得到推行。至于理学家的诗,"入于浮屠、老氏证道之言",更"糜烂而不可救"。袁桷本于"六义"之说,所言"法度",除风、雅、颂三体外,还包括赋、比、兴三种手法。其《题闵思齐诗卷》云:"唐诗有三变焉,至宋则变有不可胜言矣。诗以赋、比、兴为主,理固未尝不具。今一以理言,遗其音节,失其体制,其得谓之诗欤?"②这是说作诗不可纯作理学语,当以赋、比、兴为主,既要有音节之美,又不能失去诗的体制特征。

袁桷在《题刘明叟诗卷》中还写道:

大裘无文,良玉不琢,质至美而无可拣择也。言为心声,而诗章之衍溢,则又若必事于模范,论至于理尽,所谓模范者特余事耳。黄太史尝言:'宁律不谐,不使句俗。'以建安、黄初之法较之,似若有病。……吉安刘明叟示余诗一编,不事雕饰,意气凌厉,理胜而语完。嶰谷之竹,合于自然,不假按抑,而宫商敷宣,各当其职,手之不能以释。③

袁桷指出"言为心声",作诗当本于性情,合于自然,不事雕饰。诗歌并非不要音节文字之美,而是使自然朴质与音节谐畅完美地结合。他不赞成黄庭坚"宁律不谐,不使句俗"的说法,认为黄庭坚为了使诗句质朴典雅而放弃音节之美的作法是一种缺陷。他所提倡的审美理想是"体制"与"音节"的完美结合,类似于明代复古派所倡导的"格"与"调"的结合。自然质朴可称格高,宫商敷宣自是调美,合而言之,便是"大裘无文,良玉不琢,质至美而无可拣择"的审美境界。

---

① 《清容居士集》卷四十九。
②③ 同上书,卷五十。

袁桷从对宋诗的反思出发,批评了江西体、晚唐体、理学诗体、俗化诗体的流弊,提倡魏晋、盛唐之诗和风雅比兴之义,并朦胧地展示了以音节、体制为尚的审美理想,因此,对明代复古派的"格调"说起到了一定的开导作用。

三、程钜夫:提倡务实的诗风

程钜夫(1249—1318),初名文海,避武宗海山之讳,以字行。建昌(今江西南城)人。少与吴澄同学,南宋末随其叔飞卿以建昌降元,为千户。历仕翰林修撰、翰林集贤直学士、侍御史、翰林学士承旨等职。有《雪楼集》。事见《元史》卷一百七十二。

程钜夫由南入北,很快地进入翰林,为忽必烈所信用,并奉诏求贤于江南,推荐赵孟頫等二十余人出仕元朝,可算是南方文士见用于元室的代表。由于长期在北方,且久居显位,故其文学观念也不同于江南诸家。虞集《雪楼集序》称:"宋季士习卑陋,以时文相尚,病其陈腐则以奇险相高,江西尤甚。钜夫始以平易正大之学振文风、作士气,元代古文之盛,实自钜夫创之。"在诗文批评方面,程钜夫提倡务实的风气。

他在《王楚山诗序》中指出,写诗"尊所闻,行所知","抒性情之真,写礼义之正,陶天地之和"①。他提倡儒家"诗可以观"的批评传统,认为:

> 诗所以观民风。凡五方、九州、十二野,如《禹贡·职方》、司马迁《货殖》、班固《地理》之所载,其风不一也,而一于诗见之。古者至于是邦也,必观其诗。观其诗,则是邦之土物习俗可知已。故曰:"诗可以观。"②

他推崇杜甫、苏轼,认为他们的诗真实地描绘了自然、社会、人情、风物。他说:

---

① 《雪楼集》卷十五。
② 同上书,卷十四《王寅夫诗序》。

> 继风骚而诗者,莫昌于子美秦蜀纪行等篇,山川风景,一一如画,逮今犹可想见。他诗所咏,亦无非一时事物之实,谓之诗史,信然。后之才气笔力,可以追踪子美,驰骋瞒藉,而不困惫,在宋惟子瞻一人。其平生游览经行,及海南诸诗,使读之者真能知当时土风之为何。如诗之可以观,未有过于二公者也。①

在谈到师法古人时,他说:"诗不古人久矣,自非情其情,味其味,则东篱南山,众家物色;森戟凝香,寻常富贵,于陶、韦乎何取?"②他主张师法古人当做到"情其情,味其味",即不可只学古人诗作的表面文字。他对刘辰翁的诗评见解做了高度评价,其《严元德诗序》曰:

> 会孟(刘辰翁)于古人之作,若生同时,居同乡,学同道,仕同期,其心情笑貌,依微俯仰,千态万状,言无不似,似无不极。其言曰:"吾之评诗过于作者用意。"故会孟谈诗,近世鲜能及之。夫学者必求之古,不求之古而徒胶胶戛戛取合一时,其去古人也益远矣,其不为会孟笑者亦寡矣。求古之道当何如?能如会孟之融会斯可矣,而犹必以养性情、正德行为本。③

这段话指出了学古人诗的方法:一是当如刘辰翁那样,评诗时若与古人相接触,深切地体会古人创作时"心情笑貌,依微俯仰",也就是前文所说的"情其情,味其味"。二是师古当求融会,以"养性情,正德行"为本,认为只有这样才能学得古诗之真髓,使写出的作品可以"隔千载与古人相见"④。

程钜夫论诗,总体上以提倡"尊所闻,行所知"的务实作风为主,但也主张尚情尚变,他的诗学观在一定程度上体现了南北诗风的融合。

---

① 《雪楼集》卷十四《王寅夫诗序》。
②④ 同上书,卷十四《卢疏斋江东稿引》。
③ 同上书,卷十五。

第五节　赵文等人强调写性情之真的诗学主张

一、赵文：强调"人有性情,则人人有诗"

赵文(生卒年不详),字仪可,号青山,庐陵(今江西吉安)人。宋末贡于乡,宋亡入闽,依文天祥,兵败,遁归故里,后应聘为东湖书院山长。有《青山集》。刘埙称其文"体裁丰茂,新意川赴,抚事感怆,有千古之愤"①。在诗文批评方面,赵文自称:"余畸人也,畸人之言,率与时左。"②

赵文论诗,注重率真之情,认为"人人有情性,则人人有诗"。其《郭氏诗话序》云:"古之为诗者率其情性之所欲言,惟先王之泽在人,斯人情性一出于正,是则古之诗已。"③《萧汉杰青原樵唱序》写道:

> 或曰樵者亦能诗乎?余曰:人人有情性,则人人有诗,何独樵者?彼樵者,山林草野之人,其形全,其神不伤,其歌而成声,不烦绳削,而自合宽闲之野、寂寞之滨、清风吹衣、夕阳满地,忽焉而过之,偶焉而闻之,往往能使人感发兴起而不能已,是所以为诗之至也。后之为诗者,率以江湖自名。江湖者,富贵利达之求而饥寒之务去,役役而不休者也。其形不全而神伤矣,而又拘拘于声韵,规规于体格,雕镂以为工,幻怪以为奇,诗未成而诗之天去矣。是以后世之诗人,不如中古之樵者,汉杰自抑其诗,曰"樵唱"。樵唱,诗之至也。④

他把"中古之樵者"与后世之"江湖者"进行对比,指出樵者是"山林草野之人,其形全,其神不伤,其歌而成声,不烦绳削",是"诗之至也";而"江湖者"一味追求富贵利达,其形不全,其神受到伤害,又拘限于声韵、体格,刻意求工,失去了诗歌

---

① 《青山文集序》。
② 《送罗山禹序》。
③④ 《青山集》卷一。

应有的天然意趣,远不能与樵者之诗相比。

赵文还认为诗中所抒发的性情不受时空的限制,可以传播久远。其《黄南卿齐州集序》云:

> 五方嗜欲不同,言语亦异,惟性情越宇宙如一。《离骚》崛起楚湘,盖未尝有闻于北方之学者,而清声沉着,独步千古,奇哉!……诗之为物,譬之大风之吹窍穴,唱于唱喁,各成一音;刁刁调调,各成一态;皆逍遥,皆天趣。①

尽管各地方的生活习俗不同,言语也有差异,但并不妨碍性情的表达。任何一种方言,都能表现诗人的逍遥之态,天趣之美。因而,他又认为:"诗人本非大圣大贤之称,古之田夫野老、幽闺妇妾,皆诗人也。"②

在强调人人有情性、人人有诗的同时,赵文还注意到了诗情与声韵的关系。其《来清堂诗序》云:

> 物之初,有声而已。未名其所以声也。于是有名其所以声者而后谓之言;而犹未有字也。于是有形其所以言者而后谓之字;言与字合而文生矣。文也者,取言之美者而字之者也。诗也者,以言之文合声之韵而为之者也。声而后有言,言而后有字,字而后有文,文至于诗极矣。③

他给"诗"下的定义是"以言之文合声之韵而为之者",也就是说诗是优美的文辞与和谐的声韵组合而成的,诗是美文的极致。由此出发,他认为:"诗之为教,必悠扬讽咏,乃得之。非如他经,可徒以训诂为也。古之学诗者,必先求其声以考其风俗,本其性情。""说诗者,必使人悠然有得于眉睫之间,乃善尔。"④就是说,诗人的性情,诗的美妙之处,要通过"悠扬讽咏",才能体会得到,学诗者须"先求其声以考其风俗,本其性情",说诗者要"使人悠然有得于眉睫之间",这样才堪

---

① 《青山集》卷二。
② 同上书,卷四《诗人堂记》。
③④ 同上书,卷一。

称善于解诗。他还指出:"人生贵适意耳,使吾吟常得句,即常适意。即虽富贵亦不过如此矣。"①

赵文还继承了《礼记·乐记》中"声音之道,与政通矣"的美学观点,论述了"声音"与"世道"的关系。他说:

> 观欧晏词,知是庆历、嘉祐间人语;观周美成词,其为宣和、靖康也无疑矣。声音之为世道邪? 世道之为声音也? ……《玉树后庭花》盛,陈亡;《花间》丽情盛,唐亡;《清真》盛,宋亡;可畏哉!②

不难看出,这一观点中饱含着对南宋亡国的怅叹之情。

二、刘埙:推崇"杜、黄音响,陶、柳风味"

刘埙(1240—1319),字起潜,号水村,南丰(今属江西)人。宋末与同里谌祐俱以诗文出名,年三十七宋亡,越十八年荐为本州学正,后又为延平教授。著有《水云村稿》《隐居通议》31卷。

刘埙一生绝大部分时间都在江西度过,受江西文化涵泳最深,其论文常常称颂江西文脉,他说:"宋文章之盛,欧、苏、曾、王四大家名天下,独苏出眉山,余三子皆吾江西人,则文脉之系江西也。"③

刘埙论诗,推崇"杜、黄音响,陶、柳风味"。在《雪崖吟稿序》中,他记载自己与好友易仲信论诗,云:

> 予为言杜、黄音响,又为言陶、柳风味,又为溯"江沱"、《汝坟》之旧,《生民》、"反毑"之遗,又为极论天地根源、生人性情。语未竟,君叹曰:"旨哉! 敢不勉?"④

---

① 《青山集》卷一《王奕诗序》。
② 同上书,卷二《吴山房乐府序》。
③ 《水云村稿》卷五《青山文集序》。
④ 《水云村稿》卷五。

刘埙在这里标出了学诗的四种境界,首先是杜甫、黄庭坚的"音响"。方回论诗也称"响字"因是句眼所在,吟咏时自然会用力着意,抑扬顿挫,遂谓之"响",所以"杜、黄音响"是指杜、黄格律锻炼之工。其次是陶渊明、柳宗元的"风味",即平易畅达而富于情韵的艺术风格。第三上溯到《诗三百》的风雅传统,第四推及"天地根源、生人性情",以天地、性情为诗的终极根源。

刘埙最推崇杜甫、黄庭坚,《苍山序唐绝句》引曾子实的话说:"老杜钧乐天籁,不可与诸子并,惟山谷绝近之。"①《蔡絛诗评》引蔡絛的话说:"杜少陵诗自与造化同流,孰可拟议,若君子高处廊庙,动成法言,恨终欠风韵。黄太史诗妙脱蹊径,言侔鬼神,惟胸中无一点尘,故能吐出世间语,所恨务高,一似参曹洞下禅,尚堕在元妙窟里。"②《隐居通议》卷七《杜少陵诗》云:"少陵句法,或以豪壮,或以巨丽,或以雅健,或以活动,或以重大,或以涵蓄,或以富艳,皆可为万世格范者。"卷十《刘五渊评论》云:"古诗一变骚,再变选,三变为唐人之诗,至宋则骚、选、唐错出。山谷负修能,倡古律,事宁核毋疏,意宁苦毋俗,句宁拙毋弱。一时号江西宗派。此犹佛氏之禅,医家之单方剂也。"又云:"山谷工用事,雄说理,江右由是成派,其究雅多而风少。"在这几则诗论中,刘埙认为杜甫诗似"钧乐天籁","自与造化同流",其句法"可为万世格范",其不足之处在于"终欠风韵"。黄庭坚诗"妙脱蹊径","事宁核毋疏,意宁苦毋俗,句宁拙毋弱","工用事,雄说理",瘦硬清雅,其不足之处则是过于"务高","雅多而风少"。正因为杜甫、黄庭坚的诗极见格律锻炼之工,所以,刘埙强调说:"学诗不以杜、黄为宗,岂所谓识其大者?"③又因为杜诗"终欠风韵",黄诗"雅多而风少",所以刘埙在提倡"杜、黄音响"的同时,又强调"陶、柳风味",以补杜、黄之不足。

从推崇"杜、黄音响,陶、柳风味"的观点出发,刘埙提倡平淡诗风。其《诗说》云:"诗止如此做,做来做去,到平淡处即是。""诗贵平淡,做到此地位自知耳。""诗贵平易自然,最要血脉贯通,有伦有序。"④《隐居通议》卷十八《诗文取新》云:"语意不尘,诗文之一妙也。"并指出:"学文者能取《庄》《骚》玩味之,又

---

①② 《隐居通议》卷六。
③ 《水云村稿》卷五《禁题绝句序》。
④ 《水云村稿》卷十三。

取《世说新语》佐之,则尘腐之病去矣。"他评价李梅溪的诗,写道:"梅溪诗秀句层出,不染尘土,更竖风骨,使沉着痛快,味深以长,则骚坛百级,人人左次让先登矣。"①评价范去非的诗时又写道:"思其人,味其诗,古体肖古,唐体逼唐,清丽圆活,言言冰雪。今世以诗鸣者,喧啾聒耳,何曾有似吾故人者?"②这些表明他对平淡雅洁诗风的赏爱。

三、吴澄:主张"诗以道情性之真,自然而然之为贵"

吴澄(1249—1333),字幼清,抚州崇仁(今属江西)人。宋咸淳间举进士不中,还乡筑草屋讲学其中,人称草庐先生。元世祖至元二十三年(1286)程钜夫奉诏求贤江南,吴澄被征至京师,寻以母老辞归。后累奉征诏,曾官翰林学士,并主持修撰《英宗实录》,事毕弃职南归。有《吴文正公集》。事见《元史》卷一百七十一。

吴澄是元代南方的大儒,时称"北有许衡,南有吴澄"③。他一生治学,以注解诸经为主,尝言:"朱子于道,问学之功居多,而陆子静以尊德性为主。问学不本于德性,则其敝必偏于言语训释之末,故学必以德性为本,庶几得之。"④所言偏重于陆氏心学。其文学批评也明显地受心学影响,在自然、社会、个体三者的关系中,重视作者一己的内心体认。

吴澄论诗,强调性情之说,主张"诗以道情性之真,自然而然之为贵"⑤。其《谭晋明诗序》云:

> 诗以道性情之真,十五国风有田夫闺妇之辞,而后世文士不能及者,何也?发乎自然而非造作也。⑥

---

① 《水云村稿》,卷七《李梅溪燕台吟跋》。
② 同上书,卷七《月崖吟月稿跋》。
③ 揭傒斯《吴澄神道碑》。
④ 《元史》卷一百七十一。
⑤ 《吴文正公集》卷十三《陈景和诗序》。
⑥ 《吴文正公集》卷十。

在《朱元善诗序》中，他指出诗中须有"我"，作诗"不可以强至"。他说：

> 不能诗者，联篇累牍，成句成章，而无一字是诗人语。然则诗虽小技，亦难矣哉！……诗不似诗，非诗也；诗而似诗，诗也，而非我也。诗而诗，已难；诗而我，尤难。奚其难？盖不可以强至也。学诗如学仙，时至气自化。①

其《萧独清诗序》又云：

> 诗也者，乾坤清气所成也。②

他认为"诗而诗，已难；诗而我，尤难"。难的原因在于"不可以强至"。诗不仅要合乎格律，更重要的是要有一己的真情，要融入乾坤清气。

吴澄一方面主张"诗以道情性之真"，另一方面强调发乎情，止乎礼。他说："性发乎情则言，言出乎天真，情止乎礼义，则事事有关于世教，古之为诗者如是，后之能诗者抑或能，然岂徒求其声音采色之似而已哉！"③又说："夫诗以厚伦为本，伦之不厚，词之工也何取焉？"④这里所强调的是诗的教化作用，是从诗的功用角度立论的。而强调"诗以道情性之真"，则是就诗的本质特征而言的，二者并无矛盾。

吴澄论诗，以自然为贵，所以反对模拟因袭，主张自立门户。其《何敏则诗序》云：

> 天时物态，世事人情，千变万化，无一或同，感触成诗，所谓自然之籁。无其时，无其态，无其事，无其情，而想象模拟，安排造作，虽似犹非，况未必似乎？⑤

---

① ② 《吴文正公集》，卷十一。
③ 同上书，卷十一《萧养蒙诗序》。
④ 同上书，卷三十一《题台山遗稿序》。
⑤ 同上书，卷十三。

《题朱望诗后》云：

> 陈腐,诗之病；强学俊逸语,亦诗之病。①

《胡印之诗序》又云：

> 近年以来,学诗者浸多,往往亦有清新奇丽之作,然细味深玩,不过仿象他人之形影声响以相矜耀,虽不可以其人而废其言,亦不可以其言而取其人也。②

在这三则诗论中,吴澄提出诗歌创作应随"天时物态、世事人情"的千变万化而自然成诗。语言"陈腐"或"强学俊逸语"均是诗的弊病,靠模仿"他人之形影声响以相夸耀"的所谓"清新奇丽"之作也不可取。

在论及作诗方法时,吴澄强调要如蜂之酿蜜,蚕之吐丝,贵能融合变化。其《周栖筠诗集序》云："善诗者,譬如酿花之蜂,必渣滓尽化芳润融液,而后贮于脾者皆成蜜。又如食叶之蚕,必内养既熟,通身明莹,而后吐于口者皆成丝。非可强而为,非可袭而取。"③他还以宋代陈简斋、元代董震翁为例,说明写诗要善于融合变化而又形成自家面目。他说：

> 宋参政简斋陈公,于诗超然悟入。吾尝窥其际,盖古体自东坡氏,近体自后山氏,而神化之妙,简斋自简斋也。近世往往尊其诗,得其门者或寡矣。吾乡董震翁新学诗,观其古近体一二,不选、不唐、不派、不江湖。问曰："君嗜简斋诗乎？"曰："然。"夫学者各有所从入,其终必有所悟。④

就作诗而言,只有能融合变化,超然悟入,才能形成自己独特的风格。

---

① 《吴文正公集》,卷二十九。
②③ 同上书,卷十三。
④ 《吴文正公集》卷九《董震翁诗序》。

四、刘将孙:"诗本出于情性"说与以禅喻诗说

刘将孙(生卒年不详),字尚友,其父刘辰翁有须溪先生之号,因而将孙又称小须。庐陵(今江西吉安)人。宋末举进士,入元后曾主讲临汀书院,官延平教授。仁宗皇庆年间犹在世。有《养吾斋集》。

刘将孙为学崇奉程、朱,为文推尊欧、苏。论文重性情,重意趣,不分流派,融文辞与义理,古文与时文,语录与禅悦为一炉。

刘将孙论诗,以自适性情为创作的目的,提出了"诗本出于情性"的观点。其《本此诗序》云:

> 诗本出于情性,哀乐俯仰,各尽其兴。后之为诗者,锻炼夺其天成,删改失其初意,欣悲远而变化,非矣。人间好语,无非悠然自得于幽闲之表。而留意于兹事者,仅以为禽犊之资,此诗气之所以不昌也。①

《九皋诗集序》云:

> 夫诗者,所以自乐吾之性情也,而岂观美自鬻之技哉! 欣悲感发,得之油然者有浅深,而写之适然者有浓淡。②

《胡以实诗词序》云:

> 文章之初,惟诗耳,诗之变为乐府。尝笑谈文者鄙诗为文章之小技,以词为巷陌之风流,概不知本末至此。余谓诗入对偶,特近体不得不尔。发乎情性,浅深疏密,各自极其中之所欲言。若必两两而并,若花红柳绿,江山水石,斤斤为格律,此岂复有情性哉? 至于词,又特以途歌俚下为近情。③

---

① 《养吾斋集》卷九。
② 同上书,卷十。
③ 《养吾斋集》卷十一。

从这三则诗论中可知,刘将孙认为,情性是诗的本源,"哀乐俯仰,各尽其兴"。诗人的欣喜悲戚之情油然而生,浅深不一,因而在抒写时自然有浓淡疏密的差异,"各自极其中之所欲言"。如果在格律上斤斤计较,就会有碍"情性"的自然流露。所以说,"人间好语,无非悠然自得于幽闲之表"。而诗的作用,在于"自乐吾之性情也"。

刘将孙论诗,虽然不像严羽那样直接以禅学宗派喻诗,但有时也以参禅喻诗。《如禅集序》云:

> 诗固有不得不如禅者也。今夫山川草木,风烟云月,皆有耳目所共知识。其入于吾语也,使人爽然而得其味于意外焉,悠然而悟其境于言外焉,矫然而其趣其感他有所发者焉。夫岂独如禅而已,禅之捷解,殆不能及也。然禅者借混漾以使人不可测,诗者则眼前景,望中兴,古今之情性,使觉者咏歌之,嗟叹之,至于手舞足蹈而不能已。登高望远,兴怀触目,百世之上,千载之下,不啻如自其口出。诗之禅至此极矣![1]

刘将孙深悉诗、禅本质上融通的道理,诗不仅要辞达,而且当求其意外之味,言外之境,这便与释家谈禅有相通之处。同时,他也点明了诗与禅的不同之处:禅家参禅的方式,如竖指头、举拂子、用棒、用喝之类,多故弄玄虚,令人难测;诗人写诗,由象得境,见景触情,明白易显。

刘将孙也主张取参禅学仙之法,以得诗法的秘诀。其《牛蓼集序》云:

> "学诗如学仙,时至骨自换。"此语非无为言之也。予固身体而心验之矣。往尝写字,恨不能如意,长者教予曰:"久当自熟。"当时尝以俗语反之云:"佣书者不已久耶?"既而写愈久愈多,笔下忽觉转换如移神,方悟其趣。诗亦若此,非可以颦齲效而得之也。[2]

---

[1] 《养吾斋集》,卷十。
[2] 《养吾斋集》卷十。

他以自己学书法的亲身体会说明,诗虽主性情,但也不废工力,所谓"积之不厚,则其发之也浅;发之不秾,则其感之也薄"①。禅家参禅,"或面壁九年,雪立齐腰"②,学作诗,也应有这样的功夫。参禅之法,惟靠妙悟,而妙悟之道,须求渐修,所以刘将孙虽屡言悠然自得之妙,但也强调修炼工夫,如《蹠肋集序》云:"老杜有'新诗改罢自长吟'之句,盖其句有未足于意,字有未安于心,他人所不知者,改而得意,喜而长吟,此乐未易为他人言,而作者苦心深浅自知,正可感也。"③这一看法是可取的。

---

①② 《养吾斋集》卷十《如禅集序》。
③ 《养吾斋集》卷十。

第三章　元代中后期师古派与师心派的诗学观

第一节　虞集等师古派的诗学观

一、虞集：论诗以雅正为归

虞集(1272—1348)，字伯生，号道园，祖籍仁寿(今属四川)。宋丞相虞允文五世孙，父汲，官黄冈尉，宋亡后侨居崇仁(今属江西)。虞集幼年就学吴澄，大德初荐授大都路儒学教授，累官至国子祭酒，奎章阁侍书学士。虞集早岁与弟槃辟书舍为二室，书陶渊明、邵尧夫诗于壁，左曰"陶庵"，右曰"邵庵"，故世称邵庵先生。有《道园学古录》《道园遗稿》。事见《元史》卷一百八十一。

虞集与同时代的杨载、范梈、揭傒斯号称文章四大家，而以虞集名声最大。清顾嗣立《寒厅诗话》通论元诗云：

> 元诗承宋、金之季，西北倡自元遗山，而郝陵川、刘静修之徒继之，至中统、至元而大盛。然粗豪之习，时所不免。东南倡自赵松雪，而袁清容、邓善之、贡云林辈从而和之，时际承平，尽洗宋、金余习，而诗学为之一变。延祐、天历之间，风气日开，赫然鸣其治平者，有虞、杨、范、揭，一以唐为宗，而趋于

雅，推一代之极盛。①

欧阳玄《梅南诗序》云："京师近年诗体一变而趋古，奎章虞先生实为诸贤倡。"②可见虞集实为元代中期文学师古风尚的代表。

虞集推崇程朱之学，以治经名世，又长期居于馆阁，所以论诗也带有浓烈的正统色彩，强调以雅正为指归。他所作《国朝风雅序》云：

> 夫欲观国家声文之盛，莫善于诗矣。……国家奄有四方，三光五岳之气全，淳古醇厚之风立，异人间出，文物粲然，虽古昔何以加焉。③

他把诗歌与国家之盛衰密切联系起来，所以必然鄙薄宋末的诗文，也不赞成元初"南方新附，江乡之间逢掖缙绅之士"所作的"高深危险之语"，而对当时文章"肤浅则无所明于理，蹇涩则无所昌其辞"④也感到不满，于是便提倡学习古代淳正博雅的诗文风格。其《李仲渊诗稿序》云：

> 某尝以为世道有升降，风气有盛衰，而文采随之，其辞平和而意深长者，大抵皆盛世之音也。⑤

《秋堂集序》云：

> 性情之正，冲和之至，发诸咏歌，自非众人之所能，而士大夫各以其见见之耳。⑥

《飞龙亭诗集序》云：

---

① 《清诗话》，上海古籍出版社 1978 年，第 83 页。
② 《圭斋文集》卷八。
③ 《道园学古录》卷三十二。
④ 同上书，卷三十三《庐陵刘桂隐存稿序》。
⑤ 同上书，卷六。
⑥ 同上书，卷二十七。

> 古之言诗者,自其民庶深感于先王之泽而有所发焉,则谓之风。其公卿大夫,朝廷宗庙,宾客军旅,学校稼穑,田猎宴享,更唱迭和,以鸣太平之盛,则谓之雅。……传曰:"言之无文,行而不远。"诗者,文之最深;而风雅者,又诗之盛者也。①

虞集所说的"雅正"之诗是指士大夫之间"更唱迭和,以鸣太平之盛"的"盛世之音",其特点是性情平正,辞气冲和,意味深长。在《会上人诗序》中,他既承认"上下千百年间,人品不同,所遇异时,所发异志,所感异事",所以有治世之音,有乱世之音,古今不可一概而论;又认为:"而最善者,君子之道德,有乎其身,则发诸音而成文者,足以垂世立教,以成天下之务者也。"②强调最好的还是可以"垂世立教"的盛世诗文。在《郑氏毛诗序》中,他提出:

> 圣门之教人,盖以诗为学矣。……圣贤之于诗,将以变化其气质,涵养其德性,优游厌饫,咏叹淫泆,使有得焉。则所谓温柔敦厚之教,习与性成,庶几学诗之道也。③

这里指出了诗对读者的作用在于,可以"变化其气质,涵养其德性",而培养温柔敦厚的性情,则是学诗的正道。虞集这种以雅为归的诗学观,代表了元代中期正统派的观点。

二、欧阳玄:论诗主雅正浑厚之风

欧阳玄(1274—1358),字原功,号圭斋,祖籍庐陵(今属江西),迁居浏阳(今属湖南),与宋代大文学家欧阳修同族。仁宗延祐二年(1315)进士。顺帝时修宋、辽、金三史,为总裁官,拜翰林学士承旨。有《圭斋集》。

欧阳玄历官四十余年,"三任成均,而两为祭酒,六入翰林,而三拜承旨。屡

---

① ③ 《道园学古录》卷三十一。
② 同上书,卷四十五。

主文衡,两知贡举及读卷官"。"一时宗庙朝廷雄文大册,播告万方制诰,多出其手。""片言只字,流传人间,皆知宝重。"事见《元史》卷一百八十二。

欧阳玄的诗学观点与虞集相仿,主雅正浑厚之风。其《风雅类编序》云:

> 风雅之道,先王治天下一要务也。风即风以动之之风,雅即雅乌之雅,以其身能动物也。本于邦国,播于乐府,荐于郊庙,以考风俗,以观世道,尚矣。①

他把风雅之道提到"治天下""考风俗""观世道"的高度。他还认为:

> 诗得于性情者为上,得之于学问者次之;不期工者为工,求工而得工者次之。《离骚》不及《三百篇》,汉魏六朝不及《离骚》,唐人不及汉魏六朝,宋人不及唐人,皆此之次、而习诗者不察也。②

在这一则中,他以"诗得于性情者为上,得之于学问者次之"为标准,对历代诗歌进行评说,认为《三百篇》最好,而宋人诗最差,表现出极端的崇古倾向。其《潜溪后集序》云:

> 三代而下,文章唯西京为盛,逮及东都,其气浸衰,至李唐复盛,盛极又衰。宋有天下百年,始渐复于古。南渡以还,为士者以从焉无根之学而荒思于科试,间有稍自振拔者,亦多诞幻卑冗,不足以名家,其衰又益甚矣。我元龙兴,以浑厚之气变之,而至文生焉。③

《李宏谟诗序》云:

> 宋讫科举废,士多学诗,而前五十年所传,士大夫诗多未脱时文故习。

---

①③ 《圭斋集》卷七。
② 同上书,卷八《梅南诗序》。

圣元科诏颁,士亦未尝废诗学,而诗皆趋于雅正。①

《罗舜美诗序》云:

> 我元延祐以来,弥文日盛,京师诸名公咸宗魏晋唐,一去宋金季世之弊,而趋于雅正,诗丕变而近于古。②

欧阳玄认为,三代以来,文章以汉、唐为盛,北宋"始渐于复古",南宋末文风卑冗衰弱,元初五十年,"士大夫诗多未脱时文故习",到延祐恢复科举后,"以浑厚之气变之","诗皆趋于雅正"而"近于古",对延祐浑厚雅正的诗风给予了高度评价。

三、吴莱:提倡学习古乐府,主张"倚其声以造辞"

吴莱(1297—1340),字立夫,婺州浦阳(今属浙江)人。延祐间试进士不第,退居深袅山中,钻研经史,著作甚富,有《渊颖集》。事见《元史》卷一百八十一。

吴莱是元中后期浙东文学名家,与黄溍、柳贯并受业于南宋方凤,再传而为宋濂。《四库全书总目》卷一百六十七称他"年不登中寿,身未试一官,而在元人中屹然负词宗之目","开明代文章之派"。

吴莱诗文创作均以复古为尚,论诗尤重"古之声",其文集中所存论诗之语大都与古乐府相关。他说:"予每思古人之去我者久,不可复见,徒欲想其遗声遗韵,而庶几或得其心术之所存、情绪之所托、终以不克而后止,是以常咏其辞。"③可见,他对古声古韵十分酷爱。其《与黄明远第三书论乐府杂说》云:

> 昨出《古诗考录》,自汉魏以下,迄于陈隋,上下千有余年。正声微茫,雅韵废绝,未有慨然至力于古学者。但所言乐家所采者为乐府,不为乐家所

---

①② 《圭斋集》卷八。
③ 《渊颖集》卷九《古琴操九引曲歌辞》。

采者为古诗,遂合乐府、古诗为一通,以定作诗之法,不无疑焉。窃意古者乐府之说,乐家未必专取其辞,特以其声为主。声之徐者为本,疾者为解。解者何?乐之将彻,声必疾,犹今所谓阕也。《汉书》云:"乐家有制氏,以雅乐世世在大乐官,第能识其钟鼓铿锵而已,不能言其义。"此则岂无其辞乎,辞者特声之寓耳,故虽不究其义,独存其声也。……奈何后世拟古之作,曾不能倚其声以造辞,而徒欲以其辞胜。齐梁之际,一切见之新辞,无复古意。至于唐世,又以古体为今体,《宫中乐》《河满子》,特五言而四句耳,岂果论其声耶?……嘻,今之言乐府者得无类越人之歌而楚人之说乎?[①]

黄明远著《古诗考录》,认为古诗与乐府本来是不分的,都是古诗,但到后来,一部分为乐家所采录便成为乐府,而"不为乐家所采者"才称作古诗。针对黄明远的这一看法,吴莱提出乐家采诗"未必专取其辞,特以其声为主",就是说乐府中的诗本身就和音乐有密切的关系,"辞者特声之寓耳",因此留存下来的古乐府中的文字便包含有记录声音的意义。黄、吴二人争论的核心在于如何看待古乐府中的奇奥的辞语。在黄明远看来,既然古乐府与古诗本无差别,那么学写古乐府便当学其奇奥的辞语。吴莱则认为这样做是"徒欲以其辞胜",指出当"倚其声以造辞",即学习古乐府的"声"以造作新辞。

那么,什么是古乐府的"声"呢?古乐久亡,其声难以知晓。在上面引文中,吴莱认为汉魏以下的诗"正声微茫,雅韵废绝"。批评齐梁间的乐府是"一切见之新辞,无复古意",可见,吴莱所说的汉魏乐府之"声"也应属于古之正声。吴莱称写乐府当"倚其声以造辞",此处的"声"也不妨理解为雅正之声。吴莱还批评唐代有些乐府只是以五言四句为之,未能论乐府之"声"。那么,在吴莱看来,"声"与句式格律也有一定的关系,写作乐府便当大致依仿汉魏乐府的句式、声格,而不可恣意为之。从重视"声"的观点出发,吴莱对郭茂倩的《乐府诗集》也有所不满,认为此书,"但取标题,无时世先后,纷乱庞杂,摹拟蹈袭,层见间出,厌人视听",于是自己着手编了《乐府类编》一百卷,就郭氏原书"辨其时代,且选

[①] 《渊颖集》卷七。

其可学者,使各成家"①。他在自序中还尖锐地批评唐人乐府之"声"不纯正,所杂"代北番夷、风沙战伐"之声,是"古之所谓乱世怨怒、亡国之哀思者",提出今之学者作乐府当讲求"深沉之思""中和之节"②。在举世宗唐的元代,吴莱的这种观点显得与众不同。究其原因,他是从政治入手评论唐代乐府,认为唐代"国忠秉政""养成祸乱""蕃戎构难",兵戈未息,政治上有不太平的一面,因而乐府诗也有不纯正的一面。

吴莱提倡学习古乐府,主张"倚其声以造辞",体现了传统儒家以声论诗的观点。他与黄明远之间的争论暴露了"主声"与"主辞"两派的分歧。其后杨维桢也提倡写古乐府,以比兴之义为古意,其观点与吴莱接近。

四、傅若金:主张"志于古",以雅正为归

傅若金(1304—1343),字与砺,一字汝砺,新喻(今江西新余)人。曾官广州文学讲士。有《傅与砺诗文集》《诗法正论》(关于此书的评介见第四章第二节)。

傅若金少年时代曾学诗于范梈之门,后又受到虞集、揭傒斯的赏识,被称为后起之秀。他在《赠魏章仲论诗序》中称虞集、范梈诸家写作诗文"皆捐去金人粗厉之气,一变宋末衰陋之习,力追古作,以鸣太平之盛"③。《四库全书总目》卷一百六十七称"其诗法授于同郡范梈",而文"亦和平雅正,无棘吻蛰舌之音"。他的诗学思想也接近虞集、范梈,主张复古,以雅正为归。其《诗法正论》云:

> 朱子所谓后世不能复加者,盖指风雅之正与周颂言之,非谓变风变雅与鲁颂也。大朴既散,风气日开,王化不明,人心不古,后之作者其情性既非古人之正,又不得周公、孔子为之删润表章,则诗之不逮古人,尚何疑耶?郝伯常有言,自李、杜、苏、黄已不能越苏、李而追三代,矧其下者乎?于是近世又作为辞胜之,诗莫不惜卢仝之怪,赏杜牧之警,趋元稹之艳。又下焉者,则为

---

① ② 《渊颖集》卷十二《乐府类编后序》。
③ 《傅与砺诗文集》卷五。

温庭筠、李义山、许浑、王建,谓之晚唐。轰轰隐隐,啅噪喧聒,八句一绝,竞自为奇……磨切锱铢,偶韵声律,饾饤排比以为工,警呼唱喊以为豪;莫不病风丧心,不复知有李、杜矣,又焉知三代情性,风雅之作哉?①

他推崇三代之情性,风雅之正声,认为后世作者的情性不像古人那样纯正,诗歌创作自然也"不逮古人"。他批评近世崇尚晚唐体,"竞自为奇","磨切锱铢,偶韵声律,饾饤排比以为工,警呼唱喊以为豪"的风气。其《欧阳斯立诗序》云:"诗本性情为辞者也。古之圣人以成政教。……故夫善言诗者,不徒以其辞,而以其所本。所本正矣,辞或未工,不害其为教。本失其正,辞虽工何益哉?"②《赠魏仲章论诗序》云:"诗之道,本诸人情,止乎礼义。"③在这里,他强调诗本于性情,止乎礼义,诗须有助于政治教化,如果"本失其正,辞虽工何益哉"?表现出以雅正为归的诗学思想。

五、戴良:身处元末,犹高唱雅正之音

戴良(1317—1383),字叔能,号九灵山人,浦江(今属浙江金华)人。元末曾一度依附张士诚,明朝建立后,因固辞官职触恼太祖,自杀。有《九灵山房集》。事见《明史》卷二百八十五《文苑传》。

戴良早年曾学文于黄溍、柳贯,学诗于余阙。其诗学观点集中体现在《皇元风雅序》中,他说:

> 气运有升降,人物有盛衰,是诗之变化,亦每与之相为于无穷。……唐诗主性情,故于风雅为犹近;宋诗主议论,则其去风雅远矣。然能得夫风雅之正声,以一扫宋人之积弊,其惟我朝乎?④

---

① 《格致丛书》本。转引自王大鹏等:《中国历代诗话选》(二),第 1091 页。
② 《傅与砺诗文集》卷四。
③ 同上书,卷五。
④ 《九灵山房集》卷二十九。

他认为元诗上承唐诗而"能得风雅之正声","一扫宋人之积弊"。在论及元代诗坛盛况时,他说:

> 我朝舆地之广,旷古所未有。学士大夫,乘其雄浑之气以为诗者,固未易一二数。……方是时,祖宗以深仁厚德涵养天下,垂五六十年之久。而戴白之老,垂髫之童,相与欢呼鼓舞于闾巷,熙熙然有非汉唐宋之所可及。故一时作者,悉皆餐淳茹和,以鸣太平之盛治。其格调固拟诸汉唐,理趣固资诸宋氏,至于陈政之大,施教之远,则能优入乎周德之未衰。盖至是而本朝之盛极矣!①

他盛赞元朝地域辽阔,国力强盛,"学士大夫乘其雄浑之气以为诗","以鸣太平盛治";认为元诗在"陈政之大,施教之远"方面,可与西周的诗歌相比。

由元初郝经到中期虞集,再到元末戴良,都从风雅之义、雅正之音出发,主张复古,一脉相承,构成了弥漫于元代文学批评领域的主音。但比较而言,郝经处于元代开国之初,其时蒙古贵族迫切需要学习汉民族传统文化、巩固并发展大元帝国,所以郝经倡导风雅,重视文章、事功、义理的统一,具有一定的积极意义。戴良身处元代末期,农民战争风起云涌,太平盛世已不存在,此时论诗文犹高唱淳和雅正之音,自然显得不切实际了。

第二节 刘诜等师心派的诗学观

一、刘诜:学诗文要广泛师承,自立门户

刘诜(1268—1350),字桂翁,号桂隐,庐陵(今江西吉安)人。延祐间恢复科举,诜往应试,十年不第,于是回归故里,归乃刻意于诗古文。有《桂隐文集》《桂隐诗集》。

---

① 《皇元风雅序》。

刘诜虽为布衣,但与虞集等公卿大夫多有交往,对当时复古而至于拟袭的流弊持批评态度,所作《与揭曼硕学士》一文集中体现了他的诗文批评观点。他说:

> 古今文章甚不一矣,后之作者期于古而不期于袭,期于善而不期于同,期于理之达、神之超、变化起伏之妙,而不尽期于为收敛平缓之势。一二十年来,天下之诗,于律多法杜工部《早朝大明宫》、夔府《秋兴》之作,于长篇又多法李翰林长短句。李杜非不佳矣,学者固当以是为正途,然学而至于袭,袭而至于举世若同一声,岂不反似可厌哉!其于文则欲气平辞缓,以比韩欧,不知韩欧有长江大河之壮,而观者特见其安流;有高山乔岳之重,而观者不觉其耸拔;何尝以委怯为和平,迂挠为舂容,束缩无生意、短涩无议论为收敛哉!故学西施者仅得其矉,学孙叔敖者仅得其衣冠诙笑,非善学者也。李、杜、王、韦,并世竞美,各有途辙;孟、荀氏,韩、柳氏,欧、苏氏,千载相师,卒各立门户。曾出于欧门而不用欧,苏氏虽父子,亦各务于己出。盖士非学古则不能以超于今,而今亦何必不如古;使吾自能为古,则吾又后日之古也。若同然而学为一体,不能变化以自为古,恐学古而不离于今也。①

刘诜认为,李白的长短句(即古风)、杜甫的律诗,固然是学诗的"正途",但如果"学而至于袭,袭而至于举世若同一声",反而令人生厌。他批评有些人学古文专尚韩愈、欧阳修散文中"气平辞缓"、涩缩"收敛"的偏向,提醒学文者应注意韩、欧散文中具有"长江大河之壮""高山乔岳之重"的风格。他指出学习诗文,应广泛师承,如古人那样"各有途辙""各务于己出","卒各立门户"。在论述古今关系时,他指出学古的目的是"超于今",学古的方法是"变化以自为古",即学古而不同于古,也不同于卑陋的"今",而是新的一家,"上不逊于古,下不溺于今"②。刘诜所论,虽仍以师古为基础,但所表现出的变古创新的态度已与师心、尚今之论相通了。

---

① 《桂隐文集》卷三。
② 《与揭曼硕学士》。

二、黄溍:认为"诗生于心"、"本于人情"

黄溍(1277—1357),字晋卿,义乌(今属浙江)人。延祐二年(1315)进士,官至翰林侍讲学士,知制诰。有《金华黄先生文集》。事见《元史》卷一百八十一。

黄溍论诗,提倡"有托以见其志",写"身之所历""耳目之所接"①。强调"诗生于心""本于人情"。其《午溪集序》云:

> 予闻为诗者必发乎情,人同此心,心同此理,则其情亦无以大相远。言诗而本于人情,故闻之者莫不有所契焉。至于格力之高下,语意之工拙,特以其受材之不齐,非可强而致也。后世乃以诗为专门之学,慕雅淡则宗韦、柳,矜富丽则法温、李,掇拾摹拟,以求其形似,不为不近,而去人情已远矣。②

《题山房集》云:

> 孟子称:"王者之迹熄而诗亡。"夫诗生于心,成于言者也。今之有心而能言者与古异耶?山讴水谣、童儿女妇之所倡答,夫孰非诗?彼特莫知自名其为诗耳。或者幸能探幽发奇,使组绣之丽被于草木,是固知以诗为名,而非孟子之所谓诗也。③

他指出,"诗者必发乎情,人同此心,心同此理,则其情亦无大相远","诗生于心,成于言",所以"山讴水谣、童儿女妇之所倡答"正合于作诗的本旨。他批评后世文人"以诗为专门之学",慕雅淡则推尊韦应物、柳宗元,矜富丽则取法温庭筠、李商隐,"掇拾摹拟,以求其形似",或"探幽发奇",务为"组绣之丽",

---

① 《金华黄先生文集》卷十八《云蓬集序》。
② 陈镒:《午溪集》卷首。
③ 《金华黄先生文集》卷三。

虽然自称为诗,却"去人情已远矣"。他这番话近似明代李梦阳"真诗乃在民间"①之说。但他又强调孟子所说的"王者之迹熄而诗亡",也就是说妇女儿童的咏歌必须与"王者之迹"相联系才是诗,可见他的诗学观并未摆脱正统儒学的影响。

三、吴师道:重视一己的个性和实历

吴师道(1283—1344),字正传,婺州兰溪(今属浙江)人。至治元年进士,官至奉议大夫礼部郎中。有《礼部集》《吴礼部诗话》。事见《元史》卷一百九十。

吴师道少年时代与许谦同师金履祥,后与黄溍、柳贯、吴莱等倡和,均以理学家的身份濡染文学。《元史》卷一百九十称他"善记览,工词章,才思涌溢,发为歌诗,清丽俊逸"。所以论文虽以明道为本,也兼重文学,重视一己的个性。其《张文忠公云庄家集序》云:

> 人声之发为言,言之精者为文,而皆出于气也。昔人谓"文不可以学而能,气可以养而致"。是气也,孟子所谓"浩然""至大至刚,以直养而无害者"欤?夫其养充而气完,然后理畅而辞达。孟子之言非为作文设,而作文之法孰有过此。②

他强调文"皆出于气",并把"气"置于"理"之上。所谓"气",是指孟子所说的"浩然"之气,"至大至刚"之气,即由长期的修养积聚而成的内在的精神力量;所谓"理",不是理学之理,而是文理之理。他认为"养充而气完,然后理畅而辞达",所以作文必出于自然,表现个性,不可勉强为之。

他所著《吴礼部诗话》属随笔性质,所录大都是宋元间诗坛见闻,也有讨论诗歌欣赏之语。他认为诗是诗人对外物的"模写",所以重视作家的实历。

---

① 《空同集》卷五十《诗集自序》。
② 《礼部集》卷十五。

他说:

> 作诗之妙,实与景遇,则语意自别。古人模写之真,往往后人耳目所未历,故未知其妙耳。

因为诗人的经历与境遇不同,诗歌的语意风格也不同,而后人未经历其境也就难识其妙。他在评析杜甫《兵车行》时写道:

> "长者虽有问,役夫敢伸恨",寻常读之,不过以为漫语而已。更事之余,始知此语之信。盖赋敛之苛,贪暴之苦,非无访察之司,陈诉之令,而言之未必见理,或反得害。不然,虽幸复伸,而异时疾怒报复之祸尤酷。此民之所以不敢言也。"虽"字、"敢"字,曲尽事情。

他设身处地,细致地分析了"役夫"的处境和心理,认为"役夫"饱受"赋敛之苛,贪暴之苦",却又不敢申述怨恨,原因是怕遭到更残酷的"疾怒报复之祸",而"虽""敢"二字的妙处就在于曲折、微妙地表现了"役夫"的真实情感。他称赞东坡《送别子由》诗中"登高回首坡陇隔,时见乌帽出复没"二句"模写甚工"。可见,他的诗论观点与文论大体上是一致的。

四、王沂:论诗以自然为宗,重视人情、土风对诗歌风格的影响

王沂(生卒年不详),字思鲁,真定(今河北正定)人。仁宗延祐初进士,文宗至顺年间官至礼部尚书,参与修纂宋、辽、金三史。有《伊滨集》。

王沂论诗以自然为宗。其《周刚善文稿序》云:

> 昔之为文者,大之如天地,而人不敢以为远;幽之如鬼神,而人不敢以为深;文之为珠玑、珪璧,而人不敢以为华;质之为瓦棺、古篆、蕢桴、土鼓,而人不敢以为朴,是皆得于自然之理,有所不能自已而作者。后之人见其

然，莫知其所由然，于是殚精毕力而追之，其雕镂藻缋、刻画破碎之工益多，而文益下。讵有意为之者，未必造其妙；而造其妙者，在于无意而为之者欤？①

这里指出了古人作品无论其艺术风格表现为"大""幽""华"或"质"，皆本于自然，"而造其妙者在于无意而为之者"。后人"见其然"而不知其所以然，殚精竭虑地追摹、仿效，其结果必然是"工益多而文益下"。

在《隐轩诗序》中，王沂进一步对诗文风格的本源作了阐述，他说：

言出而为诗，原于人情之真；声发而为歌，本于土风之素……若辽、交、凉、蓟，生而殊言；青、越、函、胡，声亦各异。于是有唐俭、魏狭、卫靡、郑淫，盖有得于天地之自然，莫之为而为之者矣。余尝怪世之宗唐诗者陋中州，是盖不知一代之文有一代之体，犹大忠而质文之异尚，小而咸酸之味殊嗜。夫以一己之好恶而欲人之我同，惑矣。②

在这里，他提出诗歌"原于人情之真"，"本于土风之素"，就是说，人的主观情感和客观的地理环境是影响诗歌风格的两大因素。人情所有不同，再加上"土风"的差异，就必然出现"辽、交、凉、蓟，生而殊言；青、越、函、胡，声亦各异"的文学现象，所以诗歌的风格各不相同。王沂还进而提出，古今异代，一代有一代之文，人我异体，一己有一己之好恶。正如《文心雕龙·体性》所云："各师成心，其异如面。"因此，一意师摹古人，必难有所成就。王沂从人情、土风、时代三者的差异，对诗文风格的本源作了充分的论述，也指出了复古与模拟的错误，表现出师心、尚今的观点。

五、陈绎曾：提出情生于境，强调"情真、事真"

陈绎曾（生卒年不详），字伯敷，号汶阳左客，处州（今浙江丽水）人。尝从学

---

① 《伊滨集》卷十三。
② 同上书，卷十六。

于戴表元而与陈旅友善,至顺年间官国子监助教。著有《诗谱》1卷、《文说》1卷。事见《元史》卷一百九十。

英宗至治元年(1321),陈绎曾为袁易诗集作序,即《静春堂诗集后序》,这篇序文集中表现了他的诗学观点。他说:

> 情发为诗而生于境,使诗真出乎是。居莽苍,遇寂寞,虽欲为富丽雄伟,不可得也。居顺境者反是。索其居而习焉者为主于内,即其遇而感焉者万变乎前,二者合而见乎辞,诗之体于是不一矣。十五国之诗,音声情态往往不同,居使之然也。周变而王,豳易而秦,遇使之然也。夷考其衷,王、周、秦、豳,歌哭虽殊,本音犹在,欣戚虽异,故态未忘。习之主于内,盖有不可得而变者矣。楚骚以降,家殊人异,苟得情境之真,未尝求异古人,当有自然成家者。①

陈绎曾提出"情生于境",并把"境"细分为"居"与"遇"。所谓"居",是指长期不变的固定的地理环境,与王沂所称的"土风"相近;所谓"遇",则指短期的社会环境变化,往往表现为突起的政治变化以及个人在此变化中的遭遇,它与山川风土无关。"居"具有稳定不变的特点,"遇"具有短暂多变的特点,二者都对诗人的创作产生重大影响。所以,居住在"莽苍"之地或境遇"寂寞"的人,写不出"富丽雄伟"的诗篇;反之,居住在繁华都市、享受荣华富贵的人,也写不出清寒悲苦的作品。他以《诗经》中的"国风"为例,阐述"居"与"遇"对诗歌风格的影响,指出:"十五国之诗,音声情态往往不同,居使之然也;周变而王,豳易而秦,遇使之然也。"意思是说,"十五国风"在声音情态上各有特点,这是由长期稳定不变的地理环境决定的;而当周平王东迁洛邑王城这一政治事件发生后,"国风"中的《周南》《召南》遂变为《王风》,豳地为秦国所有,《豳风》变为《秦风》,政治的变化导致其诗风也发生重大的改变。他还进一步指出,《王风》与《周南》《召南》《秦风》与《豳风》之间,由于"遇"(即政治环境)的变化,作者触物兴感,创作时产生"歌哭"与"欣戚"的差异;但又由于"居"(即地理环境)的稳定,作者

---

① 袁易:《静春堂诗集》卷首。

创作时能保持大致相同的"本音"或"故习"。这样,一个作家的创作既在总体上有一个大致稳定的格调,而各篇的情绪风格又可以有很大的差别,具有无限的丰富性。推而广之,一个地区的诗风,也是如此。

陈绎曾从"居"与"遇"两方面论述诗歌风格形成的原因,把诗人创作与地理环境、社会环境密切联系起来,所论细密,比以往关于情境的泛泛之论,显然深入了一层。本于此,他对古今诗歌创作的评价,自然立足于变,肯定"楚骚以来,家殊人异"的必然性。

陈绎曾在《诗谱》中,以"情真、事真"为准绳,对古诗多有评述。他说:"凡读骚,要见情有余处。""三国六朝乐府,犹有真意,胜于当时文人之诗。""(蔡琰诗)真情急切,自然成文。""(《古诗十九首》)情真、景真、事真、意真。""(陶渊明诗)心存忠义,心处闲逸。情真、景真、事真、意真,几于《十九首》矣。……盛唐诸家风韵皆出此。"《诗谱》结尾强调:"故君子贵自立,不可随流俗也。"可见,他虽然评的都是古诗,但其精神并不泥于古,而是重视个性,重视"自立"。

六、杨维桢:论诗以情性为主,兼及格调

杨维桢(1296—1370),字廉夫,号铁崖,又号铁笛道人,山阴(今浙江绍兴)人。泰定四年(1327)进士,官建德路总管府推官,元末避乱钱塘,入明后未出仕。著有《东维子文集》。《明史》卷二百八十五《文苑传》有附传。

杨维桢是元代中后期的诗坛怪杰,所倡"铁崖体"在体裁形式上以"古乐府"为主,力求走出元代中期模拟盛唐、圆熟平缓、缺少个性的模式,而追求构思的奇特、意象的奇崛,造语藻绘而狠重,充满力度美。

杨维桢个性狂放,非理学中人,《明史·文苑传》称他为官"狷直忤物,十年不调"。又称他:"忤达识丞相,徙居松江之上,海内荐绅大夫与东南才俊之士,造门纳履无虚日。酒酣以往,笔墨横飞。或戴华阳巾,披羽衣,坐船屋上,吹铁笛,作《梅花弄》。或呼侍儿歌《白雪》之辞,自倚凤琶和之。宾客皆蹁跹起舞,以为神仙中人。"这种狂放不羁的性格,决定了他的诗歌主张,与延祐诸人的"雅正"诗论有相当大的分歧。

170

杨维桢论诗,以情性为主。其《李仲虞诗序》云:

> 诗者,人之情性也。人各有情性,则人有各诗。①

这里所谓"情性"是指个人的禀赋气质,而非儒家诗教的"情性之正"。他认为这种真正属于个人的"情性",才是决定诗歌风格的主要内素。由此,他充分地主张艺术创作的个性化,而反对模仿随人。他说:

> 诗得于言,言得于志。人各有志、有言以为诗,非迹人以得之者也。东坡和渊明诗,非故假诗于渊明也。具解有合于渊明者,故和其诗,不知诗之为渊明、为东坡也。②

"志"即情志,也属于情性的范畴。"迹人",就是模仿、仿效别人。苏轼的"和陶诗",并非是为了摹仿,而是"具解有合于渊明者",即情性上与渊明有相合之处。因而,渊明自渊明,东坡自东坡,各有其自己的个性,其《剡韶诗序》云:

> 或问诗可学乎?曰:诗不可以学为也。诗本情性,有性此有情,有情此有诗也。上而言之,雅诗情纯,风诗情杂;下而言之,屈诗情骚,陶诗情靖,李诗情逸,杜诗情厚。诗之状未有不依情而出也。③

杨维桢所说的"性"是指诗人的天性,"情"则指根植于这种天性的情感,他直接点明了"诗不可以学为",诗的风格皆"依情而出",自然也因情而异。

杨维桢最为反对摹拟形迹之作,这与他以情性为主的观点是密切联系的。其《吴复诗录序》云:

> 古风人之诗类出于闾夫、鄙隶,非尽公卿大夫士之作也。而传之后世,

---

①③ 《东维子文集》卷七。
② 同上书,卷七《张北山和陶集序》。

有非今公卿大夫士之所可及,则何也?古者人有士君子之行,其学之成也尚已,故其出言如山出云、水出文、草木之出华实也。后之人执笔呻吟,模朱拟白以为诗,尚为有诗也哉?故摹拟愈逼而去古愈远。吾观后之抚拟为诗,而为世道感也远矣。①

他指出:"古风人之诗类出于闾夫、鄙隶,非尽公卿大夫士之作也。"古代诗人"有士君子之行"又崇尚一己的个性,所以他们写诗"如山出云、水出文、草木之出华实",完全是情感的自然流露。杨维桢这番话显然是有感而发的,是对延祐复古诗风所发的责难。

杨维桢的诗论,虽以情性为主,但也兼及格调。其《赵氏诗录序》云:

评诗之品无异人品也。人有面目、骨骼,有情性、神气,诗之丑好、高下亦然。风雅而隆为骚,而降为十九首,十九首而降为陶杜,为二李,其情性不野,神气不群,故其骨骼不庳,面目不鄙。嘻!此诗之品在后无尚也。下是为齐梁,为晚唐、季宋,其面目日鄙,骨骼日庳,其情性神气可知已。嘻!学诗于晚唐、季宋之后,而欲上下陶杜、二李,以薄乎骚雅,亦落落乎其难哉!然诗之情性神气,古今无间也。得古之情性、神气,则古之诗在也。然而面目未识,而(谓)得其骨骼,妄矣;骨骼未得,而谓得其情性,妄矣;情性未得,而谓得其神气,益妄矣。②

在此,他把诗品比作人品,人品有面目、骨骼、情性、神气,诗品也是这样。诗固然不可没有情性、神气,而情性、神气固然不能脱离面目、骨骼而存在;欣赏诗歌,一定要先识其面目、骨骼,而后能其情性、神气。诗的面目、骨骼,其实就是诗的格调。所以,杨维桢论诗,虽主情性,但也兼及格调。他认为,风雅以降,至陶、杜、二李,"其情性不野,神气不群,故其骨骼不庳,面目不鄙","此诗之品在后无尚也",并把这些格高之诗定为学诗的范式。这种观点,对明代前后七子的"格调"说有开导之功。

---

①② 《东维子文集》卷七。

七、张翥：认为诗本于"性情之天、声音之天"

张翥(1287—1368)，字仲举，晋宁(今山西临汾)人。至元初，召为国子初教，后参与辽、金、宋三史的修纂工作，累迁至翰林学士承旨。有《蜕庵集》。

张翥论诗，主张发乎性情，出于自然，不假雕琢工巧，还主张学而有变，要有作者自己的"风度"。其《午溪集序》云：

> 诗三百篇外，汉魏、六朝、唐宋诸作，毋虑千余家，殆不可一一论。五七言、古今律、乐府歌行，意虽人殊，而各有至处，非用心精诣，未知其所得也。余蚤岁学诗，悉取古今人观之，若有脱然于中者，由是知性情之天、声音之天，发乎文字间，有不容率意模写。然亦师承作者，以博乎见闻；游历四方，以熟乎世故。必使事物情景，融液混圆，乃为窥诗家室堂。盖有变若极而无穷，神若离而相贯，意到语尽，而有遗音，则夫抑扬起伏，缓急浓淡，力于刻画点缀，而一种风度自然。虽使古人复生，亦止乎是而已矣。①

他对《诗经》以来众多的诗人作品持兼收并蓄的态度，认为古今诗人千百余家，其意人殊，各有至处；指出诗本于"性情之天，声音之天，发乎文字间，有不容率意模写"。其所谓"天"并不是天理之"天"，而是天然之"天"。他还提出了学诗的方法，即"师承作者以博乎见闻，游历四方以熟乎世故"，如此就能融会古今，且立足于"事物情景"的"融液混圆"，有创新，有神采，以极古诗之变而自成一种"风度"。这样的学诗之法，即不违背师古，又能师心尚今，面向现实，表达自我。

八、王礼：主张代有其诗，诗当抒写"真情实景"

王礼(1314—1389)，字子让，庐陵(今江西吉安)人。元末曾为广东元帅府照磨，入明不仕。著有《麟原文集》。

---

① 陈镒：《午溪集》卷首。

王礼论诗,反对一味复古,主张代有其诗,诗当抒写"真情实景"。为此,他编辑元初以来朝野之诗凡一千三百余首,为《长留天地间集》,继有续编五百余首为《沧海遗珠集》。《长留天地间集序》云:

> 文章与时升降。国朝混一区宇,旷古所无,以淳庞林厚之风气,蕴为冲淡丰蔚之辞章,发情止礼,有体有音,皆可师法,殆将耸元德以四代,轶汉唐而过之。①

《沧海遗珠集序》云:

> 诗也者,其人文之精而元气之为也欤?……宜其能言之士各鸣其所遇以感人心,而代不乏焉。盖亦乘元气、吐人文、往过来续而无尽藏也。②

王礼认为"文章与时升降",诗者"各鸣其所遇",所以代各有诗,古今相承,古诗固然可贵,今诗也不可鄙视。因而,他充分地肯定元诗,认为它也可以长留天地间,与古诗并肩而无愧。

在论及诗歌的本质特征时,王礼认为诗当发乎性情,抒写"真情实景"。其《魏德基诗序》云:

> 古者风俗淳美,民情和厚,故发于声诗,虽下至闾阎畎亩,羁夫愁妇,无不由乎衷素,当歌而歌,当怨而怨,其言皆动人。③

《魏松壑吟稿集序》云:

> 故诗无情性,不得名诗,其卓然可得于后世者,皆其善言情性者也。④

---

① 《麟原后集》卷二。
② 同上书,卷四。
③ 同上书,卷一。
④ 《麟原前集》卷五。

在《吴伯渊吟稿序》一文中,他谈到自己学诗的经历、体会,写道:

> 余儿时从师学诗,辱教之曰:"吾之道本乎性情,寓乎景物,其妙在于有所感发。苟无得于斯,不名为诗。"因举古诗优游不迫、意在言外者,每夜讽咏数语,久之真觉淘去尘俗,神思清远。……常曰:"诗在山巅水涯、人情物态,故纸上踵袭非诗。"暇日率子弟徜徉临眺,仰掇俯拾,无不可诵。……得之悠然,挹之渊然,而诗在是矣。①

从这三则诗论中可以看出,王礼认为,诗"当歌而歌,当怨而怨","诗无情性,不得名诗",诗"本乎性情,寓乎景物,其妙在于有所感发","诗在山巅水涯、人情物态",明显地表现出师心尚今的诗学倾向。

王礼不仅强调诗当发乎性情,抒写真情实景,而且认为诗应有含蓄之美。其《赠杨维中序》云:"诗自真情实景便异凡俗,然情虽真而不高,景已实而犹浊,亦非吟之善者也。"②意思是说,并非一切真情实景都可吟之于诗,而当求其情之高者,景之清者,可见其审美理想偏重于清远的意境。其《伯颜子中诗集序》亦云:"诗之为道似易而实难,言近指远者,天下之至言也。先辈有云:'诗如镜中灯,水中盐,谓之真不可,谓非真亦不可'。盖所咏在此,而意见于彼,言有尽、思无穷,非风人所以感物者乎!"③这里明确指出了诗之美在于"言近指远",似真非真,言在此而意在彼,言有尽而思无穷。那么,如何才能创造这种"言近指远"的含蓄之美呢?王礼认为关键在于"步趋圣贤,涵养其气质"。他说:"学者步趋乎圣贤,涵养其气质,则诗之本立矣。本立则其言蔼如,得乎性情之正,不期高远而自高远矣。"④

九、罗大巳:论诗主自得而倡神情

罗大巳(生卒年不详),字伯刚,庐陵(今江西吉安)人。生平不详。

---

① 《麟原前集》卷五。
②③ 同上书,卷四。
④ 同上书,卷五《萧伯循诗序》。

罗大巳论诗亦主自得而倡神情,观点与王礼相近。其《静思集序》曰:

> 国风、雅、颂,大抵皆古之乐章,固必以音节为之主。而诗本性情者也,夫中人之性情不能不有所偏,随其所偏,徇其所至,则溢而为声音,发而为言笑,亦各有自得之妙焉,是岂可以人力强同之哉?……而近年以来江湖作者,则往往托以音节之似,必求工于词,而不本于性情,譬之刻木为人,衣之宝玉,面目肌发,似则似矣,被服瑰奇,美则美矣,然求其神情色态,出于天然自得之妙者,终莫知其所在也。①

罗大巳也强调"诗本性情","出于天然自得"为妙。他批评"江湖"诗人作诗"必求工于词而不本于性情",譬如刻木为人,终无神情色态。值得注意的是,罗大巳在此提出了"中人之性情"(即一般人的性情)问题。历来提倡"性情"之说的人,都认为只有性情和厚,诗才淳正可取。所以,王礼也以"风俗淳美,民情和厚"作为"当歌而歌,当怨而怨"的前提。罗大巳则比王礼进了一步,他指出:"中人之性情不能不有所偏,随其所偏,徇其所至,则溢而为声音,发而为言笑,亦各有自得之妙。"就是说,一般人的性情偏激,发而为诗,也各有"自得之妙",而不必像正统派诗家所要求的那样,先养性情,性情淳正方可写诗。这一观点显然对儒家性理之说有所突破,对晚明的"性灵"说有一定的启发。

---

① 郭钰:《静思集》卷首。

第四章　元人对唐诗与诗法的探究

第一节　元人对唐诗的研究

一、元代诗坛"宗唐"的理论倾向

清人顾嗣立《元诗选凡例》云:"骚人以还,作者递变。五言始于汉魏,而变极于唐。七言盛于唐,而变极于宋。迨于有元,其变已极,故由宋返乎唐而诸体备焉。百余年间,名人志士项背相望,才思所积,发为词华,蔚然自成一代文章之体。"元代诗人不仅在创作上"由宋返唐",广泛学习唐人,而且在理论上"宗唐抑宋",因而"宗唐"成为支配整个元代诗坛的潮流。

元代"宗唐"的风尚,可上溯到南宋的严羽和金代的元好问。南宋中后期,"四灵""江湖"派诗人厌弃江西诗派长于议论、工于锻炼、以瘦硬为高的诗风,竞相效法晚唐姚合、贾岛、许浑的清苦纤细诗风。金章宗明昌、承安年间,作诗者突破苏、黄诗风的范围,崇尚尖新轻丽。在诗风日趋纤弱衰颓的情形下,南方的严羽,北方的元好问,几乎同时崛起于诗坛,他们都反对江西诗体,反对学习晚唐诗风,而倡导盛唐诗风。但相比较而言,严羽主于兴趣、气象,元好问偏重于古雅、精纯。二人所倡导的艺术境界不同,分别体现了南北地区不同的"宗唐抑宋"的倾向。元朝兴起于北方,灭金后的诗坛主要受元好问的影响,灭南宋后则较多地接受了严羽的影响;但元人宗唐却并不专宗盛唐,这一点又不同于严羽和元好问。到延祐恢复科举,建国日久,南北诗学融合,"宗唐"潮流有了进一步的发展。

综观元人"宗唐"的理论,大致可分为五个方面,即:1.唐诗风雅论;2.江西诗派唐诗观之余响;3.宗唐复古论;4.唐宋因革论;5.学唐创新论。

唐诗风雅论者主要从政治教化的角度评论唐诗,代表人物有郝经、虞集、戴良等。郝经从"述王道"、有补于世事的目的出发,曾选汉至唐五代诗为《一王雅》,自称所选诗篇完全依照"韩杜诸贤义例",又称:"李唐一代诗文最盛,而杜少陵、李太白、韩吏部、柳柳州、白太傅等为之冠。"[①]他尤其推重杜甫的《北征》《石壕》及白居易的讽喻诗等,认为这些诗篇"有风人之托物,二雅之正言"。可见此书所选完全侧重于政治教化。郝经在《与撒彦举论诗书》中说:"诗,文之至精者也。所以歌咏性情,以为风雅。"[②]同样表现出推崇《诗三百》以来的风雅传统的观点。其后,虞集《唐音序》云:"音也者,声之成文者也,可以观世矣。"论诗也以唐为宗,而推重风雅。他称赞杨士弘所选《唐音》"有风雅之遗","度越常情远哉!"[③]戴良身处元末,犹高唱雅正之音,作《皇元风雅序》,称:"唐诗主性情,故于风雅为犹近;宋诗主议论,则其去风雅远矣。"他认为元诗上承唐诗而"能得风雅之正声","一扫宋人之积弊"[④]。郝经、虞集、戴良等人,都从风雅之义、雅正之音出发,主张复古,推尊唐诗,一脉相承,构成了元代诗学批评的主音。

江西诗派唐诗观之余响,主要是指方回的唐诗观。方回是江西诗派的殿军,他评论唐诗,也是站在江西诗派的立场。其《送罗寿可诗序》着重阐述了宋诗与唐诗的承传关系,指出,宋初诗坛有"白体、昆体、晚唐体",欧阳修"一变为李太白、韩昌黎之诗",梅尧臣诗则为"唐体"中出类拔萃的作品,苏轼"踵欧阳公而起",王安石"备众体,精绝句",惟独黄庭坚"专尚少陵"。至宋末,"江西诗派"衰微,"永嘉四灵"复倡晚唐诗风。[⑤] 此文俨然是一篇宋诗发展小史。他在《瀛奎律髓》卷一晁君成《甘露寺》注中写道:

---

① 《陵川集》卷二十八。
② 同上书,卷二十四。
③ 《唐音》卷首。
④ 《九灵山房集》卷二十九。
⑤ 《桐江续集》卷三十二。

> 宋诗有数体:有九僧体,即晚唐体也;有香山体者,学白乐天;有西昆体者,祖李义山;如苏子美、梅圣俞,并出欧公之门,苏近老杜,梅过王维,而欧公直拟昌黎,东坡暗合太白。惟山谷法老杜,后山弃其旧而学焉,遂名黄、陈,号江西派,非自为一家也,老杜实初祖也。

他认为北宋诗风是在唐诗的基础上形成的,这种看法符合宋代诗歌发展的实际情况。其《送俞唯道序》一文认为:

> 大概律诗当专师老杜、黄、陈、简斋,稍宽则梅圣俞,又宽则张文潜,此皆诗之正派也。五言古,陶渊明为根柢,三谢尚不满人意,韦、柳善学陶者也。七言古,须守太白、退之、东坡规模。绝句,唐人后惟一荆公,实不易之论。①

在《唐长孺艺圃小集序》中,方回提出了"诗以格高为第一"的观点,并说:

> 予于晋,独推陶彭泽一人,格高足方嵇、阮;唐惟陈子昂、杜子美、元次山、韩退之、柳子厚、刘梦得、韦应物,宋惟欧、梅、黄、陈、苏长翁、张文潜,而又于其中以四人为格之尤高者,鲁直、无己上配渊明、子美而为四也。②

所谓"格高"是指苍劲瘦硬而且不俗的诗歌风格。他以"格高"为标准,评判唐宋诗人,认为黄庭坚、陈师道上配渊明、杜甫,是格之尤高的四大诗人。其《瀛奎律髓》卷二一曾茶山《上元日大雪》批云:"诗先看格高而意又到、语又工为上,意到语工而格不高次之,无格无意又无语下矣。"这段文字对评诗的标准作了具体说明。他称颂"盛唐律诗体浑大,格高语壮"③。认为杜甫诗集中,"成都时诗胜似关、辅时,夔州时诗胜似成都时,而湖南时诗,又胜似夔州时,一节高一节,愈老愈剥落"④,堪称"格高"的典范。其《读张功父南湖集序》又称:"诗至于老杜而集

---

① 《桐江集》卷三。
② 同上书,卷三十三。
③ 《瀛奎律髓》卷十五陈子昂《晚次乐乡县》批。
④ 同上书,卷十杜甫《春远》注。

大成",认为杜甫"不丽不工,瘦硬枯劲,一斡万钧,惟山谷、后山、简斋得此活法"①。从方回的这些见解中不难看出,他对唐代诗人最推尊杜甫,并把格高律严的杜诗定为"江西诗派"的祖师,从而确立了"江西诗派"的正统地位。

方回论诗专主江西,排斥"四灵""江湖"诗派,因此在评价晚唐诗人贾岛、姚合、许浑时,持论不免偏颇。贾岛、姚合均为"四灵"诗人重点师法的对象,许浑是"江湖"派的鼻祖。但是,由于江西诗派偷学了贾岛近体诗中炼字、炼句、变体等艺术技巧,方回便推崇贾岛而贬抑姚合、许浑。他认为贾岛诗"得老杜之瘦,而用意苦矣"②,姚合诗"专在小结裹"③,"小巧而近乎弱,不能如贾之瘦劲高古也"④;他还提出学杜诗当"自贾岛幽微入,而参以岑参之壮,王维之洁,沈佺期、宋之问之整"⑤;他斥责许浑诗"体格太卑,对偶太切",明确表示极不喜爱许浑的诗。⑥从这里可以看出方回诗论的门派意识。难怪纪昀指摘《瀛奎律髓》"以生硬为高格,以枯槁为老境,以鄙俚粗率为雅音",致有标题句眼好尚生新、党同伐异之弊。⑦

宗唐复古论者主要有戴表元、袁桷、杨维桢等人,他们于古体宗汉魏、两晋,于近体宗唐,侧重于从性情、格调的角度推尊唐诗。

戴表元是元初东南地区有影响的文章大家,他在反思宋末"四灵""江湖"派格局狭小和江西派末流刻划过甚、理学诗质实无文等弊端的基础上,提出了宗唐复古的诗学主张。其《张仲实诗序》陈述了宋末元初围绕唐诗所展开的争论,在宋末,多数人鄙视"唐声"而推崇上古诗歌和孔孟之道,学唐诗者汩没无闻,不为人所齿。到元初因科举废,"诗事渐出",诗坛便出现了"性情、理义"之争。戴氏认为:"诗自盛古至于唐,不知几变,每变愈下。而唐人者,变之稍差者也。"指出唐诗较之古诗虽有变化,但仍然以"性情"为主。他赞赏张

---

① 《桐江续集》卷八。
② 《瀛奎律髓》卷二十七贾岛《病蝉》批。
③ 同上书,卷十姚合《游春》批。
④ 同上书,卷十一姚合《闲居晚夏》批。
⑤ 同上书,卷二十三姚合《题李频新居》注。
⑥ 同上书,卷十四许浑《晚发郾江北渡寄崔韩二先辈》批。
⑦ 见《瀛奎律髓刊误序》。

仲实"强志多学","能为唐而不为唐"①,即学唐人而又不拘泥于唐人。在《陈晦父诗序》中,戴氏分析了诗与时代的关系,认为唐代以诗赋取士,"人不能诗,自无以行其名";宋代科举以策论为主,"诗事几废,人不攻诗不害为通儒"②,道出了宋诗不及唐诗的重要原因。其《洪潜甫诗序》则从诗歌传统接受的角度,指出宋代梅尧臣的"冲淡"、黄庭坚的"雄厚"、"四灵"派的"清圆",皆源自唐人而且接近唐人。他说:

> 始时汴梁诸公,言诗绝无唐风,其博赡者谓之义山,豁达者谓之乐天而已矣。宣城梅圣俞出,一变而为冲淡。冲淡之至者可唐,而天下之诗于是非圣俞不为;然及其久也,人知为圣俞而不知为唐。豫章黄鲁直出,又一变而为雄厚。雄厚之至者尤可唐,而天下之诗于是非鲁直不发;然及其久也,人又知为鲁直而不知为唐。非圣俞、鲁直之不使人为唐也,安于圣俞、鲁直而不自暇为唐也。迩来百年间,圣俞、鲁直之学皆厌。永嘉叶正则倡"四灵"之目,一变而为清圆。清圆之至者亦可唐,而凡柽中捷口之徒,皆能托于四灵,而益不暇为唐。唐且不暇为,尚安得古?③

戴表元称宋初的西昆体、香山体"绝无唐风",就是认为李商隐、白居易诗歌的风格非唐风之正者。而梅尧臣诗的"冲淡"、黄庭坚诗的"雄厚"、"永嘉四灵"诗的"清圆",与唐诗风格有相通之处,但后人却不知由此三家诗入手,上求唐风,却局促于梅、黄、"四灵"的门户,以致每况愈下。在戴氏看来,唐风之正者当是冲淡、雄浑、清圆,而非博赡、豁达;宋人学唐诗不得法,态度拘泥,执著形迹,所以最终不能达到唐诗的境界。

袁桷曾师事戴表元,其诗学思想也受戴氏的影响。袁桷对晚宋诗风也进行了批评,并发出了"理学兴而诗始废"④的感叹。他论诗时也把眼光转向了唐代,认为"诗盛于唐,终唐盛衰,其律体尤为最精,各得所长,而音节流畅,情致深浅,不越乎律吕,后之言诗者不能也";他还批评了宋人的"次韵"之作,云:"自次韵

---

① 《剡源集》卷八。
②③ 同上书,卷九。
④ 《清容居士集》卷二十一《乐侍郎诗集序》。

出,而唐风益绝。豪者俚,腆者质,情性自别,皆规规然禅人韵偈为宗,益不复有唐之遗音矣。"①

此外,袁桷推重李商隐的诗,可看作元代宗唐复古潮流中的一个支流别派。早在北宋,王安石就对李商隐的诗给予了充分的肯定,认为"唐人知学老杜而得其藩篱,惟义山一人而已"②。李商隐诗既有深情,又重法度,而且清丽脱俗,恰好折中于"江西派"和"四灵"诗人之间。袁桷论诗,既重性情,又重法度。其《跋吴子高诗》称:"诗本性情能知之矣,本于法度,知之不能详矣。"③在他看来,唐诗之高妙,就在于性情与法度的完美统一。他推崇李商隐,认为李商隐诗学杜甫而"别为一体","命意深切,用事精远,非止于浮声切响"④。《书郑潜庵李商隐诗选》强调:"诗虽小道,若商隐者未可以遽废而议也。"⑤

杨维桢论诗,以情性为主,也兼及格调。他在《赵氏诗录序》中,把诗品比作人品,人品"有面目、骨骼,有情性、神气,诗之丑好、高下亦然"。诗的面目、骨骼就是诗的格调。杨维桢认为,风雅以降,至陶、杜、二李,"其情性不野,神气不群,故其骨骼不庳,面目不鄙","此诗之品在后无尚也"⑥。可见他对既有情性又有格调的盛唐诗歌的推崇,这种观点对明代前、后七子的"格调"说有开导之功。

唐宋因革论立足于阐述唐、宋诗之间的继承与革新关系,代表人物有吴澄、刘埙、傅若金、周霆震等。

吴澄是元代南方的大儒,哲学上主要偏重于陆九渊的"心学",在自然、社会、个体三者的关系中,重视作者一己的内心体认。论诗也重视才性,主张"诗以道情性之真,自然而然之为贵"⑦。其《皮昭德诗序》简要地勾勒了自《诗经》至宋代诗体演变的过程,阐明了唐、宋诗之间的因革关系,指出唐诗有"三变":"陈子昂变颜、谢以下,上复晋、魏、汉",李、杜"因子昂而变","柳、韩因李、杜又变";又指出宋代王安石、苏轼、黄庭坚三家,"各得杜之一体",而黄诗与苏诗风

---

① 《清容居士集》卷四十九《书番阳生诗》。
② 蔡启:《蔡宽夫诗话》。郭绍虞:《宋诗话辑佚》,中华书局1980年。
③ 《清容居士集》卷四十九。
④ 同上书,卷四十八《书汤西楼诗后》。
⑤ 同上书,卷四十八。
⑥ 《东维子文集》卷七。
⑦ 《吴文正集》卷十三《陈景和诗序》。

格迥然不同。他认为产生变化和差异的原因则在于:"诗之体不一,人之才亦不一,各以其体,各以其才,各成一家言",揭示了诗歌体裁和创作主体对诗歌创作的影响。他批评当时一些人以"清圆倜傥"为尚而"极诋涪翁"①的偏见,肯定了黄诗的独特风格。在《诗府骊珠序》中,吴澄认为五言诗"至唐陈子昂而中兴,李、韦、柳因而因,杜、韩因而革"②,对陈子昂、杜甫、韩愈在唐诗变革中的作用给予充分肯定。

刘埙《隐居通议》对苏、黄与李、杜之间的承传关系也多有论述,认为"东坡诗似太白,黄(庭坚)、陈(师道)诗似少陵"(卷六),"山谷跂子美而加严"(卷十),指出黄庭坚开创的"事宁核毋疏,意宁苦毋俗,句宁拙毋弱"的瘦硬诗风,"犹佛氏之禅,医家之单方剂"(卷十)。

傅若金《诗法正论》则从"气象"入手,指出了宋诗与唐诗的差异,认为"唐人以诗为诗,宋人以文为诗。唐诗主于达情性……宋诗主于立议论",并批评了宋末诗坛出现的"刻削矜持太过""模仿掇拾""钩玄撮怪""杜撰张皇"等种种弊病。

周霆震《刘遂志诗序》对唐诗予以全面的肯定,对宋诗所取得的成绩也给予热情的赞扬,认为唐诗革除了六朝"辞游气卑而声促"的弊病,"至开元而极盛","宋世虽不及唐,然半山、东坡诸大篇苍古,慷慨激发,顿挫抑扬,直与太白、少陵相上下。后来作者,其能仿佛之邪?"③对时俗极力否定宋诗,"专务直致,傲然自列于唐人"④的浅见,也提出了尖锐的批评。

学唐创新论出现于延祐元年(1314)恢复科举之后,代表人物有刘诜、刘将孙、黄溍、杨维桢等。

刘诜论诗,对当时复古而至于拟袭的流弊持批评态度。其《与揭曼硕学士》一文认为,李白的长短句(即古风)、杜甫的律诗,固然是学诗的"正途",但如果"学而至于袭,袭而至于举世若同一声",反而令人生厌。在论述古今关系时,他指出学古的目的是"超于今",学古的方法是"变化以自为古","上不逊于古,下不溺于今"⑤,即学古而不同于古,也不同于卑陋的"今",而是广泛师承,最终自

---

①② 引文均见《吴文正集》卷十五。
③④ 《石初集》卷六。
⑤ 《桂隐文集》卷三。

成一家。

刘将孙《黄公诲诗序》有感于江西诗派独持门户之见、"四灵"派独尊晚唐的狭隘意识,主张诗文均当力求"辞达",写诗应"各随性所近,情景尽兴",不必拘守"某家其体"①。

黄溍《午溪集序》强调"诗者必发乎情","诗生于心,成于言"。他还认为后世"以诗为专门之学",或专师韦、柳,或专师温、李,"掇拾摹拟","去人情已远矣"②,表现出反对摹拟、重视创新的诗学倾向。

杨维桢《李仲虞诗序》阐明了诗人"天资""情性"的重要性,认为"宗杜者要随其人之资所得","诗得于师,固不若得于资之为优也",又说:"诗者人之情性也,人各有情性,则人有各诗也。"③他重视"天资""情性",可谓抓住了诗歌创作的关键。

总之,众多的观点构成了元代诗坛"宗唐"的风气。在这一风气中,唯一例外的是,吴莱在《乐府类编后序》一文中对唐人乐府提出了尖锐的批评,认为唐人乐府之"声"不纯正,所杂"代北番夷、风沙战伐"之声,是"古之所谓乱世怨怒、亡国之哀思者"。究其原因,吴莱是政治入手评论唐代乐府,认为唐代"国忠秉政""养成祸乱""蕃戎构难"④,兵戈未息,政治上有不太平的一面,因而乐府诗也有不纯正的一面。在举世宗唐的元代,吴莱的这种声音显得与众不同,因而让人感到难能可贵。

二、辛文房《唐才子传》

辛文房(生卒年不详),字良史,西域人。曾在朝为省郎职。能诗,元人陆友《研北杂志》称其诗当时与杨载齐名。著有《披沙诗集》(已佚)与《唐才子传》。

《唐才子传》,传记著作,十卷。所记起于唐初,终于五代之末。专传 278

---

① 《养吾斋集》卷十一。
② 陈镒:《午溪集》卷首。
③ 《东维子文集》卷七。
④ 引文见《渊颖吴先生文集》卷十二。

篇,附带叙及者 120 人,总计 398 人。其中见于新、旧《唐书》者仅 100 人,其他均为辛氏博采众书所得。据卷首自引,此书著成于元成宗大德八年(1304),正是"宗唐"之风最盛的时期。《四库全书总目》卷五十八叙此书云:

> 其体例因诗系人,故有唐名人,非卓有诗名者不录。即所载之人,亦多详其逸事及著作之传否,而于功业行谊,则只摄其梗概。盖以论文为主,不以记事为主也。

可见,此书的宗旨乃在为诗人立传、为其诗歌创作的艺术成就立评,而与《唐诗纪事》一类以诗存史的书不同。

辛文房论诗,重视诗歌与社会、时代的关系。其卷首引云:

> 诗,文而音者也。……夫诗所以动天地、感鬼神、厚人伦、移风俗也,发乎其情,止乎礼义,非苟尚辞而已。溯寻其来,《国风》《雅》《颂》开其端,《离骚》《招魂》放厥辞;苏、李之高妙,足以定律;建安之遒壮,粲尔成家;烂漫于江左,滥觞于齐、梁,皆袭祖沿流,坦然明白,铿锵愧金石,炳焕却丹青。理穷必通,因时为变。

在这里,他不仅强调了诗歌所产生的"厚人伦、移风俗"的社会教化作用,而且提出了诗歌"因时为变"的新见解。

从"因时为变"的观点出发,辛文房对唐诗的风格流变作了探讨,认为:"唐几三百年,鼎钟挟雅道,中间大体三变。"(卷首引)他论唐诗有三变,初变为沈(佺期)、宋(之问)。他说:

> 自魏建安迄江左,诗律屡变。至沈约、鲍照、庾信、徐陵,以音韵相婉附,属对精致。及佺期、之问,又加靡丽,回忌声病,约句准篇,著成格律,遂成近体。如锦绣为文,学者宗尚。……唐诗变体,始自二公。(卷一"沈佺期"条)

指出了诗歌体裁由古体向近体的演变。二变为陈子昂。他指出：

  唐兴,文章承徐、庾余风,天下祖尚。子昂始变雅正……凡所著论,世以为法。诗调尤工。(卷一"子昂"条)

陈子昂的贡献在于使诗歌风格趋于雅正之变。唐诗在发展过程中,经过诗体与诗风的两次变化,才形成了盛唐雅正之音。三变为"大历十才子"。卷四卢纶条云：

  纶与吉中孚、韩翃、耿湋、钱起、司空曙、苗发、崔峒、夏侯审、李端,联藻文林,银黄相望,且同臭味,契分俱深,时号大历十才子。唐之文体,至此一变矣。

接下来评十才子诗称,卢纶"所作特胜,不减盛时,如三河少年,风流自赏";韩翃"兴致繁富";钱起"体制新奇,理致清赡";司空曙"属调幽闲,终篇调畅";崔峒"词彩炳然,意思方雅";李端则为诗"工捷"。"大历十才子"的诗风格繁富新奇,讲究理致词彩,与盛唐雅正浑厚之风相比,显然有了新的变化。辛文房对这种变化作了相当的肯定,正如其卷首引语所称,"理穷必通,因时而变"。辛氏"三变"之说可能源于《新唐书·文艺传》。

  辛文房《唐才子传》还常常从诗人各自不同的身世际遇、性情志趣出发,评论其诗歌创作的独特风格,表现出因人而异的批评观点。如卷一王翰条云：

  (王翰)少豪荡,恃才不羁,喜纵酒。枥多名马,家蓄妓乐。翰发言立志,自比王侯,日聚英杰,纵禽击鼓为欢。……工诗,多壮丽之词。

卷七许浑条云：

  浑乐林泉,亦慷慨悲歌之士,登高怀古,已见壮心,故为格调豪丽,犹强弩初张,牙浅弦急,俱无留意耳。

卷十韦庄条云：

> 庄早尝寇乱，间关顿踬，携家来越中，弟妹散居诸郡。江西、湖南，所在曾游。举目有山河之异，故于流离漂泛，寓目缘情……一咏一觞之作，俱能感动人也。

他能知人论世，重视情实，把唐代各个诗人特殊的性格、身世、遭遇与诗歌风格联系起来，以生动的笔触进行描绘，使唐代诸多诗人的才情风貌跃然纸上，给读者留下深刻的印象。

在评析各家的艺术风格时，辛文房主要标举兴象、风骨、格力和体制四个审美范畴。如评陶翰诗"词笔双美，既多兴象，复多风骨"（卷二）；评崔颢诗"晚节忽变常体，风骨凛然"（卷一）；评韩翃诗"兴致繁富，如芙蓉出水"（卷四）；评储光羲诗"格高调逸，趣远情深，削尽常言，挟风雅之道，养浩然之气"（卷一）；评钱起诗"体制新奇，理致清赡"（卷四）。其用语均直接采自殷璠《河岳英灵集》或高仲武《中兴间气集》，明显体现了唐人的审美追求。

辛文房"因时为变"、因人而异的诗学观念，反映了当时人们对唐诗的认识。人们不再像宋人那样过分地重视诗歌的言理明道的功能和锻炼格律的功夫，而是相对地重视诗人情志的抒发，这一审美倾向显然比较接近唐诗的艺术趣味。

三、杨士弘《唐音》

杨士弘（生卒年不详），字伯谦，襄城（今属河南）人。寓居临江（今属江西）。好学能文，尤工诗。著有《览池春草集》，已佚。《新元史》有传。

杨士弘所编《唐音》，是一部唐诗总集，成书于元顺帝至正四年（1344），选录唐代179位诗人的各体诗作1341首，标以始音、正音、遗响的名目和初、盛、中、晚唐的分期，编为11卷，计始音1卷、正音6卷、遗响4卷。书前"唐音姓氏"一目，列武德至天宝末自王绩以迄张志和65家为唐初、盛唐诗，天宝末至元和自皇甫冉以迄白居易48家为中唐诗，元和至唐末自贾岛以迄吴商浩49家为晚唐诗；

李白、杜甫、韩愈三家因"世多全集",而未入录。其"始音"部分仅选王勃、杨炯、卢照邻、骆宾王四家诗93首,谓其初变六朝流靡之风而"开唐音之端",但"未能皆纯"。"正音"部分选六十九家诗885首,按体分编,五七言古、律、绝各一卷,排律与六言绝句附;每体中再以盛、中、晚等世次分上下卷,或上中下卷,大体详于初盛唐,略于大历以下,晚唐仅取许浑、杜牧、李商隐三人,并云"专取乎盛唐者,欲以见其音律之纯系乎世道之盛;附之以中唐、晚唐者,所以幸其遗风之变而仅存也"。"遗响"部分选诗363首,或为存诗不多不足以名"家"者,或为音调不纯不得列以为"正"者,旁及方外、闺秀、无名氏之诗,并加采录,"以见唐风之盛,与夫音律之正变"。每部分前面均有编者按语,各卷前也有简要介绍,不仅表明编写者的用心,也阐述各体唐诗的流变。此书实际上是把严羽的理论观点初步应用于选诗,是第一部从源流正变着眼来编录唐诗的选本,也是唐诗"选学"上第一个以盛唐为宗主的选本,它开启了明、清两代格调论诗学的先声,对后来《唐诗品汇》诸选本在观念和体例上均有重要影响。

虞集为此书作序称:"音也者,声之成文者也,可以观世矣。"[①]以音声论诗源于《左传·襄公二十九年》所载吴季札观诗的一番话。其核心是音以世变,有盛世之音,有衰世之音,诗歌即为音的具体表现,故由诗可以观世之盛衰。汉代《乐记》对诗、乐与世道的关系作了更具体的阐述,云:"凡音者,生人心者也。情动于中,故形于声,声成文谓之音。是故治世之音安以乐,其政和;乱世之音怨以怒,其政乖;亡国之音哀以思,其民困。声音之道与政通矣。"杨士弘选编《唐音》的出发点也在于从诗的音律去求世道,其自序云:

> 嗟夫!诗之为道非惟吟咏情性、流通精神而已,其所以奏之郊庙、歌之燕射,求之音律、知其世道,岂偶然也哉?

他认为诗的音律与世道之间有必然的联系,世道有盛衰,诗歌也就有正变。他自称选诗的主旨是:"审其音律之正变,而择其精粹,分为始音、正音、遗响。"

除声音外,杨士弘还重视体制,其自序选诗之缘由云:

[①] 《唐音》卷首。

> 余自幼喜读唐诗,每慨叹不得诸君子之全诗,及观诸家选本,载盛唐诗者独《河岳英灵集》,然详于五言,略于七言,至于律绝,仅存一二。《极玄》姚合所选,止五言律百篇,除王维、祖咏,亦皆中唐人诗。至如《中兴间气》《又玄》《才调》等集,虽皆唐人所选,然亦多主于晚唐矣。王介甫《百家选唐》,除高、岑、王、孟数家之外,亦皆晚唐人诗……则又驳杂简略。他如洪容斋、曾茶山、赵紫芝、周伯弼、陈德新诸选,非惟所择不精,大抵多略于盛唐而详于晚唐也。

他认为殷璠《河岳英灵集》偏重盛唐但体制不全,姚合《极玄》体制单一而且侧重中唐,高仲武《中兴间气集》、王介甫《百家选唐》等,"大抵多略于盛唐而详于晚唐",所以他在选编《唐音》时,从音律、体制出发,推宗盛唐。《唐音》中的"正音"各体,除李白、杜甫、韩愈三家以世间多有全集不录外,储光羲、王维、孟浩然、岑参、高适、崔颢、李颀、王昌龄及刘长卿、韦应物、柳宗元占了大量的篇幅,明显地体现了详盛唐而略中晚唐的选诗态度。

那么,杨士弘所说的"唐音"在风格上有哪些特点呢?他论五律、七律的创作云:

> 五言律诗贵乎沉实温丽、雅正清远,含蓄深厚,有言外之意,制作平易,无艰难之患。最不宜轻浮俗浊,则成小儿对属矣。似易而实难。又须风格峻整,音律雅浑,字字精密,乃为得体。唐初唯杜审言创造工致,盛唐老杜神妙外,唯王维、孟浩然、岑参三家造极,王之温厚、孟之清新、岑之典丽,所谓圆不加规、方不加矩也。
>
> 七言律诗务在雄浑、富丽之中有清沉微宛之态,故明白条畅而不疏浅,优游含泳而不轻浮。最忌俗浊纤巧,则失古人风调矣。盛唐唯王、岑、高、李最得正体,足为规矩。后之学者不晓音调,学雄浑者必枯硬,清沉者必软腐,而归于庸俗矣。

他在五言律诗方面,最推重杜甫的"神妙"、王维的"温厚"、孟浩然的"清新"、岑参的"典丽",认为五律"贵乎沉实温丽、雅正清远";在七言律诗方面,他最推重王维、岑参、高适、李白,标榜"雄浑、富丽之中有清沉微宛之态"。可见,他所推崇的"唐音"在风格上主要偏于温厚雅正、雄浑富丽这两种审美范式。这种诗学观点在明初高棅《唐诗品汇》中得到继承和发扬。

第二节　元人对诗法的探讨

　　唐宋以来,关于诗学的著作主要有两大类:一类是诗格,一类是诗话。诗格盛行于唐代,其范围包括以"诗格""诗式""诗法"等命名的著作。诗话创始于北宋欧阳修《六一诗话》,是新型的谈诗专著形式,其内容不仅论诗及事,而且论诗及辞,常常是事中见辞,辞中见事;其形式宽松、自由、活泼、生动,宛如随笔。到元代,复归于唐。元代的诗学著作大多以探讨诗格、诗法为中心。

　　诗格在形式上经常由若干小标题构成,这些小标题往往是以一个数词加上一个名词或动词而构成的词组,如"十七势""十四例""四得""五忌"之类。从内容上看,不同时代又有各自的侧重点。一般说来,初、盛唐的诗格,大多是讨论诗的声韵、病犯、对偶及体势;晚唐至宋初的诗格,则以"物象"和"体势"为论述的中心;宋以后的诗格,大致是以"格""法"为主要内容。[①] 元人推尊唐诗,因而对"格""法"尤为重视。特别是延祐复科之后,随着对文章之法的重视,讲论诗法之风更盛,于是出现了许多关于诗格、诗法之类的著作。如杨载的《诗法家数》《诗学正源》,范梈的《木天禁语》《诗学禁脔》《诗格》,揭傒斯的《诗法正宗》《诗宗正法眼藏》,傅若金的《诗法正论》《诗文正法》等。这些诗学著作编纂的目的在于将前人创作的格式、方法加以总结,以便于后人学诗。

一、杨载《诗法家数》

　　杨载(1271—1323),字仲弘,浦城(今属福建)人,后迁至杭州。博涉群书,年四十不仕,以布衣荐授翰林国史院编选官。延祐二年(1315),登进士第,任饶

---

① 参考张伯伟:《古代文论中的诗格论》,《文艺理论研究》,1994年第4期。

州路同知浮梁州事,卒于宁国路总管府推官。杨载工诗文,《元史》卷一百九十称:"载之文名,隐然动京师,凡所撰述,人多传诵之。其文章以气为主,博而敏,直而不肆。……与虞集、范梈、揭傒斯并称为元诗四大家,虞集誉其诗如百战健儿。"《四库全书总目》卷一百六十七称:"自其诗出,一洗宋季之陋","风规雅赡,雍雍有元祐之遗音"。著有《仲弘集》。

杨载在诗学方面用功颇深,自称:"余于诗之一事,用功凡二十余年,乃能会诸法而得其一二。"①其诗学主张,均见于《诗法家数》一书。《四库全书总目》卷一百九十七认为此书"论多庸肤,例尤猥杂",疑是"坊贾依托"。但《元史》卷一百九十称杨载"于诗尤有法。尝语学者曰:诗当取材于汉魏,而音节则以唐为宗"。这一记载与《诗法家数》所云:"今之学者倘有志乎诗,须先将汉魏盛唐诸诗,日夕沉潜讽咏,熟其词,究其旨。"意思非常接近。足见此书虽有微疵,但不能据此而认定非杨载所作。

《诗法家数》一书,专论诗的作法,兼及格调之说。所论内容主要有以下三个方面:

(一)诗的作法。杨载提出:

> 大抵诗之作法有八,曰起句要高远,曰结句要不著迹,曰承句要稳健,曰下字要有金石声,曰上下相生,曰首尾相应,曰转折要不着力,曰占地步。盖首两句先须阔占地步,然后六句若有本之泉,源源而来矣。地步一狭,譬犹无根之潦,可立而竭也。

这里强调了起句、结句、承句、转折句等在写法上的要领,尤其重视首两句,认为首两句是后六句的源头,须起到笼罩全篇的作用。在论述章法上的起、承、转、合时,杨载还依破题、颔联、颈联、结句立说。他说:

> 破题:或对景兴起,或比起,或引事起,或就题起,要突兀高远,如狂风卷浪,势欲滔天。颔联:或写意,或写景,或书事、用事引证,此联要接破题,要

---

① 《诗法家数》,何文焕辑:《历代诗话》,第726页。以下引文,均据此本。

如骊龙之珠,抱而不脱。颈联:或写意、写景、书事、用事引证,与前联之意相应相避,要变化,如疾雷破山,观者惊愕。结句:或就题结,或开一步,或缴前联之意,或用事,或放一句作散场,如剡溪之棹,自去自回,言有尽而意无穷。

又说:

诗要首尾相应,多见人中间一联尽有奇特,全篇凑合,如出二手,便不成家数。此一句一字,必须着意联合也,大概要沉着痛快,优游不迫而已。

杨载论诗的作法,除重视章法外,还重视炼字。其言曰:

诗要炼字。字者,眼也。如老杜诗"飞星过水白,落月动檐虚",炼中间一字。"地坼江帆隐,天清木叶闻",炼末后一字。"红入桃花嫩,青归柳叶新",炼第二字;非炼归、入字,则是儿童诗。又曰"暝色赴春愁",又曰"无因觉往来",非炼赴、觉字,便是俗诗。

又曰:

诗句中有字眼,两眼者妙,三眼者非,且二联用连绵字不可,一般中腰虚活字亦须回避。五言字眼多在第三或第二字,或第四字,或第五字。

字眼在第三字者,如:

> 鼓角悲荒塞,星河落晓山。
> 江莲摇白羽,天棘蔓青丝。
> 竹光团野色,舍影漾江流。

字眼在第二字者,如:

> 屏开金孔雀,褥隐绣芙蓉。
> 碧知湖外草,红见海东云。
> 坐对贤人酒,门听长者车。

字眼在第五字者,如:

> 两行秦树直,万点蜀山尖。
> 香雾云鬟湿,清辉玉臂寒。
> 市桥官柳细,江路野梅香。

字眼在第二、五字者,如:

> 地坼江帆隐,天清木叶闻。
> 野润烟光薄,沙暄日色迟。
> 楚设关河险,吴吞水府宽。

(二)诗的体制。从体裁的角度看,有律诗、古诗、绝句。杨载论律诗的要法时指出:

> 七言:声响、雄浑、铿锵、伟健、高远。五言:沉静、深远、细嫩。五言七言,句语虽殊,法律则一。起句尤难,起句先须阔占地步,要高远,不可苟且。中间两联,句法或四字截,或两字截,须要血脉贯通,音韵相应,对偶相停,上下匀称。有两句共一意者,有各意者。若上联已共意,则下联须各意;前联既咏状,后联须说人事。两联最忌同律。颈联转意要变化,须多下实字。字实则自然响亮而句法健。其尾联要能开一步,别运生意结之,然亦有合起意者,亦妙。

论古诗要法时说:

> 凡作古诗，体格、句法俱要苍古。且先立大意，铺叙既定，然后下笔，则文脉贯通，意无断续，整然可观。五言古诗，或兴起，或比起，或赋起。须要寓意深远，托词温厚，反复优游，雍容不迫。或感古怀今，或怀人伤己，或潇洒闲适。写景要雅淡，推人心之至情，写感慨之微意，悲欢含蓄而不伤，美刺婉曲而不露，要有三百篇之遗意方是。观汉魏古诗，蔼然有感动人处，如《古诗十九首》，皆当熟读玩味，自见其趣。七言古诗，要铺叙，要有开合，有风度，要迢递险怪，雄俊铿锵，忌庸俗软腐。须是波澜开合，如江海之波，一波未平，一波复起；又如兵家之阵，方以为正，又复为奇，方以为奇，忽复是正。出入变化，不可纪极。备此法者，惟李、杜也。

论绝句，则曰：

> 绝句之法，要婉曲回环，删芜就简，句绝而意不绝，多以第三句为主，而第四句发之。有实接，有虚接，承接之间，开与合相关，反与正相依，顺与逆相应，一呼一吸，宫商自谐。大抵起承二句固难，然不过平直叙起为佳，从容承之为是。至如宛转变化工夫，全在第三句，若于此转变得好，则第四句如顺流之舟矣。

杨载所论都非常精到，为初学者提供门径。

此外，杨载还依题材之异，分述荣遇、讽谏、登临、征行、赠别、咏物、赞美、赓和、哭挽等诗的作法，其见解也有可取之处。

（三）诗的体格、忌戒。杨载认为：

> 诗之为体有六：曰雄浑，曰悲壮，曰平淡，曰苍古，曰沉着痛快，曰优游不迫。诗之忌有四：曰俗意，曰俗字，曰俗语，曰俗韵。诗之戒有十：曰不可硬碍人口，曰陈烂不新，曰差错不贯串，曰直置不宛转，曰妄诞事不实，曰绮靡不典重，曰蹈袭不识使，曰秽浊不清新，曰砌合不纯粹，曰徘徊而劣弱。诗之为难有十：曰造理，曰精神，曰高古，曰风流，曰典丽，曰质干，曰体裁，曰劲健，曰耿介，曰凄切。

杨氏所谓诗之"体",即刘勰《文心雕龙》中的体性,也就是今人所说的风格。

杨氏所论诗之体有六、诗之忌有四、诗之戒有十、诗之为难有十诸事,自唐释皎然《诗式》以降,各家诗话标举诗法,大多如此,而杨载《诗法家数》一书,受严羽《沧浪诗话》的影响最多。如《沧浪诗话·诗辨》云:"诗之品有九:曰高,曰古,曰深,曰远,曰长,曰雄浑,曰飘逸,曰悲壮,曰凄婉。其用工有三:曰起结,曰句法,曰字眼。其大概有二:曰优游不迫,曰沉着痛快。诗之极致有一,曰入神。诗而入神,至矣,尽矣,蔑以加矣。"《沧浪诗话·诗法》云:"学诗先除五俗:一曰俗体,二曰俗意,三曰俗句,四曰俗字,五曰俗韵。"严羽的这些见解,均被杨载所继承。至于诗之戒有十,诗之为难有十,则出自魏庆之《诗人玉屑》卷五"十戒""十难"。《诗人玉屑》卷五"十戒"条云:"一戒乎生硬,二戒乎烂熟,三戒乎差错,四戒乎直置,五戒乎妄诞,六戒乎绮靡,七戒乎蹈袭,八戒乎浊秽,九戒乎砌合,十戒乎俳谐。""十难"条云:"一曰识理难,二曰精神难,三曰高古难,四曰风流难,五曰典丽难,六曰质干难,七曰体裁难,八曰劲健难,九曰耿介难,十曰凄切难。"此外,也有承袭《白石道人诗说》中的观点,如杨载云:"凡作诗,气象欲其浑厚,体面欲其宏阔,血脉欲其贯串,风度欲其飘逸,音韵欲其铿锵。若雕刻伤气,敷衍露骨,此涵养之未至也,当益以学。"又云:"诗要苦思,诗之不工,只是不精思耳。不思而作,虽多亦奚以为?"又云:"语贵含蓄,言有尽而意无穷者,天下之至言也。如清庙之瑟,一倡三叹,而有遗音者也。"这几则诗话,均见于姜夔《白石道人诗说》。大概杨载《诗法家数》专为初学者讲明诗法,所以多荟萃前贤众说。

二、范梈《木天禁语》《诗学禁脔》

范梈(1272—1330),字亨父,一字德机,人称文白先生,清江(今属江西)人。家贫早孤,母熊氏守志教之,刻苦为文章。年三十六,辞家北游,卖卜京城。中丞董士选延之家塾,荐为左卫教授,迁为翰林院编修官。秩满,迁江西湖东长史,选充翰林供奉御史台,又改擢福建闽海道知事。天历二年(1329),授湖南岭北道廉访司经历,以养亲辞。是岁母丧,明年十月,亦以疾卒。范梈为人清正,《元史》卷一百八十一称:"梈持身廉正,居官不可干以私,疏食饮水,泊如也。吴澄以道学自任,少许可,尝曰:'若亨父,可谓特立独行之士矣。'"

范梈工诗文,用力精深,为元代四大诗家之一。其诗格调高逸,正与其立身行事相合。清顾嗣立编《元诗选》小序云:"为文雄健,追慕先汉古诗,尤好为歌行,工近体,蔼然见忠臣孝子之情焉。"范梈之诗,虞集评之曰"如唐临晋帖",揭傒斯则改评之曰"如秋空行云"。揭氏《范德机诗集序》云:

> 伯生尝评之曰:杨仲弘诗如百战健儿,范德机诗如唐临晋帖,以予为三日新妇,而自比汉庭老吏也。予独谓……范德机诗如秋空行云,晴雷卷雨,纵横变化,出入无朕;又如空山道者,辟谷学仙,瘦骨崚嶒,神气自若;又如豪鹰掠野,独鹤叫群,四顾无人,一碧万里,差可仿佛尔。①

揭傒斯所评,虽有溢美之词,但他认为范梈诗峻峭劲健,机杼自运,不像虞集所谓"如唐临晋帖",徒事模拟,这一评价是恰切可取的。

范梈所著诗文,有《范德机诗集》七卷,另有《木天禁语》《诗学禁脔》《诗格》各一卷。《四库全书总目》卷一百九十七认为,《木天禁语》之体例"丛脞冗杂",与杨载的《诗法家数》同出伪撰;又认为《诗学禁脔》"浅陋尤甚","必非真本"。至于《诗格》一书,则见诸清顾龙振编《诗学指南》卷七,体例大多与《诗学禁脔》雷同。只是《诗学禁脔》分为十五种诗格,《诗格》却作二十一格。

《木天禁语》一卷,此书开卷标有"内篇"二字,但不见他篇,疑原本另有中篇、外篇二卷,今皆亡佚,故今存《历代诗话》本作一卷,而清黄虞稷《千顷堂书目》(卷三十一)及倪灿、卢文弨、钱大昕诸氏所补《元代艺文志》,皆作三卷。范梈的诗论,大体见于此书。他说:

> 诗之说尚矣。古今论著,类多言病而不处方,是以沉痼少有瘳日,雅道无复彰时。兹集开元、大历以来,诸公平昔在翰苑所论秘旨,述为一编,以俟后之君子,为好学有志者之告。所谓天地间之宝物,当为天地间惜之。切虑久而泯没,特笔之于楮,以与天地间乐育者共之。授非其人,适足招议,故又

---

① 《揭文安公全集》卷八。

当慎之。得是说者,犹寐而寤,犹醉而醒。外则用之以观古人之作,万不漏一;内则用之以运自己之机,闻一悟十。若夫动天地,感鬼神,神而明之,则又存乎其人也。是编犹古今本草,所载无非有益寿命之品。服食者莫自生狐疑,堕落外道。噫!草木之向阳生而性暖者解寒,背阴生而性冷者解热。此通确之论,至当之理。或专执己见,而不知信,则曰:"神农氏误后世人多矣。"岂不为大诬也哉!

由范氏此段文字,可知此书的内容,在于综理盛唐以来大诗家论诗秘旨,给后学提供学诗的方法。

范梈论作诗之法,有"六关"之说。"六关"指篇法、句法、字法、气象、家数、音节。前三者为具体的谋篇锻炼之法,后三者涉及诗歌创作的原理。

(一)篇法。范梈论篇法,云:"有以字论者,有以意论者,有以故事论者,有以血脉论者。"下分七言律诗、五言长古、七言长古、五言短古、乐府、绝句诸体,分述各体的篇法。如论五言长古篇法,曰:

> 先分为几段几节,每节句数多少,要略均齐。首段是序子,序了一篇之意,皆含在中。结段要照起段。《选诗》分段,节数甚均,或二句,或三句、四句、六句、八句,皆不参差。杜却不甚如此太拘,然亦不太长不太短也。次要过句,过句名为血脉,引过次段。过处用两句,一结上,一生下,为最难,非老手未易了也。回照谓十步一回头,要照题目,五步一消息,要闲语赞叹,方不甚迫促。长篇怕乱杂,一意为一段。以上四法,备《北征》诗,举一隅之道也。

这里论五言长古篇法,应注意分段、过脉、回照、赞叹四法。范梈论五言短古篇法,则曰:

> 辞简意味长,言语不可明白说尽,含糊则有余味,如:"步出城东门,怅望江南路。前日风雪中,故人从此去。""床前明月光,疑是地上霜。举头望明月,低头思故乡。""开帘见新月,便即下阶拜。细语人不闻,北风吹裙带。"

（二）句法。范梈论句法，有问答法，如"谁其获者妇与姑。何日东归花发时"；有当对法，如"白狐跳梁黄狐立。妇女行泣夫走藏"；有上三下四法，如"凤凰乐奏钧天曲。乌鹊桥通织女河"；有上四下三法，如"金马朝回门似水。碧鸡天远路如年"；有上应下呼法，如"素练抹林云气薄，明珠穿草露华新"；有上呼下应法，如"林花著雨胭脂湿，水荇牵风翠带长"；有行云流水法，如"春日莺啼修竹里，仙家犬吠白云间"；有颠倒错乱法，如"香稻琢余鹦鹉粒，碧梧栖老凤凰枝"；有言倒理顺法，如"海岸夜深常见日，寒岩四月始知春"；有议论语法，如"郑县亭子涧之滨。一去三年竟不归"；有两句成一句法，如"屡将心上事，相与梦中论。萧萧千里马，个个五花文"。由上述例句可知，范梈论句法，把句式、句类混而为一，五言律、七言律的句式不同，范梈都没有一一论到。从表现技巧的句类而言，议论语之外，还有抒情语、记事语等。范梈的观点似详实略，并不完备。

（三）字法。范梈论字法，只举用字琢对之法，他说："有用字琢对之法，先须作三字对或四字对起，然后装排成全句。不可琢句思量，却似对偶，不成作手也。或二字对起亦可，路头差处在此。捕风捉影，如何成诗？至谨至谨。"范梈所谓用字琢对法，如"白虎观"对"碧鸡坊"，"金仆姑"对"玉具櫑"，"高鼻胡人"对"平头奴子"，"眉语"对"目成"，"从长"对"护短"之类。

（四）气象。范梈云：

翰苑、辇毂、山林、出世、偈颂、神仙、儒先（石屏之类宋贤也）、江湖、闾阎、末学（末学者，道听途说，得一二字面便杂据用去，不成一家，又在江湖、闾阎之下），已上气象，各随人之资禀高下而发。学者以变化气质，须仗师友所习所读，以开导佐助，然后能脱去俗近，以游高明。谨之慎之。又诗之气象，犹字画然，长短肥瘦，清浊雅俗，皆在人性中流出。得八法便成妙染而洗吾旧态也。此赵松雪翁与中峰和尚述者，道艮之语也。漫录于此耳。

这里强调诗的气象，各随人的气质禀性而发。范梈进一步引储咏的话说：

性情褊隘者,其词躁;宽裕者,其词平;端靖者,其词雅;疏旷者,其词逸;雄伟者,其词壮;蕴藉者,其词婉。涵养情性,发于气,形于言,此诗之本源也。

(五)家数。范梈所列举的家数,自三百篇以下,有《离骚》《选诗》、太白、韩杜、陶韦、孟郊、王维、李商隐等。他说:

三百篇思无邪,学者不察,失于意见;《离骚》激烈愤怨,学者不察,失于哀伤;《选诗》婉曲委顺,学者不察,失于柔弱;太白雄豪空旷,学者不察,失于狂诞;韩杜沉雄厚壮,学者不察,失于粗硬;陶韦含蓄优游,学者不察,失于迂阔;孟郊奇险斩截,学者不察,失于怪短;王维典丽靓深,学者不察,失于容冶;李商隐微密闲艳,学者不察,失于细碎。

所评十分恰当。

(六)音节。范梈论音节,主张宜用中原之韵。大概中原属天地之中,得气之正,声音散布,各能相入,四方可以通行,不像东夷、西戎、南蛮、北狄四方偏气之语,不相通晓,互相憎恶。范梈又说:"押韵不可用哑韵,如五支、二十四盐,哑韵也。"强调诗篇须注意选韵。

范梈另有《诗学禁脔》一卷,专叙律诗立意布局的格式,列举十五种诗格,即颂中有讽格、美中有刺格、先问后答格、感今怀古格、一句造意格、两句立意格、物外寄意格、雅意咏物格、一字贯篇格、起联应照格、一意格、雄伟不常格、想象高唐格、抚景寓叹格、事叙己情格。每格各举一诗加以说明,所举皆为唐诗,其宗唐的倾向十分明显。

三、揭傒斯《诗法正宗》《诗宗正法眼藏》

揭傒斯(1274—1344),字曼硕,龙兴富州(今江西丰城)人。幼时家贫而读书刻苦,大德年间出游湘汉。延祐初年,荐授翰林国史院编修官,迁应奉翰林文字,前后三入翰林。至正初年,诏修宋、辽、金三史,任为总裁官。病卒,谥文安。

揭傒斯诗文俱佳,与虞集、范梈、杨载等齐名。为文叙事严整,语言简当;为诗清丽婉转,别具风韵。著有《秋宜集》《傒斯集》,均佚。今存《揭文安公全集》十四卷及《诗法正宗》《诗宗正法眼藏》。事见《元史》卷一百八十一。

揭傒斯论诗,极重诗法,其《诗法正宗》开宗明义说:

> 学问有渊源,文章有法度,文有文法,诗有诗法,字有字法,凡世间一能一艺无不有法。得之则成,失之则否,信手拈来,出意妄作,本无根源,未经师匠,名曰杜撰。正如有修无证,纵是一闻千悟,尽属天魔外道。

《诗法正宗》所言学诗之法有五:

(一)涵养性情。揭傒斯论诗,以性情为主,他说:"诗者,人之情性,途歌里咏,皆有可采。"认为诗三百五篇,皆得性情之正,"发乎情,止乎礼义",所以他强调学诗之法,先要涵养性情,使与古人同。其言曰:

> 诗本吟咏,本乎情性,古人各有风致。学诗者必先调变性灵,砥砺风义,必优游敦厚,必风流酝藉,必人品清高,必神情简逸,则出辞吐气,自然与古人相似。《文中子》谓:"文人之行可见。谢灵运小人哉,其文傲;沈休文小人哉,其文冶;鲍照、江淹,古人狷者也,其文急以怨。吴筠、孔珪,古之狂者也,其文怪以怒。谢庄、王融,古之纤人也,其文碎。徐陵、庾信,古之夸人也,其文诞。刘文绰兄弟,鄙人也,其文淫。湘东王兄弟,贪人也,其文繁。谢朓,浅人也,其文捷。江总,诡人也,其文虚。"此非但作文之病,亦作诗之害。若做得好人,必做得好诗也。

(二)积学储材。揭傒斯曰:

> 王荆公谓杜少陵"读书破万卷,下笔如有神",是他自言入神处。韩文公称卢殷于书无所不读,然止用以资为诗。山谷谓:"不读书万卷,不行地千里,不可看杜诗。杜诗无一字无来处。"东坡谓孟浩然如内法酒手,而乏材料。盖有才无学,如有良将而无精兵,有巧匠而无利器。虽才高如孟浩

然,犹不能免饥,况他人乎!今人空疏窘材料者,只是读少、记少、讲明少故也。如晋王恭少学,虽善谈论,未免重出,以至对偶偏枯,意气馁薄,皆无以为之资耳。

这是强调欲学诗,必须多读书。

(三)讲求诗体。揭傒斯论诗的流变,云:

三百篇末流为楚辞,为乐府,为《古诗十九首》,为苏李五言,为建安、黄初,此诗之祖也。《文选》刘琨、阮籍、潘、陆、左、郭、鲍、谢诸诗,渊明全集,此诗之宗也。齐、梁《玉台》,体制卑弱。然杜甫于阴、何、徐、庾,称之不置,但不可学其委靡。唐陈子昂《感遇》诸篇,出人意表。李太白《古风》,韦苏州、王摩诘、柳子厚、储光羲等古诗,皆平淡萧散,近体亦无拘挛之态,嘲哳之音,此诗之嫡派也。杜少陵古、律各集大成,渐趋浩荡,正如颜鲁公书一出而书法尽废。盖其浑然天成,略无斧凿,乃诗家运斤成风手是也。是以独步千古,莫能继之。其他唐人宋贤奇作大集,固当遍参博采,难以遍学。韩诗太豪难学,白乐天太易不必学,晚唐体太短浅不足学,东坡诗太波澜不可学。若宛陵之淡、山谷之奇、荆公之工、后山之苦,简斋以李杜之才,兼陶柳之体,最为后来一大宗。若近世江湖等作,非特不足观,须是将凤生所记一联半句,一洗而空,使吾胸中无非古人之语言意思,则下笔不期于高远而自高远矣。

这段诗论,叙述诗体的流变,及各家诗体的风格,极为详尽。大概他论诗体,讲求家数,上溯古诗、三百篇,而以杜甫为宗,这本是元人论诗的常轨。他对江湖诗,颇多微词,是想洗刷宋末格卑气弱之病,而以唐人为法。

(四)诗贵有味。揭傒斯曰:

人之饮食为有滋味,若无滋味之物,谁复饮食之为?古人尽精力于此,要见语少意多,句穷篇尽,目中恍然,别有一境界意思,而其妙者,意外生意,境外见境,风味之美,悠然辛甘酸咸之表,使千载隽永,常在颊舌。今人作诗,收拾好语,裒积故实,秤亭对偶,迁就声韵,此于诗道有何干涉?大抵句缚于律而无奇语,语周于意而无余,语句之间,救过不暇,均为无味。

唐司空图教人学诗须识味外味,故云:"不着一字,尽得风流。"宋严羽《沧浪诗话》亦曰:"盛唐诸人,惟在兴趣,羚羊挂角,无迹可求,故其妙处,透彻玲珑,不可凑泊,如空中之音,相中之色,水中之月,镜中之象,言有尽而意无穷。"揭傒斯所说的诗味,也在于"意外生意,境外生境"。其道理是一致的,都强调意在言外,有不尽之意。

(五)诗要妙境。揭傒斯所说的"诗妙",是指诗贵变化超脱。故曰:

> 刘宾客谓诗者,人之神明,谓当神而明之,大而化之,如林间月影,见影不见月;如水中盐味,知味不知盐;如画不观形似,而观萧散淡泊之意;如字不为隶楷,而求风流萧散之趣。超脱如禅,飘逸如仙,神变如龙虎。抵掌笑谈如优孟,诙谐滑稽如东方朔,则极玄造妙矣。

宋姜夔《白石道人诗说》云:

> 诗有四种高妙:一曰理高妙,二曰意高妙,三曰想高妙,四曰自然高妙。碍而实通,曰理高妙。出自意外,曰意高妙。写出幽微,如清潭见底,曰想高妙。非奇、非怪、剥落文采,知其妙而不知其所以妙,曰自然高妙。

揭傒斯所说的妙境,是指自然高妙,为最上一层的高妙,浑然不觉,变化无端。

揭傒斯论诗,以唐人为宗,而唐代诸名家,又以杜甫为宗。其《诗宗正法眼藏》云:"欲学诗,且须宗唐诸名家。诸名家又当以杜为正宗。""且如看杜诗,自有正法眼藏,毋为傍门邪论所惑。今于杜集中取其铺叙正、波澜阔、用意深、琢句雅、使事当、下字切五、七言律十五首,学者不可草草看过。"他把杜集中"铺叙正、波澜阔、用意深、琢句雅、使事当、下字切"的五、七言律诗十五首,作为学诗的正法眼藏。

四、傅若金《诗法正论》

傅若金(1304—1343),字与砺,一字汝砺,新喻(今江西新余)人。曾官广州文学讲士。有《傅与砺诗文集》《诗法正论》。

傅若金在《诗法正论》中,主要论述了诗体与诗法两个方面。他论诗体时说:

> 诗有六义,风、雅、颂为之经,赋、比、兴为之纬。风、雅、颂各有体,作诗者必先定是体于胸中而后作焉。风之体如后世歌谣,采之民间而被之声乐者也。其言主于达事情、通讽谕。"二南"为风之始,纯乎美者也,故谓之正风。诸国之风兼美刺,故谓之变风……雅之体如后世之五七言古诗,作于公卿大夫,而用之朝会燕飨者也。其言主于述先德、通下情。事有大小,故有大雅焉,小雅焉。成康以上之诗专于美,故谓之正雅;成康以后之诗兼美刺,故谓之变雅。变风变雅皆因正风正雅而附见焉。

他以风、雅、颂为诗体之源,并指出风、雅中"纯乎美者"为正风,"专于美"者为正雅,"兼美刺"者则为变风、变雅。他还认为:"诗有体、有义、有声,以体为主,以义为用,以声合体。"可见,傅若金所说的"诗体",包括体裁、题材、风格等。

在诗体与时代的关系上,傅若金提出了诗随时代盛衰的变化而变化的正确主张,认为刘禹锡的"八音与政交通,文章与时高下"的观点是深刻可信的。他说,魏晋以来,世运衰落,"而诗亦随之,故载于《文选》者,词浮靡而气卑弱";唐代"海宇一而文运兴",于是诗歌创作繁荣,涌现出李白、杜甫那样的大诗人。

另外,傅若金还注意到了诗体与才性的关系,指出:"诗源于德性,发于才性,心声不同,有如其面。故法度可学,而神意不可学。"不同的诗人具有不同的才情德性,所写的诗歌表现出各自不同的精神意趣,所以,"太白有太白之诗,子美有子美之诗,昌黎有昌黎之诗",其创作个性是不会重复的。其他诗人如陈子昂、李长吉、白乐天、杜牧之、刘禹锡、王维、高适、岑参等,"亦皆各自为体,不可强而同也"。

傅若金对诗歌章法中的起、承、转、合也有详细论述。他说：

> 或又问作诗下手处，先生曰：作诗成法有起、承、转、合四字。以绝句言之，第一句是起，第二句是承，第三句是转，第四句是合。律诗第一联是起，第二联是承，第三联是转，第四联是合。或一题而作两诗，则两诗通为起承转合。如子美诗中《八月十五夜月》二首。"满目飞明镜"以下四句说客中对月，是起；"水路疑霜雪"以下四句形容月明，是承；"稍下巫山峡"以下四句言月出没晦明之地，就含结句之意，是转；"刁斗皆催晓"以下四句言兵乱对月之感，是合。如作三首以上，及作古诗、长律，亦以此法求之。……大抵起处要平直，承处要从容，转处要变化，合处要渊永。起处戒陡顿，承处戒促迫，转处戒落魄，合处戒断送。起处若必突兀，则承处则不必优柔。转处必至窘束，合处必至匮竭矣。

他认为，在绝句、律诗、古诗、长律等不同体裁的诗中，起、承、转、合之法的总体原则是："起处要平直，承处要从容，转处要变化，合处要渊永。"他还指出："长篇长律，则转处或有再转、三转方合者，或作三四十韵以上，则先须布置，语意不可错陈。长篇则当先得起句，绝句则当先得后两句，律句则当先得中四句。律句固以对偶为工，然得意处则意对而语不对亦可。长篇古体，则参差中出整齐语，尤见笔力，最戒似对不对。"对长篇长律的"转"法和句法作了重点阐述。

他一方面详细介绍了诗歌的篇章布局方法，另一方面又强调作者在广泛师承的基础上发挥创造才能。他说：

> 至若升降开合，出没变化之妙，又在自得，非教者所能与也。法度既立，须熟读三百篇，而变化以李、杜，然后旁及诸家，而诗学成矣。

傅若金论诗体、诗法，虽以风、雅、颂和赋、比、兴并称，但于前者重视风，于后者重视比、兴。他说："或兴而兼比尤妙"，又说："盖唐人以诗为诗，宋人以文为诗。唐诗主于达情性，故于三百篇为近；宋诗主于立议论，故于三百篇为远。达情性者，国风之余；立议论者，雅颂之变，固未易以优劣也。"虽说未易优劣，但他说唐诗"达情性","于三百篇为近",是"国风之余",宋诗"立议论","于三百篇为远",属"雅颂之变",言辞之间,不仅表现出尊唐抑宋的倾向,而且流露出对《国风》的推重。他还说:"又以一诗全首论之,须要有赋有比有兴,或兴而兼比尤妙。三百篇多以比兴重复,置之章首,唐律多以比兴作景联,古诗则比兴或在起处,或在转处,或在合处。"他推崇《国风》,强调比兴,抓住了中国诗歌的抒情特性和含蓄之美。

结 束 语

在本书的上、下编中,笔者以历史时序为经,以大量的诗论、文论为纬,对金、元两代的诗学理论进行了全面而系统的探讨。总括起来看,金元两代的诗学批评家们所讨论的问题有诗的传统、本体、功用、体裁、风格、创作、欣赏、宗派等。

在对诗歌传统的接受方面,金代赵秉文力倡《诗经》以来的风雅传统,对唐代李白、杜甫、王维、白居易、韩愈、李贺、孟郊、贾岛等众多的诗人都予以肯定。李纯甫却只推崇李贺的奇怪诗风。王若虚特别推尊白居易,褒扬苏轼而贬抑黄庭坚。刘祁《归潜志》对唐代李白、李贺深致仰慕之意,而无一语涉及王维、韦应物一派。元好问以《诗三百》为风雅"正体"之源,高扬汉魏、晋、唐的风雅传统,尤其推举曹(植)刘(桢)之慷慨、阮籍之沉郁、陶潜之真淳、《敕勒歌》之豪放浑朴四种诗风。元代方回最推崇唐代杜甫和宋代的黄庭坚、陈师道、陈与义,并称他们为江西诗派的"一祖三宗"。杨公远推尊孟郊、贾岛清虚、雅淡的诗风。戴表元、袁桷高扬"崇唐复古",主张近体宗唐、古体宗汉魏。刘埙既肯定杜甫、黄庭坚诗的格律锻炼之工,又推崇陶渊明、柳宗元诗的平易畅达的情韵。吴莱特别推重古乐府,主张学习古乐府的雅正之声以造作新辞。傅若金推崇三代之情性,风雅之正声。辛文房《唐才子传》、杨士弘《唐音》集中地表现了元人对唐诗的理解与接受。于此可见,金、元两代对诗歌传统的接受,一方面呈现出多元化态势,另一方面又有各自的主流,即金代以"扬苏贬黄"为主导倾向,元代以"宗唐抑宋"为主要潮流,而对《诗经》以来风雅传统的推重,则是贯穿金、元两代的一条主线。

关于诗歌本体的论述,金、元两代诗论家的观点都未超出《诗大序》的范围,认为诗的本体是心、诚、情、志、情性或性情。如李纯甫《西岩集序》认为诗是"心声"的率真流露,袁桷《题闵思齐诗卷》等文中指出"言为心声"。元好问《杨叔能小亨集引》中强调"以诚为本","诚"包括"真"与"正"两个层面,指创作主体发自内心的纯正高尚的真情实感。刘祁《归潜志》认为诗"本发乎喜怒哀乐之情"。黄溍《题山房集》云:"诗生于心,成于言。"《午溪集序》强调诗"本于人情"。《云蓬集序》主张诗"有托以见其志"。赵文《郭氏诗话序》认为:"人有情性,则人人有诗。"吴澄《陈景和诗序》云:"诗以道情性之真。"《萧养蒙诗序》又云:"发乎情,止乎礼。"刘将孙《本此诗序》指出:"诗本出于情性。"杨维桢《李仲虞诗序》云:"诗者,人之情性也。人各有情性,则人有各诗也。"王礼《吴伯渊吟稿序》说:诗"本乎性情,寓乎景物,其妙在于有所感发。"其《魏松壑吟稿集序》强调:"故诗无情性,不得名诗。"罗大巳《静思集序》中提出"中人之性情"(即一般人的性情)也能发而为诗。这些见解,尽管用词不尽相同,但都抓住了诗的本体是人的主观情志这一核心问题。

关于诗歌的功用,金、元诗学家们受《诗大序》和宋代理学的影响,重视诗歌的社会功能和教化作用。如元好问《杨叔能小亨集引》认为,以"诚"为本的诗可以"厚人伦,美教化","动天地,感鬼神"。胡炳文《明复斋记》等文中主张,诗应有利于使人树立"修身、齐家、治国、平天下"的远大理想,应成为"君、父、师"手中的教化工具。郝经在《一王雅序》中表明,选诗的目的是"述王道",以求有补于世事。戴表元《张仲实文编序》指出,诗当"缘于人情时务",诗与文具有同等的功用和地位。程钜夫《王楚山诗序》中强调,诗要"抒性情之真,写礼义之正,陶天地之和"。虞集《郑氏毛诗序》点明了诗歌对读者所产生的作用,即"变化其气质,涵养其德性"。欧阳玄《风雅类编序》把诗歌提到"治天下""考风俗""观世道"的高度。

对于诗歌体裁的论述,主要出现在元代中后期的诗法著作中。如杨载《诗法家数》对古诗、五言古诗、七言古诗、律诗、绝句等体类的要领均有阐发。范梈《木天禁语》中对七言律诗、五言长古、七言长古、五言短古、乐府、绝句诸体均有详细介绍。傅若金《诗法正论》以风、雅、颂为诗体之源,并指出风、雅中的"纯乎美者"为正风,"专于美"者为正雅,"兼美刺"者则为变风、变雅;进而认为唐诗"主于达情性",属"国风之余",宋诗"主于立议论",属"雅颂之变"。

关于诗歌的风格,金、元两代也呈现出多元化的理论倾向。如王若虚崇尚

"天全""自得"、平易晓畅的风格。元好问推崇壮美、天然、古雅的诗境,贬抑柔弱、巧饰、险怪的诗风。方回强调"格高"为第一,推崇苍劲瘦硬而且不俗的诗歌风格。王义山提倡"淡泊""简淳",认为"吟到无诗方是诗"(《西湖倡和诗序》)。戴良《皇元风雅序》高唱雅正之音,认为元诗上承唐诗而"能得风雅之正声"。杨载《诗法家数》则曰:"诗之为体有六:曰雄浑,曰悲壮,曰平淡,曰苍古,曰沉着痛快,曰优游不迫。"杨载所说的"六体",实指六种风格。值得重视的是,有些诗论家对风格形成的原因进行了细致的分析,提出了合理的见解。如赵秉文在《答李天英书》中论诗人的才性与风格,得出"文如其人"的认识,肯定了诗歌风格的丰富性、多样性。戴表元《陈无逸诗序》等文提出"忧患出诗人"的观点。吴师道《吴礼部诗话》指出:"实与景遇,则语意自别",阐明了经历、境遇对诗歌语意风格的影响。王沂《隐轩诗序》认为人情、土风是影响诗歌风格的两大因素。陈绎曾《静春堂诗集后序》提出"情生于境",并把"境"细分为"居"与"遇"。"居"指长期不变的固定的地理环境,"遇"则指短期的社会环境变化。杨维桢《赵氏诗录序》把诗品与人品联系起来,认为诗品像人品那样,有面目、骨骼、情性、神气,这种见解已涉及诗的"格调"问题。范梈《木天禁语》提出"六关"之说,其中"气象"一关云:"翰苑、辇毂、山林、出世、偈颂、神仙、儒先、江湖、闾阎、末学……已上气象,各随人之资禀高下而发。"这是从人物的身份和环境对风格所作的分类,强调诗的气象各随人的气质禀性而发。

  关于诗歌的创作,主要包括学诗的途径与写诗的规矩、法则。在学诗的途径上,有两种不同的观点:一种认为应在遍师古人的基础上"自成一家",另一种主张"妙悟"、率意为诗。前者如赵秉文《答李天英书》强调"师古",以"多师"为途径,达到"自成一家"。元好问《杜诗学引》提出"学至于无学"的精辟见解。戴表元《许长卿诗序》主张在遍师古人的基础上追求"无迹之迹"。刘诜《与揭曼硕学士》一文指出学习诗文,应广泛师承,如古人那样"各有途辙","各务于己出","卒各立门户"。后者如李纯甫《西岩集序》中强调"唯意所适",力主创新。释英《山中作》云:"禅心诗思共依依",认为"诗思"与"禅心"相通,关键在于"妙悟"。黄庚《月屋漫稿自序》提出率意为诗、不计工拙的主张。刘将孙深悉诗、禅本质上融通的道理,在《如禅集序》中主张以参禅学仙之法领会诗法的秘诀。对于写诗的规矩、法则,金、元诗论家也进行了细致的探讨。如王若虚《滹南诗话》

提出了"巧拙相济""妙在形似之外而不遗形似"等作诗技巧。方回在总结江西派诗法时,特别注重"响字""活句""拗字"和"变体"等法则,把它们作为创作具有苍劲瘦硬风格律诗的重要艺术手段。杨载《诗法家数》对章法的"起承转合"及"炼字之法"作了详细论述,并提醒学诗者注意"四忌""十戒""十难"。范梈《木天禁语》对篇法、句法、字法均作详细解释,并举例说明。其《诗学禁脔》专叙律诗立意布局的格式,列举十五种诗格,每格各举一诗加以说明。揭傒斯《诗法正宗》指出学诗之法有五,即涵养性情、积学储材、讲求诗体、诗贵有味、诗要妙境。傅若金《诗法正论》对章法中的"起承转合"也有详细论述。

关于诗歌的欣赏,金、元诗论家较少论及,兹举二例:王若虚在《滹南诗话》中认为,诗歌欣赏最戒忌的是迂拘末理,曲解诗意,并力主欣赏时要注意玩索诗歌的意味,看诗的意味是否深永;杨维桢在《赵氏诗录序》中提出,欣赏诗歌,一定要先识其面目、骨骼,而后能得其情性、神气。这些见解,都是合理可取的。

元代诗坛的宗派,是宋代的末流。在南宋末期,"四灵""江湖"派盛行一时,元代紧承其后,诗坛自然充满"四灵"和"江湖"的习气。但是,"四灵"和"江湖"派都不重视理论,我们只能从推崇江西诗派的一些诗论家的著作中,观看元代"四灵"和"江湖"派的大致面貌。对江西诗派最为推崇并加以维护的是大诗论家方回,他在《瀛奎律髓》中创立了"一祖三宗"之说;并在《桐江集》《桐江续集》和《瀛奎律髓》等书中,对于宗主晚唐的"四灵"和"江湖"派大肆攻击。"四灵""江湖"派尽管被攻击得很厉害,但从创作的角度看,依然盛行于元代诗坛;江西诗派并没有因方回的提倡而复兴起来。在这种江西诗派衰颓,"四灵""江湖"派充斥诗坛的情势下,于是有人提出复古的主张,代表人物是戴表元、袁桷和戴良,他们都主张元诗应当恢复唐以前的风雅传统,"以一扫宋人之积弊"(戴良《皇元风雅序》)。明代七子的复古运动,多少应当受到他们的影响。

以上是从横向的角度,总括了金、元诗学家们所讨论的问题。那么,从纵向的角度看,在中国诗学史上,金、元两代的诗学理论又该占有什么样的地位呢?

金、元两代的诗学理论,虽然上不能与唐、宋比肩,下无法与明、清齐步。但从诗学发展的过程看,金代诗学上承北宋而有所变异,主导倾向是扬苏抑黄,其中元好问论诗越过"苏黄"而上溯汉魏、晋、唐以至风雅正音。元代前期承宋、金诗风,诗学流派众多,其中方回对江西诗法作了系统总结;后期围绕对宋、金诗学流弊的反思,形成了"师古"与"师心"两派,师古派成为明代复古派的前身,师心派开启了明代性灵派的先河。元人推尊唐诗,重视对诗格、诗法的探讨,对明代"格调"论有直接影响。在中国诗学史上,金、元诗学理论无疑是由两宋到明代的桥梁,具有承前启后的作用。

补编

金元唐诗论评选

本编内容由正文、说明、附录三部分构成。"正文"是从金元两代诗学资料中选录的最具代表性的唐诗论评文章或诗作,每篇各有主旨,综合反映金元两代对唐诗的评价和接受情况。"附录"包括若干篇可与正文相发明的材料,起补充、深化正文的作用。"说明"则系笔者撰写的评析文章,就正文与附录中涉及的问题、主张及其背景、意义、渊源、演化等方面作扼要述评,提示问题的来龙去脉并稍加按断;说明文字每篇千字左右,若综合起来看,相当于金元唐诗学发展小史。本编是从陈伯海师主编的《历代唐诗论评选》中抽取出来的,从选目、标点、解读乃至说明文字的撰写,都得到陈伯海师的悉心指导。读者若想寻找唐、宋、明、清四代唐诗论评的珍贵资料,须阅读陈伯海师主编的《历代唐诗论评选》(河北大学出版社2003年版)或《唐诗学文献集粹》(上海古籍出版社2016年版)。

答李天英书

[金]赵秉文

天英足下：自足下失意东归，无日不思，况如三岁何！得来音，具悉动静，为慰可（当作"所"）望。所寄杂诗，疾读数过，击节屡叹。足下天才英逸，不假绳削，岂复老夫所可拟议？然似受之天而不受之人。屡欲贡悃诚，山川间之，坐成浮沉。况勤厚如此，遇（当作"过"）望点化。仆非其人，笔拙思荒，自濡其涸，况望余波耶？岂以犬马齿在前，欲俯就先后进礼耶？布一工（当作"二"）所闻于师友间者，幸恕不揆。

尝谓古人之诗，各得其一偏，又多其性之似者。若陶渊明、谢灵运、韦苏州、王维、柳子厚、白乐天得其冲淡，江淹、鲍明远、李白、李贺得其峭峻，孟东野、贾浪仙又得其幽忧不平之气。若老杜可谓兼之矣，然杜陵知诗之为诗，未知不诗之为诗。而韩愈又以古文之浑浩溢而为诗，然后古今之变尽矣。太白词胜于理，乐天理胜于词。东坡又以太白之豪、乐天之理，合而为一，是以高视古人，然亦不能废古人。

足下以唐宋诗人得处，虽能免俗，殊乏风雅，过矣！所谓近风雅，岂规规然如晋、宋词人蹈袭用一律耶？若曰子厚近古，退之变古，此屏山守株之论，非仆所敢知也。诗至于李、杜，以为未足，是尽（当作"画"）至于无形，听至于无声，其为怪且迂也甚矣，其于书也亦然。

足下之言，措意不蹈袭前人一语，此最诗人妙处，然亦从古人中人。譬如弹琴不师谱，称物不师衡，上匠不师绳墨，独自师心，虽终身无成可也。故为文当师六经、左丘明、庄周、太史公、贾谊、刘向、扬雄、韩愈；为诗当师《三百篇》《离骚》《文选》《古诗十九首》，下及李、杜；学书当师三代金石、钟、王、欧、虞、颜、柳，尽得诸人所长，然后卓然自成一家。非有意于专师古人也，亦非有意于专摈古人也。自书契以来，未有撰（摈）古人而独立者。若扬子云不师古人，然亦有拟相如四赋。韩退之"惟陈言之务去"，若《进学解》则《客难》之变也，《南山诗》则子厚（当作"子云"）之余也。岂遽汗漫自师胸臆，至不成语，然后为快哉！然此诗人造语之工，古人谓之一艺可也。至于诗文之意，当以明王道、辅教化为主。六经吾师也，可以一艺名之哉？贾谊、董仲舒、司马迁、扬子云、韩愈、欧阳、司马温公，大儒之文也，仆未之能学焉。梁肃、裴休、晁迥、张无尽，明理之文也，吾师之。太白、杜陵、东坡，词人之文也，吾师其辞，不师其意。渊明、乐天，高士之诗也，吾师其意，不师其辞。然吾老矣，眼昏力荼，虽欲力学古人，力不足也。

足下来书，自言近日欲作文字，然滞于藏锋，不能飞动；诗欲古体，然僻于幽隐，不能豪放。足下自知之，仆尚何言？然藏锋书之一端，所贵遍学古人。昔人谓之法书，岂是率意而为之也？又须真积力久，自楷法中来，前人所谓未有未能坐而能走者。飞动乃吾辈胸中之妙，非所学也。若市人能积学而不能飞动也，吾辈能飞动而不能积学，皆一偏之弊耳。东坡论五十八（当作"李十八"）草书似莺哥娇，数日相见，曰："此书何如？"曰："乃秦吉了耳。"足下之书，无乃近似之乎！精神所注，间出奇逸，稍怠之际，如病痱肿，得免秦吉了足矣。想当捧腹大笑也。

寄来诗如："长河老秋冻，马怯冰未牢。河山冷鞭底，日暮风更号。""晨井冻不爨，谁料寒士饥。天厩玉山禾，不救我马隤。""尘埃汩没伺候工，《离骚》不振于鱼虫。风云谁复话菁蔡，不图履狶哀屠龙。挟筴搦管坐书空，伊优堂上醉歌钟。乃知造化戏儿童，不妨远目逐孤鸿。莫怪魏瓠无所容，此志未许江船东。五经不扫途辙穷，门庭日日生皇风。太阿剖室砥以石，坐扫鹅鹳摇天雄。""岩椒郁云，日夕生阴。雨雪缟夜，秋黄老林。人烟墨突，樵径云深。""造物开岩地，石帐开剑壁。苔花张古锦，霜苦老秋碧。日夕云窦阴，风鼓泉涌石。马蹄忌磽确，樵道生枳棘。盘盘出井底，回首怅如失。长老不耐役，底事挂尘迹。披云出山椒，白鸟表林隙。"其余老昏殊不可晓，然此迄今大成，不过长吉、卢仝合而为一，未能以故为新，以俗为雅，非所望于吾友也。

昔人有吹箫学凤鸣者，凤鸣不可得闻，时有枭音耳。君诗无乃间有枭音乎？向者屏山尝语足下云："自李贺死二百年无此作矣。"理诚有之，仆亦云然。李公爱才,然爱足下之深者,宜莫如老夫。愿足下以古人之心为心,不愿足下受之天而不受之人,如世轻薄子也。与足下心知,故道此意,幸少安毋躁。

《四部丛刊》本《闲闲老人滏水文集》卷十九

【说明】

赵秉文(1159—1232),字周臣,号闲闲老人,磁州滏阳(今河北磁县)人。金世宗大定二十五年(1185)进士,官至礼部尚书兼侍读学士。传见《金史》卷一百一十。

金代"贞祐南渡"(1214)之后,诗坛形成了以赵秉文、李纯甫(号屏山)为代表的两大流派,赵、李二人均致力于扭转诗坛上的尖新、浮艳诗风,把诗歌创作引向质朴健康的轨道。刘祁《归潜志》卷八云:"南渡后,文风一变,文多学奇古,诗多学风雅,由赵闲闲、李屏山倡之。"

作为诗界领袖之一,赵秉文有丰富的诗学思想。在此文中,他对宋代以前的著名诗人从风格上进行分类,以"冲淡""峭峻""幽忧不平""浑浩""豪""理"等名词,作为评论诗人风格的依据,并指出诗人风格类于其才性,"古人之诗,各得其一偏,又多其性之似者",诗歌风格的丰富性正是由诗人个性的多样化所决定的。

对于诗文、书法创作,赵秉文特别重视学习前人,在"师心"与"师古"之间,他更强调"师古",云:"六经,吾师也。""名理之文也,吾师之。"无论写诗,还是作文,他都主张由模仿大家入手,或"师其辞",或"师其意","尽得诸人所长,然后卓然自成一家"。以"多师"为途径,达到"自成一家"的目的。

赵秉文批评李天英"师心"而不"师古"的观点,认为作诗不从古人中入,"譬如弹琴不师谱",难有所成。李天英作诗一味求变,不从古人中入,独自师心,追求奇异诡怪的诗风,在赵秉文看来,即使有所成就,也"不过长吉、卢仝合而为一",还不能达到"以故为新,以俗为雅"的创作境地。

李纯甫与赵秉文同时主盟文坛,但二人的诗学观并不相同。李纯甫《西岩集序》认为诗歌是"心声"的率真流露,写诗应"唯意所适",力主创新。刘祁《归潜志》卷八载,李纯甫"教后学为文,欲自成一家,每曰:'当别转一路,勿随人脚跟。'……诗不出卢仝、李贺。"在对唐诗的态度上,赵秉文认为应从韦应物、王维、柳宗元、白居易、李白、李贺、孟郊、贾岛、杜甫、韩愈等众多的诗人身上广泛汲取营养,而李纯甫却强调学李贺的奇怪诗风。尽管两人均主张"自成一家",但所指出的学诗途径有广狭之分,表现出不同的诗学倾向。总之,在诗歌创作上,李纯甫强调创新,标举奇险,与主张"师古"、崇尚风雅的赵秉文分庭抗礼,使金代诗坛呈现出多姿多彩的景象。

【附录】

题田不伐书后(节录)

[金]赵秉文

余尝论杜牧之、石曼卿、秦少游虽寓之诗酒,其豪俊之气,见于自著,终不可没,但命不偶耳。使不伐修洁,不失为才大夫,顾以小辞自喜,惜哉!术不可不慎也。

《四部丛刊》本《闲闲老人滏水文集》卷二十

西岩集序

[金]李纯甫

人心不同如面,其心之声发而为言,言中理谓之文,文而有节为之诗。然则诗者,文之变也,岂有定体哉?故三百篇什无定章,章无定句,句无定字,字无定音。大小长短,险易轻重,惟意所适,虽役夫室妾悲愤感激之语,与圣贤相杂而无愧,亦各言其志也已矣,何后世议论之不公邪?

齐、梁以降,病以声律,类俳优然。沈、宋而下,裁其句读,又俚俗之甚者。自谓"灵均以来,此秘未睹",此可笑者一也。李义山喜用僻事,下奇字,晚唐人多效之,号西昆体,殊无典雅浑厚之气,反詈杜少陵为"村夫子",此可笑者二也。黄鲁直天资峭拔,摆出翰墨畦径,以俗为雅,以故为新,不犯正位,如参禅着末后句为具眼。江西诸君子翕然推重,别为一派,高者雕镌尖刻,下者模影剽窃,公言"韩退之以文为诗,如教坊雷大使舞",又云:"学退之不至,即一白乐天耳",此可笑者三也。

嗟乎！此说既行，天下宁复有诗邪？比读刘西岩诗，质而不野，清而不寒，简而有理，淡而有味，盖学乐天而酷似之。观其为人，必傲世而自重者。颇喜浮屠，邃于性理之说。凡一篇一咏，必有深意，能道退居之乐，皆诗人之自得，不为后世论议所夺，真豪杰之士也。

《四部丛刊》本《中州集》卷二

归潜志（选录）

［金］刘　祁

赵闲闲尝为余言，少初识尹无忌，问："久闻先生作诗不喜苏、黄，何如？"无忌曰："学苏、黄则卑猥也。"其诗一以李、杜为法，五言尤工。闲闲尝称其《游同乐园》诗云："晴日明华构，繁阴荡绿波。蓬邱沧海远，春色上林多。流水时虽逝，迁莺暖自歌。可怜欢乐极，钲鼓散云和。"又有佳句："行云春郭暗，归鸟暮天苍。野色明残照，江声入暮云。"甚似少陵。闲闲又称赵黄山诗云："灯暗风翻幔，蛩吟叶拥墙。人如秋已老，愁与夜俱长。滴尽阶前雨，催成镜里霜。黄花依旧好，多病不能觞。"此诗信佳作也。

李屏山教后学为文，欲自成一家，每曰："当别转一路，勿随人脚跟。"故多喜奇怪，然其文亦不出庄、左、柳、苏，诗不出卢仝、李贺。晚甚爱杨万里诗，曰："活泼剌底，人难及也。"赵闲闲教后进为诗文则曰："文章不可执一体，有时奇古，有时平淡，何拘？"李尝与余论赵文曰："才甚高，气象甚雄，然不免有失支堕节处，盖学东坡而不成者。"赵亦语余曰："之纯文字只一体，诗只一句去也。"又，赵诗多犯古人语，一篇或有数句，此亦文章病。屏山尝序其《闲闲集》云："公诗往往有李太白、白乐天语，某辄能识之。"又云："公谓男子不食人唾，后当与之纯、天英作真文字。"亦阴讥云。

中华书局本《归潜志》卷八

高思诚咏白堂记

[金]王若虚

有所慕于人者,必有所悦乎其事者也。或取其性情、德行、才能、技艺之所长,与夫口服仪度之如何,以想见其仿佛,甚者至有易名变姓,以目比而同之,此其嗜好趋向自有合焉,而不夺也。

吾友高君思诚,葺其所居之堂以为读书之所,择乐天绝句之诗列之壁间,而榜以"咏白"。盖将日玩诸其目,而讽诵诸其口也。一日见告曰:"吾平生深慕乐天之为人,而尤爱其诗,故以是云。如何?"予曰:"人物如乐天,吾复何议?子能于是而存心,其嗜好趋向亦岂不佳?然慕之者欲其学之,而学之者欲其似之也。慕焉而不学,学焉而不似,亦何取乎其人耶?盖乐天之为人,冲和静退,达理而任命,不为荣喜,不为穷忧,所谓无入而不自得者。今子之方遑遑干禄之计,求进甚急,而得丧之念,交战于胸中,是未可以乐天论也。乐天之诗,坦白平易,直以写自然之趣,合乎天造,厌乎人意,而不为奇诡以骇末俗之耳目。子则雕镂粉饰,未免有侈心,而驰骋乎其外,是又未可以乐天论也。虽然,其所慕在此者,其所归必在此,子以少年豪迈,如川之方增而未有涯涘,则其势固有不得不然者。若其加之岁年,而博以学,至于心平气定,尽天下之变,而返乎自得之场,则乐天之妙,庶乎其可同矣!姑俟他日复为子一观而评之。"

《四部丛刊》本《滹南遗老集》卷四十三

【说明】

王若虚(1174—1243),字从之,号滹南遗老。藁城(今属河北)人。金章宗承安二年(1197)经义进士。官至翰林直学士。传见《金史》卷一百二十六。

王若虚与赵秉文、李纯甫同时代,但不为当时流行的师古风尚所左右,他"文以欧、苏为正脉,诗学白乐天"(元好问《内翰王公墓表》),在诗文批评上也独持己见,自立门户。他的诗学思想,主要体现在他的诗论名著《滹南诗话》以及《文辨》、论诗诗中。

　　王若虚论诗,宗尚天全或天然、自然。天全或天然、自然,实为一源远流长的文学观,葛洪《抱朴子·辞义》云:"至真贵乎天然。"苏轼《李行中秀才醉眠亭》:"人言此语出天然。"《试笔》:"醉笔得天全。"《书韩干牧马图》:"鞭箠刻烙伤天全,不如此图近自然。"王若虚宗尚自然的诗学观主要受苏轼的影响。他认为谢灵运"池塘生春草"之句,是"猝然与景相遇,借以成章"的"天生好语"。

　　从宗尚自然的审美标准出发,王若虚特别推崇白居易,认为白氏"为人冲和静退,达理而任命,不为荣喜,不为穷忧",白氏之诗"坦白平易,直以写自然之趣,合乎天造"(《高思诚咏白堂记》)。在《王子端云"近来徒觉无佳思,纵有诗成似乐天",其小乐天甚矣,予亦尝和为四绝》中,他称白氏"世间笔墨成何事,此老胸中具一天"。《滹南诗话》卷一云:"乐天之诗,情致曲尽,入人肝脾,随物赋形,所在充满,殆与元气相侔。"

　　与宗尚自然的观点相联系,王若虚主张诗文创作要"巧拙相济,文质并存"(《滹南诗话》卷一),不可只追求外表的华丽精巧,并引其舅周昂的话说:"文章巧于外而拙于内者,可以惊四筵而不可适独坐,可以取口称而不可得首肯。"(《文辨》)

　　王若虚宗尚自然的诗学思想,上承苏轼,下开明代性灵派的唐诗观。

【附录】

滹南诗话(选录)

[金]王若虚

　　吾舅尝论诗云:"文章以意为之主,字语为之役。主强而役弱,则无使不从。世人往往骄其所役,至跋扈难制,甚者反役其主。"可谓深中其病矣。又曰:"以巧为巧,其巧不足,巧拙相济,则使人不厌。唯甚巧者,乃能就拙为

巧,所谓游戏者,一文一质,道之中也。雕琢太甚,则伤其全。经营过深,则失其本。"(卷一)

谢灵运梦见惠连而得"池塘生春草"之句,以为神助。《石林诗话》云:"世多不解此语为工,盖欲以奇求之耳。此语之工,正在无所用意,猝然与景相遇,借以成章,故非常情所能到。"……余谓天生好语,不待主张,苟为不然,虽百说何益?(卷一)

乐天之诗,情致曲尽,人人肝脾,随物赋形,所在充满,殆与元气相侔。至长韵大篇,动数百千言,而顺适惬当,句句如一,无争张牵强之态。此岂捻断吟须、悲鸣口吻者之所能至哉!而世或以浅易轻之,盖不足与言矣。(卷一)

郊寒白俗,诗人类鄙薄之。然郑厚评诗,荆公、苏、黄辈曾不比数,而云乐天如柳阴春莺,东野如草根秋虫,皆造化中一妙,何哉?哀乐之真,发乎情性,此诗之正理也。(卷一)

中华书局本《历代诗话续编》

文辨(选录)

[金]王若虚

邵公济尝言迁史杜诗意不在似,故佳。此缪妄之论也。使文章无形体邪,则不必似;若其有之,不似则不是。谓其不主故常、不专蹈袭可矣;而云意不在似,非梦中语乎?

《归去来辞》本自一篇自然率真文字,后人模拟,已自不宜,况可次其韵乎?次韵则迁合而不类矣。

吾舅周君德卿尝云:文章巧于外而拙于内者,可以惊四筵而不可适独坐,可以取口称而不可得首肯。至哉,其名言也!杜牧之云:"杜诗韩笔愁来读,似倩麻姑痒处抓",李义山云:"公之斯文若元气,先时已入人肝脾",此岂巧于外者之所能邪?

《四部丛刊》本《滹南遗老集》卷三十四至卷三十七

王子端云"近来陡觉无佳思,纵有诗成似乐天",其小乐天甚矣,予亦尝和为四绝

[金]王若虚

功夫费尽谩穷年,病入膏肓不可镌。
寄与雪溪王处士,恐君犹是管窥天。

东涂西抹斗新妍,时世梳妆亦可怜。
人物世衰如鼠尾,后生未可议前贤。

妙理宜人入肺肝,麻姑搔痒岂胜鞭?
世间笔墨成何事,此老胸中具一天。

百斛明珠一一圆,丝毫无恨彻中边。
从渠屡受群儿谤,不害三光万古悬。

《四部丛刊》本《滹南遗老集》卷四十五

逸老堂诗话(选录)

[明]俞 弁

白乐天诗,善用俚语,近乎人情物理。元微之虽同称,差不及也。李西崖《诗话》云:"乐天赋诗,用老妪解,故失之粗俗。"此语盖出于宋僧洪觉范之妄谈,殆无是理也。近世学者往往因此而蔑裂弗视。吴文定公读《白氏长庆集》,有云:"苏州刺史十编成,句近人情得俗名。垂老读来尤有味,文人从此莫相轻。"

《历代诗话续编》本《逸老堂诗话》卷下

杨叔能小亨集引

[金]元好问

贞祐南渡后,诗学大行,初亦未知适从,溪南辛敬之、淄川杨叔能以唐人为指归。敬之旧有声河南,叔能则未有知之者。兴定末,叔能与予会于京师,遂见礼部闲闲公及杨吏部之美,二公见其"幽怀久不写"及《甘罗庙诗》,啧啧称叹,以为今世少见其比。及将往关中,张左相信甫、李右司之纯、冯内翰子骏皆以长诗赠别,闲闲作引,谓其诗学退之"此日足可惜",颇能似之;至比之金膏水碧,物外自然奇宝,景星丹凤,承平不时见之嘉瑞。叔能用是名重天下,今三十年。然其客于楚,于汉、沔,于燕、赵、魏、齐、鲁之间,行天下四方多矣,而其穷亦极矣。叔能天资淡泊,寡于言笑,俭素自守,诗文似其为人。其穷虽极,其以诗为业者不变也,其以唐人为指归者亦不变也。今年其所撰《小亨集》成,其子复见予镇州,以集引为请。予亦爱唐诗者,唯爱之笃而求之深,故似有所得。尝试妄论之。

诗与文,特言语之别称耳。有所记述之谓文,吟咏性情之谓诗,其为言语则一也。唐诗所以绝出于三百篇之后者,知本焉尔矣。何谓本?诚是也。古圣贤道德言语,布在方册者多矣,且以"弗虑胡获,弗为胡成""无有作好""无有作恶""朴虽小,天下莫敢臣"较之,与"祈年孔夙,方社不莫""敬共神明,宜无悔怒"何异?但篇题句读不同而已。故由心而诚,由诚而言,由言而诗也。三者相为一,情动于中而形于言,言发乎迩而见乎远。同声相应,同气相求,虽小夫贱妇、孤臣孽子之感讽,皆可以厚人伦、敦教化,无他道也。故曰"不诚无物"。夫惟不诚,故声无所主,心口别为二物,物我邈其千里,漠然而往,悠然而来;人之听之,若春风之过马耳,其欲动天地感鬼神难矣。其是之谓本。唐人之诗,其知本乎,何温柔敦厚蔼然仁义之言之多也!幽忧憔悴,寒饥困惫,一寓于诗,而其厄穷而不悯,遗佚而不怨者,故在也。至于伤谗疾恶不平之气,不能自掩,责之愈深,其旨愈婉,怨之愈深,其辞愈缓,优柔餍饫,使人涵泳于先王之泽,情性之外不知有文字。幸矣,学者之得唐人为指归也!

初予学诗,以数十条自警,云:无怨怼,无谑浪,无骛狠,无崖异,无狡讦,无婢阿,无傅会,无笼络,无炫鬻,无矫饰,无为坚白辨,无为贤圣癫,无为妾妇妒,无为仇敌谤伤,无为聋俗哄传,无为瞽师皮相,无为黥卒醉横,无为黠儿白捻,无为田舍翁木强,无为法家丑诋,无为牙郎转贩,无为市倡怨恩,无为琵琶娘人魂韵词,无为村夫子《兔园策》,无为算沙僧困义学,无为稠梗治禁词,无为天地一我今古一我,无为薄恶所移,无为正人端士所不道。信斯言也,予诗其庶几乎!惟其守之不固,竟为有志者之所先。今日读所为《小亨集》者,只以增愧汗耳!

予既以如上语为集引,又申之以《种松》之诗。因为复言,归而语乃翁:吾老矣,自为瓠壶之日久矣,非夫子亦何以发予之狂言?己酉秋八月初吉,河东元某序。

《四部丛刊》本《遗山先生文集》卷三十六

【说明】

元好问(1190—1257),字裕之,号遗山,太原秀容(今山西忻州)人。金宣宗兴定五年(1221)进士,官至尚书省左司都事。金亡后,回乡从事著述,编有《中州集》《壬辰杂编》等,保存了金代的重要史料和作家作品。著有《遗山集》。传见《金史》卷一百二十六。

元好问是金代诗歌的顶峰,其诗规范李、杜,力复唐音,"奇崛而绝雕刿,巧缛而谢绮丽"(《金史·文艺传》)。其诗学理论的代表作,当首推历代传诵的《论诗三十首》。以绝句论诗,其佳处在于把作者的理论主张、审美观点寓含在诗的意象化方式中,言简意赅,形象直观,这种诗论形式自杜甫《戏为六绝句》开其端绪,至元好问规模扩大,对明、清诗人有广泛影响。

郭绍虞《元好问论诗三十首小笺》云:"元氏论诗宗旨,重在诚与雅二字。"在对古代诗歌的接受方面,元好问高扬汉、魏、晋、唐的风雅传统。在论述诗的本源时,元好问强调"以诚为本",这一观点集中体现在《杨叔能小亨集引》中。所谓"诚",包括"真"与"正"两个层面,是指创作主体发自内心的纯正高尚的真情实感。对于诗的创作过程,元好问也作了一番剖析:"由心而诚,由诚而言,由言而诗",可见"诚"是诗的真正本源。创作主体有了情动于中的"诚",才使诗产生"同声相应,同气相求"的普遍感染力,即使是"小夫贱妇、孤臣孽子"的感讽吟咏,也能起到"厚人伦、敦教化"的作用。反之,如果"不诚",言无所主,心口不一,就不可能具有"动天地感鬼神"的力量。这就是元好问"以诚为本"的诗歌本源论。元好问推崇唐诗,认为"唐诗所以绝出于三百篇之后者,知本焉尔矣",学者当"以唐人为指归"。

元好问在总结前代诗学理论时,还提出了"学至于无学"的精辟见解。其《杜诗学引》称:"子美之妙,释氏所谓'学至于无学'者耳。"他认为杜甫最善于学古人,"九经百氏古人之精华"都融会在他的诗中,可以说"无一字无来处",也可以说"不从古人中来"。"学至于无学"一语的精神与杜甫"读书破万卷,下笔如有神"比较接近。"读书破万卷"是"学","如有神"是"无学"。在"学"的阶段,必须通过广泛阅读和刻苦模仿,掌握写诗的技巧。"无学"则是一种出神入化的境界,"不烦绳削而自合","不离文字",又"不在文字"(《陶然集诗引》)。"学至于无学"是诗歌创作的正确途径。

【附录】

论诗三十首(选录)

[金]元好问

其一
汉谣魏什久纷纭,正体无人与细论。
谁是诗中疏凿手,暂教泾渭各清浑。

其四
一语天然万古新,豪华落尽见真淳。
南窗白日羲皇上,未害渊明是晋人。

其八
沈宋横驰翰墨场,风流初不废齐梁。
论功若准平吴例,合著黄金铸子昂。

其十一
眼处心生句自神,暗中摸索总非真。
画图临出秦川景,亲到长安有几人?

其十二
望帝春心托杜鹃,佳人锦瑟怨华年。
诗家总爱西昆好,独恨无人作郑笺。

其十三
万古文章有坦途,纵横谁似玉川卢。
真书不入今人眼,儿辈从教鬼画符。

其十六
切切秋虫万古情,灯前山鬼泪纵横。
鉴湖春好无人赋,岸夹桃花锦浪生。

其十八
东野穷愁死不休,高天厚地一诗囚。
江山万古潮阳笔,合在元龙百尺楼。

其十九
万古幽人在涧阿,百年孤愤竟如何?
无人说与天随子,春草输赢较几多。

其二十四

有情芍药含春泪，无力蔷薇卧晓枝。
拈出退之山石句，始知渠是女郎诗。

其二十八

古雅难将子美亲，精纯全失义山真。
论诗宁下涪翁拜，未作江西社里人。

《四部丛刊》本《遗山先生文集》卷十一

杜诗学引

[金]元好问

  杜诗注六七十家，发明隐奥，不可谓无功。至于凿空架虚，旁引曲证，鳞杂米盐，反为芜累者亦多矣。要之，蜀人赵次公作证误，所得颇多；托名于东坡者为最妄，非托名者之过，传之者过也。

  窃尝谓子美之妙，释氏所谓"学至于无学"者耳。今观其诗，如元气淋漓，随物赋形；如三江五湖合而为海，浩浩瀚瀚，无有涯涘；如祥光庆云千变万化，不可名状。固学者之所以动心而骇目。及读之熟，求之深，含咀之久，则九经百氏古人之精华所以膏润其笔端者，犹可仿佛其余韵也。夫金屑丹砂，芝术参桂，识者例能指名之；至于合而为剂，其君臣佐使之玄用，甘苦酸咸之相入，有不可复以金屑丹砂芝术参桂而名之者矣。故谓杜诗为无一字无来处亦可也，谓不从古人中来亦可也。前人论子美用故事，有着盐水中之喻，固善矣；但未知九方皋之相马，得天机于灭没存亡之间，物色牝牡，人所共知者为可略耳。

  先东岩君有言，近世唯山谷最知子美，以为今人读杜诗，至谓草木虫鱼皆有比兴，如试世间商度隐语然者，此最学者之病。山谷之不注杜诗，试取《大雅堂记》读之，则知此公注杜诗已竟。可为知者道，难为俗人言也。

  乙酉之夏，自京师还，闲居嵩山，因录先君子所教与闻之师友之间者为一书，名曰《杜诗学》。子美之传志年谱，及唐以来论子美者在焉。俟儿子辈可与言，当以告之,而不敢以示人也。六月十一日河南元某引。

《四部丛刊》本《遗山先生文集》卷三十六

陶然集诗序(节录)

[金]元好问

诗之极致,可以动天地,感鬼神,故传之师,本之经,真积之力久而有不能复古者。自"匪我愆期,子无良媒""自伯之东,首如飞蓬""爱而不见,搔首踟蹰""既见复关,载笑载言"之什观之,皆以小夫贱妇满心而发,肆口而成,见取于采诗之官,而圣人删诗亦不敢尽废,后世虽传之师,本之经,真积力久而不能止焉者。何古今难易不相侔之如是耶?盖秦以前,民俗醇厚,去先王之泽未远,质胜则野,故肆口成文,不害为合理。使今世小夫贱妇满心而发,肆口而成,适足以污简牍,尚可辱采诗官之求取耶!故文字以来,诗为难;魏晋以来,复古为难;唐以来,合规矩准绳尤难。夫因事以陈辞,辞不迫切而意独至,初不为难;后世以不得不难为难耳。

古律歌行,篇章操引,吟咏讴谣,词调怨叹,诗之目既广,而诗评、诗品、诗说、诗式亦不可胜读。大概以脱弃凡近、澡雪尘翳、驱驾声势、破碎阵敌、囚锁怪变、轩豁幽秘、笼络今古、移夺造化为工,钝滞僻涩、浅露浮躁、狂纵淫靡、诡诞、琐碎、陈腐为病。"毫发无遗恨""老去渐于诗律细""佳句法如何""新诗改罢自长吟""语不惊人死不休",杜少陵语也;"好句似仙堪换骨,陈言如贼莫经心",薛许昌语也;"乾坤有清气,散入诗人脾,千人万人中,一人两人知",贯休师语也;"看似寻常最奇崛,成如容易却艰难",半山翁语也;"诗律伤严近寡恩",唐子西语也。子西又言:"吾于它文不至蹇涩,惟作诗极难苦,悲吟累日,仅自成篇。初读时未见可羞处,姑置之,后数日取读,便觉瑕颣百出;辄复悲吟累日,反复改定,比之前作稍有加焉,后数日复取读,疵病复出。凡如此数四,乃敢示人,然终不能工。"李贺母谓贺必欲呕出心乃已,非过论也。今就子美而下论之,后世果以诗为专门之学,求追配古人,欲不死生于诗,其可已乎?

虽然,方外之学有"为道日损"之说,又有"学至于无学"之说,诗家亦有之。子美夔州以后,乐天香山以后,东坡海南以后,皆不烦绳削而自合,非技进于道者能之乎？诗家所以异于方外者,渠辈谈道不在文字,不离文字;诗家圣处不离文字,不在文字。唐贤所为,情性之外不知有文字云耳。

《四部丛刊》本《遗山先生文集》卷三十七

佟怀东诗选序(节录)

[清]钱谦益

元遗山论唐人诗所以绝出于"三百篇"之后者,有本焉,诚是也。不诚无物,人之听之,若春风之过马耳,其欲动天地、感鬼神,难矣。怀东之诗非徒诗人之诗,而忠臣孝子之诗、劳臣大人之诗也。精诚悃愊,志气苞塞,而真诗出焉。诗之有本者焉。余撰次怀东之诗,芟薙其应世酬物、骈枝俪叶之作,独取其修辞立诚、言之有物者,略为评点,以行于世,不独以张怀东之诗;得吾说而存之,取诸"诚"之一言,以定诗学之旨归,遗山之诗教庶可以昌明于后世也夫!

《牧斋有学集文钞补遗》(《中华文史论丛》1983年第3辑)

重刊李长吉诗集序

[金]赵　衍

龙山先生为文章,法六经,尚奇语,诗极精深,体备诸家,尤长于贺。浑源刘京叔为《龙山小集序》云:"《古漆井》《苦长夜》等诗,雷翰林希颜、麻征君知幾诸公称之,以为全类李长吉。"乱后隐居海上,教授郡侯诸子。卑士先与余读贺诗,虽历历上口,于义理未晓,又从而开省之,然恨不能尽其传。及龙山入燕,吾友孙伯成从之学,余继起海上,朝夕侍侧,垂十五年,诗之道颇得闻之。尝云:五言之兴,始于汉而盛于魏;杂体之变,渐于晋而极于唐。穷天地之大,竭万物之富,幽之为鬼神,明之为日月,通天下之情,尽天下之变,悉归于吟咏之微。逮李长吉一出,会古今奇语而臣妾之,如"千岁石床啼鬼工""雄鸡一声天下白"之句,诗家比之"载鬼一车""日中见斗";"洞庭明月一千里,凉风雁啼天在水",过楚辞远甚。又云:贺之乐府,观其情状,若乾坤开阖,万汇溅溅,神其变也,欵骇人耶!韩吏部一言为天下法,悉力称贺。杜牧又诗之雄也,极所推让,前叙已详矣。人虽欲为贺,莫敢企之者,盖知之犹难,行之愈难也。至有博洽书传,而贺集不一过目,为可惜也。

双溪中书君诗鸣于世,得贺最深,尝与龙山论诗及贺,出所藏旧本,乃司马温公物也,然亦不无少异。龙山因之校定,且曰:喜贺者尚少,况其作者耶?意欲刊行,以广其传,冀有知之者。会病不起,余与伯成绪其志而为之。此书行,学贺者多矣,未必不发自吾龙山也。丙辰秋日碣石赵衍题。

《四部丛刊》影金本《李贺歌诗编》卷首

【说明】

赵衍(生卒年不详),号西岩,北平(今属河北)人。王恽《西岩赵君文集序》

称:"西岩赵君系出辽勋臣开府公后,遭世多故,家业中衰。西岩崛起畎亩,从龙山吕先生学。"龙山吕先生,即吕鲲,雁门人。《元史·耶律希亮传》载,蒙古取燕中后,耶律铸(双溪)曾问学于吕、赵,后又携子希亮赴燕受儒业,"师事北平赵衍"。可见当时吕、赵之学在燕中地区的影响。

赵衍今存《重刊李长吉诗集序》一文,载于所刊李贺诗前。李贺诗好以神仙世界及鬼物等为描写对象,怪怪奇奇,想象丰富诙诡,意象重叠密集,色彩斑斓绚丽,情调哀艳凄恻,常不顾事物之间的客观逻辑,而任随一己的主观情感为转移,故前人谓其诗远去笔墨畦径间。宋严羽目之为"鬼仙之才",称其诗为"李长吉体"(《沧浪诗话》)。

金代贞祐南渡后,师古之风渐长,于是燕蓟一带师法"江西诗派"的人转而师法李贺,龙山吕鲲是力倡此风的诗人。赵序称:"龙山先生为文章,法六经,尚奇语,诗极精深,体备诸家,尤长于贺。"赵序还引吕鲲之说,将诗分为两类:五言与杂体。五言盛于魏,杂体极于唐,其标志就是李贺。他强调诗歌当"穷天地之大,竭万物之富,幽之为鬼神,明之为日月,通天下之情,尽天下之变,悉归于吟咏之微",认为"李长吉一出,会古今奇语而臣妾之",可谓较准确地把握了李贺诗师心、逐奇的艺术特征。

赵序末尾说:"此书行,学贺者多矣。"可见当时燕中人作诗效法李贺的风尚。金末与龙山吕鲲同时的诗人,如雷渊、麻知幾、王郁等,或师李贺,或师李白、韩愈,他们均体现了当时普遍存在的扬弃宋诗而取法唐人的倾向,从而构成元代诗学中"师心"一流的前驱。

【附录】

李长吉诗集序(节录)

[宋]薛季宣

长吉讳父嫌名,不举进士,虽过中道,然其蔑贵富,达人伦,不以时之贵尚蒂芥乎方寸,其于末世,顾不可以厚风俗、美教化哉?

其诗著矣,上世或讥以伤艳,走窃谓不然。世固有若轻而甚重者,长吉诗是也。他人之诗,不失之粗,则失之俗,要不可谓诗人之诗。长吉无是病也。其轻飏纤丽,盖能自成一家,如金玉锦绣,辉焕白日,虽难以御疗寒饥,终不以是故不为世宝。

《四库全书》本《浪语集》卷三十

长歌哀李长吉(节录)

[元]郝 经

元和比出屠龙客,三断韦编两毛白。黄尘草树徒纷绋,几人探得神仙格?
青衣小儿下玉京,满天星斗两手摘。胸中旁魄银河涌,驱出鱣鲸喷霜雪。
逸气似与秋天沓,辞锋忽画青云裂。划空一剑断晴霓,齐梁妖孽皆泣血。
上帝俄惊久不来,恐向尘寰覆迷辙。赤虬嘶人造化窟,千丈虹光绕明月。
人间不复见奇才,白玉楼头耿孤洁。自此雄文价益高,翠华灼烁紫霓掣。
我生不幸不同时,安得纵横骛清绝?……仰天三叹无语时,万里长风酒一杯。

《四库全书》本《陵川集》卷八

李贺醉吟图

[元]刘 因

赤虬翩翩渺无闻,望之不见矧可亲。浮世浮名等浊渖,眼中扰扰投诗人。
心肝未了人间春,庞眉尚作哦诗颦。太平瑞物不易得,昌黎仙人掌中珍。
北风啸啸吹野麟,千年泪雨埋青云。乾坤清气老不死,丹凤再来须见君。

《四部丛刊》本《静修先生文集》卷七

刻长吉诗序

[元]刘将孙

先君子须溪先生于评诸家诗,最先长吉。盖乙亥辟地山中,无以纾思寄怀,始有意留眼目,开后来,自长吉而后及于诸家。尚恨书本白地狭,旁注不尽意,开示其微,使览者隅反神悟,不能细论也。自是传本四出,近年乃无不知读长吉诗,效昌谷体,然类展转讹脱。剑江王庭光笃好雅尚,取善本校而刻之,寄声庐陵,俾识其端。抑所不可闻者,莫能载也,何以为是编言哉?第每见举长吉诗教学者,谓其思深情浓,故语适称,而非刻画无情无思之辞,徒苦心出之者,若得其趣,动天地、泣鬼神者固如此。又尝谓:吾作《兴观集》,最可以发越动悟者在长吉诗。呜呼!姑著其常言之浅者于此,凡能读此诗者,必能解者矣。其万一有所征也。

《四库全书》本《养吾斋集》卷九

唐诗品(选录)

[明]徐献忠

长吉陈诗藻缋,根本六代,而流调宛转,盖出于古乐府,亦中唐之变声也。盖其天才奇旷,不受束缚,驰思高玄,莫可驾御,故往往超出蹊径,不能俯仰上下。然以中声求之,则其浮薄太清之气,扬而过高;附离骚雅之波,潜而近幻。虽协云韶之管,而非感格之音,亦可知矣。向使幽兰未萎,竟其大业,自铲靡芜,归于大雅,则其高虚之气,沉以平夷,畅朗之才,济以流美,虽太白之天藻,亦何擅其芳誉哉!

明嘉靖十九年刻《唐百家诗》本

题李长吉集

[明]胡应麟

唐人以太白为天才绝,乐天为人才绝,长吉为鬼才绝,信乎其各近之也。卒之太白应长庚,乐天主海山,而《白玉楼》一记,天帝特下诏长吉为之,岂汉庭贵少,兜率大罗之表,或以其奇思奇语,凿天巧,夺化工,召而闭之玉楼中耶?世以长吉才稍加以理,奴仆命骚。不知长吉非附于吊诡,无所置才;加以理,且并长吉俱失之,而胡骚之命也?

《四库全书》本《少室山房集》卷十五

诗源辩体(选录)

[明]许学夷

李贺乐府五、七言,调婉而词艳,然诡幻多昧于理。其造语用字,不必来历,故可以意测而未可以言解,所谓理不必天地有而语不必千古道者。然析而论之,五言稍易,而七言尤难。按贺未尝先立题而为诗,每旦出,骑款段马,从小奚奴,背古锦囊,遇有所得,书投囊中,及暮归,足成之,盖出于凑合而非出于自得也。故其诗虽有佳句而气多不贯。其七言难者,读之十不得四五;易者,十不得七八。予所录乃其稍易者。杜牧之极推贺,而亦曰:"理虽不及,辞或过之。"然今人学李、杜或相远而学贺反相近者,即元瑞所谓"犹画家之于佛道鬼神"也。

人民文学出版社印本《诗源辩体》卷二十六

一王雅序（节录）

[元]郝　经

"六经"具述王道，而《诗》《书》《春秋》皆本乎史。王者之迹备乎《诗》，而废兴之端明；王者之事备乎《书》，而善恶之理著；王者之政备乎《春秋》，而褒贬之义见。圣人皆因其国史之旧而加修之，为之删定笔削，创法立制，而王道尽矣。

孟子曰：王者之迹熄而《诗》亡，《诗》亡然后《春秋》作。呜呼！麟出非时而圣人没，礼乐征伐专于诸侯，移于大夫，穷于陪臣。处士横议，异端并作，拆为六七，并为孤秦，焚荡禁绝，而《春秋》复亡，坏乱极矣。王道从何而兴乎？战国而下，逮乎汉魏，国史仍存，其见于词章者，如《离骚》之经传，词赋之绪余，至于郊庙乐章、民谣歌曲，莫不浑厚高古，有三代遗音，而当世之政不备，王者之事不完，不能纂续正变大小风雅之后。汉魏而下，曹、刘、陶、谢之诗，豪赡丽缛，壮峻冲澹，状物态，寓兴感，激音节，固亦不减前世骚人词客，而述政治者亦鲜。齐梁之间，日趋浮伪，又恶知所谓王道者哉？隋大业间，文中子依仿"六经"，续为诗书，骋骥骤而追绝轨，甚有意于先王之道，乃今坠灭而不传。

李唐一代，诗文最盛，而杜少陵、李太白、韩吏部、柳柳州、白太傅等为之冠。如子美诸怀古及《北征》《潼关》《石壕》《洗兵马》等篇，发秦州、入成都、下巴峡、客湖湘、《八哀》九首伤时咏物等作，太白之《古风》篇什，子厚之《平淮雅》，退之之《圣德诗》，乐天之讽谏集，皆有风人之托物，"二雅"之正言，中声盛烈，止乎礼义，抉去污剥，备述王道，驰骛于月露风云花鸟之外，直与"三百五篇"相上下。惜乎著当世之事而及前代者略也。

中统元年，今上践阼，诏经持节使宋，馆于仪真，抑塞之极，无所摅泄。以为由汉以来，千有余年，圣君英主，忠臣义士，大儒名贤，猛将良吏，秽乱篡逆，恺邪奸宄,关国体,系治乱,本废兴,不为振而鼓之,擒光揭耀,搜疵指颣,则王道从何而明? 四壁之内无他文籍,乃以素所记忆者,取韩、杜诸贤,义例皆以吾言。断自汉高帝,终于陈希夷,绝笔于五季之末……得二百二十一人,共二百五十篇。小者十余韵,大者六七十韵,名之曰《一王雅》。抑扬刺美,反复讽咏,期于大一统,明王道,补辑前贤之所未及者而已,非敢妄意于大经、大法之后而辄自振暴,故不计其工拙焉。始于三年秋闰九月十有九日,终于四年春二月十有三日。越十有五日陵川郝经序。

《四库全书》本《陵川集》卷二十八

【说明】

郝经(1223—1275),字伯常,泽洲陵川(今山西晋城)人。金亡后,迁河北,受到元将张柔、贾辅的礼遇,得读二家藏书。后入忽必烈王府,很受信任。忽必烈即位后,郝经以翰林学士充国信使出使南宋议和,为贾似道所阻,拘留在真州(今江苏仪征),长达十六年之久。至元十二年(1275)得释北还,不久即病逝。著有《郝文忠公集》。传见《元史》卷一百五十七。

郝经属于最正统的儒生,诗学观念也带有浓厚的儒家传统色彩。他在被拘仪征期间,选汉至五代221人,诗250篇,取其"抑扬刺美,反复讽咏,期于大一统,明王道,补辑前贤之所未及者",名之曰《一王雅》。他选诗的宗旨十分明确,即"述王道",有补于世事。本于此,他认为汉魏辞赋、郊庙乐章、民谣歌曲在述政治、述王事方面犹有不足,"不能纂续正变大小风雅之后";"李唐一代诗文最盛,而杜少陵、李太白、韩吏部、柳柳州、白太傅等为之冠"。他尤其推重杜甫的《北征》《石壕吏》及白居易的讽喻诗等,认为这些诗篇"有风人之托物、'二雅'之正言"。可见此书所选完全侧重于政治教化。

郝经在《与撒彦举论诗书》中说:"诗,文之至精者也。所以歌咏性情,以为风雅。"同样表现出推崇《诗三百》以来的风雅传统的观点。后虞集《唐音原序》云:"音也者,声之成文者也,可以观世矣。"论诗亦以唐为宗,而推重风雅。戴良身处元末,犹高唱雅正之音,作《皇元风雅序》,称"唐诗主性情,故于'风''雅'为犹近;宋诗主议论,则其去'风''雅'远矣"。他认为元诗上承唐诗而"能得夫风雅之正声","一扫宋人之积弊"。郝经、虞集、戴良等人,都从风雅之义、雅正之音出发,倡言复古,推重唐诗,一脉相承,构成了元代诗学批评的主流。

【附录】

与撒彦举论诗书
[元]郝　经

经白:昨得足下诗一卷,瑰丽奇伟,固非时辈所及。然工于句字而乏风格,故有可论者。

诗,文之至精者也。所以歌咏性情,以为风雅。故摅写襟素,托物寓怀,有言外之意,意外之味,味外之韵。凡喜怒哀乐蕴而不尽发,托于江花野草风云月露之中,莫非仁义礼智,喜怒哀乐之理。依违而不正言,恣睢而不迫切,若初无与于己,而读之者感叹激发,始知己之有罪焉。故三代之际,于以察安危,观治乱,知人情之好恶,风俗之美恶,以为王政之本焉。观圣人之所删定,至于今而不亡,诗之所以为诗,所以歌咏性情者,只见"三百篇"尔。

秦汉之际,骚赋始盛,大抵怨讟烦冤、从谀侈靡之文,性情之作衰矣。至苏、李赠答,下逮建安,后世之诗,始立根柢,简静高古,不事夫辞,犹有三代之遗风。至潘、陆、颜、谢,则始事夫辞;以及齐梁,辞遂盛矣。至李、杜氏,兼魏晋以追风雅,尚辞以咏性情,则后世诗之至也,然而高古不逮夫苏、李之初矣。至苏、黄氏,而诗益工,其风雅又不逮夫李、杜矣。盖后世辞胜,尽有作为之工,而无复性情,不知风雅。有沉郁顿挫之体,有清新警策之神,有震撼纵恣之力,有喷薄雄猛之气,有高壮广厚之格,有叶比调适之律,有雕镂组织之才,有纵入横出之变,有幽丽静深之姿,有纤余曲折之态,有悲忧愉佚之情,有微婉郁抑之思,有骇愕触忤之奇,有鼓舞豪宕之节;若夫言外之意,意外之味,味外之韵,知之者鲜,又孰能为之哉!先为辞藻,茅塞思窦,扰其兴致,自趋尘近,不能高古,习以成俗,昧夫风雅之原矣。

呜呼!自李、杜、苏、黄,已不能越苏、李,追三代,矧其下乎?于是近世又尽为辞胜之诗,莫不惜李贺之奇,喜卢仝之怪,赏杜牧之警,趋元稹之艳。又下焉则为温庭筠、李义山、许浑、王建,谓之晚唐。轰轰隐隐,啴噪喧聒,八句一绝,竟自为奇。推一字之妙,擅一联之工,呕哑嚼拉于齿牙之间者,只是天地风雷,日月星斗,龙虎鸾凤,金玉珠翠,莺燕花竹,六合四海,牛鬼蛇神,剑戟绮绣,醉酒高歌,美人壮士等。磨切锱铢,偶韵较律,斗钉排比而以为工,惊吓喝喊而以为豪;莫不病风丧心,不复知有李、杜、苏、黄矣,又焉知三代、苏、李性情风雅之作哉!

足下之作,不为不工,不为不奇,殆亦未免近世辞人之诗。愿熟读"三百篇"及汉魏诸人。唐宋以来,只读李、杜、苏、黄,尽去近世辞章,数年之后,高咏吟台之上,则必非复吴下阿蒙矣。经再拜。

《四库全书》本《陵川集》卷二十四

唐音原序
[元]虞　集

襄城杨伯谦,好唐人诗,五言七言古诗、律诗、绝句,以盛唐、中唐、晚唐别之,凡几卷谓之《唐音》。

音也者,声之成文者也,可以观世矣。其用意之精深,岂一日之积哉?盖其所录,必也有风雅之遗、骚些之变、汉魏以来乐府之盛,其合作者则录之,不合乎此者,虽多弗取,是以若是其严也。昔之选唐诗者非一家,若伯谦之辩识,度越常情远哉!

噫!先王之德盛而乐作,迹熄而诗亡,系于世道之升降也。风俗颓靡,愈趋愈下,则其声文之盛,不得不随之而然。必有特起之才,卓然之见,不系于习俗之所同,则君子尚之,然亦鲜矣。呜呼!唐、虞、三代,其盛矣乎?"元首""股肱"之歌,见于唐书;一游一豫之叹,闻诸夏谚。其仅存者,亦寥寥廓绝矣。若夫"十五国风""大小雅",周之盛衰备矣。《周颂》者,多周公之所作也。《猗那》之存,太师传焉;《駉驳》之兴,鲁人作之,皆吾夫子之手笔也。千载之言诗者,孰不本于此哉?则吾于伯谦《唐音》之录,安得不叹夫知言之难也!虞集序。

《四库全书》本《唐音》卷首

皇元风雅序(节录)

[元]戴　良

昔者孔子删诗,盖以周之盛世,其言出于民俗之歌谣,施之邦国、乡人,而有以为教于天下者,谓之风;作于公卿大夫,陈之朝廷,而有以知其政之废兴者,谓之雅。及其衰也,先王之政教虽不行,而流风遗俗,犹未尽泯,此陈古刺今之作,又所以为风雅之变也。然而气运有升降,人物有盛衰,是诗之变化,亦每与之相为于无穷。

汉兴,李陵、苏武五言之作,与凡乐府诗词之见于汉武之采录者,一皆去古未远,风雅遗音,犹有所征也。魏晋而降,三光五岳之气分,而浮靡卑弱之辞,遂不能以复古。唐一函夏,文运重兴,而李、杜出焉。议者谓李之诗似"风",杜之诗似"雅",聚奎启宋欧、苏、王、黄之徒,亦皆视唐为无愧。然唐诗主性情,故于"风""雅"为犹近;宋诗主议论,则其去"风""雅"远矣。

然能得夫风雅之正声,以一扫宋人之积弊,其惟我朝乎?我朝舆地之广,旷古所未有。学士大夫乘其雄浑之气以为诗者,固未易一二数。然自姚、卢、刘、赵诸先达以来,若范公德机、虞公伯生、揭公曼硕、杨公仲弘,以及马公伯庸、萨公天锡、余公廷心,皆其卓卓然者也。至于岩穴之隐人,江湖之羁客,殆又不可以数计。盖方是时,祖宗以深仁厚德,涵养天下垂五六十年之久,而戴白之老,垂髫之童,相与欢呼鼓舞于闾巷间,熙熙然有非汉、唐、宋之所可及,故一时作者,悉皆餐淳茹和,以鸣太平之盛治,其格调固拟诸汉、唐,理趣固资诸宋氏,至于陈政之大,施教之远,则能优入乎周德之未衰,盖至是而本朝之盛极矣。继此而后,以诗名世者,犹累累焉。语其为体,固有山林馆阁之不同,然皆本之性情之正,基之德泽之深,流风遗俗,班班而在。刘禹锡谓八音与政通,文章与时高下,岂不信然欤?

《四部丛刊》本《九灵山房集》卷二十九

送罗寿可诗序

[元]方　回

　　诗学晚唐，不自"四灵"始。宋刬五代旧习，诗有白体、昆体、晚唐体。白体如李文正、徐常侍昆仲、王元之、王汉谋；昆体则有杨、刘《西昆集》传世，二宋、张乘崖、钱僖公、丁崖州皆是；晚唐体则"九僧"最逼真，寇莱公、鲁三交、林和靖、魏仲先父子、潘逍遥、赵清献之父凡数十家，深涵茂育，气极势盛。欧阳公出焉，一变而为李太白、韩昌黎之诗，苏子美二难相为颉颃，梅圣俞则唐体之出类者也，晚唐于是退舍。苏长公踵欧阳公而起，王半山备众体，精绝句，古五言或三谢，独黄双井专尚少陵，秦、晁莫窥其藩。张文潜自然有唐风，别成一宗。

　　惟吕居仁克肖陈后山，弃所学，学双井。黄致广大，陈极精微，天下诗人北面矣。立为"江西派"之说者，铨取或不尽然，胡致堂诋之。乃后陈简斋、曾文靖为渡江之巨擘。乾、淳以来，尤、范、杨、陆、萧其尤也。道学宗师，于书无所不通，于文无所不能，而高古清劲，尽扫余子，又有一朱文公。嘉定而降，稍厌江西，"永嘉四灵"复为"九僧"，旧晚唐体非始于此四人也。后生晚进不知颠末，靡然宗之，涉其波而不究其源，日浅日下。然尚有余杭二赵、上饶二泉，典刑未泯。今学诗者不于三千年间上溯下沿，穷探邃索，而徒追逐近世六七十年间之所偏，非区区所敢知也。

　　清江罗君志仁寿可，介吾师友自堂陈公书，枣诗百篇见教，自谓改学"四灵"、后村。且善学古人者，仿佛其意度，隽远其滋味，不当尽用其语言事料。若胈若组，若冗若涩，若浅若俗，若粗若晦，若怒若怨，皆诗家之弊。细读深味，诗律未脱江西，有"昆体"意，崖岸骨鲠，似与赵紫芝诸人及刘潜夫不同。故予详道诗之所以然，为诗以送之。谓为不然者，寿可还旆，过东湖之上，复以参之自堂可也。

《四库全书》本《桐江续集》卷三十二

【说明】

方回(1227—1307),字万里,号虚谷,歙县(今属安徽)人。南宋理宗景定三年(1262)进士,累官至严州知府。宋亡降元,授建德路总管,不久即罢去,徜徉于杭、歙间而终老。

方回是宋末元初的著名诗人、诗论家,为学崇奉朱熹,诗歌标榜江西诗派。其诗论见于《瀛奎律髓》《桐江集》《桐江续集》及《文选颜鲍谢诗评》四书。其中尤以《瀛奎律髓》一书议论最精,内容亦富,影响最大。

方回评论唐诗,也是站在江西诗派的立场。其《送罗寿可诗序》着重阐述了宋诗与唐诗的承传关系,指出,宋初诗坛有"白体、昆体、晚唐体",欧阳修"一变而为李太白、韩昌黎之诗",梅尧臣诗则为"唐体之出类者",苏轼"踵欧阳公而起",王安石"备众体,精绝句",惟独黄庭坚"专尚少陵"。至宋末,"江西诗派"衰微,"永嘉四灵"复倡晚唐诗风。此文俨然是一篇宋诗发展小史。《送俞唯道序》一文认为:"大概律诗当专师老杜、黄、陈、简斋,稍宽则梅圣俞,又宽则张文潜,此皆诗之正派也。"在《唐长孺艺圃小集序》中,方回提出了"诗以高格为第一"的观点,并以此为标准评判唐宋诗人,认为黄庭坚、陈师道上配陶渊明、杜甫,是格调尤高的四大诗人。《读张功父南湖集序》称:"诗至于老杜而集大成。"认为杜诗"不丽不工,瘦硬枯劲,一斡万钧,惟山谷、后山、简斋,得此活法"。从方回的这些见解中不难看出,他在唐代诗人中最推尊杜甫,并把格高律严的杜诗定为"江西诗派"的祖师,从而确立了"江西诗派"的正统地位。

【附录】

程斗山吟稿序

[元]方 回

老杜上元元年庚子,年四十八,至成都;大历元年丙午,年五十四,至夔州。山谷论老杜诗,必断自夔州以后。试取其庚子至乙巳六年之诗观之,秦、陇、剑门行旅跋涉,浣花草堂居处啸吟,所以然之故,如绣如画。又取其丙午至辛亥六年诗观之,则绣与画之迹俱泯。赤甲、白盐之间,以至巴峡、洞庭、湘潭,莫不顿挫悲壮,剥落浮华。今之诗人未尝深考及此。善为诗者,由至工而入于不工,工则粗,不工则细,工则生,不工则熟。读程君以南南仲《斗山吟稿》,笔力劲健,无近人绮靡风;尝有"欲居东西潦"之句,殆精老杜诗者。然年甫五十,则是已能为成都之子美矣,由是而为夔州之子美,尚何难哉?

至元甲申日在斗十一度同郡方回序。

《宛委别藏》本《桐江集》卷一

送俞唯道序(节录)

[元]方　回

大概律诗当专师老杜、黄、陈、简斋,稍宽则梅圣俞,又宽则张文潜,此皆诗之正派也。五言古,陶渊明为根柢,三谢尚不满人意,韦、柳善学陶者也。七言古,须守太白、退之、东坡规模。绝句,唐人后惟一荆公,实不易之论。但不当学姚合、许浑,格卑语陋,恢拓不前。唐"二孟",近世吕居仁、尤、萧、杨、陆,但可为助。饱读勤作,苦思屡改,则日异而月不同矣。予尝有言,善诗者用字如柱之立础,用事如射之中的,布置如八阵之奇正,对偶如六子之偶奇,至于剔奇抉怪,如在太空中本无一物,云霞雷电,雨露霜雪,屡变而不穷。锻一字者一句之始,字字稳,则句成而无锻迹;铸一句者一篇之始,句句圆,则篇成而无铸痕。其初运思旋转,如游丝之漾天;其终成章妥贴,如磐石之镇地。噫!乌得斯人而与之言诗哉。

《宛委别藏》本《桐江集》卷三

读张功父南湖集并序(节录)

[元]方　回

诗至于老杜而集大成。陈子昂、沈佺期、宋之问,律体沿而下之,丽之极,莫如玉溪,以至西昆;工之极,莫如唐季,以至"九僧"。"三百五篇",有丽者、有工者,初非有意于丽与工也。风、赋、比、兴,情缘事起云耳,而丽之极、工之极,非所以言诗也。谓如老杜七言律诗"鱼吹细浪摇歌扇,燕蹴飞花落舞筵""自去自来堂上燕,相亲相近水中鸥""林花着雨胭脂落,水荇牵风翠带长""风含翠筱娟娟静,雨裹红葉冉冉香",学者能学此句,未足为雄。《扑枣》诗云:"不为困穷宁有此,只缘恐惧转须亲。"《忆梅》诗云:"幸不折来伤岁暮,若为看去乱乡愁。"《春菜》诗云:"巫峡寒江那对眼,杜陵野老不胜悲。"《送僧》诗云:"念我能书数字至,将诗不必万人传。"此等诗不丽不工,瘦硬枯劲,一斡万钧,惟山谷、后山、简斋,得此活法,又各以其数万卷之心胸气力鼓舞跳荡。初学晚生,不深于诗,而骤读之,则不见奥妙,不知隽永,乃独喜许丁卯体,作偶俪妩媚态。予平生不然之,而江湖友朋未易以口舌争也。

《四库全书》本《桐江续集》卷八

唐长孺艺圃小集序(节录)

[元] 方　回

诗以高格为第一,"三百五篇"圣人所定,不敢以格目之。然风、雅、颂体三,比、兴、赋体三,一体自有一格,观者当自得之于心。自骚人以来,至汉苏、李,魏曹、刘,亦无格卑者。而予乃创为格高卑之论者,何也?曰:此为近世之诗人言之也。予于晋,独推陶彭泽一人,格高足方嵇、阮;唐惟陈子昂、杜子美、元次山、韩退之、柳子厚、刘梦得、韦应物,宋惟欧、梅、黄、陈、苏长翁、张文潜;而又于其中以四人为格之尤高者,鲁直、无己上配渊明、子美为四也。

《四库全书》本《桐江续集》卷八

恢大山西山小稿序

[元] 方　回

皋歌,诗之始;孔删,诗之终;屈骚,诗之变。论今之诗,五七言古、律与绝句,凡五体。五言古,汉苏、李,魏曹、刘,晋陶、谢。七言古,汉《柏梁》、临汾张平子《四愁》。五言律、七言律及绝句,自唐始。盛唐人杜子美、李太白兼五体,造其极。王维、岑参、贾至、高适、李泌、孟浩然、韦应物,以至韩、柳、郊、岛、杜牧之、张文昌,皆老杜之派也。宋苏、梅、欧、苏、王介甫、黄、陈、晁、张、僧道潜、觉范,以至南渡吕居仁、陈去非,而乾、淳诸人,朱文公诗第一,尤、萧、杨、陆、范,亦老杜之派也;是派至韩南涧父子、赵章泉而止。别有一派曰"昆体",始于李义山,至杨、刘及陆佃绝矣。炎祚将讫,天丧斯文,嘉定中忽有祖许浑、姚合为派者,五七言古体并不能为,不读书亦作诗,曰学"四灵",江湖晚生皆是也,呜呼痛哉!

《四库全书》本《桐江续集》卷三十三

瀛奎律髓序

[元]方　回

瀛者何？十八学士登瀛洲也。奎者何？五星聚奎也。律者何？五七言之近体也。髓者何？非得皮得骨之谓也。斯登也，斯聚也，而后八代五季之文弊革也。文之精者为诗，诗之精者为律。所选，诗格也；所注，诗话也。学者求之，髓由是可得也。方回者谁？家于歙，尝守睦，其字万里也。至元癸未良月旦日，紫阳虚谷居士方回撰。

上海古籍出版社印本《瀛奎律髓汇评》

【说明】

南宋后期，宗尚晚唐的"四灵派"兴起，"江湖派"风行，"江西诗派"相形之下日趋衰微。为了重振"江西"旗鼓，纠正其缺失，维护、发扬其诗学主张，方回编选了《瀛奎律髓》这一鸿篇巨制。

此书为诗总集，四十九卷。录唐宋诗人385家五七言律诗3014首（其中重出22首，实为2992首）。按类分编，计分登览、朝省、怀古、风土、升平、宦情、风怀、宴集、老寿、春日、夏日、秋日、冬日、晨朝、暮夜、节序、晴雨、茶、酒、梅花、雪、月、闲适、送别、拗字、变体、着题、陵庙、旅况、边塞、宫闱、忠愤、山岩、川泉、庭宇、论诗、技艺、远外、消遣、兄弟、子息、寄赠、迁谪、疾病、感旧、侠少、释梵、仙逸、伤悼等四十九类，类各一卷，每类中再分五言、七言，每体中大率按时代先后排，是一部规模宏大、体制整齐的唐宋律诗选本。编者自序称"诗之精者为律"，又言取"十八学士登瀛洲""五星聚奎"之义，故名《瀛奎律髓》。书中每卷另有小序，说明该类诗的特点。各诗人皆有小传，诗中多有评注圈点；其评语数量多，涉及面广,总合起来相当于一部诗话。此书选例侧重于宋代,入选221家,1765首,比重超过唐代,"江西诗派"重要作家入选的作品较多,这反映了编者崇尚"江西诗派"的立场。其体例的一个显著特色是将选诗和评诗结合起来,使诗选与诗话融为一体。所收诗,有原集已佚而赖此以存者;其评语中有珍贵的传记资料。

方回论诗,从唐宋诗之间的关系入手,首倡"一祖三宗"之说,认为"江西诗派非江西,实皆学老杜耳"(《瀛奎律髓》卷二十六杜甫《题省中院壁》批),因此提出"古今诗人当以老杜、山谷、后山、简斋为一祖三宗"(同上卷陈简斋《清明》注),从理论上确立了江西诗派的正宗地位。在创作风格上,他明确标举江西诗派作家一致注重的"格"作为主要标准,提出"诗先看格高而意又到、语又工为上,意到语工而格不高次之,无格无意又无语下矣"(卷二十一曾茶山《上元日大雪》批);称颂"盛唐律诗体浑大,格高语壮"(卷十五陈子昂《晚次乐乡县》批),认为杜甫夔州以后的诗"一节高一节,愈老愈剥落",堪称"格高"的典范。在创作技巧上,方回特别注重"响字""活句""拗字"和"变体"等法则,并进行了深入的研究和总结。如他称赞杜甫的拗字诗"往往神出鬼没","骨格愈峻峭","才小者不能为之矣"(卷二十五拗字类序)。

方回论诗,专主江西,排斥"四灵""江湖"诗派,因此在评价晚唐诗人贾岛、姚合、许浑时,持论不免偏颇。贾岛、姚合均为"四灵"重点师法的对象,许浑是"江湖"诗人的鼻祖。但是,由于江西诗派偷学了贾岛近体诗中炼字、炼句、变体等艺术技巧,方回便推崇贾岛而贬抑姚合、许浑。他认为贾岛诗"得老杜之瘦,而用意苦矣"(卷二十七贾岛《病蝉》批);姚合诗"专在小结裹"(卷十姚合《游春》批),"小巧而近乎弱,不能如贾之瘦劲高古也"(卷十一姚合《闲居晚夏》批);斥责许浑诗"体格太卑,对偶太切",明确表示极不喜爱许浑的诗(卷十四许浑《晓发鄞江北渡寄崔韩二先辈》批)。从这里可以看出方回的门派意识。纪昀指摘此书"以生硬为高格,以枯槁为老境,以鄙俚粗率为雅音",致有标题句眼好尚生新、党同伐异之弊(见《瀛奎律髓刊误序》)。

此书现存元至元二十年(1283)初刻巾箱本、明成化三年(1467)紫阳书院刻本、清康熙四十九年(1710)陆士泰刻本和康熙五十一年(1712)吴之振黄叶村庄刻本,《四库全书》亦加收录。另历来评点此书者不下十余家,专集行世有清纪昀《瀛奎律髓刊误》四十九卷及《删正方虚谷瀛奎律髓》四卷、许印芳《律髓辑要》七卷、吴汝纶《评选瀛奎律髓》四十五卷。今人李庆甲以诸本参校、集十余家评语及有关资料,成《瀛奎律髓汇评》,1986年由上海古籍出版社出版。

【附录】

瀛奎律髓评语(选录)
［元］方　回

  大抵老杜集,成都时诗胜似关辅时,夔州时诗胜似成都时,而湖南时诗又胜似夔州时,一节高一节,愈老愈剥落也。(卷十春日类杜甫《春远》注)

  姚少监合……与贾岛同时而稍后……而格卑于岛,细巧则或过之。……予谓诗家有大判断,有小结裹。姚之诗专在小结裹,故"四灵"学之,五言八句皆得其趣,七言律及古体则衰落不振。又所用料不过花竹鹤僧、琴药茶酒,于此几物,一步不可离,而气象小矣。是故学诗者必以老杜为祖,乃无偏僻之病云。(卷十春日类姚合《游春》批)

  姚合学贾岛为诗,虽贾之终穷,不及姚之终达,然姚之诗小巧而近乎弱,不能如贾之瘦劲高古也。当以此二公之诗细味观之,又于其集中深考,斯可矣。(卷十一夏日类姚合《闲居晚夏》批)

  许用晦丁卯……诗出于"元白"之后,体格太卑,对偶太切。陈后山《次韵东坡》有云:"后世无高学,举俗爱许浑。"以此之故,予心甚不喜丁卯诗,然初年诵半山《唐选》,亦爱其《怀古》数篇。今老而精选,罕当予意。(卷十四晨朝类许浑《晓发鄞江北渡寄崔韩二先辈》批)

  盛唐律诗体浑大,格高语壮。晚唐下细工夫,作小结裹,所以异也,学者详之。(卷十五暮夜类陈子昂《晚次乐乡县》批)

  简斋诗即老杜诗也。予平生持所见:以老杜为祖,老杜同时诸人,皆可伯仲。宋以后,山谷一也,后山二也,简斋为三,吕居仁为四,曾茶山为五,其他与茶山伯仲亦有之,此诗之正派也。余皆旁支别流,得斯文之一体者也。(卷十六节序类陈简斋《道中寒食二首》批)

  诗先看格高而意又到、语又工为上,意到语工而格不高次之。无格无意又无

语下矣。此诗全是格高而语亦峭。(卷二十一雪类曾茶山《上元日大雪》批)

拗字诗在老杜集七言律诗中谓之"吴体"。老杜七言律一百五十九首,而此体凡十九出。不止句中拗一字,往往神出鬼没。虽拗字甚多,而骨格愈峻峭。今"江湖"学诗者,喜许浑诗:"水声东去市朝变,山势北来宫殿高"、"湘潭云尽暮山出,巴蜀雪消春水来"。以为丁卯句法,殊不知始于老杜,如"负盐出井此溪女,打鼓发船何郡郎""宠光蕙叶与多碧,点注桃花舒小红"之类是也。如赵嘏"残星几点雁横塞,长笛一声人倚楼"亦是也。唐诗多此类,独老杜"吴体"之所谓拗,则才小者不能为之矣!五言律亦有拗者,止为语句要浑成,气势要顿挫,则换易一两字平仄,无害也,但不如七言"吴体"全拗尔。(卷二十五拗字类序)

周伯弼《诗体》,分四实四虚、前后虚实之异。夫诗止此四体耶?然有大手笔焉,变化不同。用一句说景,用一句说情。或先后,或不测。此一联既然矣,则彼一联如何处置?今选于左,并取夫用字虚实轻重外若不等,而意脉体格实佳,与凡变例之一二书之。(卷二十六变体类序)

呜呼!古今诗人当以老杜、山谷、后山、简斋为一祖三宗,余可预配飨者有数焉。(卷二十六变体类陈简斋《清明》注)

贾浪仙诗得老杜之瘦,而用意苦矣。蝉有何病?殆偶见之,托物寄情,喻寒士之不遇也。(卷二十七着题类贾岛《病蝉》批)

老杜七言律,晚唐人无之。凡学诗,五言律可晚唐,只如七言律,不可不老杜也。(卷四十七释梵类杜工部《涪城县香积寺官阁》批)

上海古籍出版社印本《瀛奎律髓汇评》

诗源辩体(选录)

[明]许学夷

方虚谷《瀛奎律髓》,其《序》乃元世祖至元癸未作,采唐、宋五七言律,以登览、朝省等为类,凡四十九卷。每卷首多录陈、杜、沈、宋之诗,故多有可观。中录晚唐,实无足取。后采宋人过半,读之颇为闷绝。大意兼诗话为之。然于正体多不相及,而于许浑尤加诋毁,是以新奇意见为主,而不以音节气格为主也。其录黄、陈诸子,声调多偏,深晦为甚。其盛推黄、陈,皆属梦语。中既诋许浑,而他类

247

浑者又取之,盖习于宋人议论,而实无己见。然则陈、杜、沈、宋之取,特借以压服人心。至子美僻调,亦多录之,乃挟天子以令诸侯耳。学者识见未定,断不可观。十三卷以后,议论愈谬。且以茶酒、梅花、雪月系于前,而以陵庙、边塞、旅况、迁谪系于后,尤为谬甚。严沧浪云:"唐人好诗,多是征戍、迁谪、行旅、离别之作,往往能感动激发人意。"盖此公与此题初不相契也。其《序》曰:"瀛者何?十八学士登瀛洲也;奎者何?五星聚奎也。斯登也,斯聚也,而后八代五季之文弊革也。"读之可发一笑。其所选多非作者,姑不暇论。

人民文学出版社印本《诗源辩体》卷三十六

瀛奎律髓序(节录)
[清]吴之振

诗者,文之一也。律诗起于贞观、永徽,逮乎祥兴、景炎,盖阅六百余年矣。其间为初、盛,为中、晚,为"西昆",为元祐,为"江西",最后而为"江湖",为"四灵"。作者代生,各极其才而尽其变,于是诗之意境开展而不竭,诗之理趣发泄而无余。盖变而日新,人心与气运所必至之数也。其间或一人而数变,或一代而数变,或变之而上,或变之而下,则又视乎世运之盛衰,与人材之高下,而诗亦为之升降于其间,此亦文章自然之运也。由是言之,时代虽有唐、宋之异,自诗观之,总一统绪,相条贯如四序之成岁功,虽寒暄殊致,要属一元之递嬗尔。而固者遂画为鸿沟,判作限断,或尊唐而黜宋,或宗宋而桃唐,此真方隅之见也。

紫阳方氏之编诗也,合二代而荟萃之,不分人以系诗,而别诗以从类。盖譬之史家,彼则龙门之列传,而此则涑水之编年,均之不可偏废。然聚六七百年之诗于一门一类间,以观其意境之日拓,理趣之日生,所谓出而不匮,变而益新者,昭然于尺幅之间,则是编为独得已。若其学术之正,则不惑于金溪,而崇信考亭;其诠释之善,则不滥于饾饤,而疏瀹隐僻;其论世则考其时地,逆其志意,使作者之心,千载犹见;其评诗则标点眼目,辨别体制,使风雅之轨,后学可寻。斯固诗林之指南,而艺圃之《侯鲭》也。然自元以来,学士家言及者,辄用相訾謷,自是后人吹索之过,而其书固不可废也。

上海古籍出版社印本《瀛奎律髓汇评》附录

瀛奎律髓刊误序

[清]纪　昀

文人无行,至方虚谷而极矣。周草窗之所记,不忍卒读之。而所选《瀛奎律髓》,乃至今犹传其书。非尽无可取,而骋其私意,率臆成篇。

其选诗之大弊有三:一曰矫语古淡,一曰标题句眼,一曰好尚生新。夫古质无如汉氏,冲淡莫过陶公,然而抒写性情,取裁风雅,朴而实绮,清而实腴,下逮王、孟、储、韦,典型具在。虚谷乃以生硬为高格,以枯槁为老境,以鄙俚粗率为雅音,名为遵奉工部,而工部之精神面目迥相左也,是可以为古淡乎?"朱华冒绿池",始见子建。"悠然见南山",亦曰渊明。响字之说,古人不废。暨乎唐代,锻炼弥工。然其兴象之深微,寄托之高远,则固别有在也。虚谷置其本原,而拈其末节,每篇标举一联,每句标举一字,将举天下之人而致力于是,所谓温柔敦厚之旨蔑如也,所谓文外曲致、思表纤旨亦茫如也。后人纤巧之学,非虚谷阶之厉也耶?赞皇论文,谓譬如日月,终古常见而光景常新。人生境遇不同,寄托各异。心灵浚发,其变无穷。初不必刻镂琐事以为巧,捃摭僻字以为异也。虚谷以长江、武功一派标为写景之宗,一虫一鱼,一草一木,规规然摹其性情,写其形状,务求为前人所未道,而按以作诗之意,则不必相涉也。《骚》《雅》之本意果若是耶?是皆"江西"一派先入为主,变本加厉,遂偏驳而不知返也。

至其论诗之弊,一曰党援:坚持"一祖三宗"之说,一字一句,莫敢异议。虽茶山之粗野,居仁之浅滑,诚斋之颓唐,宗派苟同,无不袒庇。而晚唐、"昆体""江湖""四灵"之属,则吹索不遗余力。是门户之见,非是非之公也。一曰攀附:元祐之正人,洛、闽之道学,不论其诗之工拙,一概引之以自重。本为诗品,置而论人,是依附名誉之私,非别裁伪体之道也。一曰矫激:钟鼎山林,各随所遇,亦各行所安。巢、由之遁,不必定贤于皋、夔;沮、溺之耕,不必果高于洙、泗。论人且尔,况于论诗?乃词涉富贵,则排斥立加;语类幽栖,则吹嘘备至。不问其人之贤否,并不计其语之真伪,是直诡托清高以自掩其秽行耳,又岂论诗之道耶?凡此数端,皆足以疑误后生,瞀乱诗学,不可不亟加刊正。

然其书行世有年,村塾既奉为典型,莫敢訾议;而知诗法者,又往往不屑论之,谬种益蔓延而不已。惟海虞冯氏尚有批本,曾于门人姚考功左垣家借阅。顾虚谷左袒"江西",二冯又左袒晚唐,冰炭相激,负气诟争,遂并有精确之论,无不深文以诋之。矫枉过正,亦未免转惑后人。因于暇日,细为点勘,别白是非,各于句下笺之,命曰《瀛奎律髓刊误》。虽一知半解,未必遽窥作者之本源。且卷帙浩繁,牴牾亦难自保。而平心以论,无所爱憎于其间。方氏之僻,冯氏之激,或庶乎其免耳。

乾隆辛卯十二月二十一日,观弈道人纪昀记。

上海古籍出版社印本《瀛奎律髓汇评》附录

四库全书总目·瀛奎律髓(节录)

[清]纪　昀等

是书兼选唐、宋二代之诗,分四十九类。所录皆五、七言近体,故名"律髓";自序谓取"十八学士登瀛洲""五星聚奎"之义,故曰"瀛奎"。大旨排"西昆"而主"江西",倡为"一祖三宗"之说。一祖者,杜甫;三宗者,黄庭坚、陈师道、陈与义也。其说以生硬为健笔,以粗豪为老境,以炼字为句眼,颇不谐于中声。其去取之间,如杜甫《秋兴》惟选第四首之类,亦多不可解。然宋代诸集不尽传于今者,颇赖以存。而当时遗闻旧事,亦往往多见于其注。故厉鹗作《宋诗纪事》,所采最多;其议论可取者,亦不一而足,故亦未能竟废之。

中华书局本《四库全书总目》卷一百八十八

张仲实诗序

[元]戴表元

异时搢绅先生无所事诗,见有攒眉拥鼻而吟者,辄靳之。曰:是唐声也,是不足为吾学也。吾学大出之可以咏歌唐、虞,小出之不失为孔氏之徒,而何用是啁啁为哉!其为唐诗者,泪然无所与于世则已耳,吾不屑往与之议也。诠改举废,诗事渐出。而昔之所靳者,骤而精焉则不能,因亦浸为之。为之异于唐,则又曰:是终唐声,不足为吾诗也。吾诗惧不达于古,不惧不达于唐。其为唐诗者,方起而抗曰:古固在我,而君安得古?于是性情、理义之具,哗为讼媒,而人始骇矣。

杭于东南为诗国,之二说者,余狎闻焉。盖尝私评之:诗自盛古至于唐,不知几变,每变愈下。而唐人者,变之稍差者也。今人服食寝处之物,玩适之器,不暇及古,虽古不能信其必古,但得唐人遗缣断楮,废材败矿,数百千年间物,即古之。疑其攻能精绝,亦啧啧叹羡,以为不可及。至于为诗,去唐远甚,然谈及之,则不以为古。诚古不止此,抑充其类焉,姑无深诛唐乎?

张仲实,循忠烈王诸孙,在杭友中年最妙,而诗尚最力。强志多学,尝与庐陵刘公会孟往复,是能为唐而不为唐者也。故吾概举诸人所疑于古者告之,亦以坚仲实之学云。

《四部丛刊》本《剡源集》卷八

【说明】

戴表元(1244—1310),字帅初,一字曾伯,奉化(今属浙江)人。宋末咸淳年间进士,任建康府教授;元大德八年(1289),又出为信州路教授。著有《剡源集》。传见《元史》卷一百九十。

戴表元是元初东南地区有影响的文章大家，他在反思宋末"四灵""江湖"派格局狭小和江西派末流刻划过甚等弊端的基础上，提出了宗唐复古的诗学主张。其《张仲实诗序》陈述了宋末元初围绕唐诗所展开的争论，在宋末，多数人鄙视"唐声"而推崇上古诗歌和孔孟之道，学唐诗者泪没无闻，不为人所齿。到元初因科举废，"诗事渐出"，诗坛便出现了"性情""理义"之争。戴氏认为"诗自盘古至于唐，不知几变，每变愈下。而唐人者，变之稍差者也"。他赞赏张仲实"强志多学"，"能为唐而不为唐"，即学唐人而能自出新意。在《陈晦父诗序》中，戴氏分析了诗与时代之关系，认为唐代以诗赋取士，"人不能诗，自无以行其名"；宋代科举以策论为主，"诗事几废。人不攻诗，不害为通儒"，道出了宋诗不及唐诗的重要原因。《洪潜甫诗序》则从诗歌传统接受的角度，指出宋代梅尧臣的"冲淡"、黄庭坚的"雄厚"、"四灵"派的"清圆"皆源自唐人而且接近唐人，这些都表现出戴氏对唐诗的推尊。

袁桷曾师事戴表元，其诗学思想也受戴氏的影响。袁桷对晚宋诗风也进行了批评，并发出了"理学兴而诗始废"（《乐侍郎诗集序》，《清容居士集》卷二十一）的感叹。他论诗时也把眼光转向了唐代，认为"诗盛于唐"，唐诗"音节流畅，情致深浅，不越乎律吕，后之言诗者不能也"；他还批评了宋人的"次韵"之作，云："自次韵出，而唐风益绝。"（《书番阳生诗》）

杨维桢论诗，以情性为主，也兼及格调。他在《赵氏诗录序》中，把诗品比作人品，人品"有面目骨体，有情性神气，诗之丑好高下亦然"。诗的面目、骨骼就是诗的格调。杨维桢认为，风雅以降，至陶、杜、二李，"其情性不野，神气不群，故其骨骼不庳，面目不鄙"，"此诗之品，在后无尚也"。可见他对既有情性又有格调的盛唐诗歌的推崇，这种观点对明代前后七子的"格调"说有开导之功。

【附录】

陈晦父诗序（节录）
［元］戴表元

世多言唐人能攻诗，岂惟唐人，自刘、项、二曹父子起兵间，即皆能之，无问文士。至唐人乃设此以备科目，人不能诗，自无以行其名，故不得不攻耳。近世汴梁、江浙诸公，既不以名取人，诗事几废。人不攻诗，不害为通儒。余犹记与陈晦父昆弟为儿童时，持笔囊出里门，所见名卿大夫，十有八九出于场屋科举，其得之之道，非明经则词赋，固无有以诗进者。间有一二以诗进，谓之杂流，人不齿录。惟天台阆风舒东野及余数人辈而成进士早，得以闲暇习之，然亦自以不切之务，每遇情思感动，吟哦成章，即私藏箱笥，不敢以传诸人，譬之方士烧丹炼气，单门秘诀虽甚珍惜，往往非人间所通爱。久之，科举场屋之弊俱革，诗始大出。

《四部丛刊》本《剡源集》卷九

洪潜甫诗序

[元]戴表元

始时汴梁诸公言诗，绝无唐风，其博赡者谓之义山，豁达者谓之乐天而已矣。宜城梅圣俞出，一变而为冲淡。冲淡之至者可唐，而天下之诗于是非圣俞不为；然及其久也，人知为圣俞，而不知为唐。豫章黄鲁直出，又一变而为雄厚。雄厚之至者尤可唐，而天下之诗于是非鲁直不发；然及其久也，人又知为鲁直而不知为唐。非圣俞、鲁直之不使人为唐也，安于圣俞、鲁直而不暇自为唐也。迩来百年间，圣俞、鲁直之学皆厌。永嘉叶正则倡"四灵"之目，一变而为清圆。清圆之至者亦可唐，而凡枵中捷口之徒，皆能托于"四灵"，而益不暇为唐；唐且不暇为，尚安得古？余自有知识以来，日夜以此自愧。见同学诗人，亦颇同愧之。头白齿摇，无所成就。来上饶得新安洪焱祖潜父，潜父诗优游隽永处不减宣城，沉着停蓄，往往豫章社中语，视永嘉雕琢，俯手而徐就之耳。为之惊喜赞敬，恨相得晚。而潜父之年，非余所及。谦躬强志，于书方无所不观，于理方无所不究。诚若此，其升阶而趋唐，入室而语古，不患不自得之。余惫矣，不能从也。大德八年九月朔日。

《四部丛刊》本《剡源集》卷九

书番阳生诗(节录)

[元]袁桷

诗盛于唐,终唐盛衰,其律体尤为最精。各得所长,而音节流畅,情致深浅,不越乎律吕,后之言诗者不能也。自次韵出,而唐风益绝。豪者俚,腴者质,情性自别,皆规规然禅人韵偈为宗,益不复有唐之遗音矣。此编意新语清,优柔不偪,将因先世之编以复唐旧,吾知其进未止也。噫!儒者之事,博而且难。泛焉以讲,将劳而寡成,守一而充之,因以考夫风雅之微旨,知诗之立言各有其体,讽谏咏赋无不曲尽其情状,精者为言,况于诗而可以易焉。

《四部丛刊》本《清容居士集》卷四十九

赵氏诗录序

[元]杨维桢

评诗之品无异人品也,人有面目骨体(骼),有情性神气,诗之丑好高下亦然。《风》《雅》而降为《骚》,而降为《十九首》,《十九首》而降为陶、杜,为二李,其情性不野,神气不群,故其骨骼不庳,面目不鄙。嘻!此诗之品,在后无尚也。下是为齐梁,为晚唐季宋,其面目日鄙,骨骼日庳,其情性神气可知已。嘻,学诗于晚唐季宋之后,而欲上下陶、杜、二李,以薄乎《骚》《雅》,亦落落乎其难哉!

然诗之情性神气,古今无间也。得古之情性神气,则古之诗在也。然而,面目未识,而(谓)得其骨骼,妄矣;骨骼未得,而谓得其情性,妄矣;情性未得,而谓得其神气,益妄矣。

吾友宋生无逸,送其乡人赵璋之诗来。曰:"璋诗有志于古,非锢于代之积习而弗变者也。是敢晋于先生,求一言自信。"余既讶宋言,而覆其诗,如《桃源》《月蚀》,颇能力拔于晚唐季宋者。它日进不止,其于二李、陶、杜,庶亦识其面目。识其面目之久,庶乎情性神气者并得之。璋父勉乎哉!毋曰吾诗止于是而已也。至正丁亥九月望,在姑苏锦秀坊写。

《四部丛刊》本《东维子文集》卷七

唐诗鼓吹原序

[元]赵孟頫

鼓吹者何？军乐也。选唐诗而以是名之者何？譬之于乐，其犹鼓吹乎？遗山之意则深矣。中书左丞郝公当遗山先生无恙时，尝学于其门，其亲得于指授者，盖不止于诗而已。公以经济之才坐庙堂，以韦布之学研文字，出其博洽之余，探隐发奥，人为之传，句为之释。或意在言外，或事出异书，公悉取而附见之，使诵其诗者知其人，识其事物者达其义，览其辞者见其指归，然后唐人之精神情性始无所隐遁矣。

嗟夫！唐人之于诗美矣，非遗山不能尽去取之工；遗山之意深矣，非公不能发比兴之蕴。世之学诗者，于是而抽之、绎之、厌之、饫之，则其为诗，将见隐如宫商，锵如金石，进而为诗中之韶濩矣。此政公嘉惠后学之心，亦遗山裒集是编之初意也耶！公命为序，不敢辞，谨序其大略如此。至大元年九月十二日，吴兴赵孟頫序。

明初覆元刻本《注唐诗鼓吹》卷首

【说明】

赵孟頫(1254—1322)，字子昂，号松雪道人，湖州(今浙江吴兴)人。本宋宗室，入元后，被推荐入朝，官至翰林学士承旨。他以书画著名，亦工诗文，律诗专守唐人法度，著有《松雪斋文集》。传见《元史》卷一百七十二。

《唐诗鼓吹》，诗总集。题金元好问编，元郝天挺注。十卷。录唐人九十六家七律五百九十六首，为专选唐人七律之滥觞。书前有元赵孟頫、姚燧诸序，说明鼓吹原系军乐，元好问选唐诗而以"鼓吹"名之，大概是取其声音"宏壮震厉"。

此书首次刊刻于元至大元年(1308),其时"宗唐得古"风气颇盛,赵孟頫、姚燧等均为诗坛有影响的人物。姚序称:"走闻江南诗学,垒有元戎,坛有精骑……走颇知诗,或少数年,使得备精骑之一曲,横槊于笔阵间,必能劘垒,得隽而还。"可见,此书的刊刻,反映了北方诗学"宗唐复古"的主张,意欲与方回为代表的江西诗派相抗衡。

此书所选,初、盛唐仅张说、崔颢、王维、李颀、高适、岑参数篇,其余均为元和以后人诗,许浑、杜牧、李商隐、陆龟蒙及五代谭用之的诗均在三十首以上,而尤以谭用之为数量之冠(三十八首),不免轻重倒置,遭到明代许学夷等人的指责;编次混乱,误收宋人胡宿诗,致使不少人怀疑此书非出自元好问之手。

考元好问祖系出自北魏鲜卑拓跋氏,又出仕金朝,深受北方民族淳朴刚健的文化精神的熏陶,论诗"主于高华鸿朗,激昂痛快"(钱谦益序)。《唐诗鼓吹》所选诗"多慷慨激昂、豪迈沉著之篇"(吴汝纶序),体现了他推崇壮美的诗学思想。《四库全书总目》谓其"大抵遒健宏敞,无宋末江湖、四灵琐碎寒俭之习",并非虚誉。

此书有数种元刻本和明初刻本存世,《四库全书》亦加收录。明万历年间,廖文炳以郝注较简略,别撰详解附其上,编成《唐诗鼓吹注解大全》十卷,有万历七年(1579)刻本。清初钱朝鼒等又以廖解浅陋,削其大半,另增新注,成《唐诗鼓吹笺注》十卷,有顺治十六年(1659)刻本和乾隆十一年(1746)刻本。此外,为本书作评的尚有钱谦益与何焯《唐诗鼓吹评注》、朱三锡《东岩草堂评订唐诗鼓吹》、赵执信《手批唐诗鼓吹》、吴汝纶《评点唐诗鼓吹》诸种,均有刻本行世。

【附录】

注唐诗鼓吹诗集序

[元]姚 燧

鼓吹,军乐也。大驾前后设之,役数百人,其器唯钲鼓、长鸣、中鸣、觱栗,皆金革竹,无丝,唯取便于骑作。大朝会,则置案于宫悬间,杂而奏之,取声之宏壮而震厉者也,或以旌武功而杀其数。取以名书,则由高宗退居德寿,尝纂唐宋遗事为《幽闲鼓吹》,故遗山本之,选唐近体六百余篇,亦以是名,岂永歌之,其声亦可匹是宏壮震厉者乎?

尝从遗山论诗,于西昆有"无人作郑笺"之恨,漫不知何说,心切易之。后闻高吏部谈遗山诵义山《锦瑟》中四偶句,以为寓意于"适怨清和",始知谓郑笺者,殆是事也。遗山代人参政郝公新斋视为乡先生,自童子时尝亲几杖,得其去取之旨归。恐其遗忘,以易数寒暑之勤,既辑其所闻,与奇文隐事之杂见他书者,悉附章下。则公可当元门忠臣,其又郑笺之孔疏欤?

公,将种也。父兄再世数人皆长万夫,于鼓吹之陪、□之导绣幰者;似已饫闻。晚乃同文人词士以是选为后部,寂寂而自随,无已太希声乎?其亦宏壮而震厉者,有时乎为用也。《兵志》有之,不恃敌之不我攻。走闻江南诗学,垒有元戎,坛有精骑。假有诗敌挑战而前,公以元戎握机于中,无有精骑,孰与出御?走颇知诗,或少数年,使得备精骑之一曲,横槊于笔阵间,必能劙垒,得隽而还。惜今自首,不得从公一振凯也。公由陕西宪长以宣抚奉使河淮之南,欲序,故燧书此。

明初覆元刻本《注唐诗鼓吹诗》卷首

注唐诗鼓吹序
[元]武乙昌

唐一代诗人,名家者殆数百,体制不一。唯近体拘以音韵,严以对偶,起沈、宋而盛于晚唐,迄今几五百年,未有能精其选者。国初遗山元先生为中州文物冠冕,慨然当精选之笔,自太白、子美外,柳子厚而下凡九十六家,取其七言律之依于理而有益于性情者五百八十余首,名曰《唐诗鼓吹》,如韶章奏于广庭,百音相宜,而雷鼓管籥,实张其要眇也。

然选既精矣,而诗人旨趣非学识深诣者,莫能发之。今中书左丞新斋郝公,以旧德为时名臣,早尝讲学遗山之门,念此诗不可无注,于是研覃精思,为之训释。诗人出处皆据史传,详著下方,使当时作诗之旨皆浮之于辞气之表,而遗山择诗之意亦从是可见,真天壤间奇书也。

吁!三百五篇,经删笔之后,得毛训郑笺,而六义始大明于天下。汉魏而下之诗,选于萧统,得六臣之注,而候鸟时花皆能感人观听。若唐诗,则寄兴远,锻炼精,持律严而引用邃,简婉而不迫,丰容而有度。左辖公三十年历登显要,而留情铅椠,抉隐发藏,必欲览者开卷瞭然,吟讽蹈咏之余,由是进于温柔敦厚之教,是亦风移俗美之基也。歌"喜起"于虞庭,颂"猗那"于周庙,又元臣辅治之极功。

至大戊申,浙省属儒司以是编锓于梓,仆实董其事。工将讫,庸公适以使事南来,命仆序。仆以诸阁老雄文在前,谢不敏。公命再至,用拜手书于编末。是年六月十又八日,蜀西武乙昌谨序。

明初覆元刻本《注唐诗鼓吹》卷首

源辩体(选录)
[明]许学夷

元遗山《唐诗鼓吹》,所选尽七言律,起于柳宗元、刘禹锡,中复参以开元、大历数子,余皆晚唐诗也。然晚唐纤巧者仅十之一,而鄙俗者居十之五。至杜牧、皮、陆,怪恶靡不尽录,盖选诗最陋者。冒伯麐云:"或谓《鼓吹》《三体》可供小儿号嗄。余曰不然。秽习一染,恐来生犹洗不去。"然二集至今犹行者,盖以所选皆律,而中复有注释可观,故初学者好之耳。《三体》较《鼓吹》,《三体》卑,《鼓吹》陋。

人民文学出版社印本《诗源辩体》卷三十六

唐诗鼓吹注解序
[清]钱谦益

《唐诗鼓吹》十卷,相传为元遗山选次,或有斥为假托,以谓《遗山集》中无一言及此选,而赵序、郝注真赝错互,是固不能以无疑。余谛观此集,探珠搜玉,定出良工喆匠之手。遗山之称诗,主于高华鸿朗,激昂痛快,其旨意与此集符合。当是遗山巾箱箧衍,吟赏记录,好事者重公之名,缮写流传,名从主人,遂以遗山传也。

世之论唐诗者,奉近代一二家为律令,《鼓吹》之集仅流布燕赵间,内府镂版，用教童竖。若王荆公百家之选，则罕有能举其名者。盖三百年来，诗学之受病深矣。馆阁之教习，家塾之课程，咸禀承严氏之诗法、高氏之《品汇》，耳濡目染，镌心刻骨。学士大夫生而堕地，师友熏习，隐隐然有两家种子盘亘于藏识之中。迨其后时，知见日新，学殖日积，洄盘起伏，只足以增长其邪根缪种而已矣。

嗟夫！唐人一代之诗，各有神髓，各有气候，今以初、盛、中、晚厘为界分，又从而判断之，曰：此为妙悟，彼为二乘；此为正宗，彼为羽翼，支离割剥，俾唐人之面目蒙幂于千载之上，而后人之心眼沉锢于千载之下，甚矣，诗之道穷也！荆公、遗山之选，未必足以尽唐诗。然是二公者，生于五、六百季之前，其神识种子皆未受今人之熏变者也。由二公之选，推而明之，唐人之神髓气候，历历具在，眼界廓如也，心灵豁如也。使唐人得洗发其面目，而后人得刮磨其障翳，三百年之痼疾几其霍然良已也，则以二公为先医可矣。

里中陆子勑先、王子子澈、子籲，偕余从孙次鼐，服习《鼓吹》，重为校雠，兼正定廖氏注解，刻成而请序于余。夫鼓吹，角声也。人有少声入于角则远。四子其将假遗山之《鼓吹》以吹角也，四子之声自此远矣。喜而为之序如此。

岁在屠维大渊献余月二十二日，虞山蒙叟钱谦益书于碧梧红豆村庄。

清顺治刻本《唐诗鼓吹笺注》卷首

四库全书总目·唐诗鼓吹(节录)

[清]纪 昀等

是集所录皆唐人七言律诗，凡九十六家，共五百九十六首。作者各题其名，惟柳宗元、杜牧题其字，未喻何故。第四卷中宋邕诗十一首，天挺注以为实出曹唐集中，题作宋邕，当必有据。然第八卷中胡宿诗二十三首，今并见《文恭集》中，实为宋诗误入，则亦不免小有疏舛。顾其书与方回《瀛奎律髓》同出元初，而去取谨严，轨辙归一。大抵遒健宏敞，无宋末江湖、四灵琐碎寒俭之习，实出方书之上。天挺之注，虽颇简略，而但释出典，尚不涉于穿凿，亦不似明廖文炳等所解横生枝节，庸而至于妄也。

据都印《三余赘笔》，此书至大戊申江浙儒司刊本，旧有姚燧、武一(应为"乙")昌二序，此本佚之。又载燧序谓宋高宗尝纂唐宋轶事为《幽闲鼓吹》，故好问本之。案:三都二京、五经鼓吹,其语见于《世说》。好问立名,当由于此。燧所解不免附会其文也。

中华书局本《四库全书总目》卷一百八十八

评点唐诗鼓吹序

[清]吴汝纶

《唐诗鼓吹》,元遗山所选。遗山友人曹之谦有《读唐诗鼓吹》七律一首。后人因《遗山集》中未尝言及此书,郝经所为《墓志》及《元史》本传亦皆不及,疑非遗山所选。杨升庵又以是书中阑入胡宿,决其非遗山之书。

余考其卷首柳子厚诗中即杂有刘梦得《再授连州》之作,不仅胡武平杂入唐诗为可疑。但此等乃后人窜乱,非必元书本然。观郝天挺于诸诗人各立小传,独胡宿无有,知郝作注时尚无胡诗阑入也。遗山《题中州集后绝句》云:"陶谢风流到百家,半山老眼净无花。"此选大率亦以《百家》为蓝本,又所选诗多慷慨激昂、豪迈沉著之篇,与遗山所为诗同条共贯,以此推之.其为遗山所选,决非妄说。况有赵孟頫、武乙昌、姚端父诸人为序,岂得尽目为伪撰者哉?

其诗初盖分类,大约柳子厚至韩致光五人为一类,王右丞至陆鲁望六人为一类,包佶至杜荀鹤十五人为一类,崔颢至罗邺十七人为一类,钱起至姚鹄七人为一类,杜牧之、高骈二人为一类,王初至吴子华为一类,李义山、温飞卿为一类,刘长卿至郑准七人为一类,章八元至李山甫五人为一类,武元衡至李远三人为一类,权德舆至卢弼三人为一类,独孤及、苏广文中附胡宿为一类,王建至司空图三人为一类,袁不约至胡曾为一类,王表至徐铉为一类,凡为类十有六。今不知其所以分类之故,以温、李考之,盖可窥见涯略。李颀与崔颢为类而不附于右丞,则识过李于鳞远矣。

遗山《论诗绝句》以柳州为发源谢客,此选以柳为首,固无足怪。至刘梦得,则《论诗绝句》"刘郎亦是人间客"。殆不甚推服,而此选以继柳后者,昔人论刘为豪放,其体为东坡七律所自出,固不得而轻议之也。汝纶记。

1925 年南宫邢氏刻本《评点唐诗鼓吹》卷首

书汤西楼诗后

[元]袁 桷

玉溪生往学草堂诗,久而知其力不能逮,遂别为一体。然命意深刻,用事精远,非止于浮声切响而已也。

自西昆体盛,襞积组错。梅、欧诸公发为自然之声,穷极幽隐,而诗有三宗焉:夫律正不拘,语腴意赡者,为临川之宗;气盛而力夸,穷抉变化,浩浩焉沧海之夹碣石也,为眉山之宗;神清骨爽,声振金石,有穿云裂竹之势,为江西之宗。二宗为盛,惟临川莫有继者,于是唐声绝矣!至乾、淳间,诸老以道德性命为宗。其发为声诗,不过若释氏辈条达明朗,而眉山、江西之宗亦绝。永嘉叶正则,始取徐、翁、赵氏为"四灵",而唐声渐复。至于末造,号为诗人者,极凄切于风云花月之摹写,力屡气消,规规晚唐之音调,而三宗泯然无余矣。

夫粹书以为诗,非诗之正也;谓舍书而能名诗者,又诗之靡也。若玉溪生,其几于二者之间矣。

吴门汤君,往得其《过葛岭》诸诗,"玉辟邪""铁如意"之警策,有得乎玉溪生之深切精远,余每欲搜其精良者而一读之。来吴门,其从游陈子久相过,知汤君之诗,雕搜会粹,皆子久任其事。余不识汤君,而知其用意间有与余合,遂书玉溪生作诗之源委、宋三宗诗体之变,以慰汤君。庶知汤君非苟于言诗者,子久尝学于汤,不知余言能有合于汤否?

噫!诗至于中唐,变之始也。若玉溪生者,跂而望之,其不至者,非不进也。子久年富才俊,它日追风雅之正,返云咸之音,其视余言,殆犹糠秕也。大德庚子,四明袁桷书。

《四部丛刊》本《清容居士集》卷四十八

【说明】

袁桷（1267—1327），字伯修，号清容居士，鄞县（今浙江宁波）人。早年举茂材异等科，为丽泽书院山长，官至翰林侍讲学士。有《清容居士集》。传见《元史》卷一百七十二。

针对晚宋"江西派"流于刻画过甚、"四灵"诗人格局狭小、理学诗质实无文的风气，元代中后期掀起了宗唐复古的潮流，而对李商隐的推重，则是这一潮流中的一个支流别派。

早在北宋，王安石就对李商隐的诗给予了充分的肯定，认为"唐人知学老杜而得其藩篱，惟义山一人而已"（见《蔡宽夫诗话》），"学诗者未可遽学老杜，当先学商隐"（见《石林诗话》）。李商隐诗既有深情，又重法度，且清丽脱俗，恰好折衷于"江西派"和"四灵"诗人之间，在元末有一定影响。袁桷论诗，既重性情，又重法度。其《跋吴子高诗》称："诗本性情，能知之矣，本于法度，知之不能详矣。"（《清容居士集》卷四九）在他看来，唐诗之高妙，就在于性情与法度的完美统一。他推崇李商隐，认为李商隐诗学杜甫而"别为一体"，"命意深刻，用事精远，非止于浮声切响"（《书汤西楼诗后》）。《书郑潜庵李商隐诗选》强调："诗虽小道，若商隐者未可以遽废而议也。"

明清之际钱谦益在《注李义山诗集序》中揭示了元人推崇李商隐的用意，其引释道源语云："元季作者惩西江学杜之弊，往往跻义山，祧少陵，流风迨国初未变。"并对李商隐诗丰富深微的内涵和动人心弦的力量作了高度概括，称"义山《无题》诸什，春女读之而哀，秋士读之而悲"，又云："诗至于义山，慧极而流，思深而荡，流旋荡复，尘影落谢，则情澜障而欲薪烬矣。"

从上述诸家的评论中，可知以深情绵邈为主要特征的李商隐诗风的巨大魅力和深远影响。

【附录】

潜溪诗眼(选录)
[宋]范 温

义山诗,世人但称其巧丽,至与温庭筠齐名,盖俗学只见其皮肤,其高情远意,皆不识也。

《宋诗话辑佚》本《潜溪诗眼》

蔡宽夫诗话(选录)
[宋]蔡居厚

王荆公晚年亦喜称义山诗,以为唐人知学老杜而得其藩篱,惟义山一人而已。每诵其"雪岭未归天外使,松州犹驻殿前军"、"永忆江湖归白发,欲回天地入扁舟"与"池光不受月,暮气欲沉山"、"江海三年客,乾坤百战场"之类,虽老杜亡以过也。义山诗合处信有过人,若其用事深僻,语工而意不及,自是其短。世人反以为奇而效之,故昆体之弊,适重其失,义山本不至是云。

《宋诗话辑佚》本《蔡宽夫诗话》

彦周诗话(选录)
[宋]许 顗

作诗潜易鄙陋之气不除,大可恶。客问何从去之,仆曰:"熟读唐李义山与本朝黄鲁直诗而深思焉,则去也。"

《历代诗话》本《彦周诗话》

后村诗话（选录）

[宋]刘克庄

温庭筠与商隐同时齐名，时号"温李"。二人记览精博，才思横逸，其艳丽者类徐、庾，其切近者类姚、贾。义山之作尤锻炼精粹，探幽索微，不可草草看过。

中华书局本《后村诗话》新集卷四

书郑潜庵李商隐诗选

[元]袁桷

李商隐诗，号为中唐警丽之作，其源出于杜拾遗，晚自以不及，故别为一体。玩其句律，未尝不规规然近之也。拾遗爱君忧国，一寓于诗，而深讥矫正，不敢以谈笑道。若商隐，则直为讪侮，非若为鲁讳者，使后数百年，其诗祸之作，当不止流窜岭海而已也。桷往岁尝病其用事僻昧，间阅《齐谐外传》诸书，签于其侧，冶容褊心，遂复中止。私以为近世诗学顿废，风云月露者，几于晚唐之悲切；言理析指者，邻于禅林之旷达。诗虽小道，若商隐者未可以遽废而议也。

客□京师，潜庵郑公示以新选一编，去其奇哀俚艳。读其诗，若截狐为裘，播精为炊，无一可议。去取之当，良尽于此。昔萧统定《文选》，至渊明诗存者特少，故议之者不置。至王介甫选《唐百家诗》，莫敢异议，而或者又谓笔札传录之际，多所遗落。嗜好不同，固难以一。今此编对偶之工，一语之切，悉附于左。商隐之诗，如是足矣，览者其何以病？因书其说而归之。

《四部丛刊》本《清容居士集》卷四十八

注李义山诗集序（节录）

[清]钱谦益

石林长老源公，禅诵余晷，博涉外典，苦爱李商隐诗。以其使事奥博，属辞瑰谲，捃摭群籍，疏通诠释。……余问之曰：公之论诗，何独取乎义山也？公曰：义山之诗,宋初为词馆所宗,优人内燕,至有挦扯商隐之谑。元季作者惩西江学杜之弊,往往跻义山,祧少陵,流风迨国初未变。……少陵当杂种作逆,藩镇不庭,疾声怒号,如人之疾病而呼天呼父母也,其志直,其词危。义山当南北水火,中外钳结,若喑而欲言也,若魇而求寤也,不得不纡曲其指,诞谩其辞,婉娈托寄,䜳谜连比,此亦风人之遐思,小雅之寄位也。……余曰:……义山《无题》诸什,春女读之而哀,秋士读之而悲。公真清净僧,何取乎尔也?公曰:佛言众生为有情,此世界,情世界也。欲火不烧然则不干,爱流不飘鼓则不息。诗至于义山,慧极而流,思深而荡,流旋荡复,尘影落谢,则情澜障而欲薪烬矣。春蚕到死,蜡烛灰干,香销梦断,霜降水涸,斯亦箧蛇树猴之善喻也。且夫萤火暮鸦,隋宫水调之余悲也;牵牛驻马,天宝淋铃之流恨也。筹笔储胥,感关、张之无命;昭陵石马,悼郭、李之不作。富贵空花,英雄阳焰。由是可以影事山河,长挹三界,疑神奏苦集之音,阿徒证那含之果。宁公称杼山能以诗句牵劝,令入佛智,吾又何择于义山乎?

《四部丛刊》本《牧斋有学集》卷十五

二冯评点才调集(选录)

[清]冯 班

选玉溪次谪仙后,乃是重他,非以太白压之也。义山自谓"杜诗韩文"。荆公言学杜当自义山入。余初得荆公此论,心不谓然,后读山谷集,粗硬槎枒,殊不耐看,始知荆公此言正以救江西之病也。若从义山入,便都无此病。

清乾隆刊本《才调集补注》卷六

皮昭德诗序

[元]吴　澄

诗之变不一也。虞庭之歌,邈矣弗论。予观"三百五篇",南自南,雅自雅,颂自颂,变风自变风,变雅亦然,各不同也。诗亡而楚骚作,骚亡而汉五言作,讫于魏晋。颜、谢以下,虽曰五言,而魏晋之体已变;变而极于陈隋,汉五言至是几亡。唐陈子昂变颜、谢以下,上复晋、魏、汉,而沈、宋之体别出。李、杜继之,因子昂而变;柳、韩因李、杜又变。变之中有古体、有近体,体之中有五言、有七言、有杂言。诗之体不一,人之才亦不一,各以其体,各以其才,各成一家,信如造化生物,洪纤曲直,青黄赤白,均为大巧之一巧。自"三百五篇"已不可一概齐,而况后之作者乎?宋氏王、苏、黄三家,各得杜之一体。涪翁于苏迥不相同,苏门诸人其初略不之许,坡翁独深器重,以为绝伦,眼高一世而不必人之同乎己者如此。近年乃或清圆倜傥之为尚,而极诋涪翁。噫!群儿之愚尔,不会诗之全而该夫不一之变,偏守一是而悉非其余,不合不公,何以异汉世专门之经师也哉?

清江皮潜,才优而学赡,其为诗也,语工而句健,盖诸家无不览,而守涪翁法严甚,余深喜之,而意晁、张者流,或未然也。故具道古今之变,以与能诗者共商焉。

《四库全书》本《吴文正集》卷十五

【说明】

吴澄(1249—1333),字幼清,抚州崇仁(今属江西)人。宋咸淳年间举进士不中,还乡筑草屋讲学其中,人称草庐先生。入元后,累奉征诏,曾官翰林学士。有《吴文正公集》。传见《元史》卷一百七十一。

吴澄是元代南方的大儒,哲学上主要偏重于陆九渊心学,在自然、社会、个体三者的关系中,重视作者一己的内心体认。论诗也重视才性,主张"诗以道情性之真,自然而然之为贵"(《吴文正公集》卷十三《陈景和诗序》)。其《皮昭德诗序》简要地勾勒了自《诗经》至宋代诗体演变的过程,阐明了唐宋诗之间的因革关系,指出唐诗有"三变":"陈子昂变颜、谢以下",李、杜"因子昂而变","柳、韩因李、杜又变";又指出宋代王安石、苏轼、黄庭坚三家,"各得杜之一体",而黄诗与苏诗风格迥然不同。他认为产生变化和差异的原因则在于:"诗之体不一,人之才亦不一,各以其体,各以其才,各成一家",揭示了诗歌体裁和创作主体对诗歌创作的影响。他批评当时一些人以"清圆偶傥"为尚而"极诋涪翁"的偏见,肯定了黄诗的独特风格。

　　在《诗府骊珠序》中,吴澄认为五言诗"至唐陈子昂而中兴。李、韦、柳因而因,杜、韩因而革",对陈子昂、杜甫、韩愈在唐诗变革中的作用给予充分肯定。

　　刘埙《隐居通议》对苏、黄与李、杜之间的承传关系也多有论述,认为"东坡诗似太白,黄、陈诗似少陵"(卷六)、"山谷跂子美而加严"(卷十),指出黄庭坚开创的"事宁核毋疏,意宁苦毋俗,句宁拙毋弱"的瘦硬诗风,"犹佛氏之禅,医家之单方剂"(同上),虽自成一格,但难免褊狭之弊。

　　傅若金《诗法正论》则从"气象"入手,指出了宋诗与唐诗的差异,认为"唐人以诗为诗,宋人以文为诗。唐诗主于达情性……宋诗主于立议论",并批评了宋末诗坛出现的"刻削矜持太过""模仿掇拾""钩玄撮怪""杜撰张皇"等种种弊病。

　　周霆震《刘遂志诗序》对唐诗予以全面的肯定,对宋诗所取得的成绩也给予热情的赞扬,认为唐诗革除了六朝"辞游气卑而声促"的弊病,"至开元而极盛","宋世虽不及唐,然半山,东坡诸大篇……直与太白、少陵相上下。后来作者,其能仿佛之邪?"对时俗极力否定宋诗、"傲然自列于唐人"的浅见,也进行了有力的批驳。

　　以上诸篇虽议论各别,均涉及唐宋诗因革关系,所论亦多持平,体现出当时诗坛上承江西统系与宗唐复古之间的一种折衷倾向。

【附录】

诗府骊珠序

[元]吴 澄

呜呼！言诗，颂、雅、风、骚尚矣。汉魏晋五言讫于陶，其适也。颜、谢而下勿论，浸微浸灭，至唐陈子昂而中兴。李、韦、柳因而因，杜、韩因而革。律虽始而(于)唐，然深远萧散不离于古为得，非但句工、语工、字工而可。呜呼！学诗者靡究源流，而编诗者亦漫迷统纪，胡氏此篇其庶乎？缘予所言，考此所编，悠然遐思，必有超然妙悟于笔墨蹊径之外者。

《四库全书》本《吴文正集》卷十五

隐居通议（选录）

[元]刘 埙

少陵诗似《史记》，太白诗似《庄子》，不似而实似也；东坡诗似太白，黄、陈诗似少陵，似而又不似也。（卷六）

太白以天分驱学力，少陵以学力融天分；渊明俯太白而差婉，山谷跂子美而加严。晚唐学杜不至，则曰："咏情性，写生态足矣。恋事适自缚，说理适自障。"江西学山谷不至，则曰："理路何可差，学力何可诿？宁拙毋弱，宁核毋疏。"兹非一偏之沦欤？唐自少陵外，大抵风、兴工；江西作者，大抵雅、颂长。（卷十）

古诗一变"骚"，再变"选"，三变为唐人之诗，至宋则"骚"、"选"、唐错出。山谷负修能，倡古律，事宁核毋疏，意宁苦毋俗，句宁拙毋弱，一时号江西宗派。此犹佛氏之禅，医家之单方剂也。近年"永嘉"复祖唐律，贵精不求多，得意不恋高，可艳可淡，可巧可拙，众复趋之。由是唐与"江西"相抵轧。楚骚，诗变也，而六义备；乐府，骚变也，而兴、颂兼。后世为骚者，比而已，他义无也；为乐府者，风而已，兴、颂无也。……古诗已不能禁风雅之不变，删后有作，可求备乎？此"选"与唐百家，不害至今传也。（卷十）

《知不足斋丛书》本《隐居通议》

诗法正论(选录)

[元]傅若金

宋诗比唐,气象复别。今以唐诗杂而观之,虽平生所未读者,亦可辨其孰为唐,孰为宋。大概唐人以诗为诗,宋人以文为诗。唐诗主于达情性,故于"三百篇"为近;宋诗主于立议论,故于"三百篇"为远。达情性者,《国风》之余;立议论者,《雅》《颂》之变,固未易以优劣也。诗至宋南渡末而弊又甚焉。高者刻削矜持太过;卑者模仿掇拾为奇;深者钩玄撮怪,至不可解;浅者杜撰张皇,有若俳优。至此而作诗之意泯矣。然陷溺其中者,方以能诗自负,见其有深于理致如晦翁之作者,则指之曰"此儒者之诗也";见其有涉于俚俗如诚斋之作者,则指之曰"此村学者之诗也"。吁!此岂特不知诗哉?尤不足以知晦翁、诚斋矣。盖晦翁诗如《烝民》《懿戒》诸作,不害其为"二雅"之作;诚斋诗如《竹枝》《欸乃》之作,不害其为《国风》之余也。

明胡文焕辑《格致丛书》本《诗法正论》

刘遂志诗序(节录)

[元]周霆震

诗自虞廷《赓歌》以至风雅颂,皆本性情,故其为言易知而感人易入,兴、观、群、怨,盖有不期然而然者。汉世去古未远,若《东都赋》后五篇,及苏、李相赠答,与夫"十九首"之作,往往平易近情,义味渊永,读之者悠然有契于心。魏晋以降,变而辞游气卑而声促。唐初始革其敝,至开元而极盛,李、杜外,又各自成家。宋世虽不及唐,然半山、东坡诸大篇苍古,慷慨激发,顿挫抑扬,直与太白、少陵相上下。后来作者,其能仿佛之邪?

近年风气益漓,士习好异。妄庸辈剽闻先进一二语,遂谓宋诗举不足观,弃去之惟恐不远;专务直致,傲然自列于唐人。后生小子争慕效之,相率以归于浅陋,诗之道固若是乎哉?

《四库全书》本《石初集》卷六

与揭曼硕学士

[元]刘　诜

　　诜昨岁闻迁,值集贤,遂以斯道日侍严近,天下幸甚。阁下宜得此久矣,而天下之所望于阁下者,则不止此也。位日高、道日尊,天下之文体日益取正于阁下,天下幸甚。

　　古今文章甚不一矣。后之作者期于古,而不期于袭;期于善,而不期于同;期于理之达、神之超、变化起伏之妙,而不尽期于为收敛平缓之势。一二十年来,天下之诗于律多法杜工部《早朝大明宫》《夔府》《秋兴》之作,于长篇又多法李翰林长短句。李、杜非不佳矣,学者固当以是为正途,然学而至于袭,袭而至于举世若同一声,岂不反似可厌哉?其于文则欲气平辞缓,以比韩、欧。不知韩、欧有长江、大河之壮,而观者特见其安流;有高山、乔岳之重,而观者不觉其耸拔。何尝以委怯为和平,迂挠为春容,束缩无生意、短涩无议论为收敛哉!故学西施者,仅得其矉,学孙叔敖者,仅得其衣冠谈笑,非善学者也。故李杜、王韦并世竞美,各有途辙;孟荀氏、韩柳氏、欧苏氏千载相师者,卒各立门户。曾出于欧门,而不用欧;苏氏虽父子,亦各务于己出。盖士非学古,则不能以超于今,而今亦何必不如古?使吾自能为古,则吾又后日之古也。若同然而学为一体,不能变化以自为古,恐学古而不离于今也。

　　盖尝读阁下之书,上不逊于古,下不溺于今。诗古矣,而不可以指曰"自某氏";文古矣,而不可以指曰"自某氏",此善学者也。学古而能使人不知其学古,则吾自为古矣。无他,学古而能为古人之实,不徒为古人之文,此所以能使人不知其学古也,此所以能自为古也。

　　仆少颇疏劣,其于斯文,非有意于述作,故亦多散逸,然间尝取存者读之,似亦有视古人无甚丑者。夫知音之难,故有旷千载而独得。仆也幸得与阁下并世而立,亦尝辱一言之知,耻而不以质正于左右,则后而失其时矣。谨略录所为文若干篇及朋友所梓诗一集,献于下风,得辱深评而极论之,幸甚! 古之投所业于公卿者,皆以干进也,如仆岂有是心哉! 倘有以为之不朽,则旷六合千载而不可数者,岂不在是乎? 干冒崇严,无任兢悚。

《四库全书》本《桂隐文集》卷三

【说明】

刘诜(1268—1350),字桂翁,号桂隐,庐陵(今江西吉安)人。元延祐间恢复科举,他前往应试,十年不第,归乃刻意于诗古文。有《桂隐文集》《桂隐诗集》。

元代诗坛,延祐以前以宗法盛唐为主,延祐以后则发展为广泛师承初、盛、中、晚唐众多的诗家,在诗歌体貌上有了"新变",风格上更趋多样。这种学唐而求创新的意识,从刘诜等人的诗论中可以知晓。

刘诜论诗,对当时复古而至于拟袭的流弊持批评态度。其《与揭曼硕学士》一文认为:李白的长短句(即歌行)、杜甫的律诗,固然是学诗的"正途",但如果"学而至于袭,袭而至于举世若同一声",反而令人生厌。在论述古今关系时,他指出学古的目的是"超于今",学古的方法是"变化以自为古","上不逊于古,下不溺于今",即学古而不同于古,也不同于卑陋的"今",而是广泛师承,最终自成一家。

刘将孙《黄公诲诗序》有感于江西诗派独持门户之见、四灵派独尊晚唐的狭隘意识,主张诗文均当力求"辞达",写诗应"各随性所近,情景尽兴",不必拘守"某家某体"。

黄溍《午溪集序》强调"诗者必发乎情","诗生于心,成于言"。他还认为后世"以诗为专门之学",或专师韦、柳,或专师温、李,"掇拾摹拟","去人情已远矣",表现出反对摹拟、重视创新的诗学倾向。

杨维桢《李仲虞诗序》阐明了诗人"天资"、"情性"的重要性,认为"宗杜者要随其人之资所得","诗得于师,固不若得于资之为优也"。又说:"诗者,人之情性也,人各有情性,则人有各诗也。"他重视"天资""情性",可谓抓住了诗歌创新的关键。

【附录】

黄公诲诗序(节录)
[元]刘将孙

　　盖余尝怃然于世之论诗者也,标江西竞宗支,尊晚唐过《风》《雅》;高者诡《选》体如删前,缀袭熟字,枝蔓类景,轧屈短调,动如夜半传衣,步三尺不可过。至韩、苏名家,放为大言以概之,曰:"是文人之诗也。"于是常料格外,不敢别写物色;轻愁浅笑,不复可道性情。至散语,则俌俌而仿课本小引之断续,卷舌而谱杂拟诸题之碟裂,类以为诗人当尔。吾求之"三百篇"之流丽,卜子夏之条畅,无是也。

　　诗与文岂当有异道哉! 子曰:"辞达而已矣。"辞而不达,谁当知者? 故缩之而五七言,邕之而长篇,发之而大制作,孰非文也,要于达而止。鹏之大也,斥鷃之小也,羽翼同,心腹手足无不同,一不具,则非其物矣。讵有此然而彼不然者? 往往窘步者借之以盖惭,而效矉者因之而丧我,甚可叹也。……

　　每见昌黎诸诗,凡小家数矜持称能者,其中无不有,第小绝杂赋,则精至。此老狡狯;特使人不可测。东坡神迈千古,至回文作词语,更可爱。于以见文人于诗,皆寝处而活脱之,宜诗人者之望而媚之。魏公舒之射,素知者尚有不能尽,而尹夫人之绝世,自不可使相见而并立也。

《四库全书》本《养吾斋集》卷十一

午溪集序(节录)
[元]黄 溍

　　予闻为诗者必发乎情,人同此心,心同此理,则其情亦无以大相远。言诗而本于人情,故闻之者莫不有所契焉。至于格力之高下.语意之工拙,特以其受材之不齐,非可强而致也。后世乃以诗为专门之学,慕雅淡则宗韦、柳,矜富丽则法温、李,掇拾摹拟,以求其形似,不为不近? 而去人情已远矣。伯铢之诗,一出于自然,未尝以凌高厉空、惊世骇俗为务,指事托物,而意趣深远,固能使人览之而不厌者,由其发乎情而不架虚强作也。

《四库全书》本陈镒《午溪集》卷首

李仲虞诗序

[元]杨维桢

删后求诗者尚家数,家数之大无止乎杜,宗杜者要随其人之资所得尔。资之拙者,又随其师之所传得之尔。诗得于师,固不若得于资之为优也。诗者,人之情性也,人各有情性,则人各有诗也。得于师者,其得为吾自家之诗哉?

天台李仲虞执诗为贽,见予于姑苏城南。且云学诗于乡先生丁仲容氏。明旦,则复谒,出诗一编,求予言以序。予夜读其诗,知其法得于少陵矣。如五言有云:"湛露仙盘白,朝阳虎殿红。诏起西河上,旌随斗柄东。西北干戈定,东南杼轴空。"置诸少陵集中,猝未能辨也。

盖仲虞纯明笃茂,博极文而多识当朝典故。虽在布衣,忧君忧国之识时见于咏歌之次。其资甚似杜者,故其为诗,不似之者或寡矣。吾求丁公之诗似杜者,或末之过(遇),则知仲虞之诗到乎家数者,不得于其师而得于其资也,谂矣。

虽然,观杜者不唯见其律,而有见其骚者焉;不唯见其骚,而有见其雅者焉;不唯见其骚与雅也,而有见其史者焉。此杜诗之全也。仲虞资近杜矣,尚于其全者求其备云。至正戊子九月丙辰序。

《四部丛刊》本《东维子文集》卷七

诗法家数引言

[元]杨 载

夫诗之为法也,有其说焉。赋、比、兴者,皆诗制作之法也。然有赋起,有比起,有兴起。有主意在上一句,下则贴承一句,而后方发出其意者;有双起两句,而分作两股以发其意者;有一意作出者;有前六句俱若散缓,而收拾在后两句者。诗之为体有六:曰雄浑,曰悲壮,曰平淡,曰苍古,曰沉着痛快,曰优游不迫。诗之忌有四:曰俗意,曰俗字,曰俗语,曰俗韵。诗之戒有十:曰不可硬碍人口,曰陈烂不新,曰差错不贯串,曰直置不宛转,曰妄诞事不实,曰绮靡不典重,曰蹈袭不识使,曰秽浊不清新,曰砌合不纯粹,曰徘徊而劣弱。诗之为难有十:曰造理,曰精神,曰高古,曰风流,曰典丽,曰质干,曰体裁,曰劲健,曰耿介,曰凄切。大抵诗之作法有八:曰起句要高远,曰结句要不着迹,曰承句要稳健,曰下字要有金石声,曰上下相生,曰首尾相应,曰转折要不着力,曰占地步。盖首两句先须阔占地步,然后六句若有本之泉,源源而来矣。地步一狭,譬犹无根之潦,可立而竭也。今之学者,倘有志乎诗,须先将汉、魏、盛唐诸诗,日夕沉潜讽咏,熟其词,究其旨,则又访诸善诗之士,以讲明之。若今人之治经,日就月将,而自然有得,则取之左右逢其源。苟为不然,我见其能诗者鲜矣!是犹孩提之童,未能行者而欲行,鲜不仆也。余于诗之一事,用工凡二十余年,乃能会诸法,而得其一二,然于盛唐大家数,抑亦未敢望其有所似焉。

何义焕《历代诗话》本《诗法家数》卷首

【说明】

唐宋以来,关于诗学的著作主要有两大类:一类是盛行于唐代的诗法、诗格,另一类是兴起于宋代的诗话。到元代,复归于唐,特别是延祐复科之后,随着对文章之法的重视,讲论诗法之风又盛行起来,于是出现了许多关于诗法、诗格之类的著作。如杨载《诗法家数》《诗学正源》,范梈《木天禁语》《诗学禁脔》《诗格》,揭傒斯《诗法正宗》《诗宗正法眼藏》,傅若金《诗法正论》《诗文正法》等。

杨载(1271—1323),字仲弘,蒲城(今属福建)人,后迁至杭州。延祐三年(1314)进士,官至宁国路总管府推官。著有《仲弘集》。传见《元史》卷一百九十。

杨载于诗学,"用功凡二十余年",其诗学主张,皆见于《诗法家数》。《四库全书总目》卷一百九十七认为此书"论多庸肤,例尤猥杂",疑是"坊贾依托"。但《元史·儒林传》称其"于诗尤有法,尝语学者曰:诗当取材于汉魏,而音节则以唐为宗"。这一记载与《诗法家数引言》所云:"今之学者,倘有志乎诗"以下数句,意思非常接近。足见此书虽有微疵,但不能据此认定非杨氏所作。

杨载《诗法家数序》在探讨诗法时,明确地把赋、比、兴看作"诗之制作之法",并列举了诗歌的"六体""四忌""十戒""十难"以及八种作法。其中"六体""四忌"之说,主要受严羽《沧浪诗话》中"诗辨""诗法"两篇的影响,"十戒""十难"则出自魏庆之《诗人玉屑》卷五。"八法"之说,强调起句、结句、承句、转折句等在写法上的要领,尤其重视首二句,认为首二句是后六句的源头,须起到笼罩全篇的作用。大概《诗法家数》专为初学者讲明诗法,所以多荟萃前贤众说。

范梈《木天禁语》提出了"六关"之说,"六关"指篇法、句法、字法、气象、家数、音节。其《诗学禁脔》则专叙律诗立意布局的格式,列举了"颂中有讽"等十五种诗格,每格各举一诗加以说明,所举皆为唐诗,宗唐倾向十分明显。

揭傒斯《诗法正宗》所言学诗之法有五,即涵养性情、积学储材、讲求诗体、诗贵有味、诗要妙境。其《诗宗正法眼藏》提倡学诗以唐人为宗,唐代"诸名家又当以杜为正宗"。

傅若金《诗法正论》也论述了诗法中的起、承、转、合,其说与杨载相同。

总之,以唐人为榜样,探讨古体、律体诗歌的具体作法及其风格类型,是元代诗法、诗格著作的共同特点。

【附录】

木天禁语(选录)
[元]范　梈

气　象

　　翰苑、荤毂、山林、出世、偈颂、神仙、儒先、江湖、闾阎、末学,已上气象,各随人之资禀高下而发。学者以变化气质,须仗师友所习所读,以开导佐助,然后能脱去俗近,以游高明。谨之慎之！又诗之气象,犹字画然,长短肥瘦,清浊雅俗,皆在人性中流出,得八法便成妙染而洗吾旧态也。此赵松雪翁与中峰和尚述者,道良之语也,漫录于此耳。

　　储咏曰:"性情褊隘者,其词躁;宽裕者,其词平;端靖者,其词雅;疏旷者,其词逸;雄伟者,其词壮;蕴藉者,其词婉。涵养情性,发于气,形于言,此诗之本源也。"

家　数

　　诗之造极适中,各成一家。词气稍偏,句有精粗,强弱不均,况成章乎？不可不谨。

　　《三百篇》:思无邪。学者不察,失于意见。

　　《离骚》:激烈愤怨。学者不察,失于哀伤。

　　《选》诗:婉曲委顺。学者不察,失于柔弱。

　　太白:雄豪空旷。学者不察,失于狂诞。

　　韩、杜:沉雄厚壮。学者不察,失于粗硬。

　　陶、韦:含蓄优游。学者不察,失于迂阔。

　　孟郊:奇险斩截。学者不察,失于怪短。

　　王维:典丽靓深。学者不察,失于容冶。

　　李商隐:微密闲艳。学者不察,失于细碎。

　　以上略举八九家数,一隅三反之道也。

何文焕《历代诗话》本《木天禁语》

诗学禁脔（选录）
[元]范梈

十五格

颂中有讽格。美中有刺格。先问后答格。感今怀古格。一句造意格。两句立意格。物外寄一格。雅意咏物格。一字贯篇格。起联应照格。一意格。雄伟不常格。想象高唐格。抚景寓叹格。专叙己情格。

物外寄意格 《感事》

长年方忆少年非，人道新诗胜旧诗。十亩野塘留客钓，一轩风雨共僧棋。花间醉任黄鹂语，池上吟从白鹭窥。大造不将炉冶去，有心重立太平基。

初联首言是非之悟，以诗为言，则他事可知，此唐人一种玄解。次联言气象闹杂，行乐无人相似，不与上联相接，似若散缓，然诗之进退正在里许。颈联言闹中自得，与物忘机，宰相之量也。结尾言进退在君，自任者不可不重。八句之意，皆出言外。

何文焕《历代诗话》本《诗学禁脔》

诗法正宗（选录）
[元]揭傒斯

三曰诗体。"三百篇"末流为楚辞，为乐府，为《古诗十九首》，为苏、李五言，为建安、黄初，此诗之祖也。《文选》刘琨、阮籍、潘、陆、左、郭、鲍、谢诸诗，渊明全集，此诗之宗也。齐、梁《玉台》，体制卑弱，然杜甫于阴、何、徐、庾称之不置，但不可学其委靡。唐陈子昂诸篇出人意表。李太白古风，韦苏州、王摩诘、柳子厚、储光羲等古体，皆平淡萧散，近体亦无拘恋（挛）之态、嘲哳之音。此诗之嫡派也。杜少陵古律各集大成，渐趋浩荡，正如颜鲁公书一出而书法尽废，言其浑然天成，略无斧凿，乃诗家运斤成风手是也。是以独步千古，莫能继之。其他唐人宋贤奇作大集，固当编（遍）参博采，难以遍学。韩诗太豪难学，白乐天太易不必学，晚唐体太短浅不足学，东坡诗太波澜不可学。若宛陵之淡，山谷之奇，荆公之工,后山之苦,简斋以李、杜之才,兼陶、柳之体,最为后来一大宗本。若近世"江湖"之作,特不足观。须是将凤生所记一联半句,一洗而空,使吾胸中无非古人之语言意思,则下笔不期于高远而高远矣。

明胡文焕辑《格致丛书》本《诗法正宗》

诗宗正法眼藏(选录)

[元]揭傒斯

学诗当以唐人为宗。而其法寓诸律,心神节制,字数经纬,小能使大,大能使小,远能使近,近能使远,下抗高抑,变化无穷。龙合成章,斤运成风,谓之微妙玄通,何可以匆匆求之乎?我法如是,有谓不必然者,卿用卿法。然诗至唐方可学。欲学诗,且须宗唐诸名家。诸名家又当以杜为正宗。……且如看杜诗,自有正法眼藏,毋为旁门邪论所惑。今于杜集中取其铺叙正、波澜阔、用意深、琢句雅、使事当、下字切五七言律十五首,学者不可草草看过。如此去看古人诗,胸中所阅,义理既多,则知近世诗格卑气弱,莫能逃矣。

胡文焕辑《格致丛书》本《诗宗正法眼藏》

诗法正论(选录)

[元]傅若金

或又问作诗下手处,先生曰:作诗成法有起、承、转、合四字。以绝句言之,第一句是起,第二句是承,第三句是转,第四句是合。律诗第一联是起,第二联是承,第三联是转,第四联是合。或一题而作两诗,则两诗通为起、承、转、合。如子美诗中《八月十五夜月》二首,"满目飞明镜"以下四句说客中对月,是起;"水路疑霜雪"以下四句形容月明,是承;"稍下巫山峡"以下四句言月出没晦明之地,就含结句之意,是转;"刁斗皆催晓"以下四句言兵乱对月之感,是合。如作三首以上及作古诗、长律,亦以此法求之。……大抵起处要平直,承处要从容,转处要变化,合处要渊永。起处戒陡顿,承处戒促迫,转处戒落魄,合处戒断送。起处若必突兀,则承处必不优柔,转处必至窘束,合处必至匮竭矣。

又以一诗全首论之,须要有赋、有比、有兴,或兴而兼比尤妙。"三百篇"多以比兴重复,置之章首;唐律多以比兴作景联;古诗则比兴或在起处,或在转处,或在合处。长篇长律,则转处或有再转、三转方合者,或作三四十韵以上,则先须布置,语意不可错陈。长篇则当先得起句,绝句则当先得后两句,律句则当先得中四句。律句固以对偶为工,然得意处则意对而语不对亦可。长篇古体,则参差中时出整齐语,尤见笔力,最戒似对不对。但涉江湖闹热语,即鄙俗;但用通用闲字无法,即软弱。软弱犹易疗,鄙俗最难医。诗法虽不尽此,然大要亦不外此。至若升降开合、出没变化之妙,又在自得,非教者所能与也。法度既立,须热读"三百篇",而变化以李、杜,然后旁及诸家,而诗学成矣。

明胡文焕辑《格致丛书》本《诗法正论》

唐音序

[元]杨士弘

夫诗莫盛于唐。李、杜文章冠绝万世，后之言诗者，皆知李、杜之为宗也。至如子美所尊许者，则杨、王、卢、骆；所推重者，则薛少保、贺知章；所赞咏者，则孟浩然、王摩诘；所友善者，则高适、岑参；所称道者，则季友。若太白登黄鹤楼，独推崔颢为杰作；游郎官湖，复叹张谓之逸兴；拟古之诗，则仿佛乎陈伯玉。古之人不独自专其美，相与发明斯道者如是，故其言皆足以没世不忘也。

余自幼喜读唐诗，每慨叹不得诸君子之全诗。及观诸家选本，载盛唐诗者，独《河岳英灵集》，然详于五言，略于七言，至于律绝，仅存一二。《极玄》姚合所选，止五言律百篇，除王维、祖咏，亦皆中唐人诗。至如《中兴间气》《又玄》《才调》等集，虽皆唐人所选，然亦多主于晚唐矣。王介甫《百家选唐》，除高、岑、王、孟数家之外，亦皆晚唐人诗。《鼓吹》以世次为编，于名家颇无遗漏，其所录之诗则又驳杂简略。他如洪容斋、曾茶山、赵紫芝、周伯弼、陈德新诸选，非惟所择不精，大抵多略于盛唐，而详于晚唐也。

后客赣，得刘爱山家诸刻唐初、盛唐诗，手自抄录，日夕涵泳。于是审其音律之正变，而择其精粹，分为"始音""正音""遗响"，总名曰《唐音》，凡十五卷，共诗一千三百四十一首。始于乙亥，成于甲申。

嗟夫！诗之为道，非惟吟咏情性，流通精神而已。其所以奏之郊庙，歌之燕射，求之音律，知其世道，岂偶然也哉！观是编者，幸恕其僭妄，详其所用心，则自见矣。

至正四年八月朔日，后学襄阳杨士弘谨志。

明初刻本《唐音》卷首

【说明】

杨士弘(生卒年不详),字伯谦,襄阳(今湖北襄樊)人。

《唐音》,诗总集,杨士弘编。录唐人各体诗1341首,编为十一卷,计始音一卷、正音六卷、遗响四卷。自序称历代唐诗选本自《河岳英灵集》以下,"大抵多略于盛唐,而详于晚唐",本书则"审其音律之正变,而择其精粹"。书前"唐音姓氏"一目,列武德至天宝末自王绩以迄张志和六十五家为唐初、盛唐诗,天宝末至元和自皇甫冉以迄白居易四十八家为中唐诗,元和至唐末自贾岛以迄吴商浩四十九家为晚唐诗;李白、杜甫、韩愈三家因"世多全集",而未入录。其"始音"部分仅选王勃、杨炯、卢照邻、骆宾王四家诗九十三首,谓其初变六朝流靡之风而"开唐音之端",但"未能皆纯"(见《唐音》各集小序,下同)。"正音"部分选六十九家诗八百八十五首,按体分编,五七言古、律、绝各一卷,排律与六言绝句附;每体中再以盛、中、晚等世次分上下卷或上中下卷,大抵详于初盛唐,略于大历以下,晚唐仅取许浑、杜牧、李商隐三人,并云"专取乎盛唐者,欲以见其音律之纯系乎世道之盛;附之以中唐、晚唐者,所以幸其遗风之变而仅存也。""遗响"部分选诗三百六十三首,或为存诗不多不足以名"家"者,或为音调不纯不得列以为"正"者,旁及方外、闺秀、无名氏之诗,并加采录,"以见唐风之盛,与夫音律之正变"。每部分前面均有编者按语,各卷前亦有简要介绍,不仅明编写之用心,也述各体唐诗之流变。

本书是第一部从源流正变着眼来编录唐诗的选本,实开明清两代格调论诗学之先声,对后来《唐诗品汇》诸选本在观念和体例上均有重要影响,故颇受后人推重。明胡应麟《诗薮》外编卷四评曰:"唐至宋、元,选诗殆数十家……数百余年未有得要领者。独杨伯谦《唐音》颇具只眼。然遗杜、李,详晚唐,尚未尽善。"清王士禛批评此书"品第略具而又多纰漏,不及高氏《品汇》之详审"(《带经堂诗话》卷四)。至于说此书选中晚唐诗仍多,则正是其眼界开阔处,不足以为诟病。

此书现存元至正四年(1344)刻本和明正统、成化诸刻本。明张震有《唐音辑注》十四卷("遗响"析为七卷),建安叶氏广勤堂刻本,《四库全书》据以收录。又有顾璘《批点唐音》十五卷("正音"析为十三卷,"遗响"并一卷),明嘉靖二十年(1541)洛阳温氏刻本和崇祯三年(1630)吴钺西爽堂刻本,并辑入《湖北先正遗书》;顾氏评点极其精当,为多种唐诗选本所转引。

【附录】

唐音各集小序(选录)
［元］杨士弘

唐诗始音
右四人(按指王、杨、卢、骆),通诗九十三首。自六朝来,正声流靡,四君子一变而开唐音之端,卓然成家,观子美之诗可见矣。然其律调初变,未能皆纯,今择其粹者,列为唐诗始音云。

唐诗正音
以上五言古诗独取盛唐为一卷,七言古诗、五言律绝盛唐、中唐分上、下卷,七言律绝附以晚唐分为上、中、下卷,其编意各见本卷篇首。

唐初稍变六朝之音,至开元、天宝间,始浑然大备,遂成一代之风,古今独称唐诗,岂不然邪?是编以其世次之先后、篇章之长短、音律之和协、词语之精粹,类分为卷。专取乎盛唐者,欲以见其音律之纯系乎世道之盛;附之以中唐、晚唐者,所以幸其遗风之变而仅存也。故自大历以降,虽有卓然成家,或沦于怪,或迫于险,或近于庸俗,或穷于寒苦,或流于靡丽,或过于刻削,皆不及录。是以皇甫茂正而下,止得三十三人,以及晚唐三家体制、音律之相近者附焉。名曰"唐诗正音",凡六卷,通六十九人,共诗八百八十五首。学诗者因其音响,审其制作,则自见矣。

唐诗遗响
嗟夫!唐之为诗,上自人君公卿大夫,下至闾里女子,莫不以之相尚。故开元、大历之间,温柔敦厚之教发为音声,汎汎乎有雅颂之遗,皆足以昭著千载,何其盛欤!后虽多有不及,然皆研精覃思,以成其言,亦不可少也。余既编"唐诗正音",今又采其余者,名曰"遗响",以见唐风之盛,与夫音律之正变。学诗者先求于正音,得其情性之正,然后旁采乎此,亦足以益其藻思。观者详之。

明初刻本《唐音》

题批点唐音前

[明]顾　璘

余弘治间举进士,请告还江南,始学诗,一意唐风,若所批点《唐音》,乃其用力功程也。

惟本朝开国初,遗老率能于诗。自祖宗以黜华反朴设教,至宣、正间质矣。成化以来,李文正翔于翰苑,倡中唐清婉之风,律体特盛。其时罗、谢、潘、陆从而和之,声比气协,传为联句,厥亦秀哉!弘治初,储文懿公罐为吏部郎,以清才雅识,领袖缙绅,始取则杨士弘诗选,分别唐代始、正、中、晚之格,指示后进,的有准绳。乃扬州赵鹤与璘,宗之学唐。又有姑苏陈霁为六朝诗,武昌刘绩、关中李梦阳为杜诗,各竞起,争工联句,遂襄诸染翰,骏发虽多,其人或杂出不专。自是信阳何景明、姑苏徐祯卿、关西康海继兴,而词亦畅。厥后随颜木亳、薛蕙杨,蒋山卿之流,纷然辉映,不可名数。而皇明风雅,卓然掩诸前古,不可尚已,大抵自前数公为之变始也。

今四方学者,各从所授,而杜学居多,或涩厉诡刻,不足以谐金石,夫岂诗之本然也乎?唯吾苏之诗,代袭人传,大小殊科矣,不以唐风为准,余每以为是也。或谓予习焉积之,余弗之信。

批点本往年携在开封,遭祸失去,今奉役承天吾王生康忽持见还,意甚惜之。洛阳温生秀,读之雅合,请梓于襄阳,遂题此语付之,俾来学者知别蹊径,或借为筌蹄云。于时嘉靖辛丑秋望,东桥居士姑苏顾璘书。

《湖北先正遗书》影印明嘉靖本《批点唐音》

诗源辩体(选录)

[明]许学夷

杨伯谦《唐音》,自言得诸家唐诗,手自抄录,日夕涵泳,审其音律正变,择其精粹者,为"始音""正音""遗响",总名《唐音》。故其选详初、盛而略中、晚,选唐诗者至是始为近之。首以初唐四子为"始音",而不名古律,最当。然盛唐五言古取储光羲、王摩诘、孟浩然而舍岑嘉州,则似全不知古;晚唐七言律以李商隐、许浑载诸正音,则于律诗正变,亦未有得也。至若五言律、排律有沈佺期而无宋之问,当是未见其集耳。

人民文学出版社印本《诗源辩体》卷三十六

四库全书总目·唐音(节录)

［清］纪　昀等

其书积十年之力而成,去取颇为不苟。明苏衡作《刘敬伯古诗选序》,颇以是书所分始音、正音、遗响为非。李东阳《怀麓堂诗话》则曰:"选诗诚难,必识足以兼诸家者,乃能选诸家。识足以兼一代者,乃能选一代。一代不数人,一人不数篇,而欲以一人选之,不亦难乎?选唐诗者惟杨士弘《唐音》为庶几"云云,其推之可谓至矣。高棅《唐诗品汇》即因其例而稍变之。冯舒兄弟评韦縠《才调集》,深斥棅杜撰"排律"之非,实则排律之名,亦因此书,非棅创始也。

中华书局本《四库全书总目》卷一百八十八

唐才子传卷首引言

[元]辛文房

魏帝著论,称"文章经国之大业,不朽之盛事,年寿有时而尽,未若文章之无穷"。诗,文而音者也。唐兴尚文,衣冠兼化,无虑不可胜计。擅美于诗,当复千家。岁月苒苒,迁逝沦落,亦且多矣。况乃浮沉畏途,黾勉卑官,存没相半,不亦难乎?崇事奕叶,苦思积年,心神游穹厚之倪,耳目及晏旷之际,幸成著述,更或凋零,兵火相仍,名逮于此,谈何容易哉!

夫诗所以动天地、感鬼神、厚人伦、移风俗也,发乎其情,止乎礼义,非苟尚辞而已。溯寻其来,《国风》《雅》《颂》开其端,《离骚》《招魂》放厥辞;苏、李之高妙,足以定律;建安之遒壮,粲尔成家;烂熳于江左,滥觞于齐、梁,皆袭祖沿流,坦然明白,铿锵愧金石,炳焕却丹青,理穷必通,因时为变,勿讶于枳桔非土所宜,谁别于渭泾投胶自定,盖系乎得失之运也。唐几三百年,鼎钟挟雅道,中间大体三变,故章句有焦心之人,声律至穿杨之妙,于法而能备,于言无所假。及其逸度高标,余波遗韵,临高能赋,闲暇微吟,旧格近体古风乐府之类,芳沃当代,响起陈人,淡寂无枯悴之嫌,繁藻无淫妖之忌,犹金碧助彩,宫商自协,端足以仰绪先尘,俯谢来世。清庙之瑟,薰风之琴,未或简其沉郁;两晋风流,不相下于秋毫也。

余遐想高情,身服斯道,穷其梗概行藏,散见错出,使览于述作,尚昧音容,洽彼姓名,未辨机轴,尝切病之。顷以端居多暇,害事都捐,游目简编,宅心史集,或求详累帙,因备先传,撰拟成篇,班班有据,以悉全时之盛,用成一家之言,各冠以时,定为先后,远陪公议,谁得而诬也?如方外高格,逃名散人,上汉仙侣,幽闺绮思,虽多,微考实,故别总论之。天下英奇,所见略似,人心相去,苦亦不多。至若触事兴怀,随附篇末。异方之士,弱冠斐然,狃于见闻,岂所能尽?敢倡斯盟,尚赖同志,相与广焉。庶乎作九京于长梦,咏一代之清风。后来奋飞可畏,相激百世之下,犹期赏音也。传成凡二百七十八篇,因而附录不泯者又一百二十家,厘为十卷,名以《唐才子传》云。有元大德甲辰春引。

中华书局本《唐才子传校笺》

【说明】

辛文房(生卒年不详),字良史,西域人。能诗,当时与杨载齐名。曾在朝为省郎职。著有《披沙诗集》(已佚)及《唐才子传》。

《唐才子传》,传记著作,十卷。专传278篇,附带叙及者120人,合为398人。其中见于新、旧《唐书》者仅100人,其余均为辛文房从各种杂书中博采所得。据卷首自引所叙,此书著成于大德八年(1304),正是宗唐之风最盛的时期。《四库全书总目》叙此书云:"其体例因诗系人……盖以论文为主,不以记事为主也。"可见此书的宗旨乃在为诗人立传,为其诗歌创作的艺术成就立评,而与《唐诗纪事》一类记述作品背景事实的书不同。

辛文房论诗,重视诗歌与社会,时代的关系。其卷首引言云:"诗,文而音者也……理穷必通,因时为变。"又云:"唐几三百年,鼎钟挟雅道,中间大体三变。"书中提到唐诗的三次变化是:初变为沈(佺期)、宋(之问),此二人完成了由古体向近体的演变(见卷一"沈佺期"条);二变为陈子昂,使诗的风格趋于雅正(见卷一"陈子昂"条);三变为"大历十才子",他们的诗风繁富新奇,讲究理致词彩,与盛唐雅正浑厚之风相比,显然有了新变(见卷四"卢纶"条)。

辛文房还常常从诗人各自不同的身世际遇、性情、志趣出发,评论其诗歌风格。如卷一称王翰"少豪荡""喜纵酒""家蓄妓乐""工诗,多壮丽之词";卷七称许浑"乐林泉,亦慷慨悲歌之士",故其诗"格调豪丽";卷十评韦庄云:"庄早尝寇乱","故于流离漂泛,寓目缘情","一咏一觞之作,俱能感动人也"。这些描述性的评论,使唐代诗人的音容笑貌跃然纸上,使读者深切体会到诗歌风格与作者个性,情志的密切关系。

《唐才子传》的版本流传情况颇为曲折。明初杨士奇《书唐才子传后》称:"十卷,总三百九十七人,皆有诗名当时。"杨氏所见当为完帙。明永乐年间编修《永乐大典》,《唐才子传》全书收入"传"字韵内。到清代乾隆年间编修《四库全书》时,《永乐大典》"传"字韵各卷已散佚,十卷单刻本在国内也已失传,四库馆臣遂从《永乐大典》残存个卷采辑,厘为八卷,编入《四库全书》,故《四库全书》八卷本《唐才子传》只是零篇断简的辑佚本。而元代刊行的十卷足本传入日本,流传了下来。清光绪年间杨守敬从日本访得,黎庶昌以珂罗版影印出来,这是目前所见到保存原始面貌较多的版本。另有日本《佚存丛书》本,十卷,日本享和二年癸亥(1802)天瀑山人(林衡)刊行,民国十三年(1924)商务印书馆据以影印,流传较广。

建国后,古典文学出版社曾据《佚存丛书》本加标点重印(1957年版),但排印讹错及标点失误甚多。1985年,傅璇琮主持编撰《唐才子传校笺》,以黎氏珂罗版影元刊本为底本,校以多种刊本,考订精审,资料丰富,超过前人。

【附录】

唐才子传(选录)
[元]辛文房

自魏建安迄江左,诗律屡变。至沈约、鲍照、庾信、徐陵,以音韵相婉附,属对精致。及佺期、之问,又如靡丽。回忌声病,约句准篇,著定格律,遂成近体,如锦绣成文,学者宗尚。语曰:"苏、李居前,沈、宋比肩。"谓唐诗变体,始自二公,犹(汉人五言诗)始自苏武、李陵也。(卷一"沈佺期"条)

唐兴,文章承徐、庾余风,天下祖尚,子昂始变雅正。初为《感遇诗》三十章,王适见而惊曰:"此子必为海内文宗。"由是知名。凡所著论,世以为法。诗调尤工。(卷一"陈子昂"条)

(王翰)少豪荡,恃才不羁,喜纵酒,枥多名马,家蓄妓乐。翰发言立意,自比王侯,日聚英杰,纵禽击鼓为欢。……翰工诗,多壮丽之词。(卷一"王翰"条)

卢纶与吉中孚、韩翃、耿湋、钱起、司空曙、苗发、崔峒、夏侯审、李端,联藻文林,银黄相望,且同臭味,契分俱深,时号"大历十才子"。唐之文体,至此一变矣。纶所作特胜,不减盛时,如三河少年,风流自赏。(卷四"卢纶"条)

(许)浑乐林泉,亦慷慨悲歌之士,登高怀古,已见壮心,故为格调豪丽,犹强弩初张,牙浅弦急,俱无留意耳。至今慕者极多,家家自谓得骊龙之照夜也。(卷七"许浑条")

(韦)庄早尝寇乱,间关顿踬,携家来越中,弟妹散居诸郡。西江、湖南,所在曾游,举目有山河之异,故于流离漂泛,寓目缘情,子期怀旧之辞,王粲伤时之制,或离群轸虑,或反袂兴悲,四愁、九怨之文,一咏一觞之作,俱能感动人也。(卷十"韦庄"条)

中华书局本《唐才子传校笺》

书唐才子传后
[明]杨士奇

《唐才子传》,西域辛文房著,十卷,总三百九十七人,皆有诗名当时。其见于《唐书》者共百人,盖行事不关大体,不足为劝戒者不录,作史之体也。而读其诗欲知其人,于辛所录宜有取。然唐以诗取士,三百年间以诗名者,当不止于辛之所录。如郭元振、张九龄、李邕之徒,显于时矣,而犹遗之,况在下者乎?而辛所录者又间杂以臆说,观者当择之。

《四库全书》本《东里文集》卷十

四库全书总目·唐才子传
[清]纪　昀等

《唐才子传》八卷,元辛文房撰。文房字良史,西域人。其始末不见于史传,惟陆友仁《研北杂志》称其能诗,与王执谦齐名,苏天爵《元文类》中载其《苏小小歌》一篇耳。是书原本凡十卷,总三百九十有七人,下至妓女、道士之类,亦皆载入。其见于新、旧《唐书》者,仅百人,余皆从传记、说部各书采葺。

其体例因诗系人,故有唐名人,非卓有诗名者不录。即所载之人,亦多详其逸事,及著作之传否,而于功业行谊,则只撮其梗概。盖以论文为主,不以记事为主也。大抵于初、盛稍略,中、晚以后渐详。至李建勋、孙鲂、沈彬、江为、廖图、熊皦、孟宾于、孟贯、陈抟之伦,均有专传,则下包五代矣。考杨士奇《东里集》有是书跋,是明初尚有完帙,故《永乐大典目录》于"传"字韵内载其全书,今"传"字一韵适佚,世间遂无传本。然幸其各韵之内,尚杂引其文,今随条撷拾,衷辑编次,共得二百三十四人,又附传者四十四人,共二百七十八人,谨依次订正,厘为八卷。

按杨士奇跋,称是书凡行事不关大体,不足为劝戒者不录,又称杂以臆说,不尽可据。今考编中,如许浑传称其梦游昆仑,李群玉传称其梦见神女,杂采孟棨《本事诗》、范摅《云溪友议》荒唐之说,无当史裁。又如储光羲污禄山伪命,称其养浩然之气,尤乖大义。他如谓骆宾王与宋之问倡和灵隐寺中,谓《中兴间气集》为高适所选,谓李商隐曾为广州都督,谓唐人效杜甫惟唐彦谦一人,乖舛不一而足。盖文房抄掇繁富,或未暇检详,故谬误牴牾,往往杂见。然较计有功《唐诗纪事》,叙述差有条理,文笔亦秀润可观。传后间缀以论,多掎摭诗家利病,亦足以津逮艺林,于学诗者考订之功,固不为无补焉。

中华书局本《四库全书总目》卷五十八

善本书室藏书记(选录)

[清]丁　丙

《唐才子传》十卷,西域辛文房撰。文房始末不可考。其卷第八题辛良史撰,当为文房之字。卷首自引,题有元大德甲辰春,则为元时人。陆友仁《研北杂志》称其能诗,与王执谦齐名。杨士奇《东里集》有是书跋,是明初尚存中土也。录凡二百七十八篇,因而附录不泯者又一百二十家,皆以时代为断,时代之中又以科目先后为断。始大业初,终五季末。继往开来,别具微旨;伸真黜妄,雅具体裁;评论得失,好而知恶,非徒知诵诗而不知尚论者。《四库》从《永乐大典》采辑,厘为八卷。此则东瀛刊本,尚属原帙。厥后萧山王宗炎以陆芝荣校汪继培勘者雕于三间草堂,即是本耳。

清光绪刻本《善本书室藏书记》

乐府类编后序

[元]吴 莱

初，太原郭茂倩次古今乐府，但取标题，无时世先后，纷乱庞杂，摹拟盗袭，层见间出，厌人视听。今故就茂倩所次，辨其时代，且选其所可学者，使各成家，又从而论之曰：古之言乐者必本于诗。诗者，乐之辞而播于声者也。太史采之，太师肄之，世道之盛衰，时政之治乱，盖必于诗之正变者得之。诗殆难言矣乎？自秦变古，诗乐失官。至汉而始欲修之，燕、代、荆、楚，稍协律吕；街衢巷陌，交相唱和。当世学者司马相如之徒，徒以西蜀雕虫篆刻之辞，而欲立汉家一代之乐府。传及魏晋，流风浸盛，而其所谓乐者亦止于是。呜呼！今之去汉则又远矣。故今或观乐府之诗者，一切指为古辞，虽其浮淫鄙倍，不敢芟夷；残讹缺漏，不能附益。顾独何哉？诚以古辞重也。

魏晋以降；盖惟唐人颇以诗自名家，而乐府至杂用古今体。当其初年，江左齐梁宫闱粉黛之尚存；及其中世，代北蕃夷风沙战伐之或作。是则古之所谓乱世之怨怒、亡国之哀思者，而唐人之辞为尽有之，欲求其如汉魏之古辞者少矣。虽然，汉承百王之敝，治不及古；唐之于汉，则又不及于汉者远甚。是故秦、虢列第，国忠秉政，妖淫蛊惑，养成祸乱，而天下之俗日趋于弊；蕃戎构难，陇右陷没，侵陵侮辱，蹙我场疆，而天下之势卒以岁处于边，擐甲执兵，无有休息。唐之盛时，虽若未见其丧败乱亡之戚，及其既衰，而遂不能救。然则唐世之治固有以致之，而唐人之辞亦于是有以兆之者矣。呜呼！世道之盛衰，时政之治乱，盖必于诗之正变者得之，岂不然哉？然而上自朝廷，下至闾阎委巷，苟观其诗者，则又必因其言辞之所指、声音之所发，而悉悟其心术之所形、气数之所至。予闻唐有宋沇者，开元宰相璟之曾孙，每太常乐工奏伎，即能揣其乐声之休咎；遇有工善觱篥者，且曰:彼将神游墟墓,伎虽善,至尊不宜近。已而果然,众工大惊。夫以春秋之世,郑之七子尝赋古诗,而赵孟欲以观其志之所向。然今宋沉,乃能以其善乐之故,察人死生贵贱,不遗毫发,何其神哉!

呜呼! 诗本所以为乐也,诗殆难言矣乎? 今之学者,深沉之思不讲,而讲为粗疏卤莽之语;中和之节不谐,而益为寂寥简短之音。此其心术之所形,气数之所至,不惟赵孟知之,是皆见诮于宋沉者也。余故论之,使后之读是编而欲学是诗者,可不慎哉!

《四部丛刊》本《渊颖吴先生文集》卷十二

【说明】

吴莱(1297—1340),字立夫,浦江(今属浙江)人。延祐间试进士不第,退居深袅山中,钻研经史,著作甚富,有《渊颖集》。

元代在举世宗唐的风气之下,也出现了对唐诗表示不满的声音。这种与众不同的声音,究其原因,是从政治入手评论唐诗,认为唐代政治有不好的一面,因而诗也有不好的一面。

吴莱诗文创作均以复古为尚,论诗尤重古之"声",其文集中所有论诗之语大都与古乐府相关。在《乐府类编后序》中,他对郭茂倩《乐府诗集》有所不满,认为此书"但取标题,无时世先后……厌人视听",于是自己着手编《乐府类编》一百卷,就郭氏原书"辨其时代,且选其所可学者,使各成家"。他认为"古之言乐者必本于诗。诗者,乐之辞而播于声者也……世道之盛衰,时政之治乱,盖必于诗之正变者得之"。这种诗学思想无疑是源于先秦的《乐记》。他批评初唐乐府存"江左齐梁宫闱粉黛"之气,中唐乐府杂"代北蕃夷风沙战伐"之声,是"古之所谓乱世之怨怒、亡国之哀思者",提出今之学者作乐府当讲求"深沉之思","中和之节"。

明代黄佐《唐音类选序》云:"唐诗以音名矣,音由心起,与政通者也。"他还以帝王为中心,阐释唐音与时政的关系,认为"初唐之诗,太宗为主","其音硕以雄,其词宏以达";"盛唐之诗,玄宗为主","其音丰以畅,其词直而晦";"中唐之诗,德宗为主","其音悲以壮,其词郁以幽";"晚唐之诗,文宗仅知绝句,而臣民习之","其音怨以肆,其词曲而隐"。这种观点与吴莱一脉相承,而对唐诗与时政之关系的论述,又比吴莱具体、明确。

胡震亨《唐音癸签》认为"唐至开元而海内称盛","至元和又盛",李白、杜甫、韩愈、白居易"皆为其时鸣盛者";咸通而后,"世衰而诗以因之,气菱语偷,声繁调急",并由此得出"声音之道与政通"的结论,其观点与黄佐相似。

李维桢《唐诗纪序》一方面承认"声音之道与政通,世隆则从而隆,世污则从而污";另一方面又认为"以《诗》论世易,以唐诗论唐世难"。指出唐诗盛衰与时政盛衰之间并非完全一致,究其原因则在于"古者……诗盛衰之机在上","后世……诗盛衰之机在下"。其见解较之黄佐、胡震亨,显得通达而有所进步。

【附录】

唐音类选序(节录)

[明]黄　佐

唐诗以音名矣,音由心起,与政通者也。……君实主之,而臣邻承之。然后士民感其善,则曰入于治;惩其邪,则曰免于乱。……故初唐之诗,太宗为主,而承以虞、魏诸臣。其音硕以雄,其词宏以达,洋洋乎其郁矣哉!故贞观之治,几致刑措,然心则不纯,有愧汤、武,此女乱所由作。而王、杨、卢、骆犹袭六朝之绪,陈、杜、沈、宋虽力振之,时称其工,而犹诒事武、韦。噫,可耻也哉!盛唐之诗,玄宗为主,而张说、苏颋,世称"燕许"者,鸣于馆阁;李白、杜甫,各为大家者,鸣于朝野;王、孟、高、岑,名亦次之。然贵妃、禄山表里为乱,而词不能掩,故其音丰以畅,其词直而晦,文胜质矣。中唐之诗,德宗力主,时则内阉外镇,承敝擅权,虽欲拨乱而不能自强。其后奕叶,辅导无人。迄于元和,宪宗得裴度,始建推西之勋,而蕃夷横犷,莫或遏之。故其音悲以壮,其词郁以幽。前则有刘长卿之峻洁、韦应物之冲澹,后则有韩愈之博大、柳宗元之超旷,皆其最也。晚唐之诗,文宗仅知绝句,而臣民习之,精致无愧盛时,然巨篇阒尔蔑闻;排律惟应科第,拘拘偶对,恣为绮靡。杜牧、李商隐、温庭筠、许浑,其近焉者也。其音怨以肆,其词曲而隐,其五季之先驱乎?夫御家惛欲不能间邪也,临政假仁不能存诚也,太宗则然,奚以责其后?此其所以为唐也。

明嘉靖刻本《唐音类选》卷首

唐音类选后序(节录)

[明]潘光统

言政而不及化,言声而不及雅,昔人忧之。溯唐之始风也,梱阁绮纨,盖齐梁之余习耳。迨其变也,风沙征伐,迁谪行旅,怨怒哀思,其亡国之音乎?昔李涪非太宗论乐之言,宋沈述玄宗新声之乱,唐祚不竟,职此之由,自非李、杜复之于古,韩、柳矫之以正,吾惧其靡靡而莫之止也。……

嗟呼!流别渐远,古风日沦。大历以后,遂往而不返,非声音之遽亡也,程试之习拘之也。媒(谋)声利而趋便易,诗安得不亡乎?识其变而反之正,非大雅君子,其孰能之?昔赵孟观七子赋诗,知其存亡,口(季)札历聘列国,预睹兴废,亦惟声音之道,莫口(能)逃尔。

明嘉靖刻本《唐音类选》卷末

唐诗纪序(节录)

[明]李维桢

不佞闻声音之道与政通,世隆则从而隆,世污则从而污。……然而,以《诗》论世易,以唐诗论唐世难。谭者曰:唐以诗进士,童而习之,故盛;士以诗应举,迫趋逐嗜,故衰。少陵宗工,曾不得一第;右丞杂伶人而奏技主家,于诗品何损也?贞观、开元二帝,以豪爽典则先天下,诗宜盛;丽最暗弱者中宗,能大振雅道,即德、文两朝不及。中、晚人才仆遫,诗宜衰,彼元、白、钱、刘、柳州姑无论,昌黎望若山斗,犹且服膺工部、供奉而避其光焰,何也?古者上自人主,下至学士大夫以及细民,莫不为诗,而诗盛衰之机在上;后世细民不知诗,人主罕言诗,仅学士大夫私其绪,而诗盛衰之机在下。长庆、西昆、玉台能为体以自标异,而无能使人尽为其体。少陵诗盛行乃在革命之代,其转移化导之力,岂足望人主乎?则唐与古殊矣。乐八音皆诗,诗三百皆乐。唐人乐府已非汉魏六朝之旧,自郊庙之外,时采五七言绝句,长篇中隽语,被管弦而歌之,代不数人,人不数章,则唐与古殊矣。六朝以上,惟乐府、选诗眉目小别,大致故同。至唐而益以律绝歌行诸体,复不相俜。夫一家之言易工，而众妙之门难兼，则唐与古殊矣。先王辩论官才，劝惩美恶，于诗焉资其极。至于飨神祉而若鸟兽，善作者莫如周公，堇堇可数，他皆太史所采，稍为润色，春秋列国卿大夫称诗观志，大抵述旧，而唐一人之诗常数倍于三百篇，一切庆吊问遗，遂以充筐篚饩牵，用愈滥而愈趋下，则唐与古殊矣。

明万历十三年吴琯刻本《唐诗纪》卷前

唐音癸签（选录）

［明］胡震亨

唐至开元而海内称盛，盛而乱，乱而复，至元和又盛。前有青莲、少陵，后有昌黎、香山，皆为其时鸣盛者也。咸通而后，奢靡极，衅孽兆，世衰而诗以因之，气萎语偷，声繁调急，甚者忿目褊吻，如戟手交骂者有之。王化习俗，上下交丧，而心声随焉，岂独士子罪哉！王弇州云："灵武回天，功推李、郭；椒香犯跸，祸始田、崔。是则然矣。不知僖、昭困蜀、凤时，温、李、许、郑辈得少陵、太白一语否？有治世音，有乱世音，有亡国音，故曰声音之道与政通也。大力者为之，故足挽回颓运，沉几者知之，亦堪高蹈远引。"旨哉言矣！

上海古籍出版社印本《唐音癸签》卷二十七

参 考 文 献

一、总集

1.《才调集补注》,[唐]韦縠编,清乾隆刊本
2.《注唐诗鼓吹》十卷,[金]元好问编,郝天挺注,明初覆元刻本
3.《唐诗鼓吹笺注》,[金]郝天挺注,廖文炳解,清顺治十六年陆贻典等刻本
4.《评点唐诗鼓吹》,1925年南宫邢氏刻本
5.《中州集》,[金]元好问编,《四部丛刊》本
6.《唐音》十一卷,[元]杨士弘编,明初刻本
7.《批点唐音》十五卷,[元]杨士弘编,[明]顾璘批点,《湖北先正遗书》影印明嘉靖本
8.《唐音》,[元]杨士弘,《四库全书》本
9.《瀛奎律髓汇评》,[元]方回选评,李庆甲集评校点,上海古籍出版社1986年版
10.《唐百家诗》,[明]朱警编,明嘉靖十九年刻本
11.《唐诗纪》,[明]黄德水、吴琯编,明万历十三年吴琯刻本
12.《元诗选》,[清]顾嗣立编,中华书局1987年版
13.《金代文学批评资料汇编》,林明德编,台湾成文出版社1979年版
14.《元代文学批评资料汇编》,曾永义编,台湾成文出版社1979年版
15.《宋金元文论选》,陶秋英编选,人民文学出版社1984年版
16.《魏晋南北朝文论选》,郁沅、张明高编选,人民文学出版社1996年版

二、别集

1.《李贺歌诗编》,《四部丛刊》影金赵衍刻本

2.《苏轼诗集》,孔凡礼点校,中华书局 1982 年版

3.《浪语集》,[宋]薛季宣,《四库全书》本

4.《须溪集》,[宋]刘辰翁,《四库全书》本

5.《闲闲老人滏水文集》,[金]赵秉文,《四部丛刊》本

6.《滹南遗老集》,[金]王若虚,《四部丛刊》本

7.《遗山诗集》,[金]元好问,《四部备要》本

8.《遗山先生文集》,[金]元好问,《四部丛刊》本

9.《元好问全集》,山西人民出版社 1990 年版

10.《桐江集》,[元]方回,《宛委别藏》本

11.《桐江续集》,[元]方回,《四库全书》本

12.《藏春集》,[元]刘秉忠,《四库全书》本

13.《秋涧先生大全文集》,[元]王恽,《四部丛刊》本

14.《紫山大全集》,[元]胡祗遹,《四库全书》本

15.《稼村类稿》,[元]王义山,《四库全书》本

16.《云峰集》,[元]胡炳文,《四库全书》本

17.《定宇集》,[元]陈栎,《四库全书》本

18.《陵川集》,[元]郝经,《四库全书》本

19.《静修先生文集》,[元]刘因,《四部丛刊》本

20.《野趣有声画》,[元]杨公远,《四库全书》本

21.《白云集》,[元]释英,《四库全书》本

22.《月屋漫集》,[元]黄庚,《四库全书》本

23.《剡源集》,[元]戴表元,《四库全书》本

24.《清容居士集》,[元]袁桷,《四部丛刊》本

25.《雪楼集》,[元]程钜夫,《四库全书》本

26.《青山集》,[元]赵文,《四库全书》本

27.《水云村稿》,[元]刘埙,《四库全书》本

28.《吴文正公集》,[元]吴澄,《四库全书》本

29.《养吾斋集》,[元]刘将孙,《四库全书》本

30.《道园遗稿》,[元]虞集,《四库全书》本

31.《道园学古录》,[元]虞集,《四部丛刊》本

32.《圭斋文集》,[元]欧阳玄,《四部丛刊》本

33.《渊颖吴先生集》,[元]吴莱,《四部丛刊》本

34.《傅与砺诗文集》,[元]傅若金,《四库全书》本

35.《九灵山房集》,[元]戴良,《四部丛刊》本

36.《桂隐文集》,[元]刘诜,《四库全书》本

37.《金华黄先生文集》,[元]黄溍,《四部丛刊》本

38.《礼部集》,[元]吴师道,《四库全书》本

39.《石初集》,[元]周霆震,《四库全书》本

40.《伊滨集》,[元]王沂,《四库全书》本

41.《东维子文集》,[元]杨维桢,《四部丛刊》本

42.《蜕庵集》,[元]张翥,《四库全书》本

43.《麟原文集》,[元]王礼,《四库全书》本

44.《松雪斋文集》,[元]赵孟頫,《四部丛刊》本

45.《揭文安公全集》,[元]揭傒斯,《四部丛刊》本

46.《午溪集》,[元]陈镒,《四库全书》本

47.《静思集》,[元]郭钰,《四库全书》本

48.《东里文集》,[明]杨士奇,《四库全书》本

49.《少室山房集》,[明]胡应麟,《四库全书》本

50.《牧斋有学集》,[清]钱谦益,《四部丛刊》本

三、诗话笔记

1.《历代诗话》,[清]何文焕辑,中华书局1981年版

2.《历代诗话续编》,丁福保辑,中华书局1983年版

3.《后村诗话》,[宋]刘克庄,中华书局1983年版

4.《诗人玉屑》,[宋]魏庆之编,上海古籍出版社1982年版

5.《苕溪渔隐丛话》,[宋]胡仔编,人民文学出版社1962年版

6.《元好问论诗三十首小笺》,郭绍虞笺注,人民文学出版社1978年版

7.《滹南诗话》,[金]王若虚著,霍松林校点,人民文学出版社1983年版

8.《敬斋古今黈》,[元]李冶,《畿辅丛书》本

9.《隐居通议》,[元]刘埙,《知不足斋丛书》本

10.《诗法家数》,[元]杨载,中华书局排印《历代诗话》本

11.《木天禁语》,[元]范梈,中华书局排印《历代诗话》本

12.《诗学禁脔》,[元]范梈,中华书局排印《历代诗话》本

13.《诗法正宗》,[元]揭傒斯,[明]胡文焕辑《格知丛书》本

14.《诗宗正法眼藏》,[元]揭傒斯,[明]胡文焕辑《格知丛书》本

15.《诗法正论》,[元]傅若金,[明]胡文焕辑《格知丛书》本

16.《吴礼部诗话》,[元]吴师道,中华书局排印《历代诗话续编》本

17.《诗谱》,[元]陈绎曾,中华书局排印《历代诗话续编》本

18.《唐音癸签》,[明]胡震亨,上海古籍出版社1981年排印本

19.《诗源辩体》,[明]许学夷著,人民文学出版社1987年排印本

20.《清诗话》,[清]王夫之等,上海古籍出版社1978年版

21.《宋诗话辑佚》,郭绍虞,中华书局1980年版

22.《中国历代诗话选》(二),王大鹏等编选,岳麓书社1985年版

四、史志书目

1.《四库全书总目提要》,[清]永瑢等撰,中华书局1981年版

2.《金史》,[元]脱脱等撰,中华书局,1975年版

3.《元史》,[明]宋濂等撰,中华书局1976年版

4.《归潜志》,[金]刘祁,《四库全书》本

5.《唐才子传校注》,[元]辛文房撰,孙映逵注,中国社会科学出版社1991年版

6.《研北杂志》,[元]陆友著,《四库全书》本

7.《善本书室藏书记》,[清]丁丙,清光绪二十年钱塘丁氏刻本

五、研究著作

1.《宋代文学史》,中国社科院文研所编,人民文学出版社1996年版

2.《辽金诗史》,张晶著,东北师范大学出版社1994年版

3.《宋金元文学批评史》,顾易生等著,上海古籍出版社1996年版

4.《元代文学史》,邓绍基主编,人民文学出版社1991年版

5.《金代文学思想史》,詹杭伦著,成都科技大学出版社1990年版

6.《宋金四家文学批评研究》,张健著,台湾联经出版公司1983年版

7.《辽金元文学研究》,李正民、董国炎主编,文化艺术出版社1999年版

8.《元代文学批评之研究》,朱荣智著,台湾联经出版公司1982年版

9.《江西诗派研究》,莫砺锋著,齐鲁书社1986年版

10.《元代文人心态》,么书仪著,文化艺术出版社1993年版

11.《辽金元诗歌史论》,张晶著,吉林教育出版社1995年版

12.《唐诗学引论》,陈伯海著,知识出版社1988年版

13.《中国美学范畴辞典》,成复旺主编,中国人民大学出版社1995年版

附:金元诗学研究论文目录(选录)

1. 张啸虎:《论金朝文化结构及其宫廷文学》,《中南民族学院学报》,1987年第2期

2. 刘达科、凤梧:《近十年金代文学研究概述》,《山西大学学报》,1990年第2期

3. 张晶:《金诗流变鸟瞰》,《文史知识》,1989年第11期

4. 张晶:《金诗的北方文化物质及其发展轨迹》,《江海学刊》,1991年1月

5. 周惠泉:《清人论金代文学》,《文学遗产》,1993年第1期

6. 周惠泉:《金代文学研究的历史回顾》,《社会科学战线》,1993年第1期

7. 刘明今：《论金元诗文批评的特征》，《阴山学刊》，1993 年第 2 期

8. 张晶、周萌：《金代文学批评述论》，《社会科学辑刊》，1997 年第 3 期

9. 邓绍基：《元诗"宗唐得古"风气的形成及其特点》，《河北师范学院学报》，1987 年第 2 期

10. 刘明浩：《元诗艺术成就之我见》，《苏州大学学报》，1989 年第 2 期

11. 林邦钧：《元诗特点概述》，《北京师范大学学报》，1990 年第 3 期

12. 刘明浩：《关于元诗的模拟问题》，《齐鲁学刊》，1993 年第 3 期

13. 刘明浩：《论元人诗论中的"情性"问题》，《内蒙古社会科学》，1993 年第 1 期

14. 丁放：《元代诗话的理论价值》，《安徽教育学院学报》，1995 年第 2 期

15. 王忠阁：《元代儒学与文学思潮》，《信阳师范学院学报》，1995 年第 4 期

16. 张伯伟：《元代诗学伪书考》，《文学遗产》，1997 年第 3 期

17. 沈时蓉、詹杭伦：《宋金元文艺美学思想巡礼》，《西北师范大学学报》，1989 年第 1 期

18. 陈祥耀：《金元明诗话》，《福建师范大学学报》，1989 年第 3 期

19. 张伯伟：《古代文论中的诗格论》，《文艺理论研究》，1994 年第 4 期

20. 李青春：《论中国古代诗学的文化心理基础》，《文学评论》，1996 年第 2 期

21. 张晶：《金代诗人赵秉文诗论刍议》，《社会科学辑刊》，1987 年第 4 期

22. 傅希尧：《王若虚文学理论初探》，《河北学刊》，1990 年第 4 期

23. 丁放、孟二冬：《王若虚对金代诗学的贡献》，《安徽师范大学学报》，1993 年第 2 期

24. 张晶：《王若虚诗学思想得失论》，《辽宁师范大学学报》，1997 年第 2 期

25. 陈书龙：《评元好问〈论诗绝句三十首〉》，《中南民族学院学报》，1982 年第 2 期

26. 朱良志：《试论元好问"以诚为本"说》，《安徽师范大学学报》，1984 年第 4 期

27. 李正民：《元好问诗论的民族特色》，《文学遗产》，1986 年第 2 期

28. 蔡厚示：《元好问的诗论》，《福建论坛》，1987 年第 1 期

29. 韩进康:《元好问〈论诗绝句三十首〉的审美评判》,《河北师范大学学报》,1990 年第 4 期

30. 董国炎:《金代文坛与元好问》,《文学评论》,1990 年第 6 期

31. 刘明今《元好问诗论新探》,《学术研究》,1991 年第 3 期

32. 陈长义:《元好问论苏轼诗新解》,《晋阳学刊》,1991 年第 6 期

33. 詹杭伦:《元好问编选〈中州集〉的宗旨》,《四川师范大学学报》,1992 年第 1 期

34. 李正民:《元遗山〈论诗三十首〉的历史地位》,《山西大学学报》,1992 年第 1 期

35. 张晶:《论元好问的诗学思想》,《山西师范大学学报》,1993 年第 2 期

36. 李正民:《元好问诗文理论的美学系统》,《民族文化研究》,1994 年第 2 期

37. 张进:《元好问诗学对苏黄的批评与继承》,《文史哲》,1996 年第 2 期

38. 李正民:《元好问研究 50 年回眸》,《民族文学研究》,1999 年第 2 期

39. 詹杭伦:《方回诗歌美学思想初探》,《西北师范学院学报》,1986 年第 2 期

40. 丁放、傅继业:《试论以方回为代表的元代正统诗学》,《安徽教育学院学报》,1994 年第 4 期

41. 李佩伦:《论元代诗人王义山:兼论元代前期南方诗坛》,《内蒙古大学学报》,1993 年第 2 期

42. 黄琳:《元初诗人刘因的文化心态》,《河北师范学院学报》,1991 年第 3 期

43. 黄琳:《论元初诗人刘因的诗歌创作成就》,《四川师范大学学报》,1992 年第 6 期

44. 董国炎:《论郝经的文学成就和地位》,《山西大学学报》,1991 年第 1 期

45. 查洪德:《郝经的学术与文艺》,《文学遗产》,1997 年第 6 期

46. 邓绍基:《略论元代著名作家虞集》,《阴山学刊》,1988 年第 1 期

47. 张健,《〈诗家一指〉的产生时代与作者》,《北京大学学报》,1995 年第 5 期

48. 王素美:《论吴澄诗歌理论的特点及其影响》,《陕西师范大学学报》,1995 年第 2 期

49. 邓绍基:《略谈杨维桢诗歌的特点》,《湖北大学学报》,1989 年第 4 期

50. 黄仁生:《杨维桢的文学观》,《复旦学报》,1997 年第 4 期

51. 《牧斋有学集文钞补遗》,《中华文史论丛》,1983 年第 3 辑。